HEYNE <

Das Buch

Eigentlich hatte sich Matt Browning zur Ruhe gesetzt und wollte heiraten. Doch dann erhält der ehemalige SAS-Agent Besuch von Guy Abbott vom britischen Geheimdienst. Es geht um eine letzte Mission, die er übernehmen soll. Falls er sich weigert, droht eine Mordanklage, noch dazu werden seine Konten gesperrt. Browning soll dem Pharmakonzern Tocah, der gute Beziehungen zur britischen Regierung unterhält, dabei helfen, eine Medikamentenfabrik in Weißrussland zu zerstören, in der russische Gangster illegale Kopien von Arzneimitteln herstellen. Doch hinter dem Auftrag steckt weit mehr als zunächst angenommen. Parallel lebt ganz England in Angst und Schrecken, denn scheinbar harmlose ehemalige Soldaten und Veteranen verwandeln sich in Amokläufer oder sterben durch ungeklärte Umstände. Plötzlich findet sich Browning im Zentrum einer tödlichen Verschwörung wieder, und er ist der Einzige, der sie aufdecken könnte. Doch er hat »The Increment« gegen sich, eine streng geheime Eliteeinheit des SAS, die gnadenlos Jagd auf ihn macht.

Der Autor

Chris Ryan wurde 1961 in Newcastle, England, geboren. Zehn Jahre lang war er für die SAS, die britische Eliteeinsatztruppe, tätig. Er war an verschiedenen militärischen und verdeckten Operationen beteiligt und Leiter eines Anti-Terror-Teams. Im Golfkrieg war er das einzige Mitglied eines achtköpfigen Teams, dem die Flucht aus dem Irak gelang, und erhielt dafür eine Ehrenmedaille. Nach seinem Ausstieg aus dem Militärdienst widmete er sich dem Schreiben von Actionthrillern, mit denen ihm sofort der Sprung in die britischen Bestsellerlisten gelang.

CHRIS RYAN

JAGDFIEBER

Roman

Aus dem Englischen
von Bernhard Liesen

WILHELM HEYNE VERLAG
MÜNCHEN

Die Originalausgabe
THE INCREMENT
erschien 2004 in England by Century,
The Random House Group Limited

Umwelthinweis:
Dieses Buch wurde auf
chlor- und säurefreiem Papier gedruckt.

Redaktion: Verlagsbüro Oliver Neumann

Deutsche Erstausgabe 05/2005

Printed in Germany 2005
Umschlagillustration: Larry Rostant
Umschlaggestaltung: Nele Schütz Design, München
Satz: Buch-Werkstatt GmbH, Bad Aibling
Druck und Bindung: GGP Media GmbH, Pößneck
http://www.heyne.de

ISBN: 3-453-43001-8

Prolog

Gorazde, Bosnien, 1999

Das Echo des Schusses wollte nicht aus Matt Brownings Kopf weichen. Schon jetzt war ihm klar, dass ihn der Anblick dieses Mannes nicht mehr verlassen, sondern in einem dunklen Winkel seines Gedächtnisses überdauern würde – zusammen mit den Erinnerungen an all die anderen Männer, die er getötet hatte.

Mein persönlicher Friedhof.

Ein dunkler, verwahrloster Keller. Von der Decke war Wasser getropft, in der Luft hatte der erstickende Gestank von Fäkalien gehangen. Matt ging die Treppe hinunter, zuerst zögernd, damit sich seine Augen an die Dunkelheit gewöhnen konnten. Nur durch einen kleinen Schacht, durch den von der Straße Kohle in den Keller geschaufelt werden konnte, fielen ein paar Streifen trüben Lichts. Aber es gab kein einziges Fenster und keine Glühbirne.

Der Mann war an die Wand gekettet, seine Augenlider hingen herab. Es sah so aus, als hätte er durch Schläge das Bewusstsein verloren. Sein schwarzes Haar war durch Schweiß verklebt, die Wunden in seinem Gesicht wirkten frisch, das Blut schien noch nicht ganz getrocknet zu sein.

Matt hob ruhig seine Pistole, eine Smith & Wesson Magnum Hunter, und zielte sorgfältig. Neben ihm stand Jack Matram, der ihn genau beobachtete. Matts Finger legte sich fester um den Abzug.

Konzentrier dich, dachte er. Wenn diese Kugel ihn nicht erledigt, musst du ein zweites Mal abdrücken.

Die Kugel mit dem Mantel aus gehärtetem Stahl schlug mitten in die Stirn des Mannes ein. Selbst aus einer Entfernung von drei Metern glaubte Matt zu sehen, wie sie sich durch den Knochen bohrte und in das Gehirn eindrang. Aus der Kopfwunde sickerte ein Rinnsal Blut über das Gesicht des Mannes. Er wirkte völlig leblos, als sein Kopf nach vorne kippte und die Ketten, mit denen er an die Wand gefesselt war, leise klirrten.

»Nicht übel«, bemerkte Matram. »Los, lasst uns verschwinden.«

Wer mag das gewesen sein?, fragte sich Matt, während sie schnell zu dem auf der Straße geparkten Lieferwagen zurückgingen. Matram weigerte sich, es ihm zu sagen. »Wenn du Fragen stellen willst, solltest du ein Philosophieseminar besuchen«, hatte er Matt angeraunzt. »Wir drücken nur ab.«

»Und, war ich gut?«, fragte Matt, als sie wieder bei ihrem Stützpunkt angekommen waren. Der bestand nur aus fünf Zelten in den Hügeln außerhalb von Gorazde, das ungefähr fünfzig Kilometer südöstlich von Sarajevo lag. Das Regiment des SAS war seit einem Monat hier stationiert und hatte bereits einige der Banditen und Räuber eliminiert, die den Einheiten der Vereinten Nationen seit einem Jahr das Leben schwer gemacht hatten. Die Befehle waren klar und eindeutig – sie sollten die Kriminellen finden und töten.

Matram schaute Matt an. »Er war bereits tot.«

»Wie bitte?«

»Einer unserer Jungs hat ihm heute Morgen einen Besuch abgestattet und ihm die Funzel ausgeblasen. Eben wollte ich nur sehen, wie du dich in so einer Situation schlägst. Im Ernstfall verzichten wir auf Praktikanten.« Matram grinste verschlagen. »Zu riskant, sie könnten in letzter Minute kneifen.«

»Ich bin seit zehn Jahren beim SAS«, knurrte Matt.

»Und seit fünf Minuten bei Increment«, bemerkte Matram. »Was bisher war, interessiert uns einen Scheißdreck. Hier musst du dich vom ersten Tag an bewähren.«

Matt schluckte seine Verärgerung hinunter, was ihn einige Mühe kostete. Mittlerweile war es zehn Jahre her, seit er von der regulären britischen Army zum Special Air Service gewechselt war, und beim SAS hatte er gelernt, mit den Offizieren klarzukommen, die dort nur »Ruperts« genannt wurden. Man hörte zu, man gehorchte, und nur manchmal gab man gegenüber einem Offizier zu bedenken, es gebe vielleicht noch andere erwägenswerte Alternativen zu seiner Entscheidung. Trotzdem hatte Matt im Laufe der Jahre festgestellt, dass es ihm immer schwerer fiel, Befehle von anderen entgegenzunehmen. *Und es sieht so aus, als würde es mir bei Matram noch mehr gegen den Strich gehen.*

»Schießübungen sind bei mir überflüssig.« Matt schwieg kurz. »Sir.«

Matram richtete sich auf. Er maß einen Meter neunzig, ein paar Zentimeter mehr als Matt. Sein Haar war schmutzig blond, sein Kinn breit und energisch, seine Nase überdurchschnittlich kräftig, seine Haut rau und pockennarbig. Aber er hatte strahlende blaue Augen, die wie zwei Scheinwerfer zu leuchten schienen. Obwohl er jahrelang im britischen Hauptquartier des SAS in Hereford gearbeitet hatte, konnte Matrams Sprache seine Herkunft aus Cornwall immer noch nicht ganz verleugnen. »In fünfzehn Minuten treffen wir uns mit dem Rest der Einheit. Wir müssen einen weiteren Fisch fangen, und der lebt noch.«

Matt nickte und ging zu seinem Zelt. Schon jetzt kam ihm dieser Tag verdammt lang vor. Am Morgen hatte ihn Matram mit mörderischen Fitnessübungen gequält, und anschließend waren ihm von einem Seelenklempner des Regiments jede Menge idiotische Fragen gestellt worden. Der Psychologe wollte wissen, wie seine Einstellung gegenüber Autoritätspersonen und dem Tod sei. Den Sinn der Prozedur hatte Matt sofort durchschaut. Die Vorgesetzten wollten nur erfahren, ob er auf Befehl Menschen erschießen würde, ohne ärgerliche Fragen danach zu stellen, wer das Opfer sei und warum man ausgerechnet ihn für den Job auserkoren habe. Schließlich, direkt vor der angeblichen Exekution, hatte Matram ihm noch ein Reihe praktischer Fragen gestellt. In welcher Wassertiefe ertränkt man einen Mann? Aus welchem Stockwerk muss man jemanden werfen, wenn man sichergehen will, dass er es nicht überlebt? Mit was für einem Strick erwürgt man einen Mann am effektivsten? Und so weiter und so fort.

Bei einer Spezialeinheit wie Increment bekommt man nichts geschenkt, dachte Matt. Selbst innerhalb des SAS gibt es keinen härteren Job.

Er hatte sich nicht freiwillig für den Test beworben – auf diese Idee kam nie jemand. Die Ruperts hatten ihn ausgeguckt, und wenn er sich selbst gegenüber ehrlich war, fühlte er sich geschmeichelt, dass die Wahl auf ihn gefallen war. Increment war eine kleine Einheit, die aus nur sechs Männern und zwei Frauen bestand, die eine zweijährige Dienstzeit ableisteten. Sie operierte in dem zwielichtigen Schattenreich zwischen dem SAS und der regulären Army, den Geheimdiensten MI5 und MI6, dem Innen- und Außenministerium. Es gab reichlich Leute, die ihre Drecksarbeit von der Spezialeinheit erledigen lassen konnten, aber niemanden, der auch nur ihre bloße Existenz eingeräumt hätte, wenn einmal ein Einsatz fehlschlagen sollte. Ihr Zuständigkeitsbereich waren gezielte Tötungen. Wenn der britische Staat unbedingt jemanden loswerden wollte, griff er auf diese Einheit zurück.

Es war miese, harte und schmutzige Arbeit, gewöhnlich undercover. In der Regel inoffiziell, und immer ohne Rückendeckung. Aber es war auch die Überholspur auf dem Weg zur Beförderung. Hatte er seine zwei Jahre abgeleistet, konnte ein Mann von Increment so ziemlich jeden neuen Posten verlangen. Und ihn auch bekommen.

»Wie ist es gelaufen?«, fragte Reid.

Der stämmige Soldat aus dem Norden Englands war einer von Matts ältesten Freunden beim Regiment. Er lag auf seinem Feldbett und schrieb einen Brief an seine Verlobte, an dessen Entwurf er schon zwei Tage herumgefeilt hatte.

»Ganz gut«, antwortete Matt vorsichtig. »Ich denke, dass ich den Test bestanden habe.«

»Das ist eine Sache«, sagte Cooksley, der dritte Mann in dem Zelt. »Aber willst du diesen Job *wirklich*? *Die* Frage musst du dir beantworten.«

Matt reagierte nicht sofort und dachte darüber nach. Das hatte er allerdings schon die letzten beiden Tage getan – seit man ihm gegenüber die Möglichkeit erwähnt hatte, ihn für Increment in Betracht zu ziehen. Ihm war klar, dass sie ihn zu bewerten versucht hatten. Die Bilanz seiner Einsätze in Nordirland, im Golfkrieg und in Bosnien – dazu kamen noch ein paar schmutzige Jobs auf den Philippinen und in Indonesien – musste die Ruperts beeindruckt haben. Wenn sie ihn nicht für einen geeigneten Kandidaten gehalten hätten, wären sie kaum auf die Idee gekommen, ihn zu empfehlen. Aber gezielte Tötungen? Ein fairer Kampf war das nie, und die Opfer waren in der Regel Zivilisten. Er hatte nie Probleme damit gehabt, einen feindlichen Soldaten zu töten, und er bestand auch nicht auf einem fairen Kampf. Je weniger fair, desto besser – wenn er ehrlich war, entsprach das seiner Einstellung. Aber Zivilisten töten? Unbewaffnete Zivilisten? Das war etwas anderes.

»Wenn sie mich haben wollen, werde ich zusagen«, antwortete er schließlich. »Zwei Jahre mehr, das ist alles.«

»Selbst wenn das bedeutet, dass Matram dein Vorgesetzter wird?«, fragte Cooksley.

»Wie schlimm ist er denn?«

»Stell dir Saddam Hussein vor, aber ohne dessen Charme«, sagte Reid.

»Oder Gerry Adams ohne seinen sonnigen Humor«, fügte Cooksley hinzu.

Matt lachte. »Und wie ist er wirklich?«

Cooksley blickte von dem Nintendo-Gameboy auf, den er am Vortag in Hereford gekauft hatte. »Ich weiß auch nicht mehr, als was man so über ihn erzählt, genau wie du. Wie du weißt, halten die Jungs von Increment Distanz zu uns, also sind es nur die alten Gerüchte aus zweiter Hand.«

»Aber …«

»Anscheinend ist er ein verdammt harter Dreckskerl.«

»Das ist offensichtlich.«

»Aber nach dem, was ich so höre, führt er sich in seinem kleinen Königreich wie ein mieser Sadist auf. Er genießt es, das Töten.«

»Mir ist eine Geschichte zu Ohren gekommen, nach der sie ein paar Aufwärmübungen gemacht haben, um in Form zu kommen«, sagte Reid. »Hier in Bosnien. Sie hatten ein paar Namen von Leuten, die auf der Fahndungsliste der Vereinten Nationen standen, und sind einfach herumgefahren und haben sie kaltgemacht. Nicht, weil es ihnen jemand befohlen hätte, sondern einfach nur so, weil sie ein paar neue Mordmethoden ausprobieren wollten.«

Matt atmete tief durch. »Aber der Job bei Increment lohnt sich?«

»Danach geht's auf der Karriereleiter nach oben, so viel ist sicher«, antwortete Reid. »Wenn man Offizier werden will, ist das die Eintrittskarte. Zwei Jahre ohne Sinn und Verstand Leute umlegen, überall Chaos anrichten und sich wie ein arrogantes Arschloch aufführen, das ist genau die Ausbildung, die man braucht, um ein erstklassiger Rupert zu werden.«

Matt lachte. Sie konnten ihn ruhig aufziehen, aber wenn er im Regiment bleiben wollte, musste er ernsthaft über die Zukunft nachdenken, denn mittlerweile hatte er die dreißig überschritten. Falls er hier keine Alternative hatte, würde er sich überlegen müssen, was er sonst mit seinem Leben anfangen konnte.

Beförderung oder Abschied, darauf läuft es hinaus.

Als er zu Matrams Zelt zurückging, musste er noch immer über diese beiden Alternativen nachdenken. Es war ein erbärmlicher, völlig verregneter Frühlingstag mit dichten, niedrig hängenden Wolken und einem rauen, aus östlicher Richtung pfeifenden Wind. Matt war bis auf die Knochen durchgefroren, und das miese Wetter schlug ihm aufs Gemüt.

Er stieg in den Jeep, den Matram startklar gemacht hatte. Außer ihm saßen drei Männer hinten in dem Geländewagen. Abram und Unsworth leisteten ihr zweites Jahr bei Increment ab, Harton sein erstes. Alle reinigten schweigend ihre Waffen, um sicherzugehen, dass sie perfekt funktionieren würden.

»Unser Mann ist da drüben«, sagte Matram, als alle aus dem Jeep gestiegen waren.

Auch hier ging ein böiger Wind, und Matt schlug den Kragen seiner Lederjacke hoch. Selbst in Bosnien trugen die Mitglieder der Spezialeinheit Zivilkleidung – für die reguläre Army waren ihre Jobs zu heikel. In Matts Tasche steckte eine Smith & Wesson, unter einem Hosenbein ein Messer. Für den Ernstfall lagen hinten im Jeep fünf C-5-Gewehre.

Matt blickte in das unter ihnen liegende Tal hinab. Das Land ertrank im Regen, fast alle Felder waren verwildert und wurden nicht mehr bestellt. In der Ferne sah er neben einem zu einem Bauernhof gehörenden Schuppen eine kleine Ziegenherde und ein paar Hühner. Viele Bauern hatten ihre Höfe verlassen, um in den Krieg zu ziehen, und etliche von ihnen waren nie zurückgekehrt.

»Unser Mann ist ein Kriegsverbrecher«, sagte Matram. »Heißt Elvedin Jamakovic, ein übler Typ. Angeblich ist er Soldat, aber tatsächlich interessiert er sich mehr für die Zigaretten und das Heroin, die über die albanische Grenze geschmuggelt werden. Man kann ihn vor Gericht stellen, aber nicht verurteilen, weil alle Ortsansässigen zu verängstigt sind, um eine Zeugenaussage zu machen. Ein Prozess wäre ein unangemessener Aufwand.« Er schwieg kurz, und sein Blick heftete sich auf Matt. »Also werden wir auf eine bewährte Methode zurückgreifen – *fight-back.*«

Fight-back.

Seit seiner Zeit im nordirischen Ulster war Matt mit diesem Ausdruck vertraut. Die Methode war einfach. Man versuchte, den Verdächtigen festzunehmen, und sorgte dafür, dass er es auf keinen Fall ohne Gegenwehr geschehen ließ. Dabei löste sich versehentlich ein Schuss, und das war's. Kein Verfahren, keine langjährige Gefängnisstrafe. Und keine unangenehmen Fragen.

Abram, Unsworth und Harton schauten Matram an und nickten. »Wer geht zuerst rein?«, fragte Harton.

»Das kannst du mit Unsworth übernehmen«, antwortete Matram. »Schießt die Tür aus den Angeln und marschiert rein.« Er hielt ein Foto hoch, das einen knapp über dreißigjährigen Mann mit dunkelbraunen Augen und lockigem schwarzem Haar zeigte. »Das ist er. Sobald ihr Jamakovic seht, drückt ihr ein paarmal ab. Aber bitte so, dass es nicht nach einem allzu sauberen Job aussieht. Zwei Kugeln ins Bein, dann eine oder zwei in die Brust, aber nicht ins Herz. Dann lasst ihr ihn verbluten. Sollte später jemand eine Autopsie vornehmen, wird es so aussehen, als wäre er im Kampf gestorben.« Matram lachte. »Schließlich wollen wir ja nicht, dass jemand auf die Idee kommt, wir hätten ihn einfach mal eben so umgelegt.«

Alle nickten. Ihre Mienen waren so trostlos wie die grauen Wolken über den Bergen. Matt wurde bewusst, dass es für die anderen nur ein Job unter vielen war.

Das Dorf war bettelarm. Eine einzige Straße, von der drei schlammige Wege abgingen. Das Regenwasser sammelte sich in großen Pfützen. Insgesamt gab es etwa zwanzig Häuser, von denen drei nie zu Ende gebaut und zwei bombardiert worden waren. Am Ende der Straße spielten ein paar kleine Jungs Fußball, zwei alte Autositze bildeten die Torpfosten. Einer der Jungen blickte zu den Männern auf, zeigte aber kein Interesse für sie. Einer seiner Freunde rief ihm zu, er solle sich wieder ins Tor stellen.

Die Kinder hier sind daran gewöhnt, Männer mit Waffen zu sehen. Aber wenn man im Süden Londons aufwächst, ist das auch nicht anders.

Jamakovics Haus stand am Ende eines der verschlammten Wege. Es war ungefähr zehn Jahre alt und stammte noch aus der Zeit des alten jugoslawischen Regimes, wo man sich so das Wohnen im Arbeiterparadies vorgestellt hatte. Der flache, einstöckige Kastenbau bestand aus billigen Betonblöcken, die durch die rauen meteorologischen Bedingungen fleckig geworden waren. Auf der Auffahrt stand ein großer Toyota-Geländewagen, im Garten eine Satellitenschüssel mit einem Durchmesser von zehn Metern.

»Seid ihr so weit?«, flüsterte Matram, der bereits vor der Haustür stand.

Harton und Unsworth nickten.

»Dann los.«

Die Tür machte keine Probleme. Zwei sauber platzierte Kugeln ließen die Schlösser in Stücke springen, und nach einem schwungvollen Fußtritt flog die Tür nach innen auf. Harton und Unsworth stürmten mit gezückten Waffen durch die Diele, Abram, Matt und Matram folgten ihnen. Aus dem ersten Stock hörten sie Gebrüll und die Schreie einer Frau. Harton und Unsworth rannten die Treppe hoch, Abram und Matram im Schlepptau.

»Du schaust dich unten um!«, schrie Matram, der auf eine Tür in der Diele zeigte.

Matt trat ins Wohnzimmer, die Smith & Wesson schussbereit in der Hand. Ein Fernseher, zwei DVDs auf dem Boden – billige Raubkopien von *Die Mumie kehrt zurück* und *Stirb an einem anderen Tag* –, ein paar leere Weinflaschen. Mehr gab es nicht zu sehen, und Matt ging in die Küche. Ebenfalls menschenleer. Im Bad war es nicht anders.

Schüsse hallten durch das Haus, und obwohl der Lärm durch die Decke gedämpft wurde, hörte er trotzdem Schreie. Er ging vorsichtig die Treppe hoch, die Pistole schussbereit ausgestreckt. Über dem Treppenabsatz baumelte eine einzelne brennende Glühbirne, aber die Vorhänge waren zugezogen und die Räume in Dunkelheit getaucht.

Jamakovic lag auf dem Bett, mit offenem Mund und blutverschmiertem Haar. Ein Auge war herausgeschossen, drei weitere Kugeln waren in seine Lunge eingeschlagen. Blut spritzte auf das schwarze Bettlaken. Seine Freundin lag neben ihm und klammerte sich an das Kopfkissen, als wäre es ein Schutzschild. Die schlanke, bleiche Frau hatte grüne Augen, mit gefärbten Strähnchen durchzogenes blondes Haar und direkt über dem Bauchnabel eine Tätowierung, die einen Ferrari zeigte. Offensichtlich wollte sie etwas sagen, aber die Angst hatte sie völlig paralysiert, und die Worte blieben ihr im Halse stecken – nur ein leises Keuchen entrang sich ihren Lippen.

Matram lächelte Harton an. »Gute Arbeit. Wenn du willst, kannst du sie jetzt auch erledigen.«

»Soll's schnell gehen, oder soll sie auch verbluten, Sir?«, fragte Harton.

Matram zuckte nur die Achseln. »Ist mir egal, sie gehört dir.«

Harton trat auf die Frau zu. Er war ein kleiner, untersetzter Mann, gerade mal einen Meter fünfundsechzig groß, aber bullig wie ein Hund. Er hatte schwere Knochen, und unter seiner Kleidung zeichneten sich seine sich wölbenden Muskeln ab. Er packte die Haare der Frau und riss ihren Kopf nach hinten. »So ein hübsches Mädchen«, flüsterte er. »Wir werden es schnell über die Bühne bringen.«

Er schob ihr langsam den Lauf seiner Smith & Wesson ins rechte Ohr. Die Frau versuchte, sich zu wehren, aber Hartons kräftige Hände drückten ihre Schultern auf die Matratze und machten jede Gegenwehr unmöglich. Er drückte ab, und die Kugel durchdrang das Gehirn und trat an der anderen Seite ihres Schädels wieder aus. Als das Projektil in die Wand schlug, sickerte etwas Putz auf die Laken.

Richtige Soldaten führen sich nicht so auf, dachte Matt.

Matram vergewisserte sich, dass die Frau tot war, und blickte dann die anderen an. »Also gut, wer opfert sich?«

»Einer soll sich opfern?«, fragte Matt.

»Ich dachte, du weißt, was dieses Wort bei uns bedeutet, Browning. Oder hast du bisher nur mit Zinnsoldaten gespielt?«

Opfern, dachte Matt. Will sagen, dass einem von uns eine Kugel verpasst wird.

»Ich kenne seine spezielle Bedeutung, Sir, weiß aber nicht, warum es nötig sein sollte.«

»Mein Gott, wir sind in Bosnien«, fuhr ihn Matram an. »Das Land steht unter der Kontrolle der Vereinten Nationen, und hier wimmelt es nur so von Mitarbeitern von humanitären Organisationen, internationalen Inspektoren, CNN-Kamerateams und Gutmenschen aus ganz Europa. Einer muss sich opfern. Wenn wir keinen Verwundeten vorzuweisen haben, sieht es nicht so aus, als hätte es einen anständigen Kampf gegeben.« Er hob eine Augenbraue. »Irgendjemand könnte auf den Gedanken kommen, wir hätten den Dreckskerl einfach nur so umgelegt.«

Vier Augenpaare richteten sich auf Matram, der eine Münze aus der Tasche zog und sie in die Luft warf. »Harton und Unsworth Kopf, Abram und Browning Zahl.« Das Geldstück landete auf seinem Handrücken. »Zahl.« Er warf die Münze erneut. »Abram Kopf, Browning Zahl.«

Die Münze landete auf seinem Handteller, und Matram schien sich prächtig zu amüsieren. Er blickte zu Matt auf. »Sieh mal an, schon wieder Zahl«, sagte er in einem schleppenden Tonfall. »Sieht so aus, als wärst du der glückliche Gewinner, Browning. Krempel ein Hosenbein hoch, wir werden uns mit einer hübschen kleinen Fleischwunde an der Wade begnügen. Schließlich wollen wir dir nicht zu sehr wehtun.«

Matt hatte nicht vor, einfach nachzugeben.

Mit Schusswunden hatte er schon dreimal Erfahrungen

gemacht – im Golfkrieg hatte ihn eine Kugel am Arm getroffen, in Bosnien hatte er einen Bauchschuss davongetragen, und auf den Philippinen war er am Bein verwundet worden. Erfahrene Soldaten im Kasinoraum in Hereford behaupteten, Schusswunden seien nicht mehr so schmerzhaft, wenn man sich erst einmal daran gewöhnt habe. Wenn es einen erst ein paarmal erwischt habe, prahlten sie beim Bier, habe man später keine Angst mehr. Erst das mache einen richtigen Soldaten aus einem. Matt hatte in das Gelächter eingestimmt, aber er wusste, dass es nur großsprecherisches Getue war. Wenn es einen erwischte, durchzuckte einen ein völlig unvergleichlicher Schmerz – die Kugel zerfetzte die Haut, bohrte sich ins Fleisch, zerstörte Venen und Nerven. Sofort stieg einem schwach der Übelkeit erregende Gestank von versengtem Fleisch in die Nase. Durch den plötzlichen Blutverlust wurde einem schwindlig, man sah nichts mehr und konnte nicht mehr klar denken.

Wenn es sein musste, wurde man eben getroffen, doch es musste in einer kämpferischen Auseinandersetzung passieren. *Aber hier geht es sozusagen nur um Öffentlichkeitsarbeit.*

»Es ist überflüssig, dass sich jemand opfert, Sir.«

Matram trat bis auf einen Meter an Matt heran. »Hast du Schiss, Browning?«

Matt wich nicht zurück. »Ich glaube einfach, dass es nicht notwendig ist, Sir. Meine Vorstellung von unserem Job ist eine andere. Soldaten sollten sich ihrer Handlungen nicht schämen müssen.«

Matram kam noch einen Schritt näher und schaute Matt von oben herab an. »Du kannst nicht schießen, hast aber auch keinen Mumm, eine Kugel einzustecken«, sagte er kalt. »Die Männer meiner Einheit sind aus anderem Holz geschnitzt. Du hast hier keine Zukunft, weil du ein elender Feigling bist.«

»Wenn Sie mir eine Kugel verpassen lassen wollen, nur weil Sie Angst haben, wie andere über uns denken könnten, dann sind Sie der elende Feigling.«

»Sei vorsichtig, gegen wen du deine Anschuldigungen richtest.«

»Sie sind ein Feigling, Sir, weil Sie niemanden in Ihrer Einheit dulden, der Ihre Entscheidungen infrage stellen könnte.«

Matt sah, wie sich Matrams Muskeln wölbten. Sein Gesicht war rot angelaufen, sein Blick wütend. »Irgendwann werden wir uns auf einem anderen Schlachtfeld wiedersehen, Browning«, knurrte er. »Dann werde ich dir Manieren beibringen.«

Matt verließ das Zimmer, stieg die Treppe hinunter, trat aus dem Haus und ging langsam die schlammige Straße hinab, die aus dem Dorf herausführte. Mittlerweile blies der Wind noch heftiger, und da es zudem noch regnete, peitschte er ihm kalte Tropfen ins Gesicht.

Nun war ihm klar, dass er nie zu Increment gehören würde. Es spielte keine Rolle, denn er hatte jedes Interesse an der Spezialeinheit verloren. Wenn er bei der Army bleiben wollte, musste er nur um die Aufnahme in eine andere Einheit bitten.

Doch irgendwo tief in seinem Inneren wusste er, dass ihm dort kaum noch Möglichkeiten blieben. Eine Entscheidung, die sich bereits seit einem Jahr angebahnt hatte, vielleicht auch noch länger, wurde plötzlich unausweichlich, und es gab keine Ausflüchte mehr. Er konnte nicht für immer ein einfacher Soldat bleiben, sich aber auch nicht in einen Rupert verwandeln.

Es ist egal, was jetzt passiert. Meine Zeit beim Regiment geht zu Ende. Jetzt ist der Augenblick gekommen, wo ich über mein künftiges Leben nachdenken muss.

1

Jack Matram schaute die beiden Männer an, die hinter ihm in dem Auto saßen. Simon Clipper, ein junger Mann mit kurz geschnittenem blondem Haar, grünen Augen und einem sanften Lächeln, war fast einen Meter neunzig und der größere der beiden. Mit seiner einfachen Jeans und dem blauen T-Shirt fiel er zwischen den gepflegten Reihenhäusern der Vorstadt nicht weiter auf. Frank Trench – pechschwarzes Haar, blaue Augen, schiefes Lächeln – war nur einen Meter fünfundsiebzig groß.

Die beiden Männer vermittelten den Eindruck einer etwas rauen, kumpelhaften Umgänglichkeit. In ihrer Zivilkleidung wirkten sie, als wollten sie gleich gemeinsam das nächste Pub aufsuchen. Perfekt, dachte Matram.

Die beiden hatten gerade die ersten zwölf Monate ihrer zweijährigen Dienstzeit bei Increment abgeleistet, und Matram wusste, dass er sich auf sie verlassen konnte. Clipper hatte bisher elf Leute eliminiert, Trench acht. Immer war alles exakt so gelaufen, wie es im Lehrbuch stand – den richtigen Moment abpassen, schnell reagieren, das Opfer erledigen und dann zurückkommen, ohne auch nur einen Tropfen Schweiß vergossen zu haben.

Clipper und Trench taten, was man ihnen sagte. Besser ausgebildete Killer als diese beiden waren nicht zu haben.

»Barry Legg«, sagte Matram sanft. »So heißt der Typ, der morgen dran glauben muss.«

Er reichte Clipper und Trench jeweils ein Foto, das einen etwa fünfunddreißigjährigen Mann mit braunen Haaren und einem rundlichen Gesicht zeigte. Er wirkte genauso unspektakulär wie die Neubausiedlung am Rande von Swindon, wo Legg mittlerweile lebte. Die beiden Männer falteten das Foto in der Mitte, ließen es in den Brusttaschen ihrer Hemden verschwinden und schauten dann wortlos Matram an.

»Mittwochs geht sein Sohn Billy nach der Schule zum Fußballtraining«, sagte Matram. »Von seinem Haus bis zum Sportplatz sind es ungefähr anderthalb Kilometer, und der Weg führt durch Felder. Das Training dauert bis sieben, aber weil Legg den Jungs gerne noch etwas beim Kicken zusieht, ist er in der Regel ein bisschen früher da. So um sechs herum sollte er morgen an dieser Stelle vorbeikommen.« Er schwieg kurz und zeigte auf die Felder. »Ihr werdet hier auf ihn warten, ihm auf dem Weg durch die Felder folgen und ihn erledigen. Eigentlich solltet ihr keine Probleme mit ihm haben.«

Clipper nickte. »Wird er allein sein?«

»Höchstwahrscheinlich ja«, antwortete Matram. »Wenn nicht, werdet ihr unter Umständen auch seinen Begleiter ausschalten müssen. Aber ich werde aus der Ferne alles beobachten. Ihr hört von mir, falls mir irgendetwas nicht passen sollte.«

»Sind Knarren in Ordnung?«, fragte Trench. »Oder besser Messer?«

»Pistolen sind besser. Ich will, dass der Job schnell und sauber über die Bühne geht.« Matram blickte auf die Uhr. Es war kurz vor sieben, und das Tageslicht begann schon ein bisschen dämmriger zu werden. In der Ferne sah er zwei junge Mütter ihre Kinderwägen vor sich her schieben, zwei

Männer suchten für das Feierabendbier ein Pub auf. Ein ganz gewöhnlicher, ruhiger Abend in der Vorstadt von Swindon.

Als Matt Browning in das Hinterzimmer des Last Trumpet trat, hörte er Gläserklirren und das Brutzeln von Steaks und Hähnchenfilets auf dem Grill. Er zog sein durchgeschwitztes T-Shirt aus und warf es im Waschraum auf einen Haufen dreckiger Wäsche.

Zuerst unter die Dusche, dann ein Bier, dachte er. Sieht so aus, als sollte es ein angenehmer Abend werden.

Das Laufen – gut sieben Kilometer am Strand entlang – hatte ihm gut getan. An der südspanischen Küste war der Sommer sehr schnell auf Touren gekommen. Jetzt war es Juni und um die vierzig Grad. Die körperliche Anstrengung hatte ihn erschöpft, aber auch seine geistige Aufnahmefähigkeit geschärft. Das gefiel Matt so am Laufen – man trainierte nicht nur seine Muskeln, sondern auch das Gehirn.

Es gibt nicht viel, worum du dir Sorgen machen müsstest, hatte er sich gesagt, während er in der mittäglichen Sonne über den knochentrockenen Sand gelaufen war. Er hatte Geld auf der Bank, den Lohn für seinen letzten Job, und er hatte Gill versprochen, keine Jobs dieser Art mehr anzunehmen. Die Schulden für die Übernahme des Last Trumpet waren komplett abgetragen, und wenngleich die Bar und das Restaurant im Winter und im Frühling allenfalls ganz ordentlich liefen, sollte im Sommer eigentlich richtig Geld in die Kasse kommen. Der harte Kern der Stammgäste, meistens Leute aus London, die sich für ein paar Jahre an der Costa del Sol niedergelassen hatten, war die Garantie dafür, dass das Geschäft keine roten Zahlen schrieb. Den Gewinn brachten dagegen die Touristen, die im Juli und August aus ihren Billigfliegern torkelten und mit Taschen voller Euros in Malaga einfielen.

Es war ein solides, verlässliches Geschäft, das genug Geld einbrachte, um eine Familie zu unterhalten. Und das Haus, das Matt und Gill einen guten Kilometer weit entfernt an der Küste bauen ließen, war fast fertig. Zugegeben, José und seine marokkanischen Bauarbeiter nahmen es mit den Terminen nicht ganz so genau, aber Matt, der im Süden Londons aufgewachsen war, hatte nicht vor, sich über ein paar windige Bauarbeiter aufzuregen. Jeder muss zusehen, wie er seinen Lebensunterhalt verdient, sagte er sich. Und außerdem konnte er sich im Augenblick ein paar zusätzliche Ausgaben leisten.

Ich habe Schwein gehabt. Jetzt muss ich zusehen, dass das Glück mich nicht wieder verlässt.

Er trat aus der Dusche, schlang ein Handtuch um die Hüften und begann gerade nach einer sauberen Sommerhose zu suchen, als jemand sanft seinen Nacken küsste. Er hielt still und genoss es, wie ihre Zunge mit seinem Ohr spielte. Dann streckte er die Hände nach hinten aus und zog ihren Körper dicht an seinen.

»Lass mich raten.« Er drehte sich immer noch nicht um. »Die Braut aus Reading, die ich neulich in der Bar kennen gelernt habe? Gerade aus Luton rübergeflogen, zu viele Cocktails, zu wenig Sonnenschutzcreme, völlig verbranntes Gesicht, und das schon vor Sonnenuntergang. Wir werden es auf die Schnelle machen müssen, Baby. Meine Verlobte läuft hier irgendwo rum.«

Gill schlang ihre Arme fester um seine Brust. »Und was würde deine Verlobte tun«, flüsterte sie, »wenn sie dich mit einer anderen erwischen würde?«

Matt lächelte. »Uns beide in kleine Stücke schneiden. Sie ist ziemlich temperamentvoll.«

Matt drehte sich um und küsste Gill auf den Mund. Ihre Finger strichen über seine Brust und glitten dann unter das

Handtuch. Ihr dünnes weißes Baumwollkleid flatterte in der Brise, die vom Meer herüberwehte, und als Matt ihren Rücken streichelte, fühlte er, wie ihre Haut unter seinen Berührungen nachgiebiger wurde. Seine Lippen liebkosten ihren Hals, und er zog ihren Körper fester an sich heran. Ihr Haar fiel über sein Gesicht.

Es spielt keine Rolle, wie oft wir uns lieben, mit ihr ist es jedes Mal wieder aufregend und anders. Vielleicht ist das einer der Gründe, warum ich sie heiraten werde.

Er schob schnell die Träger des Kleids von ihren Schultern. Es fiel zu Boden, und Gill stand nackt vor ihm.

In der Bar war mehr los, als Matt erwartet hatte. An einem Dienstagabend hatte man meistens nicht so viele Kunden. Die Engländer ließen sich am Wochenende voll laufen und brauchten dann etwas Ruhe, um wieder in Form zu kommen. Es dauerte bis zum Mittwoch, bis sie den Bars und Restaurants erneut einen Besuch abstatteten, aber erst am Freitag wurde es wieder richtig spät. England war weit weg, aber ihre Trinkgewohnheiten änderten sich ebenso wenig wie ihr jeweiliger Akzent.

Einige der Gäste gehörten zu den Stammkunden. Bob, ein ehemaliger Soldat, der als Sicherheitsberater für ein paar schwerreiche Russen arbeitete, die an der Küste Häuser besaßen, trank ein Bier mit Keith, einem alten Anwalt aus London, der die erste Hälfte seines Arbeitslebens Staatsanwalt gewesen war und die Auslieferung in Spanien lebender Krimineller zu erwirken versucht hatte. Jetzt verbrachte er die zweite Hälfte damit, als Anwalt ebendiese Kriminellen vor der Auslieferung nach Großbritannien zu bewahren. Er legte einen Einspruch nach dem anderen ein, und einige seiner Klienten waren ebenfalls Stammgäste im Last Trumpet.

Schon seit der Eröffnung der Bar hatte Matt die Maxime befolgt, niemals Fragen zu stellen. *Wer seine Rechnung bezahlen kann, ist im Last Trumpet willkommen.*

An einem Tisch mit Blick aufs Meer saßen Penelope und Suzie bei einer Flasche chilenischem Weißwein. Je häufiger Suzie in einem Gespräch bezüglich ihres Alters den Ausdruck »Ende dreißig« fallen ließ, desto sicherer wusste man, dass die Zahl der Kerzen auf ihrer Geburtstagstorte deutlich höher ausfiel. Während der letzten zwei Jahre hatten beide Frauen eine Scheidung hinter sich gebracht, und Matt musste gar nicht lauschen, um die Themen ihres Gesprächs zu kennen – sie lamentierten über ihre Exmänner und tratschten über denkbare neue Partner.

Viele der Kriminellen an der spanischen Küste tauschten ihre Frauen regelmäßig aus, wenn ein neues Geschäft ihnen eine Stange Geld gebracht hatte. Diese beiden hier glichen zwei antiquierten Ford Siestas, mit denen man zwar noch herumfahren konnte, die aber auch nicht mehr sehr gefragt waren, seit die Männer auf Mondeos umgestiegen waren.

Aber was für Macken sie auch haben mochten, Matt fiel es natürlich schwer, zahlende Kunden nicht zu mögen.

Einen Mann, etwa vierzig, blond und ziemlich korpulent, kannte er nicht. Er saß allein an einem Tisch und trank ein Glas Portwein. Das war eine Seltenheit, da die Kundschaft hier in der Regel Flaschenbier oder exotische Cocktails bevorzugte. Er trug einen scharf gebügelten, weißen Leinenanzug und ein hellblaues, am Hals offenes Baumwollhemd, bei dem an einer Manschette das Monogramm »GA« eingestickt war. In diesem Laden wirkt er ungefähr so unauffällig wie eine Makrele bei einem Metzger, dachte Matt.

Vor ihm auf dem Tisch lag ein aufgeschlagenes Exemplar des *Wall Street Journal*, doch er las nicht, sondern blickte mit einer zufriedenen und gelassenen Miene aufs Meer hinaus. Matt sah, wie Suzie dem dicken Mann einen Blick zuwarf, den Anzug taxierte und dann die Zeitung bemerkte. Niemand las das *Wall Street Journal* nur so zum Spaß. Er musste Geld haben. *Und genau das findet sie an Männern anziehend.*

»Wenn du glaubst, dass es hier heiß ist, solltest du mal lesen, was zu Hause los ist«, sagte Bob, der Matt eine Flasche San Miguel reichte.

Matt trank einen Schluck. Es war sein erstes Bier in dieser Woche. Wie die meisten seiner Kunden versuchte auch er, sich sonntags und montags in Abstinenz zu üben. Sein Vater hatte seinerzeit im Süden Londons einige Kneipenbesitzer gekannt und seinem Sohn ein paar Ratschläge gegeben, als dieser beim Last Trumpet eingestiegen war: Kneipenbesitzer gehen nur Pleite, wenn sie selbst trinken.

»Wovon redest du?«, fragte Matt.

Da er sich um die Finanzen des Lokals und sein neues Haus kümmern musste, hatte er während der letzten Woche kaum einen Blick in britische Zeitungen geworfen. Selbst wenn man Prinz Charles mit Posh Spice in flagranti erwischt oder Beckham Posh wegen Nancy Dell'Olio verlassen hätte – für ihn wäre das eine Neuigkeit gewesen. Wenn er einen kurzen Blick in den Wirtschaftsteil geworfen hatte, um den Stand seiner Aktien zu überprüfen, war sein Interesse an den Zeitungen schnell erloschen. Je länger er im Ausland lebte, desto belangloser erschienen ihm die britischen Schlagzeilen. Er lebte in Spanien sein eigenes Leben, mit frischer Seeluft und Geld auf der Bank. Alles andere war unwichtig.

»Von der Hitzewelle«, antwortete Bob. »Puh, in London waren es gestern angeblich neununddreißig Grad, der heißeste Tag seit Beginn der Temperaturaufzeichnung. In der

U-Bahn sind ein paar Züge stehen geblieben. Hunderte Leute mussten stundenlang da unten ausharren.«

»Rekordstaus auf den Straßen«, fügte Keith hinzu, der ein zwei Tage altes Exemplar der *Daily Mail* studierte. »Alle sind in ihre Autos gesprungen, um sich am Meer abzukühlen. Auf der M32 mussten alle, die zur Küste von Kent wollten, vier oder fünf Stunden im Stau warten. Die Leute mussten von Krankenwagen auf der Standspur aus mit Mineralwasser versorgt werden. Und dann ist noch ein Soldat völlig durchgedreht und hat um sich geschossen.«

Bob leerte seine Bierflasche und bestellte eine neue. »Im ganzen Land herrscht Chaos. Wir sind hier besser dran. Über die Spanier kann man ja sagen, was man will, aber wenigstens sind die Straßen nicht verstopft.«

»Was ist aus dem Soldaten geworden?«, fragte Matt. »Kennen wir ihn?«

Keith schüttelte den Kopf. »An die Einzelheiten kann ich mich nicht so genau erinnern. Irgendein Typ aus Shropshire, ehemals beim Engineers Corps, seit zwei Jahren nicht mehr bei der Army, wenn ich mich richtig erinnere. Hat erst seine Frau und sein Stiefkind umgebracht, dann sich selbst.«

Matt blickte aufs Meer hinaus. Die Wellen brandeten gegen die Felsen in der Bucht unter dem Restaurant. Etwas weiter weg sah er zwei Fischerboote, die die Netze mit dem ersten Fang der Nacht einholten. Am Himmel ging der Mond auf, während am Horizont die Sonne schnell im Meer versank. In der Ferne bildeten sich große, dicke Gewitterwolken, die während der heißen Sommermonate von der nordafrikanischen Küste aus heraufzogen. Was immer zu Hause auch passieren mag, es spielt keine Rolle, dachte er. Unsere Heimat ist weit weg.

»Wann ist denn die Hochzeit?«, fragte Keith.

»Am 6. September«, antwortete Matt. »Wenn's bis dann nicht ein bisschen kühler geworden ist, werde ich schwitzen und stinken wie ein Schwein. Gill wird schreiend aus der Kirche rennen.«

»Wenn sie bei Verstand wäre, würde sie das sowieso tun«, bemerkte Keith.

Ist da ein Quäntchen Wahrheit dran?, fragte sich Matt. Bis zur Hochzeit waren es nur noch zwei Monate. Es sollte ein Riesenspektakel in Südlondon werden, wo er, Gill und deren Bruder Damien aufgewachsen waren. Matt hätte nicht sagen können, dass er sich besonders darauf freute. Die Trauung in der Kirche war für vier Uhr angesetzt, und dann sollte eine Feier folgen, die sich bis weit in die Nacht hinziehen würde. Damien, sein bester Freund von klein auf, würde die Rolle des Trauzeugen übernehmen. Zweihundert Leute waren eingeladen. Matt hat keine Ahnung, warum es so viele sein mussten. Wenn es nach ihm gegangen wäre, hätte er nicht mehr als ein Dutzend eingeladen. Aber Gill wollte es so. Vettern zweiten Grades, Großtanten, die Frau, bei der sie mit zwölf als Austauschschülerin in Frankreich gewohnt hatte … Ihr schien es sehr wichtig zu sein, dass an diesem Tag alle da waren.

Eine Trennung haben wir schon hinter uns, ich kann ihr das Leben nicht schon wieder schwer machen.

»Matt Browning.«

Der Tonfall der Stimme ließ kaum erkennen, ob das eine Frage oder eine Feststellung sein sollte. Matt blickte sich um und sah den Mann im weißen Anzug, der ihm direkt in die Augen schaute.

»Ja. Und wer sind Sie?«

»Mein Name ist Guy Abbott. Wir müssen reden.« Er blickte zu Bob und Keith hinüber. »Unter vier Augen.«

Zögernd folgte Matt dem Fremden durch den hinteren

Teil des Restaurants. Abbotts Aussehen gefiel ihm nicht, und er spürte, wie Penelopes und Suzies Blicke ihnen folgten, als sie an einem Tisch in der hintersten Ecke der Veranda Platz nahmen. Matt sah einen Moskito auf der Tischplatte und zerquetschte ihn, ohne mit der Wimper zu zucken.

Vielleicht kann ich ihm so klar machen, dass ich mit ihm am liebsten dasselbe täte.

»Hübsches Lokal haben Sie hier«, sagte Abbott, der einen der schwarzen Metallstühle zurückzog und sich setzte. »Wenn ich ein Gangster aus London wäre und auf abgetakelte Blondinen und angebrannte Hähnchenfilets stehen würde, wäre ich Stammgast. Wirklich, ganz wunderbar.«

Matt setzte sich und stützte die Unterarme auf den Tisch. »Wer *sind* Sie?«

»Wie gesagt, mein Name ist Guy Abbott. Ich arbeite für ein kleines Unternehmen mit Sitz in Vauxhall. Ein großes, grün und beigefarben gestrichenes Gebäude. Wenn Sie es sähen, würden Sie es wiedererkennen.«

Er fischte eine Zigarette aus dem Päckchen, schob sie sich zwischen die Lippen und zündete sie mit einem Feuerzeug an. Im gelblichen Licht der Flamme sah Matt seine rötliche, fleckige Haut – der Teint eines Mannes, der zu viel Zeit hinter einem Schreibtisch verbrachte. »Sie haben ein Konto bei unserer Firma, alter Knabe. Es ist überzogen, und wir möchten, dass Sie Ihre Schulden begleichen.«

Matt wandte den Blick ab. Die Gewitterwolken kamen näher, und draußen über dem Meer regnete es bereits. Wenn beim Regiment von »der Firma« die Rede war, war damit immer der britische Geheimdienst MI6 gemeint. Es konnte kein Zweifel daran bestehen, dass Abbott darauf anspielte.

Ich habe immer gewusst, dass sie sich eines Tages wieder melden würden.

Mehr als ein Jahr war vergangen, seit Matt mit vier anderen Männern – unter Federführung der Firma – im Mittelmeer ein Schiff von El Kaida überfallen hatte. Sie hatten Gold und Diamanten im Wert von dreißig Millionen Dollar erbeutet, von denen zehn Millionen übrig geblieben waren, nachdem die Ware bei einem Hehler versetzt worden war. Aber Matt hätte auch um Haaresbreite sein Leben verloren.

Wir haben das Geld bekommen, müssen aber auch mit ein paar schlimmen Erinnerungen leben.

Er schaute wieder Abbott an. »Dieses Konto gibt es nicht. Ich habe keine Ahnung, wovon Sie reden.«

Abbotts Lächeln entblößte eine Reihe schiefer Zähne. »Warum trinken wir nicht etwas? Zivilisierte Menschen erörtern solche Dinge bei einem Glas Wein. Irgendwo müssen Sie doch hier etwas Anständiges haben, zum Beispiel einen guten Rioja.«

Angeber, dachte Matt, während er zur Bar ging, eine Flasche Rotwein hervorholte und nach dem Korkenzieher zu suchen begann. Er wusste genau, wo er lag, wollte aber etwas Zeit gewinnen. *Ich muss überlegen, wie ich reagieren soll.*

Ihm war immer bewusst gewesen, dass irgendwann der Tag der Abrechnung kommen würde. Er bedauerte nichts von dem, was er getan hatte, und er hatte einen Anspruch auf das Geld. Das hieß aber nicht, dass die Firma das genauso sah. Der Geheimdienst hatte seine eigene Logik.

Er zog den Korken aus der Flasche, holte zwei Gläser und ging zu Abbott zurück. Ein Dutzend verschiedener Gedanken schoss ihm durch den Kopf. Was konnten sie von ihm wollen? Dass er einen weiteren Auftrag übernahm? Was glaubten sie, wie sie ihn zur Mitarbeit drängen konnten? Sie wussten, dass er sich aus dem Geschäft zurückgezogen hatte.

Er hatte ein gut gefülltes Bankkonto, ein eigenes Lokal und würde bald heiraten. Jetzt war er sein eigener Herr.

Wenn man eine dieser Hotline-Nummern anruft, weil der Computer nicht funktioniert, bekommt man immer die Antwort, dafür sei jemand anders zuständig. Was immer er von dir will, sag ihm, er sei an der falschen Adresse.

»Ein Glas Wein können Sie haben, aber das war's dann«, sagte Matt. »Was immer Sie mir vorzuschlagen haben, ich bin nicht interessiert.«

Abbott schenkte sich ein Glas Wein ein, schwenkte es, führte es an die Lippen und trank ein winziges Schlückchen, fast wie eine Frau. »Doch, ein anständiger Tropfen. Man muss wirklich erst nach Spanien kommen, um einen vernünftigen Rioja zu finden. Dieses Zeug, das sie uns zu Hause verkaufen, schmeckt wie irgendein mieser australischer Wein, in den sie ein paar Eichenblätter geworfen haben.«

Matt beugte sich vor. »Wenn ich einen Weinführer bräuchte, würde ich in einen Buchladen gehen.«

»Ich weiß alles, Matt. Alles über den Überfall auf das Schiff, über die Beute, einfach alles. Steht alles in den Akten in unserem Hauptquartier.« Er schwieg und steckte sich eine neue Dunhill an. »Aber das ist mir egal. Die Firma ist nicht *verärgert*, nicht im Geringsten. Wir schätzen Ihre Qualitäten, Sie haben sich bewährt. El Kaida hat eine Menge Geld abschreiben müssen, und wir haben ihr Netzwerk in Großbritannien zerstört. Natürlich waren ein paar Pannen zu beklagen, aber hat es schon jemals eine Operation gegeben, bei der alles glatt gegangen ist? Wenn es nie Probleme geben würde, könnte man ja wohl kaum von Arbeit reden, oder?« Er zog an seiner Zigarette, inhalierte tief und blies den Rauch in die Luft. »Tatsächlich schätzen wir Sie so sehr, dass wir uns gefragt haben, ob Sie nicht vielleicht einen weiteren Job für uns erledigen könnten.«

»Besten Dank«, sagte Matt gereizt. »Schauen Sie sich um, ich bin jetzt in einem anderen Geschäft.«

»Ah, verstehe. Sozusagen der Jamie Olivier für die Gangster an der Costa del Sol. Aber eigentlich sind Sie das doch gar nicht, oder? Sie sind ein Mann der Tat. Wenn Sie sich ein solches Leben gewünscht hätten, wären Sie nicht zur Army gegangen, sondern hätten bei einer Schnellrestaurantkette angefangen. Mittlerweile wären Sie wahrscheinlich Bezirksleiter.« Ein weiterer Zug aus der Zigarette, ein weiterer Schluck Wein. »Aber das haben Sie doch nie gewollt, stimmt's? Wissen Sie, was bei einem Mann am schlimmsten ist? Manche glauben Verlogenheit, andere Feigheit, doch das ist alles Unsinn. Am schlimmsten ist es, wenn man sich selbst untreu wird, und genau das ist bei Ihnen der Fall. Sie sind kein elender Koch oder Barkeeper, sondern ein Mann der Tat. Das hier ist kein Leben für Sie.«

Matt lächelte. Mittlerweile war vom Meer her schwerer Wind aufgekommen, und die Gewitterwolken kamen näher. Bald würde es zu regnen beginnen. »Ich wusste gar nicht, dass der Geheimdienst sich neuerdings mit Küchenpsychologie befasst. Was Sie auch wollen, ich habe kein Interesse. Ich habe meinem Land gedient, meine Narben beweisen es. Heute kümmere ich mich nur noch um meine Angelegenheiten.«

»Wollen Sie denn gar nicht wissen, worum es geht?« In Abbotts Stimme lag ein belustigter Unterton. Es schien, als wollte er Matt aufziehen. »Was für einen Job ich Ihnen anzubieten habe?«

Matt lehnte sich zurück. Irgendetwas an Abbotts Verhalten war merkwürdig, aber er hätte es nicht benennen können. Er hatte nicht viel Erfahrung mit hochrangigen Geheimdienstoffizieren, doch so traten sie in der Regel nicht auf. Abbotts Art war weniger glatt, seine Persönlichkeit sehr viel schillernder. »Ich möchte Ihnen eine Frage stellen.«

»Nur zu, alter Knabe.«

»Was ist der Unterschied zwischen der Firma und einem Puff?«

»Ich glaube, den kenne ich schon.«

»Ich erzähl's trotzdem. Bei der Firma ist man schon gefickt, wenn man die Klamotten noch anhat.« Matt beugte sich vor. »Ich kann es auch auf Spanisch, Französisch oder Deutsch sagen, in jeder verdammten Sprache, die Ihnen gefällt. Ich bin nicht interessiert. Verstanden?«

»Okay, wie Sie wollen, Browning. Haben Sie hier irgendwo ein Büro? Einen Computer mit Internetzugang? Ich möchte Ihnen etwas zeigen.«

Matt ging langsam durch die Bar, die sich allmählich weiter füllte, und nickte unterwegs ein paar Stammkunden zu, die zum Abendessen gekommen waren. Ein Gast sprach ihn an, aber Matt ließ ihn einfach stehen. Er war nicht in der Stimmung für Plaudereien. Schon jetzt hatte er ein flaues Gefühl im Magen. Was immer Abbott ihm auch zeigen wollte, gefallen würde es ihm nicht.

Das Büro war nur ein kleiner Raum hinter der Küche, in dem es nichts außer einem Schreibtisch, einem Drehstuhl und ein paar Aktenordnern gab. Einmal die Woche kam ein spanischer Buchhalter, um sich um die Finanzen zu kümmern, und Janey, die Geschäftsführerin, erledigte den restlichen Papierkram. Jetzt lagen auf dem Schreibtisch Entwürfe seines Architekten für das neue Haus. Den Computer benutzte Matt in der Regel nur für Online-Banking und zum Versenden von E-Mails. Früher hatte er ausgiebig mit Aktien spekuliert, doch mittlerweile hielt er sich eher zurück. Wie alle seine Bekannten hatte auch er zu viel Geld verloren.

Abbott zeigte auf den Computer. »Funktioniert das Ding?«

Matt nickte.

»Schalten Sie ihn ein, alter Knabe. Sie wollen doch bestimmt mal nachsehen, wie es um Ihre Bankkonten steht.«

Matt spürte, wie ihm das Blut in den Adern gefror. Er schaltete den Toshiba-Laptop ein, der etwas Zeit zum Hochfahren brauchte. Hinter sich hörte er Abbott atmen, doch er wollte sich nicht umdrehen und ihm in die Augen blicken.

Wenn der Dreckskerl irgendwas mit meinem Geld angestellt hat, wird er froh sein, wenn er lebend hier rauskommt. Die Fische im Meer sind immer gefräßig, und der Typ hat reichlich Fett auf den Rippen.

Matt stellte die Internetverbindung her. »Woher wissen Sie denn, dass ich Online-Banking mache?«, fragte er, ohne sich umzudrehen.

»Schauen Sie einfach nach Ihrem Konto.«

»Sie haben das bereits hinter sich, stimmt's?« Jetzt drehte Matt sich um. »Dazu haben Sie kein Recht.«

»Wie gesagt, schauen Sie nach. Meine Stellung gibt mir das Recht, alles zu tun, worauf ich gerade Lust habe.«

Auf dem Monitor erschien das Logo der HSBC-Bank. Matt tippte die nötigen Details ein, dann sein Passwort. Als das Konto geöffnet war, klickte er auf »Kontoauszug«, und innerhalb von ein paar Sekunden erschien er auf dem Bildschirm.

Null.

Er klickte auf »Aktualisieren«.

Null.

Matt atmete tief durch, klickte auf den Kontoauszug und sah die letzten beiden Transaktionen. Vor drei Tagen hatte er an einem Geldautomaten in der Stadt hundert Euro abgehoben und sechshundertfünfzig Pfund überwiesen, um die Rechnung seines Buchhalters zu begleichen.

Danach war der Kontostand von 12.287 Pfund auf null gefallen. Eine Erklärung gab es nicht, nur eine Reihe von Nullen.

»Sehen Sie doch mal bei Ihren anderen Konten nach«, empfahl Abbott.

Matt schwieg. Ja, er hatte noch zwei andere Konten bei der Bank, die er beide online einsehen konnte: ein Sparbuch, das ihm elende zwei Prozent Zinsen pro Jahr brachte, und ein Wertpapierdepot, das den größten Teil seines Geldes in Form von grundsoliden Rentenfonds enthielt. Besonders lukrativ war das auch nicht, aber wenigstens war das Geld noch da. Zumindest bis jetzt.

»Sie sind leer«, sagte Matt, ohne den Blick von dem Monitor abzuwenden.

»Leer wie die gute alte Wüste Gobi an einem Sonntagnachmittag«, erwiderte Abbott. Matt spürte, wie sehr ihn sein Coup befriedigte. Abbott setzte sich auf die Schreibtischkante. Über ihm schwebte eine kleine Wolke Zigarettenrauch.

»Einfach großartig, diese Jungs von El Kaida. Seit dem 11. September haben Leute meines Schlags so viel Macht, dass wir schon gar nicht mehr wissen, was wir damit anfangen sollen. Wenn man irgendwo auf der Welt ein Konto sperren will, braucht man nur kurz Bescheid zu sagen. Das geht schneller, als einmal ›Osama bin Laden‹ zu sagen. Früher musste man immer erst noch einen begründeten Verdacht geltend machen, aber diese langweilige Prozedur bleibt uns heute erspart.« Er beugte sich dicht zu Matt vor. »Die Konten werden eingefroren, und Ihre Bank wird es Ihnen nicht einmal mitteilen. Wie's aussieht, stehen Sie im Augenblick ohne einen Penny da, alter Knabe.«

Matt rollte in seinem Drehstuhl ein Stück zurück. Er begann zu schwitzen. In seinem bisherigen Leben war er schon mit vielen Gefahren konfrontiert gewesen, und den meisten von ihnen hatte er gleichmütig entgegentreten können. Aber er hatte auch schon die Armut kennen gelernt, und wie die meisten Menschen, die mit nichts begonnen hatten, fürchtete auch er sich davor, eines Tages wieder in der Gosse zu landen.

Ich habe diese Erfahrung gemacht und keine Lust, sie zu wiederholen.

»Was wollen Sie von mir?«

»Wie gesagt, es gibt da einen Job, der erledigt werden muss. Sie sind der richtige Mann dafür.«

Matt stand auf und ging zum Fenster, gegen das mittlerweile heftiger Regen prasselte. Penelope und Suzie waren mit ihrer Weinflasche ins Haus geeilt, wo sie sich zu den anderen Gästen an der Bar gesellt hatten.

»Es ist nicht das erste Mal, dass ich pleite bin«, sagte Matt. »Früher habe ich es auch überlebt. Geld kommt und geht. Ich habe mich damals aus der Misere befreit und kann es wieder schaffen. Es spielt keine Rolle, wie oft Sie meine Konten sperren. Sie können mich nicht gegen meinen Willen zu etwas zwingen.«

»Sie kapieren's nicht«, erwiderte Abbott. »Es geht nicht nur um Geld auf irgendwelchen Konten. Ein Anruf von mir genügt, und Sie stehen wegen Mordes vor Gericht. Oh, und Ihre hübsche kleine Verlobte, Gill, können wir bestimmt wegen Beihilfe zum Mord drankriegen.«

Matt trat einen Schritt vor. Die Adern an seinem Hals schwollen an. »Bei dem Job habe ich mein Leben für mein Land riskiert«, sagte er mit leiser, entschlossener Stimme. »Dafür hätte man mir einen Orden verleihen sollen. Aber ich wollte nur in Ruhe gelassen werden und mein eigenes Leben leben.«

Abbott nickte, und ein Lächeln umspielte seine Lippen.

»Sie hätten um den Orden bitten sollen, alter Knabe. Orden können wir verleihen. Ruhm und Ehre? Kann alles arrangiert werden. Wenn Sie nett genug darum bitten, könnten wir Ihnen zu Ehren sogar eine Statue errichten. Aber Leute in Ruhe lassen?« Er schüttelte den Kopf. »Nein, das ist nicht unsere Art.«

Er schob sich die nächste Zigarette zwischen die Lippen, schlenderte zu der offenen Tür, schlug wegen des schlechten Wetters das Revers seines Leinenjacketts hoch und drehte sich noch einmal zu Matt um. »Also, die Lage sieht folgendermaßen aus. Sie werden ein guter Junge sein und tun, worum wir Sie bitten. Dann werden wir Ihre Konten freigeben und dafür sorgen, dass die Vergangenheit Sie nicht noch einmal einholt. Keine Probleme mit der Justiz. Natürlich können Sie meinen Vorschlag auch ablehnen. Sie sind ein freier Mann, und ich kann Sie zu nichts zwingen. Aber dann bleibt das Geld eingefroren, und Sie stehen ohne einen Penny da. Und außerdem werden Sie und Gill wegen Mordes angeklagt.« Er trat in den Regen hinaus. »Denken Sie darüber nach und lassen Sie mich morgen wissen, wie Sie sich entschieden haben.«

Matt wandte sich ab, setzte sich wieder an den Schreibtisch und klickte mit der Maus erneut eines der Konten an. Immer noch null. Er versuchte es mit den anderen beiden. Auch null.

Er schlug mit der Faust auf den Tisch. Der Computer erzitterte, und zwei Schnellhefter fielen zu Boden. Am liebsten wäre er hinter Abbott hergerannt, um sich mit einer Tracht Prügel Respekt zu verschaffen. Abbott redete wie ein harter Junge, aber er war fett und verweichlicht – mit ein paar harten Schlägen konnte er die offene Rechnung begleichen.

Reiß dich zusammen, ermahnte er sich. Natürlich, mit ein

paar gut platzierten Fausthieben direkt unter die Schläfe kannst du ihn vermutlich erledigen. Das funktionierte, er hatte es einmal gesehen. Er hatte keine Skrupel, Abbott zu töten, aber es würde ihm nicht weiterhelfen. Auf ihn würde ein anderer Abbott folgen und dann noch einer. Die Firma hatte einen unerschöpflichen Vorrat an diesen Leuten.

Nein, wenn ich mich aus dieser Klemme befreien will, werde ich nicht nur meine Fäuste, sondern vor allem mein Gehirn benutzen müssen.

Er stand auf und verließ das Büro. Irgendwo aus der Bar hörte er Gill nach ihm rufen, doch er ignorierte es. Er schleuderte seine Schuhe in die Ecke, zog das Hemd aus und ging nur in Shorts den felsigen Weg hinab, der vom Restaurant zum Meer führte.

Es regnete heftig, und er spürte die lauwarmen Tropfen auf seiner Haut. *Vielleicht wird es ein schwerer Sturm, der diesen Dreckskerl gleich mit hinwegfegt.*

2

Matram legte das Fernglas in das Handschuhfach seines Lexus RX300 zurück. Ein schwaches Lächeln huschte über sein Gesicht, während er das Fenster schloss und die Klimaanlage einschaltete. Bisher lief alles bestens.

Dieser Mord ist genauso perfekt ausgetüftelt wie die Konstruktion des Autos, in dem ich sitze.

Es war kurz nach sechs, und die Wohnsiedlung lag verlassen da. Matram hatte Barry Legg gerade aus seinem Haus treten und die Straße hinabgehen sehen, die am Pub vorbeiführte. Es war ein heißer, feuchtschwüler Abend – wie immer in diesem Sommer –, und Legg wirkte etwas lächerlich in seinen Shorts, den Leinenschuhen und dem Trikot des FC Liverpool. Die Nummer war die von Steven Gerrard, wenn Matram sich nicht irrte. Legg war allein und grüßte nur einmal einen Mann auf der anderen Straßenseite. Ansonsten hatte ihn vermutlich niemand gesehen.

Matram blickte auf die Uhr. Zehn nach sechs. Wie üblich würde Legg eher am Fußballplatz sein wollen, um seinen Sohn spielen zu sehen.

Nur dass er heute nicht mehr dort ankommen würde.

»Zielperson kommt näher«, sagte er in das Mikrofon seines Headsets. »Alles klar?«

»Verstanden, alles in Ordnung«, antwortete Clipper.

Die Verbindung blieb offen. Matram beobachtete, wie Legg mit etwas schnelleren Schritten auf den Weg einbog, der zum Fußballplatz führte. Trench und Clipper tauchten neben ihm auf, Trench ging ein Stückchen vor. Matram fuhr los und bog ebenfalls um die Ecke, damit er alles im Auge behalten konnte. Die Männer waren nur zehn Meter entfernt, aber außer Sichtweite der Häuser.

»Wir suchen das Pub Fox & Hare«, hörte er Trench sagen. »Kennen Sie den Weg?«

Seine Stimme klang bestimmt genug, um einen Mann innehalten zu lassen und seine Aufmerksamkeit abzulenken, aber nicht so laut, dass sie irgendeinen Verdacht geweckt hätte. *Routiniert.*

»Sie sind schon daran vorbei«, antwortete Legg. »Hundert Meter die Straße runter, dann liegt es rechts. Unmöglich, es zu übersehen.«

Matram hob das Fernglas an die Augen und stellte es scharf. Legg sprach zwar mit Trench, schaute aber Clipper an, der mit breit gespreizten Beinen dastand. Seine Schultern waren straff gespannt, sein rechter Arm leicht vorgeschoben.

Legg war früher bei der Army, dachte Matram. Selbst ein paar Jahre danach erkennt er noch immer die Körperhaltung eines Mannes, der jemanden erschießen will.

»Ich habe Sie schon mal gesehen …«, sagte Legg.

»Keine Bewegung«, fuhr Trench ihn an, während er seine Smith & Wesson Magnum Hunter aus der Jackentasche zog.

Der Lauf war gut dreißig Zentimeter lang, viel länger als bei jeder anderen Pistole, und dadurch saß hinter dem Projektil mehr Druck – die ideale Waffe für einen Job, bei dem alles auf Schnelligkeit und Präzision ankam. Dass sie schwerer zu verbergen war, spielte in diesem Fall keine Rolle.

»… in Nordirland.«

Auch Clipper zog seine Pistole. Er feuerte zuerst, dann drückte auch Trench zweimal ab. Zwei Kugeln schlugen in Leggs Kopf ein, zwei ins Herz. Sein Körper sackte leblos zu Boden. Durch sein Fernglas konnte Matram ein kleines dunkles Rinnsal erkennen. Blut sickerte auf den Weg. Trench trat zu der Leiche, zog ein Päckchen mit saugfähigen Papiertüchern aus der Tasche und wischte die Blutspuren auf dem Gras weg. Nachdem er das Papiertuch wieder verstaut hatte, wuchtete er den Körper des Toten über seine Schulter und ging auf den Wagen mit dem bereits laufenden Motor zu, in dem Matram wartete.

Als der Tote im Kofferraum verstaut war, gab Matram Gas. Bei Einbruch der Nacht, dachte er, haben wir uns der Leiche entledigt. Bis dahin hatte Leggs Frau wahrscheinlich die örtliche Polizei angerufen, von Panik erfasst, aber es würde zwei Tage dauern, bis die Gesetzeshüter sich für Legg zu interessieren begannen. Es war an der Tagesordnung, dass Ehemänner verschwanden, und in der Regel tauchten sie zwei Tage später mit einem üblen Kater wieder auf. Wenn die Polizei sofort nach Vermissten dieses Typs fahnden würde, bliebe ihnen keine Zeit mehr zum Erledigen ihres Papierkrams.

Matram lächelte. Zu diesem Zeitpunkt würde es keinerlei Spuren der Exekution mehr geben – eine perfekte Operation.

Einer weniger auf der Liste.

»Was ist denn in dich gefahren?«, fragte Gill.

Matt kannte diesen strengen, nachdrücklichen und entschlossenen Tonfall aus der Dandelion-Vorschule in Puerto Banus, wo Gill morgens arbeitete, und bei ihm verfehlte er seine Wirkung genauso wenig wie bei den Dreijährigen.

»Du läufst den ganzen Tag wie ein Tier im Käfig hin und her.«

Matt saß auf der Terrasse des Last Trumpet. Vor ihm auf dem Tisch stand ein Glas Nestlé-Eistee, doch er hatte kaum etwas getrunken. Die Hitzewelle, die während der letzten zwei Wochen den Norden Europas heimgesucht hatte, schien jetzt auch den Süden Spaniens erreicht zu haben. Die nächtlichen Stürme hatten sich in Richtung der afrikanischen Küste verzogen, und der Himmel war vollkommen klar. Matt standen Schweißperlen auf der Stirn, doch dafür war nicht das Wetter verantwortlich.

»Ich habe Probleme.«

Er sah, wie sie die Augen zu Boden schlug. Er kannte diesen Anblick. Sie wurde plötzlich von Resignation erfasst, doch dann flackerte kurz Zorn auf. »Worum geht's?«

Sie setzte sich Matt gegenüber. Ihr rechter Zeigefinger spielte nervös mit ihrem goldenen, mit einem Diamanten besetzten Verlobungsring. »Was ist es diesmal, Matt?«, fragte sie in einem drängenden Tonfall.

»Die Firma möchte, dass ich einen Job für sie erledige.«

»Nein, Matt, damit ist es vorbei. Wir haben das so abgemacht.«

Er antwortete nicht sofort. Wie soll ich es ihr sagen? Er drehte die Frage in Gedanken hin und her, versuchte, sie aus allen möglichen Perspektiven zu beleuchten. Sie hatte ein Recht darauf, die Wahrheit zu erfahren. Er hatte noch nie daran geglaubt, irgendetwas vor Gill geheim halten zu können – sie durchschaute ihn sowieso immer. Aber Abbott hatte damit gedroht, auch sie verhaften und vor Gericht stellen zu lassen, und es bestand kein Zweifel daran, dass er bei einer Absage Matts umgehend bösartig reagieren würde. Abschlägige Antworten schätzte die Firma nicht.

Ich kann ihr das nicht aufbürden. Was auch geschehen mag, meine wichtigste Pflicht ist, sie zu beschützen.

»Du redest von dem Mann, der gestern Abend in der Bar war«, sagte Gill. »Der in dem weißen Anzug.«

»Er heißt George Abbott und ist Geheimdienstoffizier.«

»Was will er von dir?«

»Es gibt einen Job, der erledigt werden muss. Ihrer Meinung nach bin ich der richtige Mann dafür.«

»Damit ist es vorbei, Matt, du hast es versprochen. Keine weiteren Operationen. Wir werden heiraten und vielleicht sogar Kinder haben.« Ihre Augen waren etwas feucht. »Uns ein gemeinsames Leben aufbauen.«

Es wird ihr nicht gefallen.

»Ich weiß«, sagte Matt mit harter, ernster Stimme. »Aber es gibt Schulden, und jetzt werden sie eingefordert. Abbott sagt, nach dem Job sei endgültig reiner Tisch gemacht.«

Gill schüttelte den Kopf. »Nein. Wir haben reichlich Geld und sind nicht auf diese Leute angewiesen. Sag ihnen, sie sollen dich in Ruhe lassen.«

»Hab ich ja.« Matt wollte ihre Hand ergreifen, doch sie zog sie weg. »Sie haben alle meine Konten eingefroren. Wir sind pleite.«

»Das können sie doch nicht einfach so tun!«

»Sie können es, und sie haben es getan.«

Gill wandte den Kopf ab. »Wir brauchen das Geld nicht. Das Restaurant wirft Profit ab, und ich bekomme mein Gehalt. Wir müssen das Haus ja nicht zu Ende bauen, es spielt keine Rolle.« Sie schaute ihn wieder an. Mittlerweile standen Tränen in ihren Augen. »Wir könnten am Strand schlafen. Solange wir zusammen sind, ist alles andere unwichtig.«

Ich muss es ihr sagen, dachte Matt. Sie wird sich nur mit der Wahrheit zufrieden geben.

»Es geht nicht nur um das Geld. Das ist das Zuckerbrot. Ich erledige den Job und bekomme unser Geld zurück.«

»Und die Peitsche?«

»Sie drohen mit einer Anklage wegen Mordes.«

Gill schwieg und wischte sich mit der linken Hand eine Träne von der Wange. »Es war kein Mord. Du musst dagegen ankämpfen, deine Unschuld beweisen.« Sie beugte sich vor. »So können wir nicht leben. Erst dieser Job, dann der nächste, dann noch einer. Du wirst dein Leben lang für diesen verdammten SAS arbeiten. Bis sie schließlich den Deckel deines Sargs zuknallen, der mit dem Union Jack geschmückt ist. Und ich bekomme einen Orden überreicht, den ich mir an die Wand hängen kann. Aber ich werde es nicht tun. Wir müssen uns hier und jetzt wehren.«

»Mach dich nicht lächerlich«, antwortete Matt gereizt. Er spürte, dass sich Zorn in ihm aufgestaut hatte und dass sein Temperament mit ihm durchzugehen drohte. »Hier geht's nicht nur um mich. Sie werden uns beide anklagen und einlochen. Verstehst du nicht, sie wollen uns fertig machen.« Er stand auf. »Nur dieser eine Job. Ich werde nach London fliegen, mir anhören, was ich tun soll, und mir garantieren lassen, dass dies der letzte Auftrag ist. Wenn er zu gefährlich sein sollte, werde ich ihnen sagen, dass sie auf mich verzichten müssen.«

Gill wandte sich ab. Ihre Wangen waren rot angelaufen, und sie fegte sich das Haar aus dem Gesicht. »Ich versichere es dir, wenn du nach London fliegst, ist es aus.«

»Mein Gott, Gill!«, schrie Matt. »Hast du eine Ahnung, was sie uns antun werden? Sie werden uns ins Gefängnis werfen und dafür sorgen, dass wir nie wieder herauskommen. Lass uns mitspielen und versuchen, ob wir irgendwie unsere Freiheit und unser Geld retten können.«

Gill trat zwei Schritte zurück, und in ihrer Miene mischten sich Angst und Trotz. »Du hast dich nicht geändert, Matt«, sagte sie leise. »Ich habe gehofft, du würdest an meiner Seite sesshaft werden, aber jetzt begreife ich, dass es vergeblich war. Es wird immer einen anderen Job geben, eine andere Operation, ein anderes Abenteuer. Ich habe gedacht, ich wäre dir so wichtig, dass du all das aufgibst, aber ich habe mich getäuscht. Ich glaube nicht, dass du jemals eine richtige Beziehung haben wirst, weil du unfähig bist, deinem Partner die erste Stelle einzuräumen.«

Sie wandte sich ab und ging auf das Restaurant zu. »Ich wollte deine Frau sein, Matt, nicht deine Witwe. Jetzt werde ich weder das eine noch das andere werden.«

»Was servieren Sie Ihren Gangstern denn so zum Mittagessen, alter Knabe?« Abbott setzte sich an einen Tisch und studierte die Speisekarte. Matt nahm mit mürrischer Miene ihm gegenüber Platz. »Ich hatte auf Pferdefleisch gehofft.« Abbott lachte und zog sein Jackett aus. »Aber ich fürchte, mich mit einem Klubsandwich und einem Rosé begnügen zu müssen. Bei der Hitze ertrage ich Fleisch mit Kartoffelpüree nicht. Freut mich trotzdem, dass Sie alle hiesigen Spezialitäten auf der Karte haben.«

»Wir bieten an, was unsere Kunden mögen«, sagte Matt gereizt.

Abbott wischte sich mit einem Taschentuch die Stirn ab. Sein Nacken sah ganz so aus, als würde er einen Sonnenbrand bekommen. »Also, wollen Sie Ihr Geld zurück?«

»Sagen Sie mir, worum es geht, dann hören Sie meine Antwort.«

Abbott zog ein Blatt Papier aus der Innentasche seines Jacketts und reichte es Matt. »Hier, ich habe für Sie ein Ticket nach London gebucht. Die Maschine der British Airways geht morgen früh um fünf nach zehn. Am Tag darauf können wir uns in meinem Klub zum Mittagessen treffen. Dann erzähle ich Ihnen alles.«

Matt nickte. »In welchem Klub?«

»Im Oxford & Cambridge, an der Mall«, sagte Abbott. Er trank einen Schluck von dem Rosé, der gerade gebracht worden war. »Sie kennen ihn sicher.«

3

Ein dünnes blaues Blatt Schreibpapier, ein paar Zeilen in Gills unverkennbarer, vollendeter Handschrift. Matt überflog sie und wollte den Bogen schon in den Papierkorb werfen, als er es sich anders überlegte und den Abschiedsbrief ein zweites Mal las.

Lieber Matt,
reis nach London, wenn du es so willst. Ich weiß, dass du tust, was du für richtig hältst, aber auch ich muss das tun, was mir richtig erscheint. Ich will nicht für den Rest meines Lebens nachts allein und verängstigt im Bett liegen, weil du wieder in Gefahr schwebst. Wenn ich dich schon verliere, dann besser jetzt als später.
Ich löse die Verlobung auf, dieses Mal endgültig. Versuch nicht, Kontakt zu mir aufzunehmen.
Viel Glück.
In Liebe, Gill

Matt blickte sich in dem Apartment um. Es war dieselbe Junggesellenbude wie vor drei Jahren, als er den SAS verlassen hatte. Obwohl er es kaum bemerkt hatte, war doch unübersehbar, dass eine Frau das Apartment wohnlicher gestaltet hatte. Auf dem Sofa waren ein paar kleine beigefarbene Kissen arrangiert, auf dem Fernseher standen Fotos, die ihn und Gill gemeinsam zeigten, im Badezimmer lag eine neue Matte, und die Hifi-Anlage war so weit in eine Ecke geschoben worden, dass man sie kaum noch fand.

Er steckte den Brief in den Zeitungsständer – noch so ein Gegenstand, bei dem er sich nicht erinnern konnte, ihn selbst gekauft zu haben – und verließ die Wohnung. Bis zum Start der Maschine hatte er noch gut eine Stunde Zeit, doch er wollte in der Bar nachsehen, ob Gill vielleicht dort war.

Obwohl es erst neun Uhr morgens war, stand die Sonne schon sehr hoch an dem klaren blauen Himmel. Von seinem Apartment bis zur Bar waren es nur fünfhundert Meter. Er hatte einen kleinen Koffer mit ein paar Kleidungsstücken für seinen Trip nach London dabei.

Sie wird schon zurückkommen, dachte er. Wir haben uns auch früher gestritten und getrennt, aber jedes Mal wieder alles ins Lot gebracht. Sie regt sich auf wie ein Sergeant Major, aber es ist auch schnell wieder vorbei. Wenn ich ein bisschen Glück habe, wird mir die Firma einen hübschen, einfachen Job andrehen, und in ein paar Wochen sind wir wieder zusammen. Man muss ihr nur ein bisschen Zeit lassen, dann wird sie sich schon beruhigen.

»Hast du Gill gesehen?«, fragte er Janey, als er in die Bar trat.

Seine Geschäftsführerin war Anfang vierzig, eine Blondine mit einem gewinnenden Lächeln. Vor ihrer Scheidung und ihrem Umzug in den Süden hatte sie eines der besten Pubs in Chingford geführt, und was die Gastronomie betraf, wusste sie fast alles. Matt konnte sich hundertprozentig auf sie verlassen. »Nein. Ärger?«

Matt schüttelte den Kopf. »Hab mich nur gefragt, wo sie stecken könnte.«

»Da kann ich dir leider nicht weiterhelfen.« Janey klappte den Schnellhefter zu, in den sie gerade die Einnahmen des letzten Abends eingetragen hatte. »Ach übrigens, da hat jemand für dich angerufen, eine Frau. Sie hat gesagt, sie rufe im Namen von Sandy Blackman an, und es sei dringend.«

Sandy?, fragte sich Matt nachdenklich.

Sandys Mann, Ken Blackman, war beim Parachute-Regiment sein bester Freund gewesen. Bevor er zum SAS gegangen war, hatte Matt fünf Jahre mit ihm in der regulären Army gedient. Ken war noch zwei Jahre geblieben und hatte danach die Uniform an den Nagel gehängt. Anschließend war er wieder nach Derby gezogen, wo er geboren worden war. Er hatte als Lastwagenfahrer gearbeitet und meistens für die Supermarktkette Tesco auf der M1 Waren transportiert. Ein paarmal hatte er längere Fahrten übernommen, quer über den Kontinent bis nach Spanien, und vor ungefähr neun Monaten hatte er einen Abend im Last Trumpet verbracht. Einen langen Abend – Matt und Ken hatten beide zehn Bier getrunken und den Abend mit einer Flasche Portwein und einer ungenießbaren nordafrikanischen Zigarre gekrönt. Für eine Weile hatten sich beide in die zugige, einsame Kaserne in Aldershot zurückversetzt gefühlt, wo sie sich gefragt hatten, was sie eigentlich in der Army zu suchen hatten.

Was immer einem in diesem Leben zustoßen mag, nichts lässt sich mit der Kälte, der Erschöpfung und dem Elend der ersten Wochen bei der Army vergleichen. Die Freundschaften, die man in diesen paar Wochen schließt, gehören zu den dauerhaftesten.

Sandy hatte er zuletzt vor drei Jahren gesehen, bei der

Taufe ihrer Tochter Gill. Mittlerweile konnte wahrscheinlich auch schon ihr kleiner Bruder Callum laufen.

Warum hat Ken nicht selbst angerufen?

Er tippte die Telefonnummer ein und schaute aufs Meer hinaus, während er darauf wartete, dass jemand abhob. Schließlich meldete sich ein Mann, dessen Stimme er nicht kannte.

»Sagen Sie Sandy, dass Matt sie sprechen möchte.«

»Haben Sie nicht gehört, was passiert ist?«

Matt zögerte. Er kannte diese Worte, hatte sie bei der Army häufig genug gehört.

»Schauen Sie sich die Webseite des *Derby Evening Standard* an«, sagte der Mann, bevor er auflegte.

Matt blickte auf die Uhr. In einer halben Stunde musste er am Flughafen sein. Er ging ins Büro und schaltete den Laptop ein. Es dauerte ein paar Sekunden, bis er über Google die Webseite der Lokalzeitung gefunden hatte. Er klickte auf den Link und beobachtete, wie die Titelseite der Ausgabe vom Vorabend auf dem Monitor erschien. Erhöhung der Gemeindesteuer um einen Prozent und drohende Entlassungen weiterer Arbeiter bei Rolls-Royce, das waren gestern die Themen des Tages in Derby gewesen.

Vielleicht war es schon vor ein paar Tagen passiert? Ein Verkehrsunfall, eine Prügelei? *Wie bringt ein Mann wie Ken es fertig, in die Zeitung zu kommen?*

Er klickte die Ausgabe von vorgestern an. Die Ankündigung des Baus einer neuen Umgehungsstraße. Enthüllungen über die geschäftlichen Aktivitäten des stellvertretenden Stadtratsvorsitzenden. Dann, als er die Ausgabe von vor drei Tagen anklickte, tauchte Kens Bild auf dem Monitor auf. Die Schlagzeile – fette schwarze Buchstaben, Schriftgröße 64 – lautete: MANN AUS DERBY LÄUFT AMOK.

Matt zog mit der Maus den Button auf der Bildlaufleiste, um den Text zu lesen.

Ken Blackman, LKW-Fahrer und wohnhaft im Viertel Pride Park in Derby, lief heute in einem Sprechzimmer Amok, wobei er zwei Menschen tötete, zwei weitere verletzte und dann sich selbst zu töten versuchte.
Dorothy Houghton, 56, und Alan Miter, 24, die auf ihre Termine bei Dr. Rondy Toogut und Dr. Marjorie Kent in einer Gemeinschaftspraxis an der Palmerston Road warteten, fielen Blackmans entsetzlicher Tat zum Opfer.
Verletzt wurden Anthea Mills, 46, eine Sprechstundenhilfe, die einen Beinschuss davontrug, und Charles Bertram, 41, der von einer Kugel in die Brust getroffen wurde. Beide liegen im Krankenhaus und werden es voraussichtlich in ein paar Tagen verlassen können.
Der Vorfall ereignete sich um kurz nach elf heute Morgen im Palmerston Road Medical Center. Blackman hatte über Depressionen geklagt und um einen Termin bei Dr. Kent gebeten, doch es gab eine Verspätung. Nachdem er zehn Minuten gewartet hatte, begann er die Sprechstundenhilfe wütend anzuschreien. Dann zog er seine Pistole und feuerte auf die anderen Menschen in dem Wartezimmer, bevor er die Waffe gegen sich selbst richtete.
David Holton, 29, ein Augenzeuge, gab zu Protokoll: »Es war das reinste Chaos. Er schoss aufs Geratewohl, und alle versuchten in Deckung zu gehen oder das Gebäude zu verlassen. Dann hat er auf sich selbst geschossen. Auf mich wirkte er wie ein Besessener.«
Nach Angaben der örtlichen Polizei hält sich Blackman augenblicklich in einem bewachten Zimmer im City Ge-

neral Hospital an der Uttoxeter Road auf. Sein Zustand wird als kritisch, aber stabil beschrieben.
Blackman, ein ehemaliger Berufssoldat, ist 38 und arbeitet heute als Fahrer für die örtliche Spedition E. H. Berris & Sons. Er ist verheiratet und hat zwei Kinder. Vorstrafen sind nicht aktenkundig. Seine Frau war heute nicht zu sprechen.

Matt lehnte sich in seinem Stuhl zurück, ganz in eine Erinnerung versunken. Die Begebenheit hatte sich zwei Wochen nach ihrem Eintritt in die Army zugetragen, und sie beide waren damals erst achtzehn Jahre alt gewesen. Ein anderer frisch eingetretener Rekrut, ein Schotte namens Ben, konnte die täglichen Belastungen der militärischen Ausbildung kaum ertragen. Hart war es für alle, aber dieser Junge stand kurz vor einem Zusammenbruch, schluchzte jede Nacht im Bett und bekam es nicht einmal hin, seine Sachen in Ordnung zu halten. Matt hatte bemerkt, wie Ken mitten in der Nacht aufstand, um dafür zu sorgen, dass Bens Uniform und Stiefel tadellos waren, damit er nicht am nächsten Morgen vom Sergeant Major einen Anschiss bekam. Nie hatte Ken Ben oder einem anderen gegenüber irgendetwas davon gesagt; er nahm gelegentlich große Mühen auf sich, um anderen das Leben leichter zu machen.

Ken war einer der höflichsten und sanftesten Männer, die ich je gekannt habe. Was hätte ihn dazu treiben können, eine solche Tat zu begehen?

In der Eingangshalle des Oxford & Cambridge Club am St James Square im Londoner West End war es überraschend kühl. Matt trug leichte Baumwollhosen und ein Leinenjackett – draußen zeigte das Thermometer neununddreißig Grad –, aber er hatte trotzdem an eine Krawatte gedacht.

Eine sanfte Brise blies durch die Tür zum Garten, als Matt seine Krawatte knotete. Im Spiegel sah er, dass der Mann am Empfang ihm missbilligende Blicke zuwarf, doch er kümmerte sich nicht darum und überprüfte, ob die Krawatte richtig saß.

Welches College?, fragte er sich mit einem sarkastischen Lächeln. Das College, auf dem man lernt, sich für sein Land erschießen zu lassen.

Abbott wartete bereits im Restaurant. Neben ihm stand ein Eiskühler mit einer Flasche Weißwein. Er blickte auf Matts Schuhe. »Behalten Sie die Füße unter dem Tisch, alter Knabe«, sagte er missbilligend. »Der Klub empfiehlt schwarze Halbschuhe. Ihre sind braun.«

Matt blickte auf seine Schuhe und schaute dann Abbott an. »Wenn die mich rausschmeißen, werden wir eben ins Pub an der Ecke gehen müssen.«

Abbott lächelte dünn. »Auch ein Glas?«, fragte er, während sein Gast sich setzte.

Matt schüttelte den Kopf.

Wenn man mit so einer Ratte zu Mittag isst, muss man einen klaren Kopf behalten.

Abbott zuckte die Achseln. »Ich habe Ihr Essen bereits bestellt«, sagte er. »Und ein Glas italienischen Weißwein. Wenn Sie nicht wollen, müssen Sie ihn ja nicht trinken.«

»Ich kann mein Essen selbst bestellen«, erwiderte Matt gereizt. »Ich kann sogar meine Schnürsenkel allein zubinden, mir die Zähne putzen und einiges andere mehr.«

»Aber natürlich, alter Knabe«, sagte Abbott, während er die Beine der vorbeikommenden Kellnerin studierte. »Ich wollte nur, dass es etwas schneller geht.«

»Also, worum geht es bei dem Job?«, fragte Matt.

Abbott wartete, bis der Kellner einen Teller mit pochiertem Lachs auf den Tisch gestellt hatte. Er spießte ein Stück auf und spielte mit der Gabel herum. »Es gibt da ein Unternehmen namens Tocah Life Science«, begann er. »Das ist ein großer Pharmakonzern, und er braucht Hilfe. Schmutzige Arbeit, Sie wissen schon. Meiner Meinung nach sind Sie genau der richtige Mann für den Job.«

Matt schaute auf das servierte Essen – ein Filetsteak mit Pommes frites. Es war eine Weile her, seit er versucht hatte, durch Aktienspekulation richtig Geld zu machen, aber Tocah kannte er – für ein paar Monate hatte er sogar einige ihrer Aktien gehalten, und sie hatten seinerzeit zu den wenigen Papieren in seinem Portefeuille gehört, deren Kurs gestiegen war. Das Unternehmen war vor zwanzig Jahren von einem Franzosen namens Eduardo Lacrierre gegründet worden, und seine Entwicklung war eine der großen Erfolgsstorys in der Pharmaindustrie. Es hatte sich auf Medikamente gegen Herzkrankheiten spezialisiert und war dramatisch gewachsen. Tocah spielte nicht ganz in der Liga von GlaxoSmithKline oder AstraZeneca, aber fast.

»Das ist ein respektabler Pharmakonzern mit jeder Menge Geld«, sagte Matt. »Wofür brauchen die mich?«

»Es geht um den Handel mit illegal produzierten Generika, einigen ihrer erfolgreichsten Medikamente«, antwortete Abbott. »Das ist ein großes und für den Konzern sehr gefährliches Geschäft, das an der Quelle unterbunden werden muss. Wollte man bei den Einzelhändlern ansetzen, würde das Jahre dauern.«

Matt kaute ein Stück von seinem Steak. »Sind es wirkliche Medikamente mit echten Ingredienzen oder nur Smarties mit anderem Überzug?«

»Nein, das sind schon richtige Medikamente.« Abbott schenkte sich Wein nach. »Deshalb ist es ja so ein raffinierter Schwindel. Sie stehlen das Rezept für die Zusammensetzung der Medikamente und produzieren die illegalen Generika in irgendeinem abgelegenen Winkel der ehemaligen Sowjetunion, wo sich niemand groß darum schert, solange man die dortigen Mafiosi bezahlt. Dann schmuggeln sie die Tabletten nach Westeuropa. Einige dieser Pillen kosten zwanzig oder dreißig Pfund pro Stück. Man muss kein Einstein sein, um sich den Profit auszurechnen.«

»Und Tocah verliert jede Menge Geld.«

Abbott lächelte. »Das gefällt mir so an Ihnen. Sie kapieren immer alles so schnell.«

Matt spürte, wie sein Herz schneller zu pochen begann. *Ich hatte schon vergessen, wie es ist, von Ruperts herablassend behandelt zu werden.*

Abbott trank einen Schluck Wein. »Ein Arzt verschreibt eines von Tocahs Medikamenten, der Patient geht in die Apotheke und holt es ab, alles läuft ganz normal. Der Arzt ist so unschuldig wie der Apotheker. Beide haben keine Ahnung, dass etwas Illegales passiert ist. Das Problem ist, dass jemand beim *Großhändler* die echten Medikamente gegen die illegalen Generika eingetauscht hat, und die Gangster sahnen richtig ab. Wie gesagt, der Schwindel ist raffiniert, aber auch gefährlich. Wie Sie sich denken können, werden pharmazeutische Präparate nach exakt vorgeschriebenen Standards produziert. Die Kriminellen verwenden das gleiche grundlegende Rezept, nehmen es mit der erforderlichen Sorgfalt aber offensichtlich nicht so genau.« Abbott schüttelte den Kopf. »Das könnte Menschenleben kosten.«

»Ersparen Sie mir das scheinheilige Geschwafel à la Tony

Blair«, sagte Matt. »Was soll ich Ihrer Ansicht nach dagegen unternehmen?«

»Die Fabrik zerstören.«

Matt sah etwas Blut aus seinem Filetsteak sickern. Er schnitt ein Stück ab, spießte das Fleisch mit der Gabel auf, schob es aber vor Erstaunen noch nicht in den Mund.

»Für einen Mann mit Ihrer Erfahrung ist das keine große Sache. Sie jagen einfach die Fabrik in die Luft und machen sich aus dem Staub.«

»Warum ich?«

Abbott zuckte die Achseln. Seiner Miene konnte Matt entnehmen, dass ihn die Frage langweilte. »Warum nicht? Sie waren beim SAS. So viele Kandidaten gibt's da nicht.«

»Ein paar schon.«

»Aber die sind nicht alle so gut wie Sie, alter Knabe.« Abbott stand abrupt auf. »Lassen Sie uns den Kaffee im Rauchsalon trinken.«

Abbott warf seine Serviette auf den Tisch und ging in Richtung Tür. Nachdem Matt sein Mineralwasser ausgetrunken hatte, folgte er ihm im Abstand von ein paar Schritten. Der Rauchsalon war nicht weit vom Restaurant entfernt. Zwei ungefähr dreißigjährige Gäste beugten sich über einen Laptop und diskutierten, ein älterer Mann las eine Zeitung. Ansonsten war niemand in dem Raum.

Ich kapier's nicht, dachte Matt. Irgendetwas passt da nicht zusammen.

Er setzte sich. »Aber wenn es so ein leichter Job ist, für den Tocah, wie ich einmal unterstelle, richtig gutes Geld bezahlen wird, warum fragen Sie dann nicht einen meiner Kameraden? Es gibt immer ehemalige SAS-Mitglieder, die in Geldnot sind. Vor einem Jahr war ich selber in dieser Lage. Warum reisen Sie erst nach Spanien, um mich für den Job zu gewinnen?«

»Mein Gott, Matt, Sie stehen in unserer Schuld.« Abbott zündete sich lächelnd eine Zigarette an und blies den Rauch in die Luft. »Sie wissen doch, wie das bei unserer Firma läuft. Wir mögen es, wenn alle Schulden ordentlich beglichen werden.«

Matt blickte in den Garten hinaus, wo eine Sprinkleranlage den verdorrten Rasen zu neuem Leben erwecken sollte. »Aber was hat ein Geheimdienst mit der Wahrung von Sicherheitsstandards in der pharmazeutischen Industrie zu tun?«, fragte er scharf. »Tocah ist ein Riesenkonzern. Wenn sie Schutz brauchen, können sie den schon selber bezahlen.«

»Die Zeiten ändern sich, alter Knabe.« Abbott legte seine Beine auf eine Fußbank. »Geheimdienste müssen sich der neuen Zeit anpassen, wie alle anderen auch, und sich neu definieren. Heutzutage sehen wir unsere Aktivitäten in einem größeren Zusammenhang. Tocah ist ein bedeutender Investor in Großbritannien, und diese Kriminellen schaden dem Geschäft des Konzerns. Also helfen wir. Starke Unternehmen sind gleich bedeutend mit einer starken Wirtschaft, und die ist gleich bedeutend mit einer starken Nation. So einfach ist das.« Abbott beugte sich ein Stück vor. »Sehen Sie, ich biete Ihnen ein faires Geschäft an. Sie zerstören die Fabrik. Ich stelle Ihnen ein Team und Waffen zur Verfügung. Länger als einen Monat sollte die Geschichte nicht dauern. Dann geben wir Ihre Konten wieder frei und löschen die Ereignisse des letzten Jahres aus unseren Dateien.«

»Und das soll ich Ihnen einfach so glauben?«, fragte Matt gereizt. »Vergessen Sie's, ich brauche Garantien.«

Abbott drückte seine Zigarette im Aschenbecher aus. »David Luttrell persönlich autorisiert diese Operation.«

»David Luttrell? Der Boss der Firma?«

»Ich werde für Sie ein Treffen mit ihm arrangieren. Mir

mögen Sie nicht trauen, aber Sie wissen, dass Sie ihm trauen können.«

»Wie lange wird das dauern?«

»Nur ein paar Tage. Sie hören von mir.« Abbott stand auf. »Vielleicht interessiert Sie das hier.« Er warf eine Waterstone's-Einkaufstüte neben Matt auf das Sofa.

Matt zog ein Buch aus der Tüte und warf einen Blick auf den Titel – ein Exemplar von Jeffrey Archers Gefängnistagebuch.

»Ich dachte, Sie würden sich ganz gerne eine Vorstellung davon machen, wie das Leben hinter Gittern so ist.«

Zu dieser nächtlichen Stunde war der Parkplatz des Krankenhauses fast leer. Matram schaute auf die Uhr. Es war Viertel nach eins. Eine Krankenschwester von der Nachtschicht ging auf einen dreißig Meter weiter geparkten blauen Vauxhall Corsa zu. Etwas weiter weg wurde ein Patient aus einem Krankenwagen gehoben und in die Notaufnahme gebracht. Ansonsten war auf dem Parkplatz nichts los. *Perfekt.*

»Alles klar?«, fragte Matram.

Lena Kilander und Geoff Wetherell nickten. Kilander trug die gestärkte weiße Kluft einer Krankenschwester, Nylonstrümpfe und schwarze Lederschuhe mit flachen Absätzen. Unter den Arm hatte sie sich einen Aktenhefter geklemmt – wenn jemand Unterlagen dabeihat, wirkt er schon fast wie eine Autoritätsperson und wird kaum je angehalten. Wetherell – weißer Kittel über einem grauen Anzug – sollte die Rolle eines beratenden Arztes spielen. Medizinische Instrumente hatten sie nicht dabei – es sei denn, man wollte ihre langen Messer als solche ansehen.

Ein Arzt mit einer Krankenschwester, dachte Matram. Das war der Vorteil, wenn man neben sechs Männern in der Increment-Spezialeinheit auch über zwei Frauen verfügte. Es gab viele Situationen, in denen ein Mann und eine Frau sehr viel weniger Aufsehen erregten als zwei Männer.

Durch ein sympathisch wirkendes Paar fühlt sich niemand bedroht.

Matram reichte den beiden zwei gefälschte Dienstausweise des National Health Service. »Die müssten in Ordnung sein«, sagte er. »Sicherheit spielt beim NHS keine große Rolle, und es dürfte eigentlich keine Probleme geben. Wichtig ist, dass ihr schnell durch die Flure geht. Dann werden alle glauben, dass ihr mit etwas sehr Wichtigem beschäftigt seid, und euch nicht ansprechen.«

»Wo liegt die Zielperson?«, fragte Wetherell.

»Erster Stock, Intensivstation«, antwortete Matram. »In einem Privatzimmer. Links abbiegen, wenn ihr aus dem Lift kommt, dann sind es noch etwa dreißig Meter. Zimmer EH 27. Sein Name – Ken Blackman – müsste auf der Fiebertabelle stehen.«

»Und wenn sich uns doch jemand in den Weg stellt?«, fragte Lena Kilander.

Matram schaute sie an. Sie war eine gut aussehende, blasse Frau mit Sommersprossen, die ihr schwarzes Haar schulterlang trug. Obwohl sie eiskalt war, wirkte ihre Stimme sanft und sympathisch. So mussten Frauen in einer Spezialeinheit sein – attraktiv genug, um in bestimmten Situationen davon profitieren zu können, aber auch nicht so attraktiv, dass sie Männern den Kopf verdrehten.

»Er ist bewusstlos und wird künstlich beatmet«, sagte Matram. »Einen Sicherheitsbeamten gibt es nicht. Ihr schneidet mit euren Messern die Schläuche der Herz-Lungen-Maschine durch. Um ganz sicherzugehen, erstickt ihr ihn mit dem Kopfkissen.«

»Die Leiche lassen wir da?«, fragte Wetherell.

»Das ist ein Krankenhaus«, antwortete Matram. »Die wissen schon, wie sie mit einer Leiche zu verfahren haben. Wir treffen uns hier in exakt fünfzehn Minuten.«

Matram stieg in seinen Lexus und beobachtete, wie seine Untergebenen in der Dunkelheit verschwanden. Auf dem großen Parkplatz war es ziemlich finster, da es nur acht Lampen gab, von denen zwei nicht funktionierten. Vor dem Eingang des Krankenhauses waren ein paar schemenhafte Gestalten zu erkennen. Von Lena Kilander und Wetherell war schon nichts mehr zu sehen. Matram lehnte sich bequem zurück, um sich ein paar entspannende Minuten zu gönnen.

4

Matt warf das Gefängnistagebuch zur Seite, stand auf und zog seine Tasche aus dem Gepäcknetz des Eisenbahnabteils. Sein Buch konnte Abbott behalten, genau wie seinen Job.

Er sprang auf den Bahnsteig und eilte zum Taxistand, um den anderen Fahrgästen aus dem Zug zuvorzukommen. Vor dem Bahnhof sah er eine Schlagzeile über einen Unfall, der durch das aggressive Fahrverhalten eines Beteiligten ausgelöst worden war. *Allmählich drehen bei der Hitze alle durch.*

Die Fahrt vom Bahnhof zum Krankenhaus dauerte zehn Minuten. Als er aus dem Taxi stieg, atmete Matt ein paarmal tief durch, um sich für die nächsten paar Minuten zu wappnen.

Schon kurz nach seinem Eintritt in die Army hatte ihm ein Sergeant gesagt, ein Soldat müsse sich daran gewöhnen, den Anblick verstümmelter und schwer verwundeter Kameraden zu ertragen und die Gedanken daran beiseite zu schieben.

Auch wenn man es schon mehrfach erlebt hat, es geht einem jedes Mal wieder nahe, wenn man einen Kameraden mit einer schweren Schussverletzung sieht.

»Ich suche Ken Blackman«, sagte Matt zu der Frau am Empfang. »Er liegt auf der Intensivstation.«

Sie war schwarz, Ende dreißig und blickte Matt misstrauisch an. Zweifellos wussten alle Angestellten, dass der Amokläufer im Haus war, und vermutlich schlichen sie auf Zehenspitzen um ihn herum, als wäre er ein Monster. Bestimmt fragte sich die Frau gerade: Was für Freunde hat wohl so ein Typ?

»Beruflich oder privat?«

»Ein Privatbesuch.«

»Sie werden sich oben auf der Station mit den Sicherheitsbeamten einigen müssen. Zu *diesem* Patienten lassen sie nicht jeden x-beliebigen Besucher.«

Er ist doch nicht irgendein Verrückter, dachte Matt, als er zum Aufzug ging. Er war ein guter Mann, und er war mein Freund.

Auf der Intensivstation sah er keinen einzigen Sicherheitsbeamten, sondern nur zwölf Türen, jeweils sechs auf beiden Seiten des Gangs. Jede war mit einer verblichenen grauen Nummer gekennzeichnet und hatte ein kleines Sichtfenster. Es gab keine Schilder mit den Namen der Patienten. Matt schaute durch das erste Fenster. Ein alter Mann, an etlichen Infusionsschläuchen hängend. Durch das zweite Fenster sah er eine junge Frau, deren Körper fast gänzlich mit Verbänden bedeckt war.

Ich muss ihn sehen. Es spielt keine Rolle, ob er mit mir reden kann oder nicht. Ich will ihm einfach nur in die Augen sehen, vielleicht verrät mir sein Blick etwas. Irgendetwas muss ihn in den Wahnsinn getrieben haben, irgendetwas Seltsames und Unerklärliches.

»Wen suchen Sie?«

Die Krankenschwester hatte einen scharfen Tonfall angeschlagen, ganz so, als könnte sie ohnehin keine Antwort zufrieden stellen. Sie war ungefähr dreißig und hatte braunes

Haar. Auf dem kleinen Namensschild an ihrem Kittel stand »Julie Smollett«.

»Blackman«, antwortete Matt. »Ken Blackman.«

Schon wieder dieser Blick, dachte er.

»Und wer sind Sie?«

»Mein Name ist Matt Browning.«

Die Krankenschwester betrachtete ihn kühl von oben bis unten. »Kommen Sie mit.«

Matt folgte ihr zu dem Büro am Ende des Gangs. Der kleine Raum war blassgrau gestrichen. Ein Schreibtisch, ein Kessel, eine Kollektion von Tassen. »Ken Blackman ist in der letzten Nacht gestorben. Falls er ein Freund von Ihnen gewesen sein sollte, tut es mir Leid.«

Ihr Tonfall strafte ihre Worte Lügen.

»Was ist geschehen?«

Die Schwester blickte auf ihre Papiere, als würde sie nach einer Telefonnummer suchen. »Er hatte schwere Verletzungen«, stellte sie mit ausdrucksloser Stimme fest. »Es stand die ganze Zeit auf Messers Schneide, ob er durchkommen würde. Er hat es nicht geschafft.«

Matt beugte sich über den Schreibtisch und blickte ihr direkt in die Augen. »Was genau ist passiert? Was war die Todesursache? Eine Embolie, innere Blutungen, Herzversagen?«

Sie blickte ihn verärgert an. »Da müssen Sie schon mit einem der Ärzte reden.«

»Nennen Sie mir einen Namen.«

Ein Lächeln huschte über ihr Gesicht. »Das darf ich nicht. Sie werden sich an die Verwaltung wenden müssen.«

»Kann ich die Leiche sehen?«

Die Schwester schüttelte den Kopf. Es war unübersehbar, dass es ihr allmählich Spaß machte, ihm abschlägige Antworten zu erteilen. »Die ist bereits in die Leichenhalle. Da haben nur die engsten Angehörigen Zutritt.«

Matt drehte sich um und ging.

Mein Freund ist tot, und ich konnte mich nicht einmal von ihm verabschieden.

Pride Park, eine Wohnsiedlung mit Einfamilienhäusern, lag am Stadtrand, und das soziale Spektrum reichte von wohlhabend bis arm. Auf der Straße spielten ein paar Kinder Fußball, an der Bushaltestelle lungerten ein paar Teenager herum. Als das Taxi vor dem Haus Nr. 16 vorfuhr, fiel Matt auf, dass die Zuhänge zugezogen waren und dass auf der Straße ein Polizist in einem Streifenwagen saß.

Die Tür wurde erst nach dem zweiten Klingeln geöffnet.

»Wer sind Sie?«

Der Mann war um die sechzig, eher älter. Seine Augen waren blutunterlaufen, seine Haut bleich und grau. Matt hatte den Eindruck, ihn schon einmal gesehen zu haben, doch er war sich nicht ganz sicher, wo er ihn hinstecken sollte. War es einer von Kens Verwandten, den er bei der Taufe kennen gelernt hatte, oder jemand, der Ken einmal in der Kaserne besucht hatte?

»Matt Browning. Ich war mit Ken befreundet.«

Als er in den Flur trat, bedauerte er es, keine Blumen mitgebracht zu haben. In seiner schwarzen Jeans und mit dem blauen Polohemd war er angesichts des Trauerfalls schwerlich angemessen gekleidet. »Ich wollte nur Sandy sehen und ihr sagen, wie Leid es mir tut.«

»Sie waren mit ihm bei der Army, stimmt's?«

Matt nickte.

Der alte Mann lächelte schwach. »Ich bin Barry, Kens Vater. Sind wir uns nicht einmal in der Kaserne begegnet, als er noch Soldat war? Kommen Sie, wir sind gerade dabei, die Vorbereitungen für die Beerdigung abzuschließen.«

Matt stutzte. »Aber Ken ist doch erst letzte Nacht …«

Barry blickte ihn an. »Ich rede von Sandys Beerdigung.«

»Sandy ist tot?«

Barry nickte. »Ja, es ist vor zwei Tagen geschehen. Ken hat sie erstochen, bevor er in dem Sprechzimmer um sich geschossen hat. Die Leiche haben sie erst später gefunden.«

»Es tut mir so Leid.«

Matt hatte diese Worte schon früher ausgesprochen, wenn er mit den Angehörigen gefallener Kameraden geredet hatte, und jedes Mal war ihm schlagartig bewusst geworden, wie wenig sie der überwältigenden Trauer gerecht wurden. Aber was sollte man sonst sagen? *Die richtigen Worte gab es einfach nicht.*

»Wo Sie schon mal hier sind, können Sie doch eine Tasse Tee mit uns trinken.«

Matt folgte ihm in die Küche. Die Hintertür stand offen, und er sah zwei Kunststoffstühle auf einer Terrasse, hinter der ein winziger Garten lag. Die Frau war allein und kehrte Matt den Rücken zu. Ihr langes blondes Haar war zu einem Pferdeschwanz zusammengebunden, und sie saß mit hängenden Schultern da.

Barry stellte ihn vor. »Das ist Matt Browning, einer von Kens Freunden aus der Army.«

Die Frau drehte sich um. Es war Eleanor, Kens jüngere Schwester. Matt hatte sie nur einmal gesehen, bei der Taufe, aber jetzt sah sie anders aus. Ihre Augen waren verweint, ihr Gesicht durch Sorgen und Erschöpfung gezeichnet.

Matt trat auf die Terrasse hinaus und stützte sich auf die Lehne des unbesetzten Stuhls. »Ich bin zum Krankenhaus gefahren, weil ich ihn sehen wollte«, sagte er leise. »Als ich dort ankam, haben sie mir erzählt, er sei tot. Mein Beileid.«

Er konnte sich noch schwach an das Gespräch erinnern, das sie vor drei Jahren geführt hatten. Die anderen bei der Taufe anwesenden Gäste hatte er nicht gekannt, und bald stellte sich heraus, dass es – von den Familienangehörigen abgesehen – bei ihr genauso war. Eleanor war ganz anders als Ken, wie das bei Geschwistern manchmal vorkommt. Sie war sehr viel intellektueller als ihr Bruder und hatte am Imperial College in London Psychologie studiert. Als er sie kennen lernte, war sie gerade dabei, ihre Doktorarbeit über Geisteskrankheiten abzuschließen. Während Ken ein von Natur aus fröhlicher und unkomplizierter Mensch gewesen war, hatte Eleanor bei Matt den Eindruck einer starken Frau hinterlassen, die sich nur auf sich selbst verließ. Als sie nächtelang gemeinsam Wache schieben mussten, hatte Ken Matt einmal erzählt, er stehe seiner Schwester nicht besonders nahe. Sie war fünf Jahre jünger als er und machte Karriere in ihrer eigenen, ganz andersartigen Welt.

Aber wenn er von ihr sprach, lag immer Zärtlichkeit in seiner Stimme.

Barry stellte eine Tasse Tee vor Matt auf den Tisch, und er trank ihn dankbar, weil er so in seiner Verlegenheit wenigstens etwas zu tun hatte. »Was ist mit Ken passiert?«, fragte er schließlich. »Ich kann es einfach nicht begreifen.«

Eleanor schaute ihn mit einem durchdringenden Blick an. »Reden Sie von dem Amoklauf? Oder wollen Sie wissen, warum er gestorben ist?«

»Mich interessiert beides.«

»Was Ersteres betrifft, kann ich es mir im Augenblick selbst noch nicht vorstellen«, sagte Eleanor. Sie sprach leise, aber Matt spürte die eiserne Entschlossenheit, die in ihrer Stimme lag. »Aber ich habe vor, es herauszufinden.«

David Luttrell, der Chef des Geheimdienstes, war ein gutes Stück kleiner, als Matt erwartet hatte. Es gab nur ein offizielles Foto von ihm, das die Zeitungen vor zwei Jahren veröffentlicht hatten, als er auf seinen jetzigen Posten berufen worden war, und diese Aufnahme suggerierte, dass er mindestens einen Meter achtzig groß sein musste. Tatsächlich maß er allenfalls einen Meter fünfundsechzig. Er war ein schlanker, drahtiger Mann, mit grauem, aus der Stirn gekämmtem Haar und scharf geschnittenen, gebräunten Gesichtszügen.

Luttrell blickte von seinem Laptop auf, als Matt mit Abbott eintrat. »Freut mich, Sie kennen zu lernen, Mr Browning«, sagte er. »Bitte nehmen Sie Platz.«

Das Haus war durch eine massive Stahltür geschützt – Abbott hatte drei verschiedene Passwörter benötigt, um ihnen Zutritt zu verschaffen. Luttrells Büro war mit einer Klimaanlage ausgestattet, was in alten Londoner Stadthäusern eine Seltenheit war. Das Hauptquartier der Firma war ein großes, modernes Gebäude an der südlichen Seite der Vauxhall Bridge, doch vor einem Jahr hatten sich die höchsten Entscheidungsträger des Geheimdienstes in ein bescheiden wirkendes Haus aus der viktorianischen Zeit zurückgezogen, das auf der anderen Seite der Themse in Pimlico stand. Das Hauptquartier war bekannt und konnte jederzeit Ziel eines terroristischen Anschlags werden. Ein paar Selbstmordattentäter, die sich die Methode vom 11. September 2001 zum Vorbild nahmen, wären mit größter Wahrscheinlichkeit in der Lage gewesen, eines ihrer Flugzeuge in das Gebäude krachen zu lassen, und niemand wollte die Verantwortung dafür übernehmen, über der Innenstadt von London eine Passagiermaschine abschießen zu lassen. Ein zu allem entschlossener Terrorist hätte auch eine Rakete vom anderen Ufer des

Flusses abfeuern können, wie es die Provisional IRA vor ein paar Jahren versucht hatte.

»Ich habe einen Blick in Ihre Akte geworfen und bin beeindruckt«, sagte Luttrell.

Er stand auf, kam um seinen Schreibtisch herum, schenkte drei Gläser Mineralwasser ein und reichte Matt und Abbott eines.

»Sie kennen doch einen Mann namens Iwan Rowe?«

Iwan, dachte Matt. Der ehemalige Bombenbastler der PIRA, der ihm bei seinem letzten Auftrag das Leben gerettet hatte. »Ja«, antwortete er vorsichtig.

»Interessanter Typ«, sagte Luttrell. »Jemals mit ihm Bridge gespielt?«

Matt schüttelte den Kopf. »Nicht mein Spiel. Sie?«

Luttrell lachte. »Rowe ist viel zu gut für mich. Hab mal ein paar Partien mit ihm gespielt. Beeindruckend. Er hat immer etliche Schritte im Voraus gedacht.« Luttrell blickte wieder in die auf seinem Schreibtisch liegende Akte. »Zehn Jahre SAS, mit dem Military Cross ausgezeichnet, Empfehlungen für eine Beförderung. Sie waren ein vorbildlicher Soldat. Statt eine Bar in Marbella zu führen, sollten Sie lieber für uns arbeiten.«

»Mir gefällt die Sonne.«

»Ich war der Meinung, Sie hätten allmählich die Nase voll davon.« Luttrell setzte sich wieder. »Abbott hat Ihnen einen Job angeboten. Er meint, es sei ziemlich schwierig, Sie zu überreden. Was für Bedenken haben Sie? Wenn ich kann, würde ich sie gern zerstreuen.«

»Was für Bedenken ich habe?« Matt lachte. »Ich mag es nicht, wenn man mir die Daumenschrauben ansetzt und mir droht.«

»Tut mir Leid, bei unserer Arbeit lässt sich das nicht vermeiden«, sagte Luttrell. »Ist ein bisschen so wie mit den Presspatrouillen zu Nelsons Zeiten. Man kam angesäuselt aus einem Pub, bekam einen Schlag auf den Hinterkopf und stellte beim Aufwachen fest, dass man fünf Jahre bei der Marine Seiner Majestät ableisten musste.« Luttrell lächelte in sich hinein. »Die Leute glauben immer, die Welt hätte sich geändert, aber beim Militär oder in den Geheimdiensten lernt jeder ziemlich schnell, dass sich eigentlich nie etwas ändert. Noch heute werden in Sandhurst die Schlachten Alexanders des Großen studiert, weil Strategie und Taktik nichts von ihrer Relevanz verloren haben. Was damals funktioniert hat, funktioniert auch heute noch. Und bei unserer Art von Arbeit, wenn wir einfach nur herumsitzen und warten würden … Nun, Sie haben mich schon verstanden.«

Luttrells Stimme klang schmeichlerisch gewandt. Nichts deutete auf Hinterlist oder Unaufrichtigkeit, aber seine spielerische, spöttische Art legte nahe, dass er sehr wohl seine Interessen zu wahren wusste. Matt hatte gehört, dass er den Geheimdiensten seit dreißig Jahren hervorragende Dienste leistete. Einen Namen hatte er sich in den späten Achtziger- und frühen Neunzigerjahren gemacht, als er der höchste Geheimdienstoffizier der Firma in Belfast gewesen war. Seinem Ruf nach war er ein ziemlich integrer Typ, aber ganz so integer blieb niemand, wenn er sich auf Zehenspitzen seinen Weg durch die Minenfelder von Belfast bahnen musste.

Luttrell beugte sich vor und trank einen Schluck Mineralwasser. »Falls Sie glauben sollten, dies sei eine Zwangsrekrutierung, kann ich leider nichts daran ändern.«

»Sie haben meine Konten gesperrt.«

Luttrell lachte. »Beschweren Sie sich beim Verbraucherschutz.«

»Sie drohen mir mit einer Anklage wegen Mordes.«

»Und Sie sind schuldig.« Luttrell lehnte sich zurück. »Nicht, dass das irgendeine Rolle spielen würde. Stellen Sie sich eine Backsteinmauer vor. Daran rennen Sie sich den Kopf ein.« Er stand auf und ging zum Fenster, durch das mittlerweile die gleißende Mittagssonne in den Raum fiel. Luttrell ließ die Jalousie hinab. »Abbott will Sie für diesen Job, ich auch. Ich habe diesem Treffen nicht zugestimmt, um mit Ihnen zu feilschen. Verhandlungen gibt's bei mir nicht. Ich werde nur bestätigen, was Abbott Ihnen bereits erzählt hat.« Er wandte sich um und schaute Matt direkt in die Augen. »Wir machen Ihnen ein faires Angebot. Schlagen Sie ein, dann haben wir nach diesem Auftrag reinen Tisch gemacht. Alle Schulden werden beglichen sein, auf beiden Seiten. Ich gebe Ihnen mein Wort darauf.« Er zuckte die Achseln und schlenderte zu seinem Schreibtisch zurück. »Jetzt liegt die Entscheidung bei Ihnen, aber wenn ich das Pech hätte, in Ihrer Haut zu stecken, würde ich zusagen.«

»Da ist etwas, das ich nicht verstehe«, sagte Matt. »Was für eine Beziehung hat die Firma zu Tocah? Warum bekommen sie diese Vorzugsbehandlung?«

Luttrell lächelte. »Sie sollten sich gelegentlich mal die Handelsstatistiken anschauen. Pharmazeutische Produkte und Öl sind unsere wichtigsten Exportmärkte. Das Wohl der britischen Wirtschaft hängt von solchen Unternehmen ab.«

Es war kurz nach neun, und Matt hatte den ganzen Tag über fast nichts gegessen. Er lud sich den Teller mit Lamm-Dopiaza voll, vermischte es mit Reis, tunkte etwas Nanbrot in die Soße und begann zu essen.

Man sollte nie mit leerem Magen eine Entscheidung fällen. Wer Hunger hat, kann nicht klar denken.

Nach dem Treffen mit Luttrell war er mit der Untergrundbahn zu der Wohnung in der Nähe von Holborn gefahren, die ihm immer noch gehörte. Abbott hatte ihm für die Ausgaben des täglichen Bedarfs einen Tausender in bar gegeben. Da seine Konten gesperrt waren, hätte er nicht einmal fünfzig Pfund an einem Geldautomaten abheben können. Aber wenigstens hatte er noch ein Auto. Sein Porsche Boxster stand wohlbehalten in der Tiefgarage.

Die Wohnung wirkte etwas schmuddelig. Da er seit Monaten nicht hier gewesen war und keine Putzfrau beauftragt hatte, lag auf den wenigen Möbelstücken eine dünne Staubschicht. Aufgelaufene Post erwartete ihn, doch Matt hatte keine Lust, die Briefe zu öffnen. Warum auch?, fragte er sich. Es werden ohnehin nur Rechnungen sein, und ich habe kein Geld, um sie zu bezahlen.

Er überprüfte, ob das Telefon funktionierte. Normalerweise rief ihn Gill unter seiner Handynummer an, aber vielleicht würde sie sich hier über die Festnetzverbindung melden, wenn sie eine Nachricht hinterlassen wollte. »Sie haben eine neue Nachricht«, verkündete eine synthetische Stimme der British Telecom. Matt drückte auf die Taste, doch es war nur irgendein Trottel, der ihm eine neue Kreditkarte andrehen wollte. Er sprang enttäuscht unter die Dusche und ging dann zu dem indischen Restaurant um die Ecke.

Mittlerweile habe ich schon mehrere Tage nichts von ihr gehört, dachte er beim Essen. Er trank einen Schluck Bier. Gill war nicht zum ersten Mal ausgerastet. *Ist es möglich, dass sie es diesmal ernst meint? Dass sie mich endgültig verlässt?*

Sie versteht nicht, dass mir gar keine andere Wahl bleibt, das ist das Problem, dachte er. Gill lebt in einer völlig anderen Welt. In meinem Geschäft kann man nicht einfach kündigen.

Lächelnd versuchte er, sich an einen alten Song der Eagles

zu erinnern, in dessen Text es darum ging, dass jemand behauptete, jederzeit Schluss machen zu können, es aber doch nie schaffte.

Wenn ich Alternativen hätte, würde ich mich nicht auf diesen Job einlassen. Natürlich könnte ich Abbott sagen, er soll mich am Arsch lecken, aber dann wäre mein Geld für immer futsch. Kurz darauf würde ich das Haus und die Bar verlieren, und anschließend würden sie mich und Gill wegen Mordverdachts einsperren. Das Gerichtsverfahren würde ungefähr so fair sein wie ein Pokalspiel zwischen Arsenal und Scunthorpe United. Wenn es überhaupt zu einem Verfahren kommen sollte.

Matt trank einen weiteren Schluck Bier. *Nein. Falls ich den Job ablehne, werde ich fliehen müssen. Ich müsste die Stadt verlassen, einen neuen Namen annehmen, meine äußere Erscheinung verändern und woanders ein neues Leben beginnen. Möglich ist es, ich habe schon von Männern gehört, die damit durchgekommen sind. Aber was für ein Leben wäre das, ohne Freunde, Familie und die vertrauten Orte? Ein Leben, in dem man immer in Gefahr schwebt und sich ständig verstecken muss? Wenn einem gar keine andere Wahl bleibt, kann man es versuchen, aber ein richtiges Leben ist das nicht.*

Aber im Augenblick habe ich eben keine Alternative. Ich werde zusagen und die Sache hinter mich bringen. Eine andere Möglichkeit bleibt mir nicht.

Das Handy in seiner Tasche piepte. Gill. Wie übel der Streit auch gewesen sein mag, sie schafft es nie wirklich lange, mich nicht anzurufen.

Er klappte das Nokia-Handy auf. »Ja?«

»Sind Sie es, Matt?«

Weil er mit Gill gerechnet hatte, dauerte es etwas, bis er die Stimme erkannt hatte. Kens Schwester. Obwohl sie gesellschaftlich aufgestiegen war, verleugnete ihre sanfte Stimme nicht ihre Herkunft aus dem englischen Norden. »Eleanor?«

»Ich muss mit Ihnen reden.«

»Ich höre.«

»Nein, nicht am Telefon.« Sie zögerte kurz. »Können wir uns treffen? Vielleicht morgen?«

Matt wandte das Gesicht zur Wand. Ein Kellner blickte bereits in seine Richtung, und er wollte nicht, dass jemand von diesem Gespräch etwas mitbekam. »Worum geht es denn? Ist alles in Ordnung?«

Er hörte ein freudloses Lachen. »Abgesehen davon, dass mein Bruder sich in einen geisteskranken Amokläufer verwandelt und anschließend sich selber tötet?«

Eleanor schwieg kurz. Bestimmt hat sie ihren ganzen Mut zusammennehmen müssen, um mich anzurufen, dachte Matt.

»Es gibt da etwas, wonach ich Sie fragen möchte, okay?«

»In Ordnung, wir sehen uns morgen«, sagte Matt. Nachdem er das Handy in die Tasche gesteckt hatte, griff er wieder nach seiner Gabel. Er wollte weiteressen, bekam aber nichts mehr herunter. *Ich habe plötzlich überhaupt keinen Hunger mehr.*

5

Der Büroturm aus Stahl, Glas und Chrom ragte hoch in den Himmel und stand direkt an der A4, die nach Heathrow weiterführte. Das grelle, blendende Licht der Mittagssonne reflektierte sich auf der Fassade, und als Matt aus dem Taxi gestiegen war, setzte er sofort seine Sonnenbrille auf. Er wischte sich den Schweiß von der Stirn und ging schnell auf den Eingang zu.

Bei der Bullenhitze hält man es kaum fünf Sekunden in der Sonne aus.

Hinter der gläsernen Drehtür schlug ihm ein Schwall kühler Luft entgegen. Durch den Temperatursturz wurde ihm für einen Moment ein bisschen schwindelig, und er blieb kurz stehen, um sich wieder zu fangen. Dann ging er zum Empfang hinüber.

»Ich möchte zu Mr Lacrierre«, sagte er. »Er hat mich für zwölf Uhr bestellt.«

Die Empfangsdame schaute ihn an. »Wie heißen Sie?«

»Matt Browning.« Er trug eine beigefarbene Sommerhose, ein blaues Leinenhemd und Slipper. Wahrscheinlich hatte sie zuerst gedacht, er komme von einem Zustelldienst. In ihren Augen entsprach sein Aufzug nicht dem eines Mannes, der eine Verabredung mit dem großen Boss hatte.

»Möchten Sie nicht Platz nehmen?«

Es ist immer dasselbe. Wenn sie mitbekommen, dass man einen Termin beim Chef hat, behandeln sie einen plötzlich mit Respekt.

Matt setzte sich auf eines der in der Eingangshalle stehenden schwarzen Ledersofas. Sofort stach ihm ein Plakat in die Augen, das unter dem Slogan TOCAH LIFE SCIENCE – MENSCHEN ZUSAMMENBRINGEN FÜR EINE BESSERE ZUKUNFT eine Gruppe von lächelnden afrikanischen, chinesischen und europäischen Kindern zeigte. Darunter stand, der Pharmakonzern habe im Rahmen eines Programms zur Wahrnehmung seiner sozialen Verantwortung Impfstoffe für Kinder aus Entwicklungsländern gespendet.

Wahrscheinlich kriegen die Mitarbeiter hier schon jeden Morgen zum Frühstück diesen Unsinn über ihr famoses Unternehmen serviert.

»Mr Browning?«

Vor ihm stand eine große, betörend schöne Frau mit langen kastanienbraunen Haaren. Sie hatte leicht gebräunte Haut, sehr hohe, fein modellierte Wangenknochen und leuchtend blaue Augen. *Wie viele Männer vergucken sich jeden Tag in sie?*

»Ich heiße Natalie und bin eine der persönlichen Assistentinnen unseres Chefs«, sagte sie mit einem leichten französischen Akzent.

Eine? Die anderen können es bestimmt nicht mit ihr aufnehmen.

Sie geleitete ihn zum Lift, und Matt konnte nicht anders, als ihren elegant wiegenden Gang zu studieren. Als sich die Tür des Aufzugs schloss, stieg ihm der Duft ihres Parfüms in die Nase. Im zehnten Stock gab es zusätzliche Sicherheitsvorkehrungen. Der Lift blieb stehen, und zwei Sicherheitsbeamte führten sie zu einem Metalldetektor. Dann musste man für die obersten beiden Stockwerke einen anderen Aufzug nehmen. Einer der Sicherheitsbeamten wollte Matts Handy auseinander nehmen, aber er sagte ihm, er könne es behalten und es ihm später wieder geben.

Während Natalie auf den Knopf für den zwölften Stock drückte, studierte Matt ihren schlanken Arm. »Da wären wir«, sagte sie, als die Türen aufglitten.

Lacrierres Büros nahmen den gesamten obersten Stock ein, aus dem man in östlicher Richtung auf London blickte, in westlicher auf den Flughafen Heathrow.

Matt sah die Flugzeuge, die auf die Landegenehmigung warteten und niedrig am Himmel kreisten, aber er hörte nichts – das Gebäude war absolut schalldicht.

»Mr Lacrierre wird in fünf Minuten Zeit für Sie haben.«

Das kam jetzt von einer fast einen Meter achtzig großen Blondine in einem roten Hosenanzug, deren Akzent rau und metallisch klang. Vielleicht kommt sie aus Skandinavien, dachte Matt. Oder aus einem der kleinen baltischen Staaten. Natalie schien sich urplötzlich verflüchtigt zu haben. Jetzt thronte sie hinter einem Schreibtisch aus Eichenholz und schaute auf einen schwarzen Flachbildschirm.

»Würden Sie gerne hier warten?« Die Blondine zeigte auf einen braunen Ledersessel. »Darf ich Ihnen einen Kaffee anbieten?«

Matt nickte, setzte sich und studierte die Kollektion von Zeitungen auf dem Kaffeetisch – *Financial Times, Wall Street Journal, Le Monde, New York Times.* Dann blickte er wieder zum Empfang hinüber. Neben Natalie und der Blondine sah er noch eine dritte Frau – eine große, schlanke Chinesin in einem weißen Kleid und mit einer mit einem Diamanten besetzten Halskette.

Mein Gott, der Typ hat hier den reinsten Harem.

Am Morgen hatte Matt ein paar Artikel über Lacrierre gelesen. Er war siebenundvierzig Jahre alt und hatte Tocah Life Science vor zwanzig Jahren gegründet. Mittlerweile machte das Unternehmen einen Umsatz von zwölf Milliarden Pfund und einen Gewinn von zwei Milliarden. Auf dem Aktienmarkt wurde der Wert des Pharmakonzerns mit annähernd dreißig Milliarden beziffert. Ein Drittel des Unternehmens gehörte noch immer Lacrierre. Er war in Lyon geboren worden, als einziges Kind seiner Eltern, und als junger Mann zur französischen Armee gegangen. Später war er Marineinfanterist geworden, bei einer Spezialeinheit, die unter dem Namen »Marsouins« bekannt ist und bei der das französische Äquivalent des SAS den größten Teil seiner Mitglieder rekrutiert.

Aber er hatte nur sechs Jahre gedient und mit fünfundzwanzig eine Karriere als Geschäftsmann begonnen. Zunächst hatte er als Grundstücksmakler etwas Geld gemacht, dann aber – im Jahr 1984, als die Biotechnologie sich zum großen Geschäft zu entwickeln begann – Tocah Life Science gegründet.

Er hatte zwei geschiedene Ehen hinter sich und war Vater von drei Kindern – zwei aus der ersten Ehe, eines aus der zweiten. Wollte man den Zeitungsartikeln Glauben schenken, war er im Moment mit einer französischen Sängerin namens Nadine Riboud liiert.

An ihrer Stelle würde ich seine Assistentinnen genau im Auge behalten.

»Er hat jetzt Zeit für Sie.«

Die Blondine ging vor, und Matt folgte ihr durch einen kurzen gläsernen Durchgang in Lacrierres Büro. Der Boden war schwarz gefliest, die Wände bestanden aus lichtdurchlässigem Glas. An einer Wand hing ein modernes Gemälde, vielleicht ein Chagall, aber Matt war sich nicht sicher. Lacrierres Schreibtisch bestand aus einem massiven Granitsockel und einer dünnen Platte aus poliertem Aluminium. Darauf standen zwei schwarze Monitore, die in Echtzeit Bloombergs Informationen über Aktien- und Währungskurse wiedergaben.

Lacrierre stand auf, kam forsch auf Matt zu und begrüßte ihn mit einem festen Handschlag. Auch zwanzig Jahre nach seinem Abschied vom Militär verriet sein Auftreten noch immer den ehemaligen Soldaten. Er hatte dichtes, welliges schwarzes Haar, das an den Schläfen zu ergrauen begann.

»Freut mich, Sie kennen zu lernen.«

Wie ein Rupert, dachte Matt. Oder ein Jean-Pierre, es macht keinen Unterschied. Sie sind alle gleich. Lacrierres Englisch hatte einen französischen Akzent, aber auch einen amerikanischen Einschlag.

Lacrierre deutete auf zwei schwarze Ledersofas in einer Ecke des Büros, in dessen Boden in der Mitte – wie in allen Stockwerken darunter – eine zehn Quadratmeter große Glasplatte eingelassen war. So konnte man durch alle Stockwerke bis ins Erdgeschoss blicken.

Nicht schlecht, wenn man die fleißigen Ameisen immer im Auge behalten kann.

»Sie haben den SAS vor zwei Jahren verlassen, habe ich das richtig verstanden?«, fragte Lacrierre, während er sich ein Glas Vittel-Mineralwasser einschenkte.

Matt nickte.

»Und Sie waren in Bosnien, Nordirland und Südostasien? Da haben Sie bestimmt einiges erlebt. Würde mich freuen, wenn Sie mir eines Tages etwas darüber erzählen würden.«

Matt schenkte sich ebenfalls Mineralwasser ein. Durch

den Wechsel aus der Tageshitze in das vollklimatisierte Gebäude war seine Kehle wie ausgetrocknet. »Dieses Thema ist tabu. Beim Regiment gibt es Vorschriften. Außen Stehenden gegenüber reden wir nicht über unsere Einsätze.«

Lacrierre nickte lächelnd. »Verstehe. Vielleicht später einmal, wenn wir uns näher kennen gelernt haben.«

»Hören Sie, ich will aufrichtig mit Ihnen reden.« Matt beugte sich etwas vor. »Der Geheimdienst legt mir die Daumenschrauben an. Sie haben bei der Firma offenbar Einfluss, warum auch immer. Er muss sehr groß sein, weil sie mich gnadenlos in die Zange nehmen. Also, hier bin ich. Ich werde den Job erledigen, und zwar anständig. Das war's dann.«

»Ich weiß Ihre Offenheit zu schätzen, Mr Browning. Als Geschäftsmann hätte ich sowieso keine Zeit, mich mit Schmeicheleien abzugeben. Wenn Sie mich erst besser kennen, werden Sie verstehen, was ich damit meine. Aber ich denke auch, dass Sie mich dann in einem etwas milderen Licht sehen werden. Nicht als ein Scheusal.«

»Vielleicht«, antwortete Matt kurz angebunden. »Wir werden sehen.«

Lacrierre beugte sich vor. »Dann werde ich Ihnen jetzt Orlena vorstellen.«

»Wen?«

Lacrierre stand grinsend auf. »Ihre neue persönliche Assistentin. Glauben Sie mir, Sie haben mehr Glück, als Ihnen wahrscheinlich bewusst ist.« Er drückte auf einen Knopf auf seinem Schreibtisch. »Schicken Sie sie herein.«

Die Tür glitt auf, und Orlena trat ein. Matt hatte nur sehr selten eine Frau mit einem so eleganten Gang gesehen. Zuerst glaubte er, sie sei auch nur ein angemaltes Dummchen, wie die Frauen im Vorzimmer, doch er merkte sehr schnell, dass er sich getäuscht hatte. Ihr Auftreten wirkte nicht nur so, als wäre sie die Eigentümerin des Büroturms – man hatte fast den Eindruck, als würde sie einem gleich Hausverbot erteilen.

Sie blickte Lacrierre an. »Soll ich beginnen?«

Lacrierre wandte sich Matt zu. »Orlena kommt aus der Wissenschaft. Sie hat an der Universität von Kiew in Biochemie promoviert und vor fünf Jahren bei Tocah in der Forschungsabteilung begonnen. Seit einem Jahr beschäftigt sie sich mit Sicherheitsaspekten. Unsere Gegner sind gerissen und intelligent. Es macht keinen Sinn, sie nur mit Muskelkraft zu bekämpfen. Dafür ist auch Grips erforderlich. Sie und Orlena sollten ein gutes Team abgeben.«

Schon möglich, dass mir der Job nicht passt, aber eine *attraktive Seite hat er.*

Lacrierre drückte auf einen Knopf, und mehrere Bildschirme flackerten auf. Matt lehnte sich zurück. Orlena hatte hohe Wangenknochen, strahlend blaue Augen und schwarzes, knapp schulterlanges Haar. Sie war eine klassische osteuropäische Schönheit. Ihre Haut war schneeweiß und makellos, was durch die dunkelrot angemalten, vollen Lippen noch akzentuiert wurde.

Matt betrachte die Karte, die gerade auf den Bildschirmen erschien. Weißrussland. Aus seiner Zeit beim SAS kannte er den schlechten Ruf dieses Landes. Demnach war es die chaotischste und gefährlichste aller ehemaligen Sowjetrepubliken, charakterisiert durch Kriminalität und Gesetzlosigkeit.

Der Wilde Osten. Durchgeknallte Mafiosi, ehemalige KGB-Offiziere und verschwundene Atomwaffen.

Orlena tippte mit einem burgunderrot lackierten Fingernagel auf einen der Bildschirme. »Weißrussland ist eine der vielen ehemaligen Sowjetrepubliken, die nach dem Zusammenbruch der UdSSR ihre Unabhängigkeit erklärt haben.«

»Die Geografiestunde können wir überspringen«, bemerkte Matt.

Lacrierre schaute erst Matt, dann Orlena an. »Er war Soldat, Orlena«, sagte er leise und mit einem kaum zu überhörenden Unterton, der Verärgerung verriet. »Und zwar bei einer Eliteeinheit.«

Matt lächelte. »Ich weiß nicht nur, wo Weißrussland liegt, sondern auch, dass jeder intelligente Mensch einen großen Bogen um das Land machen würde.«

Orlena ignorierte ihn und drückte auf einen Knopf auf dem Schreibtisch. Sie trug einen schwarzen, knielangen Rock und eine gestärkte, makellos weiße Bluse, die bis zum Hals zugeknöpft war. Einen seriöseren und geschäftsmäßigeren Aufzug hätte man sich gar nicht vorstellen können, und doch hatte sie etwas Aufreizendes.

Jetzt tauchten auf den Monitoren Abbildungen bunter Pillen und eine Reihe weiterer Karten auf. »Während der letzten fünf Jahre«, sagte Orlena, »ist Weißrussland zum größten Ausgangspunkt des weltweiten Handels mit illegal hergestellten Generika geworden. Früher, zu Zeiten der Sowjetunion, sollte das Land nach dem Fünfjahresplan zum Zentrum der pharmazeutischen Industrie entwickelt werden. Folglich gibt es heute jede Menge Fabriken, die Medikamente auf einem anständigen Niveau produzieren können. Und es gibt viele Biochemiker, die kein Geld, aber reichlich Zeit haben.«

Matt bewunderte ihre wohl geformten Beine, während sie zu einem anderen Bildschirm ging und auf eine andere Karte zeigte.

»Die Wahl der Kriminellen ist auf einige unserer profitabelsten Medikamente gegen Herzkrankheiten und Krebs gefallen. Sie kennen die Rezepte, weil Tocah sie beim Patentamt hinterlegen muss, und können den Produktionsprozess aufschlüsseln. In den Fabriken in Weißrussland stellen sie illegale Generika her, die anschließend in den Westen geschmuggelt und zu einem Bruchteil des regulären Preises an Großhändler verkauft werden. So enden die Pillen in den Apotheken. Wenn Sie ein Rezept einlösen, haben Sie keine Ahnung, dass Sie ein illegales Generikum bekommen. Tocahs Verkäufe leiden, und die Kriminellen machen riesige Profite.«

Lacrierre beugte sich vor und schaute Matt direkt in die Augen. »Unserer Schätzung nach wird unser jährlicher Profit dadurch um eine Million geschmälert, vielleicht sogar um anderthalb.«

»Und was soll ich Ihrer Meinung nach dagegen tun?«, fragte Matt. »Ich bin kein Biochemiker.«

»Nein, aber Soldat«, bemerkte Orlena.

»Soweit ich weiß, hat Mr Luttrell Ihnen bereits erzählt, dass Sie die Produktionsstätte zerstören sollen«, sagte Lacrierre. »Anders kann man diesen Leuten nicht beikommen. Es macht keinen Sinn, mit weißrussischen Politikern oder Polizisten reden zu wollen, denn sie stehen alle auf der Gehaltsliste der Kriminellen. Das ganze Land ist völlig korrupt. Wenn wir diesem Übel Einhalt gebieten wollen, müssen wir es an seinem Ausgangspunkt unterbinden.«

»Dafür benötigen wir ein kleines Team«, fuhr Orlena fort. »Ich habe Kontaktpersonen in Kiew, die ein paar ehemalige Rotarmisten organisieren können. Aber die brauchen einen Boss, jemanden mit dem erforderlichen Know-how. Das ist Ihr Job.«

Mein Job ist es, aus diesem gottverdammten Land mit heiler Haut wieder herauszukommen.

Auf einem der Bildschirme sah Matt ein Foto, das – wenn

er von der Auflösung ausging – etwa aus einer Höhe von sechstausend Metern aufgenommen worden sein musste. Man konnte ein paar Felder und einige verfallende Gebäude erkennen.

Orlena vergrößerte schrittweise einen Ausschnitt des Fotos. »Das hier ist die Fabrik. Sie liegt etwa sechzig Kilometer nördlich von Minsk, der Hauptstadt von Weißrussland. Von außen wirkt sie baufällig, aber im Inneren, wo die Medikamente produziert werden, ist alles gut in Schuss. Sie muss zerstört werden.«

Lacrierre schaute Matt an. »Geld ist kein Thema. Was Sie auch benötigen, Sie werden es bekommen. Sagen Sie einfach Bescheid, Orlena wird es organisieren.«

»Wie gut wird die Fabrik bewacht?«

Orlena zuckte die Achseln. »Wir haben diesen Komplex als Produktionsstätte der Medikamente identifiziert, aber eine genauere Beobachtung des Objekts steht noch aus. Allerdings können Sie sicher sein, dass die Leute da bewaffnet sind und notfalls kämpfen werden.« Sie schwieg kurz, und zum ersten Mal huschte ein Lächeln über ihr Gesicht. »Aber Sie waren schließlich mal beim SAS, stimmt's? Damit kommen Sie schon klar.«

Matt stand auf. Er spürte, wie ihm zwei Augenpaare folgten, als er auf den Monitor zutrat und sich das Bild genauer ansah. Geld hatten sie, daran konnte kein Zweifel bestehen. Für Luftaufnahmen dieser Qualität brauchte man eine teure Ausrüstung. Mit einer Auflösung von deutlich weniger als vier Millionen Pixeln pro Zentimeter würde man bei einer solchen Vergrößerung kaum noch etwas erkennen. Beim SAS konnte man froh sein, wenn einer der Ruperts mal im nächsten Buchladen vorbeischaute und einem eine Karte kaufte.

Der Komplex bestand aus zwei großen Gebäuden, von denen eines wahrscheinlich die Produktionsstätten beherbergte, während das andere vermutlich als Lagerhaus mit Büros diente. Matts Blick fiel auf zwei Lastwagen, die auf das Tor an der Peripherie des Grundstücks zufuhren. Die Bilder waren etwas körnig und unscharf, aber er konnte trotzdem die graue Plane über der Ladefläche der Lastwagen erkennen.

»Wann ist das Foto aufgenommen worden?«

Orlena blickte auf einen Computermonitor. »Vor zwölf Tagen.«

»Zu welcher Uhrzeit?«

»Um kurz nach fünf.« Ihr Tonfall legte die Vermutung nahe, dass sie bezweifelte, ob er das Recht hatte, so viele Fragen zu stellen. »Um zwölf Minuten nach fünf, wenn Sie's genau wissen wollen.«

Matt zeigte auf die beiden Lastwagen. »Diese LKWs befördern keine Ware, sondern Menschen«, sagte er mit ausdrucksloser Stimme. »Unter der Plane sitzen bestimmt Männer auf der Ladefläche. Vermutlich holen sie vor der Abenddämmerung Verstärkung für die Bewachung der Anlage.« Er blickte erst Orlena, dann Lacrierre an. »Dieses Grundstück und die Fabrik sind gut gesichert. Ich werde Unterstützung brauchen.«

Lacrierre spreizte die Hände. »Wie gesagt, wir werden Ihnen alle Wünsche erfüllen.«

»Ich rede nicht von Geld. Ich übernehme diesen Job, weil ich dazu gezwungen werde, aber wenn es schon sein muss, kann ich ihn auch gleich anständig erledigen. Wenn die Fabrik in die Luft gejagt werden soll, brauche ich einen Fachmann, der sich mit Sprengstoff auskennt. Ich hätte einen Kandidaten.«

Matt sah, wie sich Lacrierres gepflegte Gesichtshaut in Falten legte. »Nein«, sagte er leise. »Außer Ihnen möchten wir bei dieser Operation keinen Westeuropäer dabeihaben. Das Team wird vor Ort zusammengestellt. Orlena wird Ihnen dabei helfen.«

»Dann findet die Aktion ohne mich statt«, sagte Matt gereizt. Er wandte sich von dem Bildschirm ab und trat auf Lacrierres Schreibtisch zu. »Ich weiß nicht, wie Sie Ihr Geschäft führen, aber in meinem Metier kommt es nicht in erster Linie darauf an, welche Ausrüstung man zur Verfügung hat oder mit wie viel Geld man um sich werfen kann. Entscheidend ist die Erfahrung der Männer. Wenn Sie meinen Bombenbastler ablehnen, müssen Sie sich einen anderen suchen, der diese Pillen in Flammen aufgehen lässt.«

Lacrierres Miene wurde düster, hellte sich dann aber langsam wieder auf. Nach seinem Abschied vom SAS hatte Matt als Leibwächter gearbeitet, und er wusste, in was für einer merkwürdigen, isolierten Welt die Chefs von großen Unternehmen lebten. Um sie herum gab es eine Unzahl von Speichelleckern, die ihren Bossen Tag und Nacht beipflichteten – völlig unabhängig davon, was für bizarre Ideen sie haben mochten. Bei ihnen war es schlimmer als bei Generälen, wo auch Jahre vergehen konnten, ohne dass ihnen jemand widersprach.

»Wer ist es?«, fragte Lacrierre schließlich.

Tatsächlich mögen sie es sogar, wenn sich jemand nicht alles bieten lässt.

»Ein Ire«, antwortete Matt. »Heißt Iwan und hat mehr Gebäude in die Luft gejagt, als Sie Croissants verfrühstückt haben. Keine Sorge, Sie werden ihn mögen.«

Lacrierre stand auf. »Orlena wird ihn sich persönlich ansehen. Falls sie ihre Zustimmung gibt, ist Ihr Ire dabei.« Er legte Matt eine Hand auf den Unterarm. »Ich habe heute viel zu tun, und deshalb werde ich Sie jetzt mit Orlena allein lassen, damit Sie gemeinsam die Details besprechen können. Ihr Freund wird natürlich gut bezahlt. Tocah sorgt für seine Leute.«

Matt nickte. »Wenn das so ist, werden wir gut miteinander auskommen.«

Lacrierre ging zur Tür, wandte sich aber noch einmal um. »Ich werde Ihnen vertrauen, Mr Browning. Aber Sie sollten eines wissen. Dieses Unternehmen ist gar nicht so anders als Ihr Regiment. Wir sind großzügig zu unseren Freunden, aber unbarmherzig gegenüber unseren Feinden.«

Matt hörte die Tür hinter sich ins Schloss fallen. Orlena saß auf der Schreibtischkante und zupfte an ihrem Rock, damit kein Zentimeter Knie zu sehen war. »Okay, wann legen wir los?«, fragte er.

»Natürlich sofort.« Sie erhob sich von dem Schreibtisch. »Übermorgen geht's nach Kiew. Dort werde ich Ihnen den Mann vorstellen, der das Team zusammenstellen wird. Wir müssen uns so schnell wie möglich um die Fabrik kümmern.«

Matt grinste, weil ihm zum ersten Mal aufgefallen war, wie ihre Augenlider flatterten, wenn sie sich konzentrierte, und wie ihre Wangen hervortraten, wenn sie lächelte. »Ich werde meine Sachen packen«, sagte er. »Dann wollen wir mal hoffen, dass es in Kiew ein bisschen kühler ist. Allmählich habe ich von diesem Sommer die Nase voll.«

Orlena ging zu Tür. »Die meisten Westeuropäer glauben, dass es in der Ukraine immer schneit. Tatsächlich sind die Sommer dort heiß.«

»Keine Sorge. Wenn's heiß wird, komme ich erst richtig in Form.«

Ihre Miene verfinsterte sich. »Lassen Sie mich eines klarstellen. Ich schlafe nie mit Leuten, die für mich arbeiten. Verschwenden Sie keinen Gedanken daran.«

»Ich bin Freiberufler«, erwiderte Matt kalt. »Weder arbeite ich für Sie, noch habe ich die Absicht, mit Ihnen zu schlafen.«

»Sie sind ein stolzer Mann«, sagte sie, bevor sie in den hell erleuchteten Korridor hinaustrat.

6

Im Charing-Cross-Hospital roch es nach alten Zeitungen, zu lange gekochten Kartoffeln und Desinfektionsmitteln. Ich kann mir Orte vorstellen, wo ich lieber arbeiten würde, dachte Matt, während er den Korridor hinabging. Neben jeder Tür hing ein Namensschild, aber die meisten Räume schienen leer zu sein. Auch die letzten zwanzig Meter des Gangs waren verwaist.

»Hallo.« Matt steckte den Kopf durch die Tür des kleinen, voll gestopften Büros.

Eleanor drehte sich um und strich sich das Haar aus dem Gesicht. Auf ihrem Schreibtisch türmte sich ein wackeliger Stapel von Unterlagen, die auf ihren Laptop zu stürzen drohten, und sie hätte fast ihren Kaffeebecher umgeworfen, als sie in ihrem Drehstuhl zu Matt herumwirbelte. *Vermutlich herrscht dafür in ihrem Kopf Ordnung.*

Sie stand auf. »Danke, dass Sie gekommen sind.«

Heute wirkte sie anders aus als bei ihrem letzten Zusammentreffen. Statt Trauer verriet ihre Miene jetzt nur noch eiserne Entschlossenheit. Sie trug eine schwarze Hose und eine blaue Bluse. Ihr Make-up war sparsam dosiert und sollte nur die Spuren von zu wenig Schlaf kaschieren.

Matt trat zur Seite. »Sie wollten mit mir reden.«

»Ja, aber nicht hier«, sagte Eleanor. »Direkt um die Ecke gibt es ein Café.«

Das Café Rouge an der Fulham Palace Road war zu dieser morgendlichen Zeit menschenleer. Nur eine Kellnerin saß bei einem Kaffee an einem Tisch und las eine Illustrierte. Matt fiel auf, dass Eleanor sich hektisch in dem Raum umblickte, als suchte sie nach einer verborgenen Gefahr.

Was immer sie mir erzählen will, es macht sie ganz schön fertig.

»Entschuldigen Sie«, sagte Eleanor, nachdem die Kellnerin zwei Tassen Kaffee auf den Tisch gestellt hatte. »Aber seit Kens Tod bin ich sehr nervös.«

Wenn mein Bruder sich in einen Killer verwandelt hätte, wäre das bei mir bestimmt eine Untertreibung, dachte Matt. Wahrscheinlich wäre ich völlig daneben. »Erzählen Sie mir, was Sie herausgefunden haben.«

Eleanor atmete tief durch. »Sie wissen, dass ich Psychologin bin. Ich arbeite in der Forschung, auf dem Gebiet der Entwicklungspsychologie. Aber, verstehen Sie … Ken war mein Bruder. Scheiße, irgendetwas muss sein Gehirn völlig durcheinander gebracht haben und …« Sie blickte Matt an. »Entschuldigen Sie meine Sprache.«

»Ich war zehn Jahre bei der Army.«

»Und genau deshalb wollte ich mit Ihnen reden.«

Matt trank einen Schluck Kaffee. »Glauben Sie, die Army hat etwas damit zu tun, was mit ihm passiert ist?«

Erneut dieser Blick, als hätte sie Angst. »Als ich vor zwei Tagen wieder in mein Büro zurückgekehrt bin, habe ich Krankenakten studiert. Das ist eines der Privilegien, die man genießt, wenn man als Psychologin in der Forschung arbeitet. Man kann die Krankenakten ganz gezielt befragen. Ich wollte herausfinden, ob es ähnliche Fälle wie den meines Bruders gab, und so ein paar Aufschlüsse erhalten.«

»Und?«

»Es hat noch zwei andere Fälle gegeben, wo Männer aufs Geratewohl Menschen umgebracht und anschließend versucht haben, sich selbst zu töten. Alle Vorfälle haben sich in den letzten drei Wochen ereignet, und alle Täter waren ehemalige Soldaten.«

Matt nahm sich einen Moment Zeit, um die Neuigkeit zu verdauen. Drei Soldaten waren verrückt geworden und hatten Menschen getötet. *Könnte das ein zufälliges zeitliches Zusammentreffen sein?*

»Der Erste war ein Mann namens Sam Mentorn, der in Shropshire lebte und bis vor zwei Jahren im Engineers Corps gedient hat. Dann hat er bei Orange gearbeitet und Funkmasten für Handys repariert. Eines Tages kommt er nach Hause und tötet seine Frau und sein Stiefkind. Über zuvor aufgetretene psychologische Probleme ist nichts bekannt.«

Matt zuckte die Achseln. »Soldaten drehen manchmal durch. So was kommt vor.«

»Ja, ich kenne die Statistiken. Ehemalige Soldaten sind doppelt so anfällig für Geisteskrankheiten wie der Rest der Bevölkerung.«

»Liegt am miesen Essen.«

Eleanor lächelte. »Hören Sie sich erst den Rest der Geschichte an. Der Zweite war ein Mann namens David Helton, der bis vor einem Jahr beim Guards-Regiment gedient hat. Er hat bei einem Grundstücksmakler in Coventry gearbeitet. Vor zehn Tagen ist er vor einem Einkaufszentrum in Solihull durchgedreht. Helton hat vorsätzlich Menschen mit seinem Auto überfahren – zwei Tote, sechs Verletzte. Dann ist er mit

Vollgas gegen eine Mauer gerast. Er war sofort tot. Weder bei ihm noch bei seinen Familienangehörigen ist irgendetwas über Geisteskrankheiten aktenkundig geworden.« Sie leerte ihre Kaffeetasse. »Und dann Ken. Drei ehemalige Soldaten, alle Vorfälle innerhalb eines Monats. Was glauben *Sie*, was mit ihnen passiert ist?«

»Sie sind die Psychologin.«

Eleanor zuckte die Achseln. »Ist nicht mein Spezialgebiet. Vielleicht haben sie bei der Army etwas Schreckliches erlebt und an einer posttraumatischen Belastungsstörung gelitten.« Sie blickte zu Matt auf. »Wäre das denkbar?«

»So etwas gibt es. Jeder Soldat, der abstreitet, seelische Wunden mit sich herumzutragen, ist ein Lügner. Ich selbst habe Albträume. Nicht jede Nacht, aber zwei- oder dreimal die Woche. Ich sehe Männer, die gestorben sind. Was bleibt, sind die Geräusche … Wenn sie wissen, dass sie sterben müssen … Sie liegen blutend in einem Graben, weinen und verlangen nach ihrer Mutter. Es ist immer dasselbe, sie wollen ihre Mütter sehen. Etwas Entsetzlicheres werden Sie niemals hören, und diese Erinnerungen wird man nicht mehr los.«

»Könnten diese drei Männer, von denen ich gesprochen habe, durch entsetzliche Erfahrungen auf dem Schlachtfeld aus der Bahn geworfen worden sein?«

Matt schüttelte den Kopf. »Viele von uns schleppen diese Erinnerungen mit sich herum, aber sie drehen nicht durch und schießen auf Menschen.« Er blickte auf die Autos in der verstopften Fulham Palace Road, die nur im Schneckentempo vorankamen. »Wie auch immer, Ken war zwar ein paarmal in Nordirland, wurde aber nur bei routinemäßigen Patrouillen eingesetzt. Die wirklich üblen Einsätze sind ihm erspart geblieben. Seine Einheit war nicht in Bosnien oder an einem anderen ähnlich lebensgefährlichen Ort stationiert.

Wahrscheinlich ist ihm nie etwas Schlimmeres passiert, als von einem Sergeant Major angeblafft zu werden, weil er seine Sachen nicht in Ordnung hatte.« Er schaute Eleanor direkt in die Augen. »Nein, ich weiß nicht, was mit diesen drei Männern geschehen ist, aber ich bezweifle, dass sie an einer posttraumatischen Belastungsstörung gelitten haben. Es muss etwas gewesen sein, worüber wir bisher noch nicht nachgedacht haben.«

Matt trank einen Schluck Orangensaft, stellte sein Glas auf den Tisch und schaute Iwan an. Soweit er es sehen konnte, waren seine Wunden völlig verheilt. Sein Haar wuchs wieder und verdeckte die Narben fast ganz. »Hässlich warst du schon immer«, sagte er. »Schlimmer ist es jetzt auch nicht.«

»Wenigstens darf ich wieder Alkohol trinken«, sagte Iwan, während er sein Glas hob. »Die Ärzte hatten mir ein halbes Jahr Abstinenz verordnet.«

Iwan war ein ehemaliger IRA-Aktivist, der von der Firma umgedreht und zum Informanten der Briten geworden war. Zuerst hatte Matt nichts mit ihm zu tun haben wollen. Er war der Feind – und außerdem ein sarkastischer Dreckskerl. Aber letzten Endes war es Iwan gewesen, der ihm das Leben gerettet hatte. Beim SAS hätte er das von mehreren Männern sagen können, aber außerhalb des Regiments von niemandem sonst.

»Geht's dir gut?«

»Ab und zu habe ich Kopfschmerzen, aber das ist nicht weiter schlimm. Wahrscheinlich denke ich einfach zu viel.«

»Wäre bei einem Iren mal ganz was Neues.« Matt trank einen Schluck Orangensaft. Wegen der noch vor ihm liegenden Rückfahrt nach London musste er einen klaren Kopf behalten und auf Alkohol verzichten. Nach dem letzten Auftrag hatte Iwan seinen Anteil eingestrichen und war mit seiner Frau und seinen beiden Kindern an die Südküste gezogen. Jetzt wohnte er in einem Dorf in Dorset, in einem ehemaligen Schulgebäude, das zu einem Wohnhaus umgebaut worden war. Er hatte eine neue Identität angenommen und führte das Leben eines Mannes, der viel freie Zeit und keine finanziellen Sorgen hatte.

»Wenn ich ehrlich sein soll, langweile ich mich ein bisschen«, fuhr Iwan fort. »Ich habe ziemlich viel Bridge gespielt, aber in England ist es uninteressant. Niemand hat das nötige Kleingeld oder den erforderlichen Grips. Letzten Monat bin ich für ein einwöchiges Turnier nach Dubai geflogen. Heutzutage wird Bridge nur noch von den Arabern wirklich ernst genommen und …«

»Ich habe einen Job für dich«, unterbrach Matt. Es machte keinen Sinn, um den heißen Brei herumzureden. Es wäre Zeitverschwendung gewesen, das Thema nicht sofort anzuschneiden, denn Iwan begriff sowieso immer alles sofort. *Und genau das schätze ich an ihm.*

»Guter Gott«, sagte Iwan bedächtig. »Du meinst es ernst.«

»Wie gesagt, ein neuer Auftrag.«

»Wir sind raus aus dem Spiel, Matt. Ich dachte, wir hätten uns nach dem letzten Mal darauf geeinigt. Wir haben eine hübsche Stange Geld verdient, wollten ein neues Leben beginnen und kein größeres Risiko mehr eingehen, als bei Rot die Straße zu überqueren.«

»Die Lage kann sich ändern, oder? Du wärst genau der richtige Mann für diesen Job.«

Iwan grinste. »Als ich das letzte Mal mit dir gearbeitet habe, haben sie mir den halben Schädel weggeblasen.« Er schwieg kurz. »Da ist doch noch etwas. Etwas, das du mir bisher verschwiegen hast.«

»Was wir immer geahnt haben, ist eingetreten. Sie haben mich in die Mangel genommen.«

Matt erzählte ihm von Guy Abbott, den eingefrorenen Konten und dem Job für Tocah. »Du verstehst, dass ich in einer schwierigen Lage bin. Natürlich habe ich nicht die geringste Lust, den verdammten Job zu übernehmen, aber mein Geld ist futsch. Wenn ich nicht tue, was sie sagen, werde ich alles verlieren.«

»Und du glaubst, dass die Geschichte damit ausgestanden ist? Dass sie dich nach diesem Job in Ruhe lassen werden? Vergiss es, nach diesem Auftrag kommt wieder einer.«

Matt stand auf. »Gut möglich, dass du Recht hast. Aber glaub's mir, wenn ich irgendeine Alternative hätte, würde ich mich nicht darauf einlassen. Ich habe mein Leben riskiert für dieses Geld und habe vor, es zu behalten.« Er nahm seine Autoschlüssel vom Tisch. »Ich erwarte natürlich nicht, dass du mitmachst. Mein Gott, an deiner Stelle hätte ich auch kein Interesse. Aber die Firma wird keine Ruhe geben, und du bist der beste Mann für den Job.«

Iwan stand auf und begleitete Matt zum Parkplatz. »Hast du es immer noch nicht kapiert, Matt? Wenn sie dich erst einmal am Haken haben, werden sie *nie mehr* Ruhe geben.«

»Du triffst deine eigenen Entscheidungen.« Matt öffnete die Autotür. »Ich sage nur, dass ich jemanden für diesen Job brauche. Jemanden, dem ich vertrauen kann.«

Als Matt wieder in seiner Wohnung war, erschien sie ihm trostlos. Die Luft war stickig und schwül. Da während seiner Abwesenheit kein Fenster geöffnet gewesen und es ein sehr heißer Tag gewesen war, herrschte hier immer noch eine Temperatur von fast dreißig Grad.

Wenn diese Geschichte ausgestanden ist, werde ich wieder an die spanische Küste zurückkehren. Ich brauche die Seeluft.

Die Rückfahrt von Dorset nach London hatte zwei Stunden gedauert. In achtundvierzig Stunden würde er schon auf dem Weg in die Ukraine sein. Er brauchte Schlaf. Er wählte die Nummer des Mailbox-Service der British Telecom. Eine Nachricht. Gill. Mittlerweile haben wir drei Tage nicht mehr miteinander gesprochen. *Schmollen kann sie gut, aber länger als dreißig oder vierzig Stunden hält sie es selten aus.*

Er drückte auf die Taste mit der »1« und lauschte.

Die Stimme klang hysterisch und undeutlich, und es dauerte einen Augenblick, bis er sie erkannte.

»Hier ist Eleanor, Matt.« Ihre Stimme brach, und Matt hörte sie schluchzen. »Ich bin so wütend, Matt. Es wird nicht einmal eine anständige Beerdigung geben. Wir wollten Kens Leiche im Krankenhaus abholen, aber dort hat man uns mitgeteilt, sie sei bereits im Krematorium verbrannt worden. Sie haben gesagt, es tue ihnen Leid, sie hätten einen Fehler gemacht, und dann haben sie mir dieses kleine Gefäß mit seiner Asche gegeben.«

Wieder brach ihre Stimme ab, und Matt fragte sich schon, ob die Nachricht beendet war. Doch dann sprach Eleanor weiter. »Sie haben ihn einfach verbrannt. Ken hatte sich immer eine Erdbestattung gewünscht, und ich wollte ein würdiges Begräbnis organisieren, aber sie haben ihn verbrannt und mir dieses lächerliche Gefäß mit seiner Asche in die Hand gedrückt. Mehr ist mir von ihm nicht mehr geblieben.«

Matt legte den Hörer auf und warf sich aufs Bett, ohne sich die Mühe zu machen, seine Kleidung auszuziehen.

7

Um die Innenausstattung des trostlosen Büros hatte sich niemand gekümmert. Die schmuddeligen, nachgedunkelten Wände waren in einer fernen Vergangenheit vermutlich einmal magnolienfarben gestrichen worden. Über dem einfachen Schreibtisch hing ein kitschiges Gemälde, das einen Wasserfall zeigte. Es gab zwei Stühle und ein Sofa, das wahrscheinlich für ein paar Pfund bei einer Geschäftsauflösung gekauft worden war. Auf dem Schreibtisch stand ein Aschenbecher mit ein paar alten Zigarettenkippen.

Unternehmen, Geheimdienste, Armeen, es ist immer dasselbe, dachte Matt. *Ihnen ist es lieber, wenn die Drecksarbeit ausgelagert wird.*

Das alte Lagerhaus stand in einer der Seitenstraßen von Acton Green im Westen Londons. Es war entkernt worden und hatte sich in ein Labyrinth von kleinen Büros verwandelt, von denen die Hälfte leer stand. Die andere beherbergte Webdesigner, Vertriebsgesellschaften und obskure Firmen, die vermutlich nichts anderes zu tun hatten, als Briefpapier mit ihrem Namen und Geschäftskarten zu drucken. Das Lagerhaus war nur ein paar Kilometer vom Firmensitz von Tocah Life Science entfernt, aber es war eine andere Welt. Im Unternehmenssitz roch alles nach Macht, Geld und Erfolg, hier dachte man nur an einen mühseligen Überlebenskampf, Armut und Resignation.

»Hat Ihr Freund sich bereit erklärt, den Job zu übernehmen?«, fragte Orlena. Sie setzte sich hinter den Schreibtisch, schlug die Beine übereinander und öffnete einen Schnellhefter. Sie trug braune Wildlederschuhe.

»Nein«, antwortete Matt. »Er hat gesagt, ich soll ihn am Arsch lecken.«

Orlenas Miene verriet Erleichterung. »Auch gut. Mir wäre es sowieso lieber, wenn Sie bei diesem Job der einzige Westeuropäer wären.«

»Er wird in ein paar Augenblicken hier sein. Seine Stimmung kann sehr schnell umschlagen. Erst lehnt er ab, dann überlegt er es sich anders.«

»Wie eine Frau?«

Matt grinste und blickte auf die Uhr. Zehn nach elf. Es stimmte schon, Iwan hatte kein Interesse an dem Job gezeigt, aber Matt hatte ihm beim Abschied die Adresse des Lagerhauses und die Zeit aufgeschrieben, wann er mit Orlena verabredet war. Und irgendwie hatte er das Gefühl, dass der Ire kommen würde. *Wenn die Karten erst einmal verteilt sind, muss er einfach wissen, wie das Spiel weitergehen wird.*

»Wir sollten anfangen«, sagte Orlena. »Ich muss um die Mittagszeit wieder im Firmensitz sein, und unser Flug geht schon morgen.«

»Noch zwei Minuten.«

Orlena zog die Augenbrauen zusammen, und Matt erahnte ihre Verärgerung. Obwohl sie jetzt ein gezwungenes Lächeln aufsetzte, konnte kein Zweifel an ihren Gedanken bestehen. Sie hat kein Interesse daran, dass Iwan dabei ist, dachte er, und es macht ihr auch nichts aus, mich das spüren zu lassen. Diese Frau ist daran gewöhnt, dass alle nach ihrer Pfeife tanzen, insbesondere Männer.

»Keine Minute länger«, erwiderte Orlena gereizt. »In der Ukraine gibt's jede Menge Sprengstoffexperten, die den Job genauso gut übernehmen könnten.«

Es klingelte, und Matt eilte zur Tür. Vor ihm stand Iwan, der mit einem spöttischen Gesichtsausdruck in den trübe beleuchteten Korridor spähte. »Ich hatte gedacht, die Jungs von Tocah könnten sich etwas Besseres leisten.«

»Können sie auch«, antwortete Matt grimmig. »Dieses Loch ist für Männer fürs Grobe reserviert. In ihrem Prachtbau sehen sie uns nicht gerne. Wir könnte jemanden erschrecken.«

Iwan nickte. »Wenigstens werden wir uns hier wie zu Hause fühlen.«

Orlena kam und schüttelte Iwan die Hand. Der Ire war ein großer, schlanker Mann mit sehr kurzen schwarzen Haaren. Sie ließ seine Hand los und taxierte Iwan wie ein Stück Fleisch in der Auslage eines Metzgers. »Matt sagt, einen besseren Mann als Sie gebe es nicht«, sagte sie mit einem zweifelnden Gesichtsausdruck. »In Sachen Sprengstoff, meine ich.«

»Das würde ich nicht behaupten«, erwiderte Iwan, während er auf einem der beiden Stühle Platz nahm. »Es gibt bessere Männer als mich. Aber wenn ich eine Semtex-Bombe sehe, weiß ich schon Bescheid. Ich habe mal für eine Organisation in Irland gearbeitet. Stimmt, jetzt ist sie nicht mehr im Geschäft, aber ihre Leute kannten sich ein bisschen damit aus, alles Mögliche in die Luft zu jagen.«

Orlena nickte wissend und schaute Matt an. »Ich glaube nicht, dass Mr Lacrierre das akzeptabel finden würde. Tocah ist einer der am meisten respektierten Pharmakonzerne weltweit. Völlig ausgeschlossen, dass wir Terroristen beschäftigen könnten.«

»Wir selbst haben uns immer als Freiheitskämpfer gesehen«, bemerkte Iwan.

»Sollte jemals herauskommen«, fuhr Orlena fort, »dass so ein Mann auf unserer Gehaltsliste steht, würde es einen Riesenskandal geben.« Sie wandte sich Iwan zu. »Besten Dank, dass Sie gekommen sind, aber ich habe leider keine Verwendung für Sie.«

»Hören Sie mit dem Geschwafel über Ihr Vorzeigeunternehmen auf«, sagte Matt wütend. »Wenn Mr Lacrierre sich so viel Sorgen um sein beschissenes Image macht, darf er keine Leute beauftragen, Fabriken in die Luft zu sprengen. Saubere Arbeit ist das nicht. Entweder erledigen wir diesen Job anständig, oder wir lassen es bleiben.«

Orlena schaute ihn mit einem funkelnden Blick an. »Ich habe doch bereits gesagt, dass wir auch in Kiew einen Sprengstoffexperten finden werden.«

Matt stand auf. »Haben Sie Erfahrung mit Sprengstoff?«

Orlena schüttelte den Kopf.

»Und beim Militär waren Sie meines Wissens auch nicht.«

Als sie wieder den Kopf schüttelte, fielen ihr ein paar Haarsträhnen ins Gesicht.

»Dann haben Sie absolut keine Ahnung, wovon Sie reden«, knurrte Matt, der vor Wut rot angelaufen war. »Versuchen Sie doch einfach mal, Ihre Fantasie spielen zu lassen. Für Sie mag das überraschend klingen, aber Bomben sind verdammt gefährlich. Da will man eben nicht, dass sie von irgendeinem Penner gezündet werden, der einem zufällig am Vortag über den Weg gelaufen ist. Wenn sich nicht der richtige Mann um das Feuerwerk kümmert, kann man gleich die Särge bestellen. Habe ich mich deutlich genug ausgedrückt? Entweder ist er dabei, oder wir gehen beide nach Hause. Die Drohungen der Firma sind mir egal. Damit komme ich schon klar.«

Einen Augenblick hing Stille über dem Raum. Orlena schaute erst Matt, dann Iwan an, mit halb gesenkten Augenlidern. »Können Sie mir garantieren, dass später nie jemand erfahren wird, dass er dabei war?«

»Von mir wird es niemand erfahren«, antwortete Iwan achselzuckend.

»Von mir auch nicht«, bestätigte Matt.

»Okay, dann ist er dabei.« Sie griff nach ihrer Tasche. »Wir zahlen fünftausend Pfund pro Tag, bar, ab morgen. Dazu kommen noch Spesen. Die Tickets buche ich.« Sie ging zur Tür. »Also dann, wir treffen uns morgen am Flughafen.«

Matt griff nach dem Zettel, den sie auf dem Schreibtisch zurückgelassen hatte. Sie würden um zwei Uhr zwanzig eine Maschine der British Airways von Heathrow nach Kiew nehmen. In der Ukraine war es zwei Stunden später als in London, sodass sie um zwanzig vor acht landen würden. Um eine Wohnung hatte Orlena sich bereits gekümmert.

Jetzt gibt es kein Zurück mehr.

»Danke«, sagte Matt. Iwan ging bereits zur Tür. »Ich habe gewusst, dass du kommen würdest.«

Iwan drehte sich noch einmal um: »Noch ein Ratschlag. Du solltest nicht mit ihr schlafen.«

Matt antwortete nicht sofort. »Hatte ich auch nicht vor«, sagte er schließlich. »Ich will nur noch diese Fabrik in die Luft jagen und dann mein normales Leben weiterführen.«

»Mit der Frau wird's Ärger geben«, sagte Iwan. »Und je näher du ihr kommst, desto tiefer wirst du in der Patsche sitzen.«

Das Parkhaus des Brent-Cross-Shoppingcenters wimmelte von Kunden, die ihre abendlichen Einkäufe erledigten. Frauen kamen mit Einkaufstüten beladen zu ihren Autos zurück, andere suchten zwischen den unzähligen Astras und Mondeos verzweifelt eine Parklücke.

Matram hatte eine gefunden. Er warf die Tür seines Wagens zu und blickte sich in dem grauen Betongebäude um. Ebene drei, Zone W war der Treffpunkt. Jetzt sah er sie, einen Mann und eine Frau, die gerade aus einem blassgrünen Renault Clio stiegen: Andy Turnton und Jackie Snaddon.

Zwei meiner besten Leute. Sie werden mich nicht enttäuschen.

Er nickte ihnen zu. Während Turnton und Snaddon sich dem Lexus näherten, breitete Matram bereits eine Karte auf der Motorhaube aus. Alle konnten sie sehen, aber er machte sich deshalb keine Sorgen. In Parkhäusern konnte man sich ganz sicher sein, dass nie jemandem etwas auffiel. *Sie sind zu sehr damit beschäftigt, ihren Wagen zu suchen.*

»Die Zielperson heißt Ben Weston«, sagte Matram emotionslos. »Arbeitet hier als Nachtwächter. Seine Schicht beginnt um neun und dauert bis vier Uhr morgens. Dann kommen die Putzkolonnen, und er und seine Kollegen machen Feierabend.«

»Dreht er eine bestimmte Runde?«, fragte Turnton.

Matram nickte und zeigte auf die Karte, die den Grundriss des Shoppingcenters und die Lage der Geschäfte in den verschiedenen Stockwerken zeigte. Weston war im dritten Stock für den Bereich zwischen W. H. Smith und Marks & Spencer zuständig. Insgesamt gab es achtzehn Nachtwächter, von denen sich an den meisten Abenden aber mindestens drei krankmeldeten. Sie verdienten nur den gesetzlichen Mindestlohn und waren mit Sicherheit sehr viel ärmer als die Einbrecher, gegen die sie das Shoppingcenter verteidigen sollten. Verlässlichkeit konnte man sich für einen solchen Hungerlohn nicht erkaufen.

»Nehmt ein Messer«, sagte Matram. »Wenn ihr Lärm macht, habt ihr die ganze Bande auf dem Hals.«

»Wie tough ist er?«

Matram blickte Jackie Snaddon an. Sie war die weniger attraktive Frau bei Increment. Kurz geschnittenes braunes Haar. Das Becken etwas zu breit, die Beine ein bisschen zu kurz. Aber ihre Augen entschädigten Matram. Sie waren klar und hellgrün, und ihr Ausdruck war steinhart.

»Nicht so tough wie du, Jackie«, antwortete er, ausnahmsweise mal mit einem Lächeln. »Einen richtigen Kriegsschauplatz hat der nie gesehen. Außerdem rechnet er nicht mit euch.«

»Und die Leiche?«, fragte Turnton.

»Verstaut ihr im Kofferraum eures Autos«, antwortete Matram. »Wo ihr sie endgültig verschwinden lasst, erfahrt ihr später. Ich möchte, dass keine Spuren zurückbleiben, und auch die Leiche darf nie wieder ans Tageslicht kommen. Er ist einfach einer jener Männer, die plötzlich von der Bildfläche verschwinden, um nie wieder aufzutauchen.«

Eleanor warf ein Stück Würfelzucker in ihren Milchkaffee und rührte ihn um. Eine Schweißperle tropfte von ihrer Stirn auf die Tischplatte – die Temperatur war an diesem Tag bis auf vierzig Grad gestiegen, und bisher gab es keine Anzeichen dafür, dass sie schon zu sinken begann. Sie saßen im Starbucks an der Southampton Road, das direkt um die Ecke von Matts Wohnung lag und sich mittlerweile geleert hatte. Die Büroangestellten waren in den Pubs, die Touristen wieder in ihren Hotelzimmern. Abgesehen von einem japanischen Ehepaar waren sie allein.

»Irgendjemand hat ihn getötet«, sagte Matt, während er eine Flasche Orangensaft öffnete.

Eleanor schaute ihn an. Heute wirkte sie noch entschlossener. Matt hatte diesen Gesichtsausdruck zuvor schon ein- oder zweimal bei einer Frau gesehen – die Miene eines Menschen, der einen bestimmten Weg eingeschlagen hat und nicht beabsichtigt, wieder von ihm abzuweichen.

»Glauben Sie wirklich?«

Matt zuckte die Achseln. »Mir erscheint der Fall verdächtig.«

»Keine Autopsie.«

Er beugte sich ein Stück vor. »Glauben Sie, dass eine Obduktion etwas ergeben hätte?«

»Keine Ahnung. Ich weiß nur, dass mit Ken irgendetwas passiert sein muss, das ihn in den Wahnsinn getrieben hat.«

»Hatten Sie die Möglichkeit, die anderen Fälle genauer zu überprüfen?«

»Damit habe ich mich heute beschäftigt. Ich habe recherchiert, in welchen Einheiten sie gedient haben, und versucht, etwas aus ihren Kommandeuren herauszuholen. Beide haben nur gesagt, sie dürften nicht darüber reden, und aufgelegt.«

»Typisch Army. Keine Entschuldigungen, keine Erklärungen, erst recht nicht gegenüber Zivilisten.«

»Dann habe ich es mit den Ärzten probiert. Bei den Offizieren hatte ich mir ohnehin nicht viel erhofft, bei den Medizinern schon mehr. Zuerst habe ich Sam Mentorns Arzt angerufen, aber er hatte sich nur bei der Sprechstundenhilfe angemeldet und ist nie wegen einer Krankheit aufgetaucht. Dort wusste man nichts über ihn. Dann habe ich es bei David Heltons Arzt versucht. Vor einem Jahr war er wegen einer Fußverletzung da, seitdem nicht mehr. Der Arzt sagte, er habe sich nach dem Vorfall bei der örtlichen Polizei gemeldet und gefragt, ob er irgendwie behilflich sein könne, doch dort habe man kein Interesse gezeigt. Von ähnlichen Vorfällen wusste er nichts, und er konnte mir auch sonst nicht helfen.« Eleanor blickte auf. »Alle schlagen mir die Tür ins Gesicht, Matt.«

»Es gibt keine Beweise für eine Verbindung zwischen den drei Fällen«, sagte Matt. »Es könnte auch die Hitze gewesen sein. Mich macht sie halb wahnsinnig, so viel ist sicher.«

»Hitze verursacht Panikanfälle oder Beklemmungen, besonders bei Menschen mit hohem Blutdruck, weil der Körper so viel mehr Energie aufbringen muss, um die Temperatur zu halten«, erklärte Eleanor. »Aber es ist noch ein großer Unterschied, ob jemand Beklemmungen hat oder vor einem Supermarkt mit seinem Auto Menschen über den Haufen fährt.« Sie ergriff Matts Hand. »Es tut mir Leid, dass ich Sie damit belästige, aber ich wüsste sonst niemanden, der sich mit der Army auskennt.«

»Möchten Sie, dass ich mich umhöre?«

»Irgendjemand muss etwas wissen«, sagte sie leise. »Wenn es eine Verbindung zwischen diesen Vorfällen gibt, dann können wir nicht die Einzigen sein, denen das aufgefallen ist.«

»Ich werde tun, was mir möglich ist, aber versprechen kann ich nichts. Wer weiß, vielleicht war es doch nur ein Zufall.«

»Vielleicht.« Eleanor leerte ihre Kaffeetasse. »Aber wir werden erst Ruhe finden, wenn wir es herausbekommen haben.«

8

Das Haus stammte aus dem neunzehnten Jahrhundert und war eines der prachtvollen alten Gebäude aus der Zarenzeit, die die großen Straßen von Kiew säumten. Aber während an der Fassade unverkennbar der Zahn der Zeit genagt hatte, war die Wohnung, zu der Matt, Iwan und Orlena vom Flughafen gefahren waren, komplett renoviert. Der blassblaue Teppichboden sah aus, als hätte noch nie jemand einen Fuß darauf gesetzt, und die Wände waren frisch gestrichen und makellos weiß.

»Wir können die Wohnung so lange benutzen, wie wir sie brauchen«, sagte Orlena, während sie sich umschauten. »Sie wird unser Stützpunkt sein, bis der Job erledigt ist.«

Matt hatte keine Ahnung, in welchem Viertel von Kiew das Haus stand. Wahrscheinlich in der Nähe des Stadtzentrums, wenn er davon ausging, was er aus dem Auto gesehen hatte. Nach einem angenehmen dreistündigen Flug waren sie zehn Minuten früher als vorgesehen auf dem Borispol-Flughafen gelandet, wo ein Wagen auf sie gewartet hatte. Weder er noch Iwan hatten viel mitgenommen. Eine Ersatzjeans, ein paar frische Hemden und eine Lederjacke – nur für den Fall, dass es in Kiew doch kühler sein sollte als in London.

Was wir für den Job benötigen, werden wir vor Ort auftreiben.

»Wann legen wir los?«, fragte Matt.

»Morgen«, antwortete Orlena. »Heute Nacht werden wir noch einmal richtig ausschlafen, morgen früh geht's an die Arbeit.«

Matt inspizierte sein Schlafzimmer – ein kleines Doppelbett mit blauer Steppdecke, eine Nachttischlampe. Kahle Wände, keine Bücher oder Illustrierten. Schlafen, den Job erledigen, abreisen.

»Trotzdem sollten wir noch ein Bier trinken gehen«, sagte er, als er wieder in das Wohnzimmer trat.

»Oder eine Partie Schach spielen?«, fragte Iwan.

Orlena warf ihm einen interessierten Blick zu. »Spielen Sie Schach?«

Der Ire zuckte die Achseln. »Wäre ich in Spanien, würde ich einen Stierkampf besuchen, in Amerika ein Baseballspiel. Schach ist hier doch Volkssport, oder? Ruslan Ponomarjow hat im letzten Jahr Wassili Iwantschuk geschlagen und wurde damit zum jüngsten FIDE-Weltmeister aller Zeiten. Er war gerade mal achtzehn. Also denke ich schon, dass Kiew der richtige Ort ist, um einen Gegner zu finden.«

»Die Leute glauben immer, Schach sei das Spiel der Russen«, sagte Orlena. »Aber sie irren sich. Die besten Spieler kommen immer aus der Ukraine.«

Als sie auf der Straße standen, dämmerte es gerade. Nur wenige Autos fuhren vorbei – meistens alte VWs oder Toyotas, aber auch ab und zu ein funkelnder neuer Mercedes.

»Aber natürlich kann Schach es mit Bridge nicht aufnehmen«, bemerkte Iwan. »Die meisten halten Schach für ein Intellektuellenspiel, aber sie täuschen sich. Man muss gut in Mathematik sein und jede Menge denkbarer Varianten verarbeiten können, doch das war's dann auch. Listigkeit, Gerissenheit oder die Einschätzung des Gegners spielen keine große Rolle, emotionale Intelligenz ist nicht gefragt. Deshalb sind Computer so gute Gegner.«

»Bridge?«, schnaubte Orlena verächtlich. »Ein Spiel für Omas. Und schmierige Araber.« Sie ging etwas schneller. »Schach ist das geistig anspruchsvollste Spiel, das die Menschheit jemals erfunden hat. Wie hat Pascal es noch ausgedrückt? ›Schach ist die Schule des Geistes.‹«

»Da liegen Sie falsch«, sagte Iwan lachend. »Schach ist nur Dame mit besserer PR. Der einzig wirklich große Schachspieler war ein Weltmeister der Zwanzigerjahre, José Raúl Capablanca. ›Um sein Spiel zu verbessern, muss man Endspiele studieren.‹« Er wandte sich Matt zu. »Endspiele studieren. Ein guter Ratschlag, findest du nicht?«

»Muss ich noch lange auf mein Bier warten?«, fragte Matt.

Orlena blickte ihn an. »Erst muss das ausdiskutiert werden, dann gehen wir einen trinken.«

Na großartig, dachte Matt. Eine Schachfanatikerin und ein Bridgefanatiker. Trotz seiner Befürchtungen, dass es gefährlich sein könnte, sich zu sehr auf Orlena einzulassen, schien Iwan ihr schon ein ganzes Stück näher gekommen zu sein – vielleicht zu nah. *Das kann ja heiter werden.*

Matram blickte auf Ben Westons Leiche hinab. Der Körper war zusammengekringelt wie der eines Babys – die Arme an die Brust gedrückt, die Beine angezogen. Aus der Schnittwunde an der Kehle war ein dünnes Rinnsal Blut hinabgesickert, aber Turnton und Jackie Snaddon hatten versucht, die Blutung mit einem fest um den Hals gebundenen Schal so gut wie möglich zu stillen. Westons Augen waren geschlossen, und sein Gesicht wirkte so, als hätte er seinen Frieden gefunden.

Matram blickte Turnton und Snaddon an. »Gut gemacht.«

Die beiden sagten nichts. Matram forderte seine Killer immer auf, so wenig wie möglich zu sagen, aber er konnte den Mienen der beiden entnehmen, dass sie sich über das Kompliment freuten. Er führte ein strenges Regiment und ließ sich nie lange bitten, Strafen zu verhängen. Manchmal waren es verdiente Strafen, manchmal nicht, aber er musste seine Leute stets daran erinnern, wer der Boss war. Alle Mitglieder von Increment hatten während ihrer Dienstzeit schon einmal seine Faust zu schmecken bekommen, allen war schon einmal mit der unehrenhaften Entlassung gedroht worden. Matram hatte angekündigt, sie beruflich zu ruinieren. Aber wenn sie es verdient hatten, zögerte er nicht, ihnen zu einem gut erledigten Job zu gratulieren.

Soldaten sind wie Hunde, dachte er manchmal. *Man muss sie hart bestrafen, aber es kann auch nicht schaden, wenn man sie gelegentlich lobt. Je härter die Strafe, desto mehr wissen sie das Lob zu schätzen.*

Er packte ein Handgelenk des Toten und vergewisserte sich, dass wirklich kein Puls mehr zu fühlen war. Dann schloss er den Kofferraum des Wagens. »Die Packington-Müllkippe in Warwickshire, südlich von Birmingham«, sagte er. »Da werdet ihr die Leiche abladen. Das hier sind Ausweise des Umweltministeriums, damit werden euch die Wachtposten auf das Gelände lassen. Sie werden glauben, dass ihr die Methan-Emissionen überprüfen wollt, und euch nicht behelligen.«

Turnton und Snaddon ließen die Ausweise in ihren Jackentaschen verschwinden.

»Packington ist die größte Müllkippe in Europa«, fuhr Matram fort. »Da wird niemand je eine Leiche finden.«

»Wer kommt als Nächstes an die Reihe?«, fragte Turnton.

»Könnte ruhig etwas schwieriger sein«, bemerkte Jackie Snaddon. »Auch wenn sie mal bei der Army waren, diese Leute sind praktisch Zivilisten. Eine echte Herausforderung ist das nicht.«

»Mach dir deshalb keine Gedanken«, sagte Matram leise. »Noch ein paar Tage, dann habe ich einen komplizierteren Job für euch.«

Das Nokia-Handy piepte sechsmal, bevor Matt es realisierte. Er drehte sich schlaftrunken auf die andere Seite, nahm das Telefon und schaute auf die automatische Anrufererkennung. Augenscheinlich funktionierte sie in der Ukraine nicht. Er konnte nicht wissen, ob Gill sich endlich meldete.

»Entschuldigen Sie die Störung, Matt, ich hoffe, dass es bei Ihnen nicht schon zu spät ist.«

Er erkannte die Stimme – immer nachdrücklich und angespannt, manchmal tränenerstickt. »Eleanor.«

Matt setzte sich auf und rieb sich den Schlaf aus den Augen. Sie waren nur zwei Stunden aus dem Haus gewesen, hatten ein Bier getrunken und anschließend an der Vulitsja Reytarska noch eine Pizza im Vesuvio gegessen, einem jener vielen, im amerikanischen Stil eingerichteten Schnellrestaurants, die in den letzten paar Jahren in Kiew aus dem Boden geschossen waren. Bier, ein nahrhaftes Essen, dann ins Bett. Das würde bis zur Erledigung des Auftrags wohl so bleiben.

»Ja, ich bin's. Ich wusste einfach nicht, wen ich sonst anrufen könnte.«

»Was ist passiert?«

»Es gibt noch einen.«

Matt rieb sich die Stirn. Noch einen Fall. Er musste nicht nachfragen, was gemeint war. »Erzählen Sie.«

Eleanor antwortete nicht sofort, und Matt versuchte sie

sich vorzustellen, wie sie neben dem Telefon saß, allein, vielleicht bei gedämpftem Licht, mit hochgestecktem Haar und jenem angespannten, entschlossenen Gesichtsausdruck, der so typisch für sie war. Einen Augenblick wünschte er sich, er könnte neben ihr sitzen und tröstend einen Arm um ihre Schultern legen.

»Ein Mann namens Simon Turnbull, wohnhaft in Esher in Surrey«, sagte sie mit allmählich fester klingender Stimme. »Ein ehemaliger Fallschirmjäger, seit etwa einem Jahr nicht mehr bei der Army. Seitdem hat er ständig die Jobs gewechselt und in möblierten Zimmern und Wohnheimen gehaust. Seit ungefähr einem Monat hat er bei Burger King gearbeitet. Gestern ist er wie üblich dort erschienen und hat eine Stunde ganz normal gearbeitet. Dann ist er völlig durchgedreht.«

»Was hat er getan?«

»Sich einen der riesigen Ölbehälter gepackt, in denen sie die Pommes frites sieden, und Mitarbeiter und Kunden mit dem heißen Fett übergossen. Sie haben schreckliche Verbrennungen erlitten. Drei Menschen sind ums Leben gekommen, darunter ein Kind. Dann hat er sich selbst den Rest über den Kopf geschüttet und sich in Brand gesteckt. Er ist wie eine Bombe explodiert, was weiteren Schaden verursacht hat. Einer der Köche wurde übel verletzt. Als der Brand gelöscht war, war von Turnbull nichts mehr übrig.«

»Das wären dann vier«, sagte Matt. »Die ersten beiden, dann Ken, jetzt dieser Knabe.«

»Und alle in einem Monat.« Eleanor betonte jedes einzelne Wort. »Alle waren ehemalige Soldaten, und alle sind verrückt geworden.«

»Gibt es eine Verbindung zwischen Turnbull und den anderen?«

»Keine Ahnung, aber ich glaube es eher nicht. Burger King

spielt die ganze Geschichte herunter, was nicht weiter überraschend ist, aber die örtliche Polizei scheint ihrem Beispiel zu folgen. In der Datenbank mit den mentalen Problemfällen ist der Vorfall nur gelandet, weil einige von Turnbulls Familienangehörigen wegen posttraumatischer Störungen in Behandlung sind.«

Matt blickte sich in dem Zimmer um. Es war völlig still. Durch das Fenster sah er den trüben Schein einer Straßenlaterne. »Wieder ein Soldat, der wahnsinnig geworden ist, und niemand will sich damit befassen.«

»Es ist beängstigend, Matt.«

»Ich werde mich umhören. Vielleicht laufen doch noch mehr von diesen Leuten irgendwo in England herum.« Er verabschiedete sich, unterbrach die Verbindung und schaute auf die Uhr. Es war fast eins, und sie mussten früh aufstehen. Er drehte sich auf die andere Seite und schloss die Augen. Er wollte schlafen, wusste aber, dass es ihm schwer fallen würde. Es war zu viel passiert, um die Gedanken einfach abschalten zu können.

Bisher sehe ich noch nicht, wie all das zusammenhängen könnte.

9

Sergej Malenkow war ein kräftiger, breitschultriger Mann mit einem ordentlich gestutzten Vollbart. Er trug eine dunkle Hose aus Segeltuch und einen langen grauen Pullover. Über die Schulter hatte er eine kleine schwarze Tasche geworfen.

Während der letzten vierundzwanzig Stunden war Matt aufgefallen, dass es in den Straßen von Kiew von Männern wie Malenkow nur so wimmelte. Es waren harte, durchtrainiert wirkende und vermutlich sehr arme Männer, die auf der Suche nach irgendeiner Arbeit zu sein schienen. Wenn man auf der Suche nach Waffen war, brauchte man nur zu fragen.

Kiew ist der Flohmarkt der internationalen Unterwelt.

Er wirkt eher wie ein Seemann als wie ein Soldat, dachte Matt, während er dem Ukrainer die Hand schüttelte. Malenkows Gesichtshaut war gebräunt und zerfurcht, als wäre er jahrelang zur See gefahren und Wind und Wetter ausgesetzt gewesen. Seine strahlenden Augen wirkten wie die eines Mannes, der einen großen Teil seines Lebens in die trübe, neblige Ferne des Meeres gespäht hatte.

Er musterte Matt eingehend. »SAS«, stellte er schließlich fest.

Matt nickte. »Zehn Jahre.«

»Und Ihr Freund?«, fragte er mit einem Seitenblick auf Iwan.

»Ein etwas andersartiges Regiment«, antwortete Iwan. »Irisch-Republikanische Armee, Sprengstoffexperte.«

»Und Sie?«, erkundigte sich Matt.

Er taxierte Malenkow und wartete auf dessen Antwort. *Ich werde mein Leben in die Hände dieses Mannes legen. Besser, wenn er gleich weiß, wie er sich zu verhalten hat.*

Malenkow schaute erst Orlena, dann Matt an. »Marine der Sowjetunion, nach deren Zusammenbruch Ukrainische Marine. Ich war bei einer Einheit für amphibische Landungen und habe zwanzig Jahre gedient. Meistens war ich an Bord der *Hetman Petro Sagajdatschnyj* stationiert, dem Flaggschiff der Ukrainischen Marine. Wahrscheinlich haben Sie von diesem Anführer der ukrainischen Kosaken noch nie etwas gehört. Er hat die Ukraine im 17. Jahrhundert befreit und ist unser Nationalheld.«

Orlena setzte sich und forderte die anderen auf, ebenfalls Platz zu nehmen. Das Treffen fand in der von Orlena angemieteten Wohnung statt, und es war kurz nach acht Uhr morgens. Iwan stellte eine Kaffeekanne auf den Tisch.

»Seit zwei Jahren ist Sergej jetzt nicht mehr bei der Marine«, sagte Orlena. »Heutzutage hilft er bei der Wahrung der Sicherheitsinteressen westlicher Unternehmen, die in der Region investieren. Sagen Sie ihm, was Sie benötigen, er wird es besorgen.«

»Personal oder Ausrüstung, geben Sie mir einfach eine Liste«, sagte Malenkow mit einem breiten Grinsen. »Männer sind teuer, Waffen billig, so ist das hier.«

»Bisher haben wir nur ein paar Luftaufnahmen von der Fabrik gesehen«, bemerkte Matt.

»Und die verraten auch alles, was Sie wissen müssen«,

sagte Orlena scharf. »Als Ausgangspunkt für die Planung unserer Operation reichen die Aufnahmen völlig.«

Matt schaute ihr direkt in die Augen. »Sprechen Sie aus Erfahrung?«

Sie bedachte ihn mit einem frostigen Blick. »Können wir jetzt weitermachen?«

»Ich werde Ihnen sagen, wie es weitergeht«, erwiderte Matt, der seine Verärgerung nur mühsam bändigen konnte. »Sergej wird Iwan und mich zu der Fabrik bringen, damit wir sie genau in Augenschein nehmen können. Wir haben nicht vor, ein Objekt anzugreifen, das wir noch nie aus der Nähe gesehen haben.«

Er schaute nacheinander Iwan und Malenkow an. »Habe ich Recht?«

Die beiden nickten.

»Falls notwendig, können wir das Flugzeug heute noch einmal in Anspruch nehmen«, sagte Orlena. »Sprechen Sie mit dem Piloten. Er wird Aufnahmen aus jeder gewünschten Perspektive liefern.«

»Eine echt gute Idee«, bemerkte Iwan. »Ein Flugzeug, das den ganzen Nachmittag über der Fabrik kreuzt. Doch, das wird bestimmt keinen Verdacht erregen.«

Matt zeigte Orlena einen Vogel. »Uns bleibt keine andere Wahl, als uns das Objekt aus der Nähe anzusehen. Und genau das werden wir morgen tun.«

Matt beendete das Gespräch und unterbrach die Verbindung. Es war ein Uhr nachts, und er war allein in seinem kleinen Schlafzimmer. Er trank einen Schluck Mineralwasser und wählte die nächste Nummer. Im Moment war es kaum anders als beim SAS. Man saß herum und wartete darauf, dass es endlich losging.

Vier Telefonate hatte er bereits geführt, und sie hatten nichts ergeben. *Niemand weiß etwas.*

»Ist Keith da?«, fragte er sofort, als am anderen Ende jemand abnahm.

»Vielleicht, wer spricht denn?«, fragte ein Mann, dessen Aussprache an den Westen Englands denken ließ.

»Matt. Matt Browning.«

Der Mann legte den Hörer hin, und Matt hörte ihn aus der Ferne »Telefon, Telefon!« rufen. Keith Picton war ein ehemaliger Sergeant vom SAS, der mittlerweile über fünfzig war und in der Nähe von Barnstaple im nördlichen Devon eine Art Jobvermittlung für ehemalige Soldaten betrieb. Es gab immer etwas zu tun für durchtrainierte junge Männer, die zum Beispiel ein paar Marketing-Führungskräften von Staines das Bergsteigen oder Kajak fahren beibringen konnten. Picton nahm sie alle auf, bot ihnen Unterkunft und Verpflegung und zahlte ihnen etwas weniger als den gesetzlichen Mindestlohn für ihre Arbeit. Manchmal konnte man nur schwer entscheiden, ob er ein Geschäft führte oder eine wohltätige Einrichtung für ehemalige Soldaten unterhielt, denen gerade das Wasser bis zum Hals stand. Es spielte keine Rolle, alle waren sich einig – wie rau er sich auch geben mochte, Keith war eine gute Seele. Alle wussten es und respektierten ihn.

Jemanden mit besseren Verbindungen zur Army werde ich kaum finden.

»Browning, altes Haus«, sagte Picton. »Was zum Teufel treibst du denn heutzutage so?«

»Alles beim Alten.«

»Ach wirklich? Ich hab gehört, du würdest den Sonnyboy in Marbella spielen. Mir ist zu Ohren gekommen, du hättest bei einem dubiosen Job für die Firma groß abkassiert und dir eine hübsche Bar am Meer gekauft, wo sich die scharfen Bräute nur so um dich reißen. Angeblich willst du diesen Traum jetzt zerstören, um deine Sandkastenliebe zu heiraten.«

Obwohl ich über ein Jahr nicht mehr mit ihm gesprochen habe, weiß er alles über mich.

»Du weißt ja, wie das ist, Keith. Das Leben ist ein Glücksspiel. Mal geht's bergauf, dann läuft wieder alles schief.«

»Stimmt. Was kann ich für dich tun?«

Matt hoffte, dass sein fünfter Anruf endlich Resultate brachte. Zuerst hatte er zwei in London ansässige private Sicherheitsdienste angerufen, die immer ehemalige Soldaten einstellten und wo man in der Regel gut informiert war, was in diesen Kreisen passierte. Sie hatten keine Ahnung. Dann hatte er sich bei einem Freund gemeldet, der eine Arbeitsvermittlung für Veteranen unterhielt. Wieder nichts. Anschließend hatte er es bei Bob Crowden probiert, der vor über einem Jahrzehnt sein erster Sergeant gewesen war und zu allen Kontakt hielt, die früher einmal in seiner Kaserne untergebracht gewesen waren. Auch er wusste nichts.

Niemand hat etwas von den durchgedrehten Veteranen gehört.

»Ich habe mich gerade gefragt, ob dir vielleicht etwas zu Ohren gekommen ist, Keith«, begann Matt. »Geschichten über Exsoldaten, die verrückt gespielt und andere oder sich selbst verletzt haben. Glaubst du, dass es einen Zusammenhang zwischen solchen Fällen geben könnte? Ist dir irgendetwas Außergewöhnliches aufgefallen?«

»Zum Beispiel?«, fragte Picton nach einer Weile. »Willst du wissen, ob jemand seine Familie sitzen gelassen, seinen Job geschmissen oder nach ein paar Drinks eine Prügelei angezettelt hat? Kannst du dich nicht etwas genauer ausdrücken?«

»Nein. Hast du von jemandem gehört, der durchgedreht ist und gewalttätig wurde?«

Wieder eine Pause. »Nein, mir ist nichts zu Ohren gekommen«, antwortete Picton, diesmal etwas bestimmter. »Weißt du was, ich frage einfach hier herum. Meinen Jungs entgeht eigentlich nichts. Ich melde mich dann.«

»Danke.«

»Worum geht's, Matt? Was genau willst du wissen?«

»Ich überprüfe nur die Vermutung einer Bekannten«, antwortete Matt. »Ruf mich einfach an, wenn du etwas hören solltest.«

»Sind alle so weit?«, rief Orlena aus dem Korridor. »Der Wagen ist hier.«

Matt steckte das Handy in die Tasche.

Kein Mensch weiß etwas, dachte er, während er sich seinen Seesack über die Schulter warf. *Aber vielleicht steckt auch nichts dahinter.*

Der Geländewagen musste zwanzig Jahre alt sein. Ein Landrover aus der Zeit, dachte Matt, als das noch ein für Landwirte modifiziertes Militärfahrzeug war. Kein Wagen für Yuppies, die damit ihre Kinder zur Schule bringen. Die mal dunkelblaue, mal grüne und mal schwarze Lackierung sah aus, als wäre sie hundertmal stellenweise ausgebessert worden, ohne dass sich jemand um den Gesamteindruck des teilweise auch noch mit Rostschutzmittel bepinselten Fahrzeugs gekümmert hatte.

»Ein britischer Wagen«, sagte Malenkow anerkennend, während er die Motorhaube tätschelte, als wäre der Landrover sein Lieblingspferd. »Falls Sie die ukrainischen Straßen für schlecht halten sollten, warten Sie erst mal, bis wir in Weißrussland sind.« Er lachte. »Da würden Sie in einer Waschmaschine weniger durchgeschüttelt.«

»Sie nehmen den Beifahrersitz«, sagte Matt zu Orlena. »Iwan und ich legen uns hinten hin. Wir sind daran gewöhnt.«

Er warf seinen Seesack hinten in den Geländewagen und stieg ein. Hier waren die Sitze ausgebaut worden, es gab nur eine alte Matratze. Es würde eine lange Fahrt werden, und er musste das Beste daraus machen. Er legte sich auf die Matratze und benutzte den Seesack als Kopfkissen. Iwan folgte seinem Beispiel.

Matt richtete sich auf. »Hier riecht's komisch.«

»Nach Mohnblumen«, sagte Iwan. »Wahrscheinlich werden sie in der Südukraine angepflanzt, in der Nähe der Schwarzmeerküste, um Odessa herum, und dann zu Heroin weiterverarbeitet. Vermutlich ist unser guter Mr Malenkow in vielen Geschäften engagiert.«

Der Motor erwachte mit einem dröhnenden Geräusch zum Leben, und der Landrover erzitterte, als Malenkow ihn vom Bordstein auf die Straße bugsierte. Um diese morgendliche Zeit herrschte in der Innenstadt von Kiew kein besonders starker Verkehr. Vor ihrer Abfahrt hatte Matt einen Blick auf die Karte geworfen, und er wusste ungefähr, welche Route sie nehmen würden. Von Kiew aus ging es auf der M20 in Richtung Norden, dann würden sie kurz vor der Industriestadt Gomel die Grenze zu Weißrussland passieren. Anschließend würden sie auf der A250 weiterfahren, die über Bobruisk nach Minsk führte.

So was nennen sie hier Autobahn, dachte Matt einige Zeit später verächtlich, während er auf die rissige Asphaltdecke der einspurigen Straße schaute. Da kommt man selbst an einem Freitagnachmittag auf der Cromwell Road besser voran. Und ich dachte immer, schlimmer als da könnte es nirgends werden.

»Wie lange werden wir brauchen?«, brüllte er durch die Glasscheibe, die den hinteren Teil des Landrovers von den Vordersitzen trennte.

»Zehn Stunden, vielleicht fünfzehn«, antwortete Malenkow ähnlich laut, weil auch noch das Dröhnen des Motors übertönt werden musste.

»Wie wär's mit einem Zwischenstopp fürs Mittagessen?«, schaltete sich Iwan ein.

Orlena drehte sich lächelnd um. »Vielleicht gibt's ja irgendwo Kohlsuppe.«

Matt streckte sich wieder aus und schloss die Augen. Während der Landrover über die rissige Straße holperte, ließ jedes Schlagloch seine Wirbelsäule schmerzen. Mieses Essen, komische Gerüche, unbequeme Transporte und permanente Gefahr. *Alles wie gehabt, alles wie früher.*

In dem finsteren Wald roch es intensiv nach Tannennadeln. Matt lag flach auf dem Boden, und die kühle Feuchtigkeit begann durch seine Kleidung zu dringen. Hinter sich hörte er den Wind leise durch die Bäume pfeifen, von vorne drangen die summenden Geräusche der Maschinen in der Fabrik an sein Ohr.

»Was siehst du?«, flüsterte er Iwan zu.

»Scheiße, so gut wie nichts.«

Sie hatten eine lange und ermüdende Fahrt hinter sich. Matt hatte etwas unruhigen Schlaf gefunden, unterbrochen durch das Mittag- und Abendessen, für das sie vor einfachen Gaststätten gehalten hatten, wo den Lastwagenfahrern Kohlsuppe, Brot und Wurst serviert wurden. Während des Essens hatten weder Matt noch Iwan auch nur ein Wort gesagt. Sie trugen billige Jeans und Sweatshirts, die Orlena ihnen auf einem Markt in Kiew besorgt hatte. Jeans von Levi's oder selbst

Gap wären hier sofort aufgefallen, und es machte keinen Sinn, andere mit der Nase darauf zu stoßen, dass sie keine Ukrainer oder Weißrussen waren. In dieser Einöde war jeder Ausländer ein seltener Anblick und erregte sofort Misstrauen.

An der Grenze hatten sie kurz angehalten. Keiner von ihnen hatte ein Visum für Weißrussland, doch das schien kein Hindernis zu sein. Malenkow drückte dem Grenzbeamten zwanzig Dollar in die Hand, und sie wurden durchgewunken. Bei Einbruch der Nacht waren sie an Minsk vorbeigefahren, dann ging es weiter in Richtung Khatyn. Direkt nördlich der Stadt lag ein etwa fünfundsiebzig Quadratkilometer großes, dicht mit Fichten bestandenes Terrain, wo es nur einige Dörfer sowie ein paar Fabriken und Sägewerke gab. Als sie dort angekommen waren, zeigte die Uhr fast zehn.

Malenkow hatte vorgeschlagen, zuerst die Fabrik auszukundschaften und dann schlafen zu gehen.

»Wir müssen uns näher heranpirschen«, flüsterte Matt.

Nachdem sie den Landrover abgestellt hatten, waren sie fünfhundert Meter durch den Wald gegangen und jetzt noch fünfhundert Meter von der Fabrik entfernt.

Zwischen den Bäumen verlief ein Trampelpfad, und Matt und die anderen gingen weiter. Seit drei Stunden hatten sie keine Menschenseele mehr gesehen. Mittlerweile war die Fabrik nur noch dreihundert Meter entfernt, und die zu dem Komplex führende asphaltierte Straße lag achtzig Meter weiter links. Das Grundstück war etwa vierhundert Quadratmeter groß und wurde durch einen hohen Maschendrahtzaun mit Stacheldraht geschützt. Es gab nur ein verschlossenes Tor, das augenscheinlich auch nur von einem Posten bewacht wurde. Matt ging langsam an der Peripherie des Grundstücks entlang, um einen besseren Beobachtungsposten zu finden. An zwei Stellen waren auf knapp vier Meter hohen Wachtürmen Suchscheinwerfer montiert, deren Lichtstrahl in einem Halbkreis über den Zaun glitt. Nach fünfundvierzig Sekunden bewegte sich der Scheinwerfer wieder in die andere Richtung, und damit blieben ihnen mindestens fünfzehn Sekunden, um sicher auf das Grundstück zu gelangen. Soweit Matt sehen konnte, wurde jeder Suchscheinwerfer von einem Wachposten bedient.

Durch ein Fernglas, das Malenkow ihm gegeben hatte, konnte er erkennen, dass die beiden Wachposten offenbar mit halbautomatischen Maschinengewehren bewaffnet waren. Fabrikat oder Kaliber waren aus dieser Entfernung nicht genau zu identifizieren, aber wahrscheinlich handelte es sich um Kalaschnikows. Warum auch nicht? Es war ja nicht so, als würden in diesem Teil der Welt keine anständigen Waffen produziert.

Matt ließ das Fernglas sinken. *Dieses Grundstück wird gut bewacht.*

Iwan zeigte auf den Zaun. »Da ist doch auch noch ein Graben, oder?«

Matt nickte. »Wie üblich. Ein tiefer Graben und ein hoher Zaun sind nur sehr schwer zu überwinden. Erst sitzt man in dem Graben in der Falle, dann muss man noch über den Zaun klettern. Damit bleibt einem Wachposten jede Menge Zeit, Eindringlinge nacheinander aus dem Verkehr zu ziehen. Diese Kombination hat sich schon seit Ewigkeiten bewährt.«

Der Mond war nur zu einem Viertel voll und mühte sich gerade, durch die niedrig hängenden Wolken zu dringen. Iwan starrte angestrengt in das Zwielicht. »Ich hatte mit einer Fabrik gerechnet, nicht mit einem Militärstützpunkt … Vielleicht haben sie etwas zu verbergen.«

»Darum kümmern wird uns, wenn wir drin sind«, sagte Matt. Er wandte sich Malenkow zu. »Ist es möglich, dass man von der hinteren Seite aus mehr sieht?«

Der Ukrainer ging voran. Vor dem Zaun waren auf etwa vierzig Metern die Bäume gerodet. Damit haben die Wachposten mit den Kalaschnikows leichtes Spiel, wenn jemand aus dem Wald gestürmt kommt, dachte Matt. Am Waldrand gab es einen schmalen Streifen mit Büschen und Unterholz, doch zwanzig Meter dahinter stand man mitten zwischen den dicht beieinander wachsenden Bäumen. Die vier krochen durch das Unterholz, Malenkow vorneweg.

Das ist ein wunder Punkt, dachte Matt. Sie sind nicht von offenem Gelände, sondern von dichter Vegetation umgeben.

Mittlerweile hatten sie die hintere Seite des Grundstücks erreicht. Der Lichtstrahl des Suchscheinwerfers strich über den Waldrand, und ab und zu drang etwas Helligkeit durch das dichte Laubwerk. Aus der Ferne hörte Matt Tiere, vielleicht Rehe oder Wildschweine. Nichts Gefährliches. An dieser Stelle betrug der Abstand zwischen dem Zaun und dem Waldrand nicht mehr als zehn Meter. Es sah so aus, als wäre das Gras seit mehreren Wochen nicht gemäht worden, und zwischen Gras und Unkraut begannen auch schon wieder Büsche zu wachsen. Wenn sie das Grundstück von dieser Seite stürmen wollten, würde sich ihnen mehr Deckung bieten.

»Wie viele Männer sind vermutlich auf dem Grundstück?«, flüsterte Matt Malenkow zu.

»Kann ich von hier aus nicht beurteilen«, antwortete der Ukrainer. »Vielleicht ein Dutzend, vielleicht auch mehr. Wir werden noch ein bisschen bleiben und den Wachwechsel abwarten.«

Matt blickte die anderen an. »Okay. Wenn wir es wissen,

können wir mit der Planung beginnen. Danach hauen wir uns aber erst mal aufs Ohr.«

Das Gebäude mit dem Flachdach lag gut zwanzig Kilometer von der Fabrik entfernt, diesmal östlich von Khatyn, und war nur ein besserer Schuppen. Sie waren von der großen Straße erst auf eine Landstraße und dann nach rechts in einen Feldweg abgebogen, der durch Kornfelder führte. Wahrscheinlich ein Bauernhof, dachte Matt, während er das Gebäude betrachtete. Es bot Platz für eine Familie und ein paar Tiere, war aber schon vor langer Zeit verlassen worden.

Die Unterkunft war von Malenkow ausgesucht worden, und Matt fand seine Vermutung bestätigt, dass er keine hohen Ansprüche stellte. Die Tür quietschte. Drinnen roch es nach modrigem Holz, und die Luft war staubig.

Elektrizität gab es nicht. Malenkow suchte im Licht seiner Taschenlampe eine an einem Haken in der Decke hängende Kerosinlampe und zündete sie an.

»*Home, sweet home*«, bemerkte Iwan, während er sich in dem großen Raum umblickte.

»Wird schon gehen«, sagte Matt brummig.

In einer Ecke gab es eine Feuerstelle, über der ein Topf hing, und eine Kochplatte, die durch einen kurzen Kunststoffschlauch mit einer Gasflasche verbunden war. Malenkow holte ein paar fleckige Porzellanbecher aus dem Schrank, zog eine Flasche Zhitomirska-Wodka aus der Tasche, schraubte den Deckel der unverwechselbaren Flasche mit der Abbildung eines Kosaken auf dem rot-schwarzen Etikett ab und schenkte ein. »Vertreibt die Feuchtigkeit aus den Knochen«, sagte er, während er Orlena, Matt und Iwan einen Becher reichte.

Matt schloss kurz die Augen und kippte den Wodka hinunter. Ein warmes Gefühl durchlief ihn, und er spürte, wie sich seine Muskeln zu entspannen begannen. In Weißrussland war es kein bisschen weniger heiß als in London oder Spanien. Den ganzen Tag über hatte eine Temperatur von weit über dreißig Grad geherrscht, und selbst zu dieser nächtlichen Stunde betrug sie noch um die dreiundzwanzig Grad. Dazu kam eine hohe Luftfeuchtigkeit. Matt war bei der Erkundung der Fabrik kräftig ins Schwitzen geraten.

»Auf unsere Operation«, verkündete Malenkow, während er seinen Becher hob. »Worum es dabei auch gehen mag.«

Auch Matt hob seinen Becher. »Und darauf, dass wir sicher wieder nach Hause kommen.«

Malenkow schenkte nach. »Jetzt hauen wir uns erst mal hin. Es gibt ein paar Schlafzimmer. Nichts Luxuriöses, aber es wird gehen. Morgen früh beginnen wir mit der Planung.«

»Großartig«, sagte Iwan. »Je eher wir loslegen, desto schneller sind wir hier wieder weg.«

Malenkow grinste und entblößte dabei eine Reihe makellos weißer Zähne. »Soldaten«, sagte er. »Es spielt keine Rolle, aus welchem Land wir kommen, oder ob wir für eine Regierung oder ein Unternehmen kämpfen. Wir setzen unser Leben aufs Spiel und sind nie zufrieden. Wir stöhnen und beschweren uns, aber wir erledigen den Job, und wenn wir dabei draufgehen. Habe ich nicht Recht?«

»Darauf kann ich anstoßen«, sagte Matt.

Er stürzte seinen Wodka hinunter und folgte Orlena dann durch den Korridor. Es war schon kurz nach ein Uhr morgens, und alle brauchten Schlaf. Unter Umständen lag ein langer und gefährlicher Tag vor ihnen. Sie mussten so viel Kraft wie möglich sammeln.

»Vier Schlafzimmer«, sagte Orlena, während sie auf die Türen zu beiden Seiten des Flurs wies. »Iwan und Sergej nehmen diese beiden, du quartierst dich auf der anderen Seite ein, Matt.«

In dem Zimmer gab es keine Lampe, aber das durch das offene Fenster fallende Mondlicht reichte Matt, um sich zurechtzufinden. Auf den hölzernen Bodendielen lag eine Matratze. Es roch muffig. Im Winter war es hier vermutlich ungemütlich, aber im Moment ging es.

Er entrollte den am Fußende der Matratze liegenden Schlafsack, zog sich aus und kroch hinein. Da es kein Kopfkissen gab, nahm er das Handtuch aus seinem Seesack und schob es sich unter den Kopf. Jetzt fühlte er, wie erschöpft er war.

Plötzlich hörte er Bewegungen. Er setzte sich auf und streckte einen Arm aus. Orlena legte ihm einen Finger auf die Lippen. »Nicht sprechen«, sagte sie. »Das wird die anderen wecken.«

Sie trug immer noch die enge, niedrig sitzende Jeans, die sie auch tagsüber angehabt hatte. Ihr Finger glitt von seinen Lippen und fuhr durch die Haare auf seiner Brust. Er spürte ihren heißen, fiebrigen Atem auf seiner Haut, schlang seine Arme um ihre Taille und zog sie dicht an sich heran. Er küsste sie und schmeckte ihren Lippenstift und den Geschmack des Wodkas auf ihrer Zunge.

Matt wusste nicht, was ihn mehr überraschte – ihr Auftauchen in seinem Zimmer oder sein Verlangen, sie zu nehmen. Er öffnete den Gürtel ihrer Jeans und zog sie herunter. Orlena kicherte, als die Gürtelschnalle ihre Haut kitzelte, und dann stieß sie ihn auf die Matratze und massierte seine Schultern und seine Brust. Er spürte, wie seine Haut sich straffte, während ihre Finger seine Nervenspitzen stimulierten.

Er wollte ihren BH aufhaken und ihr das T-Shirt über den Kopf ziehen.

»Nein«, sagte Orlena. »Hier bestimme ich, sonst lassen wir es.«

Sie übernahm gekonnt das Kommando. Schweiß lief ihren Rücken hinunter, und auch Matt begann zu schwitzen, als beide einen furiosen Höhepunkt erreichten. Die Befriedigung war umso größer, weil alles so völlig unerwartet gekommen war.

Erst danach zog sie ihr T-Shirt und den BH aus, und Matt sah ihre wohl geformten Brüste. Ihr nackter Körper war ein Ebenbild vollendeter Schönheit. Einige Frauen sehen unbekleidet besser aus, andere schlechter, dachte er. Manche waren auf ihre Kleidung angewiesen, um einen schlaffen und schwachen Körper zu maskieren. Andere verbargen darunter einen perfekt modellierten Körper.

Keine Frage, in welche Kategorie Orlena fällt.

Sie lagen auf der dünnen Matratze, und Orlena schmiegte ihren Kopf an seine Brust. »Ich dachte, du wolltest nicht mit mir schlafen.«

Matt lächelte. »War gelogen.«

»Hast du sonst auch gelogen?«

»Nein.« Matt küsste ihre Brüste. »Hast *du* irgendwann gelogen?«

Orlena drehte sich auf die andere Seite. »Wart's ab.«

10

Als Matt am nächsten Morgen aufwachte, war Orlena bereits verschwunden. In seiner Erinnerung an die letzte Nacht sah er, wie sie in seinen Armen lag, die Lippen an seine Brust gedrückt. Direkt nach dem Aufwachen hatte er die Hand nach ihr ausgestreckt, aber neben ihm war niemand mehr.

Sie gehört nicht zu den Frauen, die einem morgens eine Tasse Tee kochen und ein gekochtes Ei servieren.

Matt ging in den großen Raum. Es war bereits Tag. Der Himmel war tiefblau, und durch die offenen Türen fiel Sonnenlicht. Auf der Kochplatte stand eine Kanne mit dampfendem Kaffee, und Iwan und Malenkow waren offensichtlich schon eine Weile auf den Beinen. Zwischen ihnen stand ein Schachbrett, und der Ire, tief in Gedanken versunken, erwog gerade seinen nächsten Zug.

Matt schenkte sich Kaffee ein, trank ihn schnell und füllte seinen Becher wieder auf, aus dem er in der letzten Nacht den Wodka getrunken hatte. Der Kaffee schmeckte noch immer ein wenig danach. Nach zwei Bechern hatte das Koffein ihn endgültig wachgerüttelt.

Er setzte sich. »Wo ist Orlena?«

»Holt Frühstück«, antwortete Malenkow.

»Vielleicht hat sie mehr Talent zur Hausfrau, als man glaubt.«

»In der guten alten Zeit wäre es undenkbar gewesen, dass eine Frau so einen Job macht wie sie, das versichere ich euch«, sagte Malenkow. »Damals wusste die Damenwelt noch, wo ihr Platz ist.«

»Die Frauenbewegung hat's in der Sowjetunion nie weit gebracht, stimmt's?«, fragte Iwan grinsend.

Malenkow schnaubte und schob seinen Turm vier Felder weiter nach vorne. Er blickte zu Iwan auf. »Du bist dran.«

Orlena trat ein. Heute trug sie einen schwarzen Rock und eine blassgraue Bluse. Sie warf Matt für einen Sekundenbruchteil ein wissendes Lächeln zu und schaute dann weg. Sie hatte zwei große Laibe Schwarzbrot, ein Stück Weichkäse und Gewürzgurken besorgt. »Frühstück«, sagte sie fröhlich. »Das Essen kommt vor der Arbeit.«

Matt probierte ein Stück von dem Schwarzbrot. Es war etwas hart und schmeckte nach Roggen und dem Bier, mit dem es gebacken wurde. Der Käse war ausgereift, und selbst die Gewürzgurken schmeckten nicht so schlecht, wie er vermutet hatte. Dazu trank er noch mehr Kaffee, und allmählich kam er wieder zu Kräften.

»Also, wie werden wir die Sache mit der Fabrik angehen?«, fragte sie.

Matt zog ein großes Blatt Papier und einen Filzstift hervor und zeichnete eine improvisierte Skizze des Grundstücks. »Wissen wir, wie viele Männer die Fabrik verteidigen werden?«, fragte er Malenkow.

»Ein Dutzend. Ich habe sie letzte Nacht beim Schichtwechsel gezählt.«

»Wir müssen ihre Schichten kennen und genau wissen, wie viele Männer zu welchen Zeiten nachts Wache schieben«, sagte Iwan. »Wer hellwach ist und wer nur herumsitzt und in der Nase bohrt. Das alles ist wichtig.«

»Und wir müssen wissen, wie viel Zeit uns für den Rückzug bleibt«, warf Matt ein. »Wie weit ist es bis zur nächsten Polizeistation oder Kaserne? Haben sie Hubschrauber? Wie schnell können sie an der Fabrik sein, wenn Alarm ausgelöst wird? Schließlich wollen wir nicht einfach da herumstehen, wenn die örtliche Polizei auftaucht.« Er blickte Malenkow an. »Drei zusätzliche Männer sollten eigentlichen reichen. Jetzt zu dir, Iwan. Wir brauchen ein paar laute Explosionen, die nicht nur alle ablenken, sondern auch schon jede Menge Schaden anrichten sollen. Am Schluss musst du dann alles in die Luft jagen. Glaubst du, du schaffst das?«

Iwan grinste. »Mit Bomben kenne ich mich aus.«

»Können wir heute Nachmittag mit den drei Männern rechnen?«, fragte Matt Malenkow.

Der Ukrainer lächelte. »Sie werden hier sein. Drei Mann, alle ehemalige Soldaten. Keine Sorge, es sind gute Männer. Tapfer und motiviert, wie das bei Soldaten sein sollte.«

Matt zeigte mit einem Finger auf die Karte. »Okay, wir werden es so machen. Außerhalb des Grundstücks gibt es einen Einsteigeschacht mit Deckel, innerhalb auch, direkt hinter dem Zaun. Vermutlich liegt darunter ein Abwasserkanal, der von der Fabrik zum Fluss führt, der laut Karte drei Kilometer weiter westlich verläuft. Heute Abend werden wir nach Einbruch der Dunkelheit in den Kanal steigen, um uns zu vergewissern, ob wir uns hindurchzwängen können. Wir werden über Nacht eine Wache zurücklassen, weil wir sichergehen müssen, dass unsere Aktivitäten nicht entdeckt worden sind. Iwan bastelt ein paar Bomben, und wenn wir später wieder zurückkommen, stehlen sich zwei Leute damit auf das Gelände und platzieren die Sprengladungen an der Fabrik. Wenn sie in die Luft fliegt, kann der Rest von uns nachkommen und sich auch um das Verwaltungsgebäude kümmern. Wenn alles erledigt wird, sprengen wir das ebenfalls in die Luft.«

»Nehmen wir Opfer in Kauf?«, fragte Iwan. »Müssen wir uns Gedanken darüber machen, ob wir diese Jungs auch wirklich umlegen?«

Matt antwortete nicht sofort. Wie immer sprach der Ire das zentrale Problem direkt an, doch das Thema hatte ihn selbst auch schon beschäftigt. »Nachts sollten in der Fabrik eigentlich nur noch die Wachtposten sein. Wenn's knallt, können sie ja in den Wald flüchten, falls sie Lust haben. Wenn sie bleiben und kämpfen wollen, müssen sie es eben darauf ankommen lassen. Übrigens, für mich sehen diese Männer wie ehemalige Soldaten aus.« Er blickte Malenkow an. »Was für Waffen werden wir bekommen? AK-47? Davon muss es in dieser Gegend doch jede Menge geben.«

»Allerdings«, antwortete Malenkow. »Aber ich kann auch ein paar neuere AN-49 besorgen.«

»Gehört habe ich davon, aber noch nie mit einer geschossen.«

»Eine hübsche Waffe. Ab 1994 wollte die russische Armee ihre Soldaten eigentlich grundsätzlich mit diesem neuen Sturmgewehr ausrüsten, doch sie hatte nie genug Geld, um alle AK-47 zu ersetzen.«

»Worin besteht der Unterschied zu den alten Modellen?«

»Die neuen Sturmgewehre feuern sehr viel schneller und genauer«, antwortete Malenkow. »Man spürt den Rückstoß erst, nachdem die Kugel aus der Kammer ausgetreten ist. Dadurch erzielt man eine höhere Trefferquote. Keine Sorge, alle werden zufrieden sein. Das ist eine gute Waffe,«

»Was ist mit der Optik?«, fragte Matt. »Unter Umständen werden wir Leute aus der Entfernung erschießen müssen.«

»Das Gewehr ist mit einem hinten montierten, anständigen Zielfernrohr ausgestattet, nicht nur mit einer Visierkimme wie das alte AK-47. Wenn ein Mann schießen kann, wird die Waffe ihn nicht im Stich lassen.«

»Hört sich gut an«, sagte Matt. »Pro Mann eines und zwanzig Magazine Munition. Dann brauchen wir für jeden noch eine Ersatzwaffe. Bei diesem Job werden wir uns an die amerikanische Taktik halten. Vielleicht ist es lächerlich und feige, aber wir werden den Gegner durch schiere Feuerkraft überwältigen. Opfer in den eigenen Reihen müssen wir auf jeden Fall vermeiden.« Er griff nach einem Stück Schwarzbrot und schlang es schnell herunter. »Alle einverstanden?«

Malenkow und Iwan nickten. Matt blickte Orlena an. »Auch zufrieden?«

»Mich interessiert nur, dass die Fabrik zerstört wird.«

»Sie haben zwei neue Nachrichten«, verkündete die Stimme des Mailbox-Service von Orange nach einer langen und ermüdenden Wartezeit. »Drücken Sie auf …«

Ungeduldig betätigte Matt die Taste. Er hatte keine Zeit mehr, sich noch über die Optionen informieren zu lassen. Das Zusammenspiel zwischen den Imarsat-Satellitentelefonen und seinem Handy funktionierte perfekt, und er konnte seine Mailbox abhören und Gespräche führen. Hier draußen gab es weder eine Festnetzverbindung noch ein Funknetz, aber über Satellit konnte man genauso leicht Kontakt halten wie in London.

Wahrscheinlich noch leichter.

»Hier ist Bob, Matt, Bob Crowden«, ertönte eine vertraute Stimme mit nordenglischem Einschlag. »Es geht um das Gespräch, das wir kürzlich hatten. Ich habe etwas gehört. Über einen Typ aus Swindon, Barry Legg. War mal in meiner Einheit, netter Kerl. Ist offenbar vor ein paar Tagen verschwunden, wurde gestern tot aufgefunden. Ermordet. Vielleicht ist nichts dran an der Geschichte. Ein bisschen merkwürdig ist sie aber schon. Ich dachte, das würde dich vielleicht interessieren.«

Matt drückte auf die Taste mit der »3«, um die Nachricht zu löschen. Ein Soldat, in Swindon ermordet. Er zuckte die Achseln. Kommt alle Tage vor. Vielleicht waren es Räuber, oder er hat den falschen Leuten Geld geschuldet. Natürlich konnte es auch ein durchgeknallter Psychopath gewesen sein, der es auf ehemalige Soldaten abgesehen hatte.

Irgendjemand muss immer dran glauben. Das hat nicht unbedingt etwas zu bedeuten.

Er rief die nächste Nachricht ab. »Ich bin's, Matt.« Er erkannte die Stimme auf Anhieb. »Ich wollte mich nur vergewissern, ob alles in Ordnung ist.« Sie schwieg kurz. »Und erfahren, ob Sie etwas herausgefunden haben.«

Matt drückte auf die Taste, durch die automatisch die Verbindung zum letzten Anrufer hergestellt wurde. Nach dem dritten Klingeln meldete sie sich, doch schon vorher hatte Matt im Hintergrund Verkehrslärm gehört. »Wo sind Sie?«, fragte er.

»Ich warte auf den Bus. An der Haltestelle Fulham Palace Road. Alles in Ordnung?«

Matt nickte unwillkürlich, obwohl sie ihn nicht sehen konnte. »Ja. Ich habe etwas gehört.«

Sie reagierte nicht sofort, und er hörte das Hupen eines Lastwagens. »Erzählen Sie«, sagte sie schließlich.

»Ein ehemaliger Soldat namens Barry Legg ist vor ein paar Tagen in Swindon ums Leben gekommen. Offenbar wurde er ermordet.«

»Könnte das irgendetwas mit den Männern zu tun haben, die wie mein Bruder verrückt geworden sind?«

»Keine Ahnung«, antwortete Matt. »Mehr habe ich bisher nicht gehört. Vielleicht gibt es einen Zusammenhang, vielleicht nicht.« Er schwieg kurz. »Hören Sie, ich bin in zwei Tagen zurück. Wir sollten dann weiterreden.«

Matt beendete die Verbindung und klappte das Handy zu. Es war fast zwölf Uhr, und die Sonne brannte erbarmungslos vom Himmel. Die morgendliche Brise hatte sich gelegt, und die Weizen- und Gerstefelder um den Bauernhof lagen völlig reglos da.

Vor zwanzig Minuten war Malenkow mit Nikita, Josef und Andrej zurückgekommen. Nikita war fünfundzwanzig, Andrej neunundzwanzig, aber Josef wirkte jünger, vielleicht wie neunzehn oder zwanzig. Alle drei hatten ein sanftes slawisches Äußeres und dunkles Haar, doch ihre entschlossenen dunkelbraunen Augen und ihre muskulösen Schultern legten den Schluss nahe, dass sie sehr genau wussten, wessen Befehle sie zu befolgen bereit waren. Matt wusste, dass sie gut bezahlt wurden. Orlena hatte jedem tausend amerikanische Dollar versprochen – nach hiesigen Maßstäben ein Vermögen. Eine Summe, die man nur für einen harten und unbequemen Job bekam.

Genauso sollte es sein. Ein Soldat hat immer ein Recht darauf, zu erfahren, was für ein Risiko er eingeht. Schließlich ist es sein Leben.

»Die älteren beiden scheinen in Ordnung zu sein«, sagte Matt. »Josef ist zu jung. Wir brauchen Männer, keine Jungen.«

Malenkow schaute ihn mit einem funkelnden Blick an. »An Josef gibt es nichts auszusetzen. Er bleibt.«

»Nein, ich will einen anderen.«

Malenkow schüttelte den Kopf, und Matt sah, dass er nicht nachgeben würde. »Er ist dabei«, sagte der Ukrainer bestimmt. »Oder wir verschwinden alle wieder.«

Die drei Neulinge beendeten gerade ihre zweite Runde um das Feld. Sie blieben vor einem Trog stehen und erfrischten sich mit dem dreckigen Wasser. Matt warf ihnen einen Kanister zu. Josef war bei dem Lauf am langsamsten gewesen. Vielleicht hatte er ein paar Pfunde zu viel auf den Rippen, und Malenkow hatte ihn nicht hart genug trainieren lassen. Aber alle drei Männer hatten den Test bestanden und ihre Ausdauer und ihr Durchhaltevermögen unter Beweis gestellt.

Sie sind fit und dringend auf den Job angewiesen. Was sonst konnte man von einem Söldner verlangen?

Die drei Männer setzten sich in einem Halbkreis hin, und Malenkow übersetzte, während Matt und Iwan den Plan noch einmal durchgingen. Sie hörten aufmerksam zu und verfolgten Matts Finger, wenn er auf der Karte etwas zeigte.

Ihr Plan, die Fabrik in die Luft zu sprengen, war einfach genug. Die drei Neuankömmlinge behaupteten, in der russischen Armee gedient zu haben, die älteren beiden hatten angeblich in Tschetschenien gekämpft. *Verglichen mit dem Krieg wird das hier eher einer Prügelei auf einem Spielplatz ähneln.*

»Also gut«, sagte Matt schließlich. »Wir hauen uns jetzt aufs Ohr. Wenn es dunkel wird, werden wir testen, wie gut wir uns durch Abwässerkanäle zwängen können.«

Es stank bestialisch nach menschlichen Exkrementen, verfaulten Nahrungsmittelresten und industriellen Chemikalien. Der erstickende Geruch verschlug Matt den Atem und nistete sich in seinen Kleidungsstücken ein.

Um den Mief abzuwaschen muss ich mindestens hundertmal heiß duschen.

Sie waren durch den Kanalschacht eingestiegen, den sie am Vortag entdeckt hatten. Wie Matt vermutet hatte, verlief der Abwässerkanal von der Fabrik aus in westlicher Richtung zum Fluss. In Weißrussland gibt's für Umweltschützer noch jede Menge zu tun, dachte er grinsend. Der gesamte auf dem Grundstück anfallende Abfall landete in der halbkreisförmigen Betonröhre, deren Durchmesser anderthalb Meter maß. Sie war in einem üblen Zustand, denn von den Wänden bröckelte der Beton ab und blockierte den Tunnel. Dahinter stauten sich Abfall und Schlamm, und die Röhre war praktisch unpassierbar.

Wir werden uns den Weg freischaufeln müssen, dachte Matt.

Es war harte, schweißtreibende Arbeit, und sie kamen langsamer voran, als er erwartet hatte. Jetzt war es kurz nach ein Uhr morgens, und sie schufteten schon seit zwei Stunden.

Matt hielt inne und atmete tief durch. Die Betonröhre befand sich mindestens drei Meter unter der Erde. Mit Tunneln kannte er sich am besten aus, und deshalb hatte er die Initiative übernommen. Nachdem er eine Taschenlampe so auf dem Boden ausgerichtet hatte, dass der Lichtstrahl nach oben fiel, hatte er mit einer Spitzhacke den getrockneten Schlamm gelockert und die Brocken mit Fußtritten nach hinten befördert, wo Andrej sie in einen Eimer füllte und an seinen Hintermann weiterreichte.

Endlich sickerte wieder etwas Wasser durch den Tunnel, das wie ein kleiner Fluss über Matts Stiefel lief und bald seine Socken durchnässte. Er zwang sich, nicht genauer darüber nachzudenken, was es sonst noch sein könnte.

Hoffentlich rennen diese Dreckskerle nicht die ganze Nacht aufs Klo.

»*Himmo*!«, schrie der Ukrainer hinter ihm. Er war ausgeglitten und rückwärts hingefallen.

Man musste nicht viel von der Sprache verstehen, um die Bedeutung dieses Worts zu kennen. *Scheiße.*

Matt stand reglos da, blickte Andrej an und legte einen Finger auf die Lippen. Das Geräusch des Sturzes und der darauf folgende Schrei konnten durchaus von einem Wachposten gehört worden sein. Er wartete ab und lauschte, ruhig und gleichmäßig atmend. Über sich hörte er gemächliche Schritte. Ein Wachtposten. Matt glaubte, dass er langsam zum Zaun ging, und wahrscheinlich befand er sich jetzt direkt über ihnen. Dass der Mann nicht rannte, war ein gutes Zeichen, aber er vermutete, etwas gehört zu haben, und hielt Ausschau.

Matt schaltete die Taschenlampe dreimal nacheinander ein und aus – das vereinbarte Zeichen, dass sie unter Umständen entdeckt werden könnten. Iwan, Malenkow und die anderen wussten, dass sie sich im Notfall in den Wald zurückziehen und sich auf ein Feuergefecht vorbereiten mussten.

Matt griff nach dem über seinem Rücken hängenden AN-49-Gewehr und wartete, den Finger am Abzug. Am Nachmittag hatte er im Wald eine Stunde versucht, sich mit der Waffe vertraut zu machen, aber er brauchte trotzdem einen Augenblick, um sich an die Bedienungselemente und ihre genaue Funktionsweise zu erinnern.

Falls wir entdeckt werden, bleibt uns nur noch die Hoffnung, uns den Weg freischießen zu können.

»*Tam?*«, brüllte der Wachtposten.

Auch über die Bedeutung dieses selbst drei Meter unter der Erde deutlich zu verstehenden Worts bestand kaum ein Zweifel – *Ist da jemand?* Matt hatte von der russischen Sprache praktisch keine Ahnung, aber bei einem Manöver des Regiments einmal ein paar Brocken aufgeschnappt.

»*Tam?*«, wiederholte der Wachtposten, diesmal noch lauter.

Matt stand weiter reglos da und blickte lächelnd Andrej

an, dessen Finger nervös am Abzug seiner Waffe herumspielte. Er hätte nie behauptet, viel über die Führung einer Einheit zu wissen, hatte aber auf diversen Schlachtfeldern eines gelernt – wenn man Männer in einer brisanten Situation dazu bringen wollte, sich mucksmäuschenstill zu verhalten, war es immer am besten, selbst einen entspannten und zuversichtlichen Eindruck zu machen. Sogar dann, wenn sich einem der Magen umdrehte und die Nerven blank lagen.

Angst verbreitet sich schnell. Zuversicht auch.

Eine andere Stimme. Matt verstand nichts, vermutete aber, dass sich jemand bei dem ersten Wachposten erkundigte, was los sei. Weitere Schritte. Wahrscheinlich ging einer der beiden am Zaun entlang. Dann kam er zurück und verschwand in Richtung Fabrik.

Matt atmete tief durch. Jetzt kam ihm selbst die abgestandene Luft in dem Tunnel wohltuend vor. Offensichtlich hatte der Wachtposten geglaubt, nur einen Wolf oder ein anderes Tier aus dem Wald gehört zu haben.

Wir sind in Sicherheit. Zumindest fürs Erste.

Matt nickte Andrej zu und richtete die Taschenlampe wieder so aus, dass der Lichtstrahl in den vor ihm liegenden Abschnitt der Betonröhre fiel. Jetzt sah er den Schachtdeckel, der sich auf der anderen Seite des Zauns befand, und es war nicht mehr allzu viel getrockneter Schlamm aus dem Weg zu räumen. Er griff nach seiner Schaufel und begann wieder zu arbeiten.

Noch anderthalb Meter, dann können wir dieses Grab verlassen.

Matt trank einen Schluck Wodka und behielt ihn einen Moment im Mund, um den vollen Geschmack zu genießen, bevor er ihn die Kehle hinabrinnen ließ.

Er blickte Iwan und Malenkow an. »Jetzt wissen wir, dass die Wachtposten ihren Job ernst nehmen«, sagte er. »Der Typ, dem die Geräusche aufgefallen sind, hat es gewissenhaft überprüft. Er gehört nicht zu den Leuten, die herumsitzen, ständig auf die Uhr blicken, Wodka trinken und Kreuzworträtsel lösen, bis die Schicht vorbei ist.«

»Damit kommen wir schon klar«, sagte Malenkow schroff. »Wir haben gute Männer und können sie überraschen.«

»Es sei denn, sie überraschen uns«, bemerkte Iwan.

»Lasst uns ins Bett gehen«, sagte Matt. »Morgen müssen wir voll da sein.«

Er blickte auf die Uhr. Es war kurz nach vier. Sie hatten drei Stunden benötigt, um sich in dem Tunnel den Weg freizuschaufeln. Nikita hatte im Wald Beobachtungsposten bezogen und sollte sich vergewissern, dass ihre Aktivitäten niemandem aufgefallen waren. Nach drei Stunden sollte er von einem seiner beiden Kameraden abgelöst werden.

»Wir müssen uns so gut wie möglich ausruhen«, sagte Matt. »Morgen müssen alle fit sein.«

Er ging allein auf sein Zimmer. Durch die Baumkronen sah er das erste Licht der Morgendämmerung sickern. Damit am Morgen möglichst wenig grelles Sonnenlicht durch das Fenster fiel, verhängte er es mit einem Handtuch. Als er noch beim Regiment gewesen war, konnte er sich einfach irgendwo hinlegen, die Augen schließen und zu jeder beliebigen Tages- oder Nachtzeit einschlafen. Aber sein Körper hatte sich an den Rhythmus eines normalen Lebens angepasst. Mittlerweile war er daran gewöhnt, nachts ins Bett zu gehen und morgens aufzustehen. Jetzt hatte er Schwierigkeiten damit, sich wieder umzustellen.

Es dauert Wochen, manchmal sogar Monate, bis man wieder voll einsatzfähig ist. Was immer diese Idioten von der Firma auch glauben mögen, man ist nicht einfach auf Knopfdruck wieder der Alte.

Er zog sich aus, legte sich auf die Matratze und schloss die Augen. In Gedanken war er bei Gill. Es war schon so lange her, seit er zuletzt von ihr gehört hatte, und allmählich befürchtete er, dass die Trennung endgültig sein könnte. Sie war so plötzlich aus seinem Leben verschwunden, dass er sich nur schwer daran gewöhnen konnte.

Zuerst muss ich diesen Job hinter mich bringen. Dann werde ich sehen, ob wir noch eine Chance haben oder nicht.

Er drehte sich auf die andere Seite. Orlena schlief in einem anderen Zimmer, und als er sich fragte, ob sie wieder zu ihm kommen würde, empfand er neben Verlangen zugleich auch ein Schuldgefühl. Er lauschte, ob er Schritte aus dem Flur hören konnte, doch es war völlig still. Nach ein paar Sekunden war er eingeschlafen.

11

Die Sonne versank hinter den Bäumen jenseits der Felder, und Matt beobachtete, wie das Tageslicht allmählich erlosch. Beim Regiment hatten die härtesten Feuergefechte immer nachts stattgefunden. Auf den Philippinen war er bei einem Angriff auf ein Camp von Kommunisten durch einen Beinschuss verwundet worden; in Bosnien hatte er den Kopf eines Mannes in den Schlamm gepresst und abgedrückt, obwohl er sich nicht sicher gewesen war, ob es sich überhaupt um den Gesuchten handelte; in Ulster war er während einer Patrouille durch Scharfschützen unter Feuer genommen worden, und während er selbst sich noch hinwerfen konnte, war sein Nebenmann tödlich getroffen zu Boden gesunken.

Für die meisten Menschen ist die Nacht eine Zeit des Friedens, für Männer wie uns eine des Krieges.

Die vorbereitende Beobachtung der Fabrik war abgeschlossen. Malenkow hatte Buch geführt, wann bei den Wachposten Schichtwechsel war und wie viele Männer sich abwechselten. Es waren insgesamt zwölf – zwei auf den Wachtürmen mit den Suchscheinwerfern, sechs in dem Bürogebäude und vier in der Fabrik. Sie hatten sehr viel mehr Waffen dabeigehabt, als Matt vermutet hatte. Er konnte nicht sagen, wie schwierig diese Operation werden würde, doch er wusste, dass sie sich auf alles gefasst machen mussten.

Er wandte sich Iwan zu. »Bei dir alles okay?«

Der Ire grinste. »Wird schon keine Probleme geben.«

Während der letzten zwei Stunden hatte er ein paar behelfsmäßige Bomben zusammengebastelt. Da es in diesem Fall nur auf eine große Explosion mit jeder Menge Flammen und Rauch ankam, durften die Bomben ruhig primitiv sein. Sie hatten nicht das Risiko eingehen wollen, Sprengstoff in das Land einzuschmuggeln. Iwan hatte Malenkow gebeten, ihm zwei Dutzend Kartons mit Orangensaft zu besorgen, dazu noch einige Pakete mit altmodischem, hartem Rasierschaum, Benzin und reichlich Zündschnur. Mehr brauche er nicht, hatte er dem Ukrainer versichert.

Während der letzten Stunde hatte der Ire mit Nikita und Andrej den Orangensaft ausgeschüttet, die Kartons mit Benzin gefüllt und in jeden noch ein paar Hand voll Seifenschaum hineingegeben. Es war ein primitives Rezept, mit dem sich gleichwohl eine wirkungsvolle Brandbombe herstellen ließ. Wenn die Zündschnur das Benzin entflammte, würde sie sofort hochgehen. Der Seifenschaum vermischte sich dann mit dem Benzin zu kleinen, brennenden Bällen von gallertartiger Konsistenz, die in alle Richtungen flogen und überall haften blieben. Sie würden einige Minuten brennen, lang genug, um noch das widerstandsfähigste Material in Flammen zu setzen. Bei diesem trockenen Wetter musste die aus Holz errichtete Fabrik wie Zunder brennen. Das Bürogebäude war aus Backstein und würde wahrscheinlich nicht völlig zerstört werden, doch das konnten sie später noch nachholen.

»Minimale Anstrengung, maximale Wirkung«, sagte Iwan. »Besser kann es ein Bombenbastler nicht treffen.«

Matt rollte einen Meter achtzig von der Zündschnur ab. Er nahm ein Ende in die Hand, Iwan das andere. Matt blickte auf den Sekundenzeiger seiner Uhr und gab Iwan ein Zeichen, die Zündschnur anzustecken.

»Acht Sekunden für einen Meter achtzig.« Matt blickte Iwan an. »Kannst du damit für deine Berechnungen was anfangen?«

Der Ire nickte. »Wenn man erst mal weiß, wie schnell die Zündschnur brennt, kann man es so einrichten, dass alle Bomben exakt zur gleichen Zeit hochgehen. Es geht nur darum, die richtige Länge Schnur abzuschneiden.«

Matt nickte. In diesem Punkt würde er sich ganz auf Iwan verlassen. Er war ein sorgfältig und präzise arbeitender Mann, der nie ein größeres Risiko als unbedingt notwendig einging. Wie ein guter Soldat, der immer vorsichtig und geistig hellwach sein musste.

Mittlerweile war die Sonne ganz untergegangen, und es wurde dunkel. Matt winkte Malenkow herbei und beauftragte ihn, Nikita und Andrej zu holen. Im Augenblick bewachte Josef den Einsteigeschacht, wo sie sich um Mitternacht treffen würden. Iwan saß neben ihm, und er ging den ganzen Plan noch einmal mit den anderen durch. Um Mitternacht würden er und der Ire als Erste durch den Abwasserkanal auf das Grundstück vordringen und die Brandbomben mit Klebeband an den Außenwänden der Fabrik anbringen. Dann würden sie die Zündschnur daran befestigen und den Rückweg antreten. Unterdessen sollten Malenkow und Andrej die einzige Telefonverbindung kappen, damit niemand Verstärkung anfordern konnte. Man konnte nur hoffen, dass sie kein Satellitentelefon hatten, doch vorerst gab es keine Möglichkeit, das herauszufinden. Sollte es doch so sein, würde ihnen nach Malenkows Meinung bis zum Auftauchen der Polizei maximal eine Stunde bleiben. Die nächste größere Polizeistation war sechzig Kilometer entfernt, und mit dem Auto würde die Fahrt mindestens eine Stunde dauern. Hatten sie einen Helikopter, würde die Polizei schneller da sein, doch da Hubschrauber von Minsk starten mussten, würden sie ebenfalls eine Stunde benötigen, wenn sie direkt nach dem Beginn der Operation verständigt wurden.

Die Bomben sollten um Viertel nach zwölf explodieren. Dann würden sie sechzig Sekunden warten, bis der Feuersturm einmal durch das Gebäude gefegt war. Anschließend würden sie zu sechst das Grundstück stürmen. Iwan und Nikita sollten die Fabrik übernehmen und sich um die dort postierten Männer kümmern. Matt, Josef, Malenkow und Andrej würden das Verwaltungsgebäude angreifen, in dem sich wahrscheinlich sechs Wachposten aufhielten. Zumindest einer von ihnen würde nach draußen stürmen, um zu sehen, was passiert war. Sie würden ihn unschädlich machen und sich dann mit den anderen befassen. Wenn sie fliehen oder sich ergeben wollten, stand ihnen das frei. Andernfalls würden sie das Schicksal akzeptieren müssen, das die Kriegsgötter ihnen zugedacht hatten.

»Wir haben die besseren Waffen und das Überraschungsmoment auf unserer Seite«, schloss Matt zuversichtlich. »Das sind zwei große Vorteile, die für uns sprechen.«

Mach ihnen klar, dass du zuversichtlich bist, aber versuch nicht, sie zum Narren zu halten.

»Alle nehmen noch einmal ihre Waffen auseinander und überprüfen, ob sie richtig funktionieren«, fuhr er fort. »Bei diesem Job kommt alles auf maximale Feuerkraft an. Okay, in zehn Minuten geht's los. Um Punkt dreiundzwanzig Uhr.«

Matt blickte zu Orlena hinüber, die einen Schritt hinter den anderen stand. »Wir kommen anschließend hierher zurück. Um spätestens ein Uhr werden wir die Fabrik verlassen haben, dann sind wir noch vor zwei wieder hier. Der Landrover muss startklar sein.«

Orlena schüttelte den Kopf. »Ich komme mit«, sagte sie leise, aber äußerst entschlossen und selbstbewusst.

»Das ist doch lächerlich«, erwiderte Matt gereizt. »Für Touristen haben wir keinen Platz.«

»Diese Operation wird von meinem Arbeitgeber bezahlt, und ich bestimme, wer dabei ist und wer nicht.« Sie trat einen Schritt vor und blickte Matt direkt in die Augen. »Und ich sage, dass ich dabei bin.«

Matt antwortete nicht sofort. Wenn er sich mit ihr stritt, lief er Gefahr, den Respekt der anderen Männer zu verlieren. *Einen Kampf, den man nicht gewinnen kann, soll man gar nicht erst beginnen.*

»Also gut«, sagte er. »Wahrscheinlich werden deine hübsch manikürten Fingernägel in Mitleidenschaft gezogen.« Er wandte sich den anderen zu. »Los geht's.«

In dem Tunnel war es heiß und stickig, und Matt spürte schon jetzt, wie ihm sein durchgeschwitztes T-Shirt am Leib klebte. Es war drei Minuten nach Mitternacht. Er hatte sich das Gesicht mit einer Creme geschwärzt, die er aus England mitgebracht hatte. Seine Kleidung war schwarz, wie die der anderen, seine Baseballkappe ebenfalls. Wenn er aus dem Kanalschacht auftauchte, trennten ihn drei Meter offenes Gelände von der Fabrik. Nachts war er in diesem Aufzug allenfalls als flüchtiger Schatten wahrnehmbar.

Er drehte sich zu Iwan um. »Bist du so weit?«

Der Ire nickte. »Bringen wir's hinter uns.«

Schon jetzt spürte Matt den Adrenalinstoß, und sein Puls ging schneller. Er griff nach der Spitzhacke, die er am Ende des kurzen Tunnels zurückgelassen hatte, und begann damit den Schachtdeckel zu traktieren, der offenbar jahrelang nicht geöffnet worden und blockiert war.

Etwas Erde fiel herunter, und er kniff die Lippen zusammen, um nichts in den Mund zu bekommen. Er arbeitete weiter, und diesmal löste sich ein dickerer Klumpen.

Nachdem er den Lichtstrahl der Taschenlampe neu justiert hatte, entfernte er mit den Händen einen weiteren Brocken Erde. Er würde den Schachtdeckel sehr behutsam anheben müssen.

Er spürte von oben einen Luftzug, griff nach dem Schachtdeckel und musste alle Kraft aufbringen, um ihn zu lockern und aufzustemmen. Vorsichtig schob er seine Hände durch die Öffnung.

Wenn sie mir nicht in den nächsten paar Augenblicken eine Hand abschießen, ist alles in Ordnung.

Er zog sich langsam hoch und spähte aufmerksam nach links und rechts.

Falls mich jemand sieht, muss ich mich sofort in den Tunnel zurückziehen.

In unmittelbarer Nähe war niemand zu sehen, aber zwanzig Meter weiter weg erblickte er die Männer auf den Wachtürmen. Das Licht der Suchscheinwerfer glitt über die Straße und den Wald. Durch die Observation während der letzten beiden Nächte wussten sie aber, dass an diesem Abschnitt des Zauns niemand patrouillierte.

Er zog sich schnell aus dem Schacht und rannte in gebückter Haltung auf die drei Meter entfernte hintere Außenwand der Fabrik zu, wo er Deckung finden würde. Es war überflüssig, Iwan gegenüber auch nur ein Wort zu verlieren. Weil er den Vorstoß gewagt hatte, konnte keine unmittelbare Gefahr drohen.

Bald stand der Ire neben ihm. Er warf seinen schwarzen Seesack auf den Boden, der die ersten zehn Brandbomben enthielt. Der nächste Satz wartete noch im Tunnel. In jedem der Getränkekartons befand sich ein Liter Benzin. Iwan reichte Matt fünf Bomben und ein Stück Zündschnur. »Bring sie im Abstand von mindestens zwanzig Metern an«, sagte er. »Du übernimmst die rechte Seite, ich die linke.«

Matt robbte mit gesenktem Kopf an der Fabrik entlang. Mittlerweile war es sieben Minuten nach zwölf. Noch immer war die Luft heiß und stickig, und ihm brach aus allen Poren der Schweiß aus.

Die Augen abwenden, ermahnte er sich, als der Lichtstrahl des Suchscheinwerfers über ihn hinwegglitt. Er beleuchtete das Gelände jenseits des Grundstücks, während sie sich innerhalb des Zauns befanden. Trotzdem mussten sie vorsichtig sein – man konnte nie wissen. *Unsere Augen würden leuchten wie die einer Katze im Scheinwerferlicht eines Autos und unsere Position verraten.*

Er hielt an, nahm eine der Brandbomben, riss ein Stück Kreppband ab und befestigte sie an der Wand. Die Fabrik war solide gebaut und wahrscheinlich höchstens fünf Jahre alt. Sie würden die geballte Kraft der Bomben brauchen, um sie in die Luft zu jagen. Er befestigte die Zündschnur an der Brandbombe und nahm sich einen Augenblick Zeit, um alles noch einmal zu überprüfen. Dann robbte er weiter und zählte dabei mit. Für zwanzig Meter musste er etwa sechzigmal auf den Ellbogen ein Stück nach vorne robben. Als die zweite Bombe angebracht war, legte er die nächsten zwanzig Meter zurück. Zehn Minuten nach zwölf. Sie kamen gut voran.

»Okay, noch zehn, das war's dann«, flüsterte Iwan, als Matt zurück war.

Matt robbte erneut los und brachte die nächsten Bomben an der Fabrikwand an. Schon jetzt wusste er, dass er am nächsten Morgen brennende Blasen an den Ellbogen haben würde. Einmal erfasste der Lichtstrahl des Suchscheinwerfers seine Finger, und er erstarrte und presste das Gesicht auf den Boden.

Wenn sie uns jetzt sehen, sind wir geliefert. Ein am Boden liegender Mann gibt eine perfekte Zielscheibe ab.

Matt hielt den Atem an. Er zählte bis fünfzehn und wartete, ob der Suchscheinwerfer geschwenkt wurde, aber der Lichtstrahl wanderte nicht zurück. Er versuchte, seine Atmung wieder zu normalisieren, und kroch weiter. Schneller, trieb er sich an. Je fixer wir das hier hinter uns bringen, desto eher ist die ganze Aktion vorbei.

»Erledigt«, flüsterte Iwan, als Matt wieder bei ihm war. »Lass uns verduften.«

Iwan ließ sich als Erster in den Schacht hinab, Matt folgte sofort. Plötzlich war es stockfinster, und ohne Taschenlampe musste er sich vorsichtig an den Wänden entlangtasten. Während er sich dem Ausgang näherte, ging sein Atem zunehmend schneller.

Finstere, geschlossene Räume habe ich noch nie ausstehen können. Und es wird nicht besser dadurch, dass da draußen zwölf Männer sind, die nur darauf warten, uns abzuknallen wie Fasane im Moor.

Iwan streckte die Hand aus und zog ihn aus dem engen Schacht. Sie befanden sich zehn Meter jenseits des Zauns, inmitten der schützenden Bäume. Matt klopfte sich den Dreck von der Kleidung. Neben Malenkow standen Andrej, Nikita und Josef. Selbst im trüben Licht ihrer Taschenlampe sah er, dass sie geisterhaft bleich und nervös waren. Sie wirkten wie Männer, denen bewusst war, dass sie in den nächsten fünf Minuten sterben konnten.

»Kopf hoch, Jungs, das wird der reinste Spaziergang«, flüsterte Matt.

Malenkow sagte etwas auf Ukrainisch, aber Matt konnte seinen Tonfall nicht einschätzen. *Ich kann nur hoffen, dass er ihnen nicht rät, die Ausländer im Stich zu lassen, wenn es hart auf hart kommt.*

»Bist du so weit?«, fragte er Iwan.

Der Ire schnitt ein letztes Stück Zündschnur ab. »Ich brauche nur noch ein Streichholz.«

Seine Stimme verriet demonstrativ zur Schau getragene Selbstsicherheit und Zuversicht, aber Matt erahnte auch eine unterschwellige Nervosität. Das Bauen von Bomben schien eine Art Wissenschaft zu sein, war aber tatsächlich eher eine Kunst, genau wie die Chirurgie. Wissen allein reichte nicht, man brauchte Intuition. *Und die kann über Leben und Tod entscheiden.*

Mittlerweile war es dreizehn Minuten nach Mitternacht. »Wir steigen jetzt in den Tunnel und warten dort, bis Iwan die Bomben gezündet hat«, sagte Matt. »Wenn die Detonationen abgeebbt sind, rücken wir vor. Ich gehe voran.«

Er blickte in die Runde. Alle nickten. *Sie haben es kapiert.*

Matt schaute Orlena an, die ein schwarzes T-Shirt, schwarze Jeans und schwere Stiefel trug. Sie hatte ihr Haar zurückgebunden und sich die Wangen geschwärzt.

Als wäre das Zeug Wimperntusche. Aber man muss schon zugeben, sie ist auch so bildhübsch.

Matt blickte sie fragend an. »Willst du nicht doch lieber hier warten?«

Sie schüttelte den Kopf.

»Okay«, sagte Matt knapp. »Aber mach dich auf einiges gefasst. Bei einer Schießerei sind die meisten vor Angst wie von Sinnen. Ich habe tapfere Männer gekannt, die der Belastung nicht gewachsen waren. Falls du glauben solltest, ohnmächtig zu werden, bleibst du einfach zurück. Wir werden versuchen, uns später um dich zu kümmern. Wenn du von einer Kugel erwischt wirst, musst du auf die Zähne beißen und warten, bis einer von uns dir helfen kann. Aber vergiss nicht, dass hier die gleichen Spielregeln gelten wie beim SAS. Mit Hilfe kannst du erst rechnen, wenn wir unser Ziel erreicht haben. Falls das bedeuten sollte, dass du sterben musst, hast du Pech gehabt.«

Orlena nickte, und der Anflug eines Lächelns huschte über ihr Gesicht. »Verstehe.«

Matt blickte die anderen an. »Okay. Legen wir los.«

Er stieg wieder in den finsteren Schacht hinab und tastete sich an dem getrockneten Schlamm an den Wänden entlang, dessen Konturen ihm mittlerweile schon halbwegs vertraut waren. Es war eine enge, klaustrophobische Atmosphäre, und er fühlte sich zunehmend unbehaglich. Durch das Loch für den Kanaldeckel drang frische Luft nach unten. Neben ihm lag die Zündschnur wie eine aus dem Boden hervortretende Vene. Er hörte, wie hinter ihm ein Streichholz angerissen wurde, und es begann nach Schwefel und der glimmenden Schnur zu riechen. Er presste sich flach gegen die Wand, als die Flamme vorbeiraste und dann in dem Schacht unter dem Kanaldeckel emporzüngelte.

Jetzt spielt es keine Rolle mehr, ob die Wachtposten die Flamme sehen, dachte er. Dann ist es zu spät. *Es bleibt allenfalls noch Zeit für ein kurzes Stoßgebet.*

Er atmete tief durch und entspannte seine Muskeln. Wenn die Bomben explodierten, würde die Druckwelle mit der Wucht eines Tornados über das Grundstück rollen. Der Feuersturm würde alles versengen, was ihm im Weg stand, und der Luft den Sauerstoff entziehen. Mehrere Minuten lang würde man nur mit Mühe atmen können.

Gleich bricht die Hölle los, mach dich darauf gefasst.

Um sechzehn Minuten nach Mitternacht explodierte die erste Bombe, die anderen detonierten jeweils nur einen Sekundenbruchteil später, bis sich der Lärm zu einer ohrenbetäubenden Sinfonie der Zerstörung steigerte. Matts Trommelfell platzte beinahe. Nach dreißig Sekunden ebbte der Krach genauso plötzlich ab, wie er angeschwollen war, und nun waren nur noch die unheimlichen Geräusche des durch die Brandbomben entfesselten tödlichen Feuersturms zu hören, der alles verschlang.

Werden die Wachtposten fliehen, wenn sie begreifen, dass sie angegriffen werden?

Matt öffnete den Mund und atmete die von draußen in den Tunnel gepresste dünne Luft ein, die wenig Sauerstoff, aber jede Menge Kohlenmonoxid enthielt. Seine Lungen zogen sich zusammen, als er die giftige Luft inhalierte.

Eine Minute, dachte er. Lass das Feuer sein Vernichtungswerk verrichten. Dann stürmen wir das Grundstück.

Die Sekunden verstrichen quälend langsam. Er hörte das Knistern der Flammen, und irgendwo in der Ferne schrie ein Mann. Aus Erfahrung kannte er die schrecklichen Schreie von Menschen, die einen langsamen und qualvollen Tod starben. Lungen und Stimmbänder funktionierten noch, wenn der Rest des Körpers schon in Flammen stand, und die Schreie wurden immer lauter, wenn sie die inneren Organe verzehrten. Dann, nach einem furiosen Crescendo, erstarben die Schreie langsam, wenn auch Lungen und Stimmbänder betroffen waren, und wandelten sich zu einem winselnden, pfeifenden Geräusch, bevor das Brandopfer endgültig verstummte.

Wenn meine Stunde geschlagen hat, wäre mir eine Kugel bedeutend lieber.

»Okay«, brüllte Matt. »Raus jetzt, es geht los!«

Sein Herz pochte wie wild, als er sich aus dem Schacht zog und blinzelnd auf dem Grundstück stand, das durch den Lichterzauber der Brandbomben erleuchtet war wie eine Shoppingmall am Heiligen Abend. Durch das grelle Licht war man wie benommen, und er spürte die sengende Hitze auf seiner Haut. Als seine Augen sich an das gleißende Licht gewöhnt hatten, warf er sich auf die Erde, das AN-49-Gewehr schussbereit in den Händen.

Dies ist der Augenblick der größten Gefahr. Nun wissen sie, dass sie angegriffen werden. Die Überlebenden werden genau jetzt nach uns Ausschau halten.

Mit einem Blick über die Schulter vergewisserte er sich, dass die anderen alle an ihrem Platz waren. Er stand auf und ging in gebückter Haltung vorsichtig weiter, den Finger am Abzug. Die Fabrik vor ihm stand lichterloh in Flammen. Die durch das Feuer geschwächten Wände erzitterten und drohten nachzugeben, weil sie das Gewicht des Dachs kaum noch tragen konnten. Schon eine Minute nach der Explosion des Feuerballs war klar, dass das Gebäude das Inferno nicht überstehen würde.

»Ist die Fabrik hinüber?«, fragte Matt Iwan.

»Hundertprozentig. Innerhalb der nächsten halben Stunde wird sie einstürzen.«

Das Verwaltungsgebäude stand fünfzig Meter hinter der Fabrik. Die Flammen loderten hoch in den Himmel empor, hatten es aber noch nicht erreicht. Matt blickte zu den Wachtürmen hinüber, die verwaist zu sein schienen. Entweder waren die Wachtposten durch die Druckwelle der Explosion nach unten geschleudert worden, oder sie hatten sich in das Häuschen zurückgezogen.

»Zwei Männer müssen sich die Wachtürme vorknöpfen«,

sagte er zu Malenkow. »Das fehlte gerade noch, dass uns ein Scharfschütze von oben ins Visier nimmt.«

Malenkow gab Josef und Andrej einen Befehl, und die beiden schwärmten aus und feuerten etliche Salven auf die Wachtürme. *Wenn da noch jemand war, müsste er jetzt eigentlich tot sein.*

Matt beobachtete, wie Josef sich einem Turm näherte und noch mehrfach feuerte. Dann hängte er sich das Gewehr über den Rücken und stieg langsam die hölzerne Leiter hoch, die zu der Plattform mit dem Suchscheinwerfer führte.

Plötzlich übertönte unvermutet eine Explosion das Knistern der Flammen, und Matt warf sich instinktiv auf den Boden. Als er wieder aufblickte, war von dem Wachturm nur noch schwelende Asche übrig. Josef musste auf den Zünder einer Bombe getreten sein und war wie vom Erdboden verschluckt.

Tot. In tausend Stücke gerissen. Armer Hund.

»Mist, was war das denn?«, zischte er.

Iwan kauerte neben ihm und schnüffelte. »Ich rieche nichts, also muss es Semtex gewesen sein«, antwortete er. »Irgendein Zünder, der durch Gewicht ausgelöst wird. Wie bei einer Tretmine.«

Mittlerweile stand Andrej neben ihnen. Er wirkte völlig verstört und schwitzte stark. Seine Finger zitterten. Malenkow schien noch kaum begriffen zu haben, was passiert war. Er schrie wie ein Besessener und riss Andrej zu Boden. Dieser Job wird sehr viel schwieriger, als wir geglaubt haben, dachte Matt. Wir sollten aufhören, uns Gedanken darüber zu machen, ob wir die Wachtposten umlegen oder nicht – hier heißt es töten oder getötet werden.

Sie waren vorbereitet – vielleicht nicht auf uns, aber auf irgendetwas.

Nun bleiben uns nur noch ein paar Augenblicke, dachte er. Noch spricht das Überraschungsmoment für uns. Wenn in den Gebäuden Leute überlebt haben, sind sie verwirrt und verängstigt. Jetzt müssen wir zuschlagen.

Er richtete sich auf und forderte die anderen mit einer Armbewegung zum Vorrücken auf. Einen Mann hatten sie bereits verloren, und es konnte jeden Augenblick passieren, dass sie ihren Plan ändern mussten. *Hier geht es nicht nur um die Übernahme einer Fabrik. Dies ist ein Schlachtfeld.*

Er wich einem aus der brennenden Fabrik sprühenden Funkenregen aus, die Waffe weiterhin schussbereit in der Hand. Außer dem Knistern des Brandes war nichts zu hören, aber er glaubte aus dem Augenwinkel eine Bewegung in einem der Fenster wahrgenommen zu haben.

»Geht in Deckung!«, schrie er.

Ein Schuss krachte, und er sah, wie die vom Boden abprallende Kugel Erde aufwirbelte. Er warf sich hin und rollte sich hinter eine Mauer, während etliche weitere Schüsse fielen, aber er wusste, dass der Wachtposten nur aufs Geratewohl feuerte. Das Verwaltungsgebäude, ein Betonbau mit sechs Fenstern und nur einer Tür, war etwa sechs Meter breit und fünfundzwanzig Meter lang.

»Feuerschutz!«, brüllte er Malenkow zu. »Wir müssen auf das Verwaltungsgebäude vorrücken.«

Sofort ertönte ein ohrenbetäubender Kugelhagel, der jeden abschrecken musste, der aus den Fenstern auf sie feuern wollte. Das Verwaltungsgebäude war zwanzig Meter entfernt. Matt hielt sich die Ohren zu, sprintete los und ließ sich direkt vor der Außenwand auf den Boden fallen. Sein Atem ging schnell und abgehackt. Iwan war direkt hinter ihm, dann folgten Malenkow, Andrej, Nikita und schließlich Orlena. Matt schaute sie an und empfand ein bisschen Genugtuung, als er die in ihrem Blick liegende Angst erkannte. Sie schwitzte, aber sie zitterte nicht und ließ auch sonst keinerlei Anzeichen dafür erkennen, dass sie der Belastung nicht gewachsen sein und schlappmachen könnte. Sie war verängstigt, riss sich aber zusammen.

Sie ist härter, als es scheint – und sie sieht schon ganz schön tough aus.

»Wir müssen das Gebäude säubern«, sagte er.

Einen Meter über ihm befand sich eines der Fenster, dessen Scheibe bereits zersplittert war. Überall um sie herum lagen Scherben. Matt zog sich hoch, schob den Lauf seines Gewehrs über die Fensterbank und überzog den Raum mit einem Kugelhagel. Er bewegte die Waffe methodisch von rechts nach links, behielt den Kopf aber unterhalb der Fensterbank. Da sie keinen Plan mit der Raumaufteilung des Gebäudes hatten, mussten sie es blindlings erstürmen, ohne genaue Vorstellung, was sie dort erwarten mochte.

»Können wir den Kasten von hier aus in die Luft jagen?«, fragte er Iwan. »Um uns das Schicksal zu ersparen, in Stücke geschossen zu werden?«

Iwan schüttelte den Kopf. »Wir können die Bomben nicht anständig platzieren. Wenn wir es versuchen, werden sie uns aus den Fenstern ins Visier nehmen.«

»Okay«, sagte Matt grimmig. »Dann müssen wir uns eben einen Raum nach dem anderen vornehmen. Mit etwas Glück sind nur noch sechs Wachtposten übrig, es könnten aber auch acht oder neun sein.«

Die gleichen Spielregeln wie beim SAS, dachte er. Maximales Tempo, äußerste Aggressivität. Im Himmel bleibt einem noch genug Zeit, detaillierte Pläne auszuarbeiten.

In den Raum hinter dem Fenster waren in zwei Minuten zweihundert Kugeln eingeschlagen. Das hätte selbst eine Küchenschabe kaum überlebt, dachte Matt. Er zog sich hoch und spähte über die Fensterbank. Die Wände waren mit Einschusslöchern übersät, und die Projektile lagen auf dem Boden wie Blätter in einem herbstlichen Park. In einer Ecke sah er die Überreste eines in Stücke gegangenen hölzernen Schreibtischs.

Von Leichen war nichts zu sehen.

Er sprang durch die Fensteröffnung, landete unsanft auf dem Betonboden und lauschte angestrengt, ob sich aus dem Flur jemand näherte. Fünfzig Meter weiter weg stand die Fabrik noch immer lichterloh in Flammen, und er hörte, wie mit einem krachenden Geräusch eine Wand einstürzte. Aber hier, in dem Verwaltungsgebäude, war weiterhin alles ruhig. Er gab den anderen ein Zeichen, und innerhalb einer Minute standen alle neben ihm.

»Iwan und ich nehmen uns die linke Seite des Korridors vor, Malenkow und Andrej die rechte«, sagte Matt. »Nikita und Orlena bleiben hier.«

»Wir sollten uns um unseren Verwundeten kümmern«, protestierte Malenkow.

»Vergiss es«, erwiderte Matt gereizt. »Er wurde in tausend Stücke gerissen, wir können nichts mehr für ihn tun.« Er schlug mit der Faust auf den Lichtschalter neben der Tür, aber es blieb dunkel. Entweder hatte jemand den Strom abgestellt, oder die Glühbirnen waren alle zerschossen worden. Er schaltete seine Taschenlampe ein und richtete den Lichtstrahl in den Korridor. Die nackten Wände waren aus graubraunem, fleckigem Beton. Der zwanzig Meter lange Flur verlief zur Rückseite des Gebäudes, und es gingen noch zwei Türen von ihm ab. Matt bewegte sich vorsichtig weiter, das Gewehr schussbereit in den Händen. Die erste Tür stand einen Spalt weit offen. Er ließ sie durch einen Tritt ganz auffliegen und feuerte sofort. Hinter ihm kniete Iwan, der ebenfalls einen Kugelhagel abgab.

Erst schießen, Fragen können wir später stellen. Das geht schon in Ordnung. Wir müssen so schnell wie möglich wieder verschwinden. Zum Teufel mit den Fragen.

Hinter ihm erschütterte eine Explosion den Korridor, deren Druckwelle ihn von den Beinen riss. Er landete schmerzhaft auf der linken Schulter und riss sie sich an einem scharfen Gegenstand auf. Dabei ließ er das Gewehr fallen. Er rappelte sich wieder hoch und wischte sich den Staub aus den Augen. »Scheiße, was war das?«, brüllte er.

Malenkow kam bereits zu Matt gerannt. Seine Kleidung war zerfetzt, die Haut im Gesicht und am Oberkörper aufgerissen. Orlena und Nikita folgten ihm auf dem Fuße.

»Andrej hat's erwischt«, sagte Malenkow düster. Er war völlig außer Atem, und über sein Kinn lief Blut. »Muss durch eine Art Stolperdraht eine Bombe gezündet haben und war sofort tot.«

»Dieses Gebäude ist eine tödliche Falle«, sagte Iwan, dessen Stimme zunehmend angespannt klang.

Matt schaute Malenkow an. »Was glaubst du, wie viele sind es?«

»Woher zum Teufel soll ich das wissen? Mindestens sechs, einschließlich des Mannes, der eben auf uns geschossen hat. Außerdem könnten hier überall noch Bomben versteckt sein.«

Iwan wandte sich Matt zu. »Scharfschützen, Stolperdrähte ... Häuserkampf, von einem Raum zum anderen. Das ist eine russische Spezialität. Schon mal was von Stalingrad gehört?«

Matt dachte kurz nach. »Gibt es nicht doch eine Möglichkeit, den Kasten in die Luft zu jagen?«

Der Ire nickte. »Die Bomben warten im Tunnel. Wir halten diesen Raum und zerstören den Rest des Gebäudes durch Brandbomben.«

»Okay«, antwortete Matt sofort. »So machen wir es. Wenn wir uns hier Meter um Meter vorzukämpfen versuchen, werden wir es alle nicht überleben.«

Matt sah, wie Orlena vortrat. Ihr Haar war mit einer Staubschicht bedeckt und wirkte jetzt nicht mehr schwarz, sondern hellgrau. Durch die Explosion hatte sie eine kleine Fleischwunde am linken Arm davongetragen. »Nein«, sagte sie bestimmt. »Das Gebäude muss erst durchsucht werden, bevor wir es sprengen.«

Matt ballte die Fäuste. Beim Regiment hatte er sich etliche Strategien angeeignet, seine Verärgerung unter Kontrolle zu behalten. Er wusste alles darüber, wie man bis zehn zählte, tief durchatmete und sich auf die Zunge biss, wenn man von einem Offizier mit lächerlichen Befehlen traktiert wurde und lieber ihn als den Feind erschossen hätte.

Aber bisher ist mir noch nie von einer Frau befohlen worden, mein Leben aufs Spiel zu setzen.

»Durchsuchen, so ein Quatsch«, erwiderte er laut. »Zwei Männer haben wir bereits verloren, und hier ist alles mit Bomben gespickt. Wir stehen einem unsichtbaren Feind gegenüber und haben nicht mal eine Skizze des Gebäudes. Das wäre reiner Selbstmord.«

In Orlenas Gesicht zuckte nicht ein einziger Muskel. »Ich habe gesagt, dass das Gebäude durchsucht wird«, erwiderte sie kalt.

Matt trat dicht zu ihr und starrte sie wütend an. »Mein Auftrag lautete, den Komplex zu zerstören«, brüllte er. »Folglich werden wir ihn in die Luft jagen und verschwinden.«

Orlena schnippte sich eine staubige Haarsträhne aus dem Gesicht. »Gut möglich, dass ich mich wiederhole. Hier zahle ich die Rechnungen, also gebe ich auch die Befehle. Das Gebäude wird erst *nach* der Durchsuchung gesprengt.«

»Was ist denn so wichtig, dass wir danach suchen müssen?«, fragte Iwan.

Orlena schaute weiterhin Matt an. »Wie gesagt, hier wurden illegale Generika hergestellt, und ich muss sicher sein können, dass alle Produktionsanleitungen vernichtet werden.«

»Aber warum ist der Schuppen gesichert wie das Pentagon?«, knurrte Iwan. Er wandte sich Malenkow zu. »Was ist hier versteckt, Sergej?«

Der Ukrainer zuckte die Achseln. »Ich werde fürs Kämpfen bezahlt, nicht dafür, dass ich Fragen stelle«, antwortete er vorsichtig. »Solange ich noch auf beiden Beinen stehe und mein Gewehr halten kann, werde ich kämpfen.«

Orlena schaute erst Matt, dann Iwan an. »Nur zu, wenn ihr weglaufen wollt. Ich kann euch nicht daran hindern. Aber ich werde die Firma informieren, dass ihr Schiss hattet und den Job geschmissen habt. Und veranlassen, dass angemessene Maßnahmen ergriffen werden.«

Matt drückte Orlena ein Gewehr in die Hand. »Niemand hat Schiss«, brüllte er. »Aber da wir bereits zwei Männer verloren haben, wirst du jetzt als Rekrutin eingezogen.«

12

Matts Finger legte sich fester um den Abzug des Gewehrs. Es war heiß und stickig, und das Metall der Waffe fühlte sich bereits feucht an. Er bewegte sich vorsichtig voran und achtete bei jedem Schritt darauf, nicht auf den nächsten versteckten Zünder zu treten.

Er könnte überall sein, man kann es nicht wissen.

Von dort, wo er jetzt stand, zweigte ein Gang nach rechts ab, ein anderer nach links. Es war schon fünf vor halb eins. Von der Stunde, während der sie vor einem Eingreifen von außen sicher waren, war bereits fast die Hälfte vergangen, aber sie hatten noch keineswegs den halben Job getan. *Wir haben schlechte Karten, es wird ein Wettlauf gegen die Zeit.*

Er wandte sich zu Iwan und Malenkow um. »Also, wir gehen so vor«, flüsterte er. »Iwan und ich übernehmen die linke Seite, Sergej und Nikita die rechte. Wir säubern das Gebäude Raum für Raum und feuern sofort, wenn wir jemanden sehen.« Er schwieg kurz und blickte Orlena an. »Du kommst mit mir, bleibst aber zehn Schritte zurück.«

»Versucht, nichts zu beschädigen«, sagte sie aggressiv.

Matt zog eine Grimasse. »Darüber machen wir uns Gedanken, falls wir überleben. Wir sind Soldaten, keine Umzugshelfer.«

Das Verwaltungsgebäude teilte sich in zwei Gänge, beide etwa zehn Meter lang. Der Flur auf Matts Seite schien zu einem Lagerraum zu führen, der andere zu ein paar kleinen Büros. Malenkow und Nikita tasteten sich vorsichtig nach rechts vor, er und Iwan nach links. Orlena hielt sich ein paar Schritte hinter ihnen. Es war stockfinster, und Matt schaltete seine Taschenlampe ein. Noch immer hing der penetrante, auf die Explosionen zurückgehende schwefelige Geruch in der Luft.

Matt drehte sich zu Orlena um. »Wonach suchen wir eigentlich?«, zischte er.

»Nach Computern«, antwortete sie. »Wenn du einen siehst, schieß ihn nicht gleich in Stücke.«

Ein Geräusch. Matt konnte nicht sicher sein, wo es herkam, aber er glaubte die Atemzüge eines Mannes zu hören. Sie mussten aus einem der beiden kleinen Räume kommen, die von dem Korridor abgingen, etwa zehn oder fünfzehn Meter weit entfernt. Die Akustik in dem engen Gang verstärkte noch das kleinste Geräusch. Von der Fabrik her war noch das leise Knistern der Flammen zu hören, aber es konnte trotzdem kein Zweifel bestehen.

Irgendwo versteckt sich jemand.

Hätten wir gewusst, was uns hier erwartet, hätten wir Blendgranaten mitgebracht, dachte er.

Er gab Iwan ein Zeichen. Wenn sie den Mann in dem Raum ausschalten wollten, mussten sie als Team agieren. Matt kauerte sich hin, während Iwan mit gezückter Waffe hinter ihm stand. Ein Schuss zerriss die Stille. Betonsplitter wurden aus der Wand gerissen und fielen zu Boden. Iwan hatte auf die erste Tür gefeuert und überzog sie jetzt mit einem wahren Kugelhagel. Scheiß auf die Computer, dachte Matt, während er sich vorsichtig der zweiten Tür näherte.

Er überprüfte das Magazin seiner Waffe und feuerte in den zweiten Raum. Gut möglich, dass die Computer zu Bruch gingen, doch darüber konnte sich Orlena den Kopf zerbrechen. Bei der Besprechung der Operation war keine Rede davon gewesen, also konnte sie sich jetzt auch nicht beschweren. Der Rückstoß der Waffe, obwohl nicht besonders stark, war unangenehm, weil seine verletzte Schulter schmerzte. Das Gewehr war solide und leicht zu bedienen. Nachdem er zwei Magazine geleert hatte, fiel die Tür krachend zu Boden.

Jetzt spielte es keine Rolle mehr, in welchen Raum der Mann war. *Eigentlich kann er diesen Kugelhagel nicht überlebt haben.*

»Wir gehen rein!«

Matt richtete sich auf und stürmte in den kleinen Raum, die heiße Waffe schussbereit in den Händen. Er warf sich gegen die nackte Betonwand und nahm sich einen winzigen Augenblick Zeit, um die Lage zu sondieren. Drei Meter vor ihm stand jemand, und er riss sofort das Gewehr hoch und feuerte zweimal. Die erste Kugel zertrümmerte den Schädel des Manns, die zweite schlug in seine Brust ein.

Matt rannte zu ihm und kniete sich hin, um den Puls zu fühlen. Ein Finger zuckte noch, er lag im Todeskampf. Der Mann hatte sanfte Gesichtszüge und trug Jeans und ein schwarzes Sweatshirt. Ungefähr dreißig, dachte Matt. Er presste ihm den Lauf des Gewehrs an die Schläfe und drückte ab.

Der steht nicht mehr auf.

»Raum gesäubert!«, schrie er.

Iwan und Orlena tauchten im Türrahmen auf. »In dem anderen Raum war niemand«, sagte der Ire atemlos. »Das muss der Typ gewesen sein, der auf uns geschossen hat.«

Aus der Ferne hörte Matt Schüsse durch den Gang hallen,

und er rannte mit laut dröhnenden Schritten zu dem Flur, den Malenkow säubern sollte. Als er scharf links um die Ecke gebogen war, warf er sich blitzartig zu Boden. Eine Kugel schlug hinter ihm in die Wand ein. Malenkow stand mitten im Gang und feuerte in einen Raum.

»Hilf ihm! Tu was!«, brüllte der Ukrainer.

Matt sah Nikita vor sich auf dem Boden liegen. Aus einer Wunde in seinem Oberschenkel strömte Blut. Er wollte gar nicht so genau hinsehen, aber ihm war klar, dass Nikita nicht nur einmal getroffen worden war. Die Kugeln hatten die Arterie im Oberschenkel zerfetzt, was schon jetzt zu einem massiven Blutverlust geführt hatte. Nikita zuckte zusammen, als Matt seine Schultern packte und ihn zurückzog.

»*Matinka, matinka*«, murmelte er mit erlöschender Stimme.

Er verlangt nach seiner Mutter, dachte Matt.

»Wie viele Männer sind da noch?«, brüllte er Malenkow zu.

»Einer oder zwei, ich weiß es nicht genau.«

»Komm her.«

Malenkow feuerte noch eine letzte Salve ab und trat dann den Rückzug an. Er war außer Atem, seine Augen lagen tief in den Höhlen. Er hatte eine kleine Fleischwunde an der Stirn, und das Blut vermischte sich mit Schweiß. »Diese Jungs sind noch härter, als wir geglaubt haben«, sagte er.

Matt blickte auf Nikita hinab und schaute dann Iwan an, der mittlerweile nachgekommen war. »Können wir noch etwas für ihn tun?«

Der Ire kniete bereits neben dem Verwundeten. Er hatte sein T-Shirt ausgezogen und versuchte, damit die Wunde zu verbinden. »Meiner Meinung nach hat er auch innere Blutungen«, murmelte er. »Wenn wir ihn nicht innerhalb einer Stunde ins Krankenhaus schaffen, hat er keine Chance.«

»Dann werden wir ihn von seinem Elend erlösen.« Matt blickte auf die Uhr. Kurz nach halb eins. Die Zeit lief ihnen davon. In fünfundzwanzig Minuten konnte Verstärkung vor Ort sein. *Dann sind wir alle geliefert.*

Er schaute erst Iwan, dann Malenkow an. »Ist jemand dagegen?«

Die beiden Männer schüttelten mit düsterer Miene den Kopf. Matt zeigte auf Orlena. »Du übernimmst das«, sagte er leise. »Eine Kugel in den Kopf, damit es schnell geht.«

Ihm war klar, was er von ihr verlangte. Sicher sein konnte er sich nicht, doch er bezweifelte, dass sie schon einmal einen Menschen getötet hatte. Er sah es an der Art und Weise, wie ihr Finger sich zögernd um den Abzug ihres Gewehrs legte, und sie schaute den Mann an, als wüsste sie nicht, wie sie es machen wollte. Aber in ihrem Blick lag keine Furcht. Sie schien begriffen zu haben, dass dies eher eine mechanische Aufgabe war, die man nur verstehen und erfüllen musste.

»Schau ihm nicht in die Augen«, riet Matt.

Es war Iwan nicht gelungen, mit dem improvisierten Verband die Blutung zu stillen. Nikitas Kopf war zur Seite gerollt, aus einem Mundwinkel sickerte Speichel. *»Matinka, matinka«*, murmelte er erneut mit schwacher Stimme.

Orlena blickte Nikita in die Augen, presste den Lauf ihres Gewehrs gegen seine Stirn und drückte ab.

Wenn sie erst einmal Gefallen daran gefunden hat, wird sie sich noch als Naturtalent erweisen.

Malenkow kniete sich hin und küsste Nikita auf die blutige Wange. Dann wischte er sich den Schweiß von der Stirn und blickte zu den anderen auf. Je mehr Schlachten ein Soldat geschlagen hat, desto mehr verstört ihn jeder überflüssige und sinnlose Tod, dachte Matt. Wenn man ein oder zwei

Männer sterben sieht, kann man es ertragen, aber wenn es Dutzende werden, nimmt die Seele irreparabel Schaden.

Malenkow stand wieder auf. »Davon war keine Rede, als ich den Auftrag übernommen habe«, sagte er aufgebracht. »Ich habe drei Jungs angeheuert, gute Jungs.« Er war vor Wut rot angelaufen und warf Orlena einen aggressiven Blick zu. »Ich habe ihnen vorher gesagt, dass es gefährlich werden würde, aber nicht, dass sie praktisch keine Chance haben würden, mit heiler Haut davonzukommen.«

»Ihr habt euer Geld bekommen«, erwiderte Orlena gereizt.

»Okay, das reicht jetzt«, sagte Matt. »Wir sollten uns lieber um die Dreckskerle da vorne kümmern, bevor wir alle erschossen werden.«

Sie standen am Ende des Korridors, direkt hinter der Ecke, um vor Kugeln aus dem Raum vor ihnen in Sicherheit zu sein. Matt richtete seine Waffe auf die Tür, um sofort reagieren zu können, falls jemand aus dem Büro herausstürmen sollte. Malenkow beobachtete, ob sich hinter ihnen etwas tat.

»Meiner Meinung nach sind da nur zwei Leute drin«, sagte er über die Schulter.

»Gibt's da Fenster?«, fragte Iwan.

»Zwei, nach hinten raus.«

»Die werden mit Sicherheit bewacht«, sagte Matt. »Wer da einzusteigen versucht, wird sofort von Kugeln durchsiebt.«

»Wie wär's mit einem Ablenkungsmanöver?«, fragte Malenkow. »Einer wirft Bomben durch die Fenster, die anderen stürmen den Raum.«

Matt nickte. Bis zu dem Büro waren es zehn, bis zur Rückseite des Gebäudes dreißig Meter. Bomben werfen, die Aufmerksamkeit des Gegners ablenken, Schüsse in den Rücken –

besonders raffiniert und preisverdächtig war der Plan nicht, aber er konnte funktionieren.

»Okay«, sagte er bestimmt. »Du übernimmst das mit den Bomben, Iwan, Sergej und ich stürmen den Raum.«

Der Ire machte sich auf den Weg. In dem Tunnel waren noch zehn Brandbomben, von denen er allerdings nur zwei benötigen würde. Für den Hin- und Rückweg musste er etwa zweihundert Meter zurücklegen. Soweit sie wussten, waren auf den Wachttürmen keine Scharfschützen mehr, doch Sicherheit hätte man sich allenfalls durch eine gründliche Suchaktion verschaffen können. Iwan musste vorsichtig sein, um sich keine Kugel einzufangen.

»Gebt mir sechs Minuten«, hatte der Ire gesagt. »Zwei für den Weg zum Tunnel, zwei für den Rückweg, eine für die Zündung der Bombe. Die verbleibende Minute brauche ich, um herumzutrödeln und die schöne Aussicht zu genießen.«

Mit jedem Blick auf die Uhr wuchs Matts Anspannung. Jetzt war es einundzwanzig Minuten vor eins, und wenn Iwan die Bomben gezündet hatte, blieb ihnen nur eine Viertelstunde, um das Büro zu säubern und von hier zu verschwinden. Das Warten zerrte an seinen Nerven, und es fiel ihm immer schwerer, die für diese Art von Häuserkampf erforderliche Konzentration aufrechtzuerhalten.

Er blickte zu Malenkow hinüber. »Bist du bereit?«

Der Ukrainer nickte. »Du feuerst in Kopfhöhe, ich in Kniehöhe. So müsste es klappen.«

»Okay.« Matt wandte sich Orlena zu. »Du bleibst hier und hältst uns den Rücken frei. Solltest du irgendwas sehen oder hören, feuerst du sofort.«

Matt schaute zu der Tür hinüber. Noch sechzig Sekunden bis zur Detonation der Bomben. Wenn wirklich nur zwei Männer in dem Büro waren, lagen sie bestimmt auf der

Lauer, und wenn nur einer von den beiden mit einem AK-47 bewaffnet war, konnte er sie alle töten.

Wenn sie sich so geduldig zeigen, glauben sie bestimmt, uns erledigen zu können. Und drei von uns haben sie bereits getötet.

Noch zehn Sekunden. Matt spürte, wie ihm Schweiß den Rücken hinabrann. Seine letzte Nahkampferfahrung lag länger als ein Jahr zurück, und er konnte sich nicht darauf verlassen, dass seine Reaktionsfähigkeit noch so gut wie früher war. Ein kleiner Fehler, ein falsch getimter Schuss oder eine verzögerte Reaktion konnten ihn das Leben kosten.

Eine Sekunde.

Matt stand sprungbereit da, doch es passierte nichts.

Nichts.

Er schaute erst Malenkow an, dann den Korridor hinab. Von irgendwoher hörte er ein kratzendes Geräusch wie von Ratten.

Mein Gott, was ist mit Iwan??

Fünf weitere Sekunden verstrichen. Seine Hände waren schweißnass, und er hörte das Blut in seinen Schläfen pochen.

Na los, Mann!

Die Detonation ließ das Gebäude erzittern, und Matt sah einen grellen Lichtblitz durch die Ritze unter der Tür schießen. Die Explosion war so laut, dass ihm erneut beinahe die Trommelfelle platzten. Er zuckte zusammen und wich einen Schritt zurück. Die Tür des Büros war aufgeflogen, und eine heiße Druckwelle rollte durch den Korridor. In der Luft hing ein vertrauter Geruch.

Der Geruch von Benzin und Seife.

»Vorwärts!« Er sprang los, das AN-49 schussbereit vor dem Körper. Bis zu dem Büro waren es zehn Meter, und er rannte mit leicht gesenktem Kopf, den Blick auf den Eingang des Raums gerichtet. Er stieß die Tür ganz auf und feuerte blindlings eine Salve nach der anderen in die Flammen.

Die Mündung seines Gewehrs zeigte nach oben. Wenn jemand das Pech hatte, auf den Beinen zu stehen, hatte er keine Chance. Er konnte kaum etwas erkennen, aber dann erhaschte er doch einen Blick auf einen Mann, der die Flammen zu ersticken versuchte. Ein anderer wollte aus dem Fenster feuern.

Direkt hinter ihm stand Malenkow. Matt zielte auf den Mann mit dem Gewehr und drückte ab. *Geh zu Boden, du Dreckskerl.*

Der Mann musste stark wie ein Ochse sein. Obwohl getroffen, versuchte er noch, auf dem Absatz herumzuwirbeln und eine letzte Salve abzugeben. Jetzt zielte Matt auf seine Hände. Wenn es sein musste, würde er ihn später töten, aber so konnte sein Gegner wenigstens nicht mehr feuern.

Die Waffe fiel zu Boden, als die Kugeln seine Hände zerfetzten, und einen Augenblick später sank der Mann auf die Knie, aus etlichen Wunden blutend. Sein Kamerad war von Malenkow niedergemäht worden, und sein Haar hatte Feuer gefangen. Seine Augen wirkten verängstigt, doch sein Blick galt nicht Matt, sondern jemandem hinter ihm. »Orlena«, murmelte er mit schmerzerstickter Stimme. »Orlena.«

Matt wirbelte herum. Hinter ihm stand Orlena, die Waffe im Anschlag. »Er kennt dich?«

Sie ignorierte seine Frage. »*Likuwannia*«, schrie sie. »*Likuwannia.*«

Der Sterbende blickte zu ihr auf. »*Pischow, pischow*«, brüllte er mit letzter Kraft.

Orlena zielte und drückte zweimal ab. Eine Kugel schlug in die Stirn des Mannes ein, die andere in eine Wange. Ein erstickter Schrei stieg aus seiner Kehle auf, aber innerhalb von Sekunden war jedes Leben aus seinem Körper gewichen.

Matt vergewisserte sich kurz, dass die beiden Männer tot waren. *Sie haben nur ihren Job getan, genau wie ich, und diesen Tod nicht verdient. Irgendwann später, mitten in der Nacht, werde ich um sie trauern, wie um all die anderen.*

»Ist die Luft rein?«, fragte er Malenkow.

»Ja.«

»Wie sieht's draußen bei dir aus, Iwan?«

»Alles okay«, rief der Ire durch das Fenster.

Fünfzig Prozent Opfer, dachte Matt. Okay würde ich das nicht nennen.

»Lasst uns die Flammen löschen«, sagte Orlena. »Alle Daten auf den Festplatten dieser Computer müssen nach London gebracht werden.«

»Wir sind hier, um eine Fabrik zu zerstören«, erwiderte Matt gereizt. »Nicht, um Daten zu sichern.«

»Du bist hier, um meine Befehle zu befolgen«, sagte Orlena eiskalt.

Matt blickte zu ihr hinüber. Vor ihr lagen zwei blutende Tote, einer mit brennenden Haaren, doch sie stieg einfach darüber hinweg, als wären sie gar nicht da. Ihre Blicke galten einzig und allein den Computern, die für sie das Wichtigste bei diesem Job waren.

Eine heiße Frau, aber wie ein Fertiggericht, das nicht lange genug in der Mikrowelle war, dachte Matt. Äußerlich heiß, innen eiskalt.

»Woher kannte er dich?«, fragte Matt.

Orlena zuckte beiläufig die Achseln, als würde sie die Frage nicht interessieren. »Vor einiger Zeit war mal eine Delegation unserer Firma hier, weil wir die Leute friedlich davon überzeugen wollten, die Produktion der illegalen Generika einzustellen«, antwortete sie kalt. »Sieht so aus, als würde man mein Gesicht nicht so schnell vergessen.«

Matt trat auf sie zu. »Aber er hat noch etwas gesagt. Was wollte er von dir? Was zum Teufel bedeutet dieses Wort, das du gebraucht hast, *likuwannia?*«

»Gar nichts«, antwortete Orlena, die bereits auf einen Computer zuging. »Er hat um Gnade gewinselt, doch es hat ihm nicht geholfen. Hier darf niemand überleben.« Sie schwieg kurz und drehte sich zu Matt um. »Hast du einen Schraubenzieher?«

»Bin ich ein Installateur?«

»Egal, ein Messer tut's auch. Schraubt die Gehäuse der Computer auf und nehmt die Festplatten heraus, dann können wir verschwinden.«

Es war zehn vor eins. »Uns bleibt keine Zeit mehr«, sagte Matt wütend. »In zehn Minuten könnte die Polizei hier sein.«

Orlena schaute Iwan und Malenkow an und richtete den Blick dann wieder auf Matt. »Es bleibt immer genug Zeit, um einen Befehl zu befolgen.«

Iwan war durch das Fenster in das Büro geklettert.

Er wirkt erschöpft, aber auch erleichtert, dachte Matt. *Dieser Job war haariger, als ich mir je hätte träumen lassen.*

Er begann hektisch zu arbeiten. Die Schnittwunde an seiner Schulter begann zu schmerzen, genau wie die Blessuren am Rücken, die er sich irgendwann zugezogen hatte.

Es dauerte nur zwei Minuten, bis sie die acht Computer aufgeschraubt hatten. Matt war kein Fachmann, aber ein Gehäuse aufschrauben konnte auch er, und eine Festplatte war leicht zu erkennen – ein rechteckiges, glänzendes Stück Metall, das sich mitten im Innenleben eines Computers befand. Orlena hatte gesagt, die Daten könnten später in London gesichert werden.

Was mag auf diesen Festplatten sein?, dachte Matt, als er das Speichermedium aus dem Computer nahm. Warum ist sie so scharf darauf?

Als sie fertig waren, rannten sie nach draußen, und Iwan platzierte die noch verbleibenden acht Brandbomben, um das Verwaltungsgebäude zu zerstören. Die Fabrik brannte immer noch, und die in den Nachthimmel steigenden Flammen tauchten die ganze Umgebung in ein warmes, orangefarbenes Licht. Es war heiß, in der Luft hingen die Gerüche des Brands. Matts Blick suchte den Himmel nach Helikoptern ab. Sieben Minuten vor eins. Wenn Verstärkung unterwegs war, konnte sie jeden Augenblick hier sein. Schwer zu finden war die Anlage nicht, denn die brennende Fabrik musste kilometerweit zu sehen sein.

Sie würde noch zwei oder drei Stunden brennen. Und bei Tagesanbruch komplett zerstört sein.

Malenkow hatte die Leichen von Nikita und Andrej geholt und sie auf den knochentrockenen Boden gelegt, mit den Köpfen in Richtung Osten. Es sei ein Ritus der russischen orthodoxen Kirche, hatte er Matt erklärt, die Toten immer so zu beerdigen, dass ihr Kopf in Richtung Osten zeige. Dort gehe die Sonne auf, die das Licht symbolisiere. Der Westen, wo sie untergehe, stehe für die Finsternis.

Es war ausgeschlossen, die beiden Toten würdig zu bestatten oder die Leichen ihren Familien zu übergeben. Aber sie hatten tapfer gekämpft und waren für erbärmlich wenig Geld gestorben. *Sie haben es verdient, dass wir Malenkows Wunsch akzeptieren.*

»Wie lange wird es dauern?«, fragte Matt den Ukrainer nervös.

»Sie haben ihr Leben für uns geopfert«, antwortete Malenkow. »Da werden wir fünf Minuten für sie erübrigen können.«

Matt wollte etwas sagen, schluckte die Worte aber herunter. Es war kurz nach eins. Er blickte zum Himmel auf, sah aber nichts als Funken und Flammen.

Orlena, Matt und Iwan standen in einem Halbkreis da, während Malenkow die Leichen mit Benzin besprenkelte, sich bekreuzigte und dann auf Ukrainisch zu beten begann. Matt verstand kein Wort, aber neben sich hörte er Orlena das Gebet auf Englisch sprechen: »O Erde, empfange den Leib, der dir entsprungen und nach dem Bilde Gottes geformt war …«

Malenkow warf ein Streichholz auf die Leichen, und als die Flammen über die Körper züngelten, stieg Matt der Geruch des brennenden Benzins in die Nase. Der Ukrainer wandte sich ab und ging auf den Wald zu.

»Josef war mein Sohn«, sagte er, ohne sich zu den anderen umzudrehen. »Seine Mutter wird mir nie verzeihen.«

Matt wollte etwas sagen, doch er wusste aus Erfahrung, dass man in solchen Momenten nichts Angemessenes sagen oder tun konnte. Er schaute auf den Nachthimmel und lauschte weiter auf die Geräusche von Hubschraubern, doch es war nur der Wind zu hören, der durch die Baumwipfel strich, und das Geräusch ihrer Schuhe, die Zweige knickten oder im Moos oder Schlamm versanken. Bis zu dem im Wald versteckten Landrover würden sie zwanzig Minuten benötigen.

Je schneller wir hier wegkommen, desto besser.

»Zwei Stunden Schlaf, dann machen wir uns auf den Weg«, sagte Matt zu Malenkow und Iwan. »Vor uns liegt eine lange Fahrt. Wir müssen wieder zu Kräften kommen.«

Der Bauernhof stand seit Jahren leer und lag sehr abgelegen. Wenn die Polizei die abgebrannte Fabrik fand, würde es nach Matts Meinung Tage dauern, bis sie auf die Idee kamen, hier nach Spuren zu suchen. Also waren sie in Sicherheit, zumindest fürs Erste. Noch vor Sonnenaufgang würden sie zur weißrussisch-ukrainischen Grenze fahren.

Matt leerte das Glas Wodka, das Malenkow ihm eingeschenkt hatte. Mittlerweile war es kurz nach drei. »Das mit Josef tut mir Leid«, sagte er.

Malenkow nickte, ganz von Trauer ergriffen. »Er war kein Soldat, und ich hätte ihn nicht mitnehmen dürfen. Aber wir brauchten das Geld.«

»Was ist mit den Familien der anderen Gestorbenen?«

»Wenn die Zeit gekommen ist, werden sie benachrichtigt. Ich habe jemanden, der mit ihnen sprechen wird.«

»Kümmer dich darum, dass sie das Geld bekommen.«

Matt ging in sein Schlafzimmer. Der Seesack stand immer noch in seiner Ecke, die Matratze lag auf dem Boden. Er zog sein T-Shirt aus und warf es zur Seite. Eine lange Blutspur war aus der Schnittwunde an seiner linken Schulter gesickert, und darüber hatte sich bereits eine dünne Kruste gebildet.

Er ging zum Waschbecken hinüber, ließ etwas Wasser in einen Becher laufen, tauchte einen Stofffetzen hinein und presste ihn auf die Wunde. Die dünne Kruste platzte auf, und er zuckte zusammen. Das Wasser biss in der Wunde, und sein ganzer Arm wurde von einem stechenden Schmerz erfasst.

Plötzlich stand Orlena neben ihm, die eine Flasche Wodka mit bereits abgeschraubtem Deckel in der Hand hielt. »Hier.«

»Danke, ich habe schon ein Glas getrunken.«

»Ich rede nicht vom Trinken.«

Orlena tröpfelte etwas Wodka auf den Lappen und strich damit über die Wunde. »Guter Wodka ist fast reiner Alkohol und ein gutes Antiseptikum.«

Matt versuchte, die Muskeln in seinem Arm zu entspannen. Der Alkohol verursachte einen beißenden Schmerz in der Wunde, aber Orlena war überraschend behutsam und bemühte sich, ihn möglichst erträglich zu halten.

Als sie fertig war, stellte sie die Flasche auf den Boden, und dann spürte Matt, wie ihre zarten Hände über seine Brust glitten. Sie packte seine Hand und schob sie in ihre Hose.

Er schaute ihr in die Augen. »Ich bin verletzt und müde. Außerdem haben wir gerade ein Dutzend Männer getötet. Wenn nicht mehr.«

»Ist mir egal.« Sie stieß ihn auf die Matratze und legte sich auf ihn. »Wie gesagt, wir treiben es so, wie es mir gefällt und wann es mir gefällt. Ansonsten lassen wir es.«

Matt lag erschöpft in ihren Armen. Sie hatte ihre langen Beine um seine geschlungen, und ihre weiche Haut war ein angenehmer Kontrast zu der groben Matratze und der kratzigen Decke. Durch das Fenster fiel bereits zaghaft das erste Tageslicht. Er drückte sie an sich und genoss ihren Geruch und den Geschmack ihrer Lippen.

In ihrer Gesellschaft begann selbst die Erinnerung an die Toten dieser Nacht zu verblassen.

»Ich weiß so wenig über dich.«

Orlena zuckte die Achseln. »Ich bin eine Frau, und wir liegen zusammen im Bett. Reicht das nicht?«

Matt lachte. Irgendwie kam ihm sein Interesse etwas kindisch vor. *Trotzdem, sie interessiert mich. Ich will mehr über sie wissen.* »Familie?«

»Jeder hat eine.«

»Lebt sie in der Ukraine?«

»Nein, in New York«, erwiderte Orlena gereizt. »Mein Papa ist Vorstandsvorsitzender von Goldman Sachs.« Sie drehte sich wütend auf die andere Seite.

»Aber du musst doch *irgendeinen* Menschen haben«, beharrte Matt, während er ihren Rücken streichelte.

»Ich habe niemanden.«

»Keine Eltern, keine Geschwister?«

Sie schüttelte den Kopf, und obwohl er ihr Gesicht nicht sah, glaubte er ihre Traurigkeit zu erahnen. Ihr Körper wirkte verkrampft, ihre Stimme entmutigt. »Meine Eltern sind tot. Ich habe einen Bruder, Roman.«

»Siehst du ihn oft?«

Orlena drehte sich auf den Rücken und verschränkte die Arme vor ihren vollen weißen Büsten. »Er war mit der sowjetischen Armee in Afghanistan. Seit er zurück ist, ist er nicht mehr derselbe.«

»So ergeht es vielen Soldaten«, sagte Matt. »Ich werde immer noch von Albträumen verfolgt, wie alle meiner Kameraden. Was immer manche Leute auch sagen mögen, Männer sind nicht dafür geschaffen, andere Männer zu töten. Das übersteht keiner ohne seelische Defekte.«

»Wofür sind Männer sonst noch geschaffen?«

»Ich zeig's dir.«

Matt küsste sie auf den Mund und spürte, wie ihn erneut Verlangen überkam, als ihre Zungen sich trafen.

13

Eleanor blickte Matt misstrauisch an. Bei ihren wenigen bisherigen Treffen hatte er sie schon in unterschiedlichsten Stimmungen erlebt. Wütend, ängstlich, trauernd, lachend – aber noch nie misstrauisch. Bis jetzt hatte er den Eindruck gewonnen, dass sie ihm vertraute, doch nun war er sich nicht mehr so sicher.

»Was tun Sie eigentlich, Matt? Ich will es *genau* wissen.«

Er wandte den Blick ab. »Ich besitze eine Bar mit Restaurant in Spanien«, antwortete er. »An der Küste, direkt bei Marbella. Wenn Sie Zeit haben, sollten Sie mich mal besuchen.«

»Nein, besser nicht.«

Matt schwieg. Sie saßen in einem Pub namens Feathered Crown, das direkt am Fluss lag, in der Nähe der Hammersmith Bridge. Obwohl es schon nach acht Uhr abends war, hatte die Hitze noch nicht nachgelassen, und die meisten Kunden saßen in T-Shirts und Bikini-Oberteilen auf der Terrasse und tranken ein Bier nach dem anderen, um sich etwas Kühlung zu verschaffen. Er und Eleanor saßen in dem Lokal, wo es schattiger und ruhiger war. Hier würde niemand ihr Gespräch belauschen.

»Wie gesagt, ich war beim SAS«, fuhr Matt fort. »Da lassen sie einen nie ganz los.«

»Könnte es nicht sein, dass vielleicht *Sie* Probleme mit dem Loslassen haben, Matt?«, fragte Eleanor ernst. »Das ist eine ziemlich normale psychologische Reaktion, besonders bei Männern, die sich immer nur einem Beruf verpflichtet gefühlt haben. Wenn es damit vorbei ist, haben sie Schwierigkeiten, sich auf etwas Neues einzustellen.«

»Ich glaube eher, dass sie Probleme damit haben, mich in Ruhe zu lassen.« Matt trank einen Schluck Bier. »Also, was haben Sie herausgefunden?«

»Es gibt noch einen Fall.«

Ihre Stimme klang ruhig, aber er hatte bemerkt, dass ihre Unterlippe beim Sprechen zitterte.

»Erzählen Sie.«

»Der Mann heißt Ken Topley. Lebte in Ipswich, in einem Haus mit möblierten Zimmern. Hat aushilfsweise auf dem Bau gearbeitet. Er ist mitten in der Nacht aufgestanden und hat seine Mitbewohner mit einem Messer angegriffen. Zwei Tote, drei Verletzte. Dann hat er sich umzubringen versucht und sich die Pulsadern aufgeschnitten, aber die Polizei ist gekommen und hat ihn gerettet. Jetzt liegt er im Krankenhaus, an eine Herz-Lungen-Maschine angeschlossen und mit starken Beruhigungsmitteln voll gepumpt.«

»War er früher Soldat?«

»Ja, beim Parachute-Regiment. Acht Jahre lang, vor zwei Jahren ausgeschieden. Vater eines Kindes, letztes Jahr hat er sich scheiden lassen. Sieht so aus, als hätte er nie eine feste Stellung gehabt, und er hat seine Alimente nicht regelmäßig bezahlt. Von psychischen Problemen ist nichts bekannt.«

»Können Sie ihn besuchen?«

Eleanor schüttelte den Kopf. »Ich habe darum gebeten, aber sie lassen mich nicht zu ihm. Im Ipswich Hospital sagen sie, er stehe unter Polizeischutz, Besuche seien nicht gestattet. Also habe ich behauptet, ich wolle ihn im Zusammenhang mit einem Forschungsprojekt über mentale Traumata sprechen, das auch ehemalige Soldaten einbeziehe.«

Plötzlich war Matts Interesse sprunghaft gestiegen. »Haben sie zugestimmt?«

»Sie hätten mir am liebsten den Kopf abgerissen.« Eleanor trank ihren Orangensaft aus. »Sie haben gesagt, so ein Vorhaben müsse offiziell beim National Health Service beantragt werden. Ich habe mich an meinen Vorgesetzten im Krankenhaus gewandt, aber der hat mich an seine Vorgesetzten verwiesen. Augenscheinlich muss so ein Ersuchen von der Regionalbehörde des National Health Service bewilligt werden.«

»Lassen Sie mich raten«, sagte Matt. »Sie haben keine Hilfsbereitschaft gezeigt.«

»Sie haben gesagt, ich würde nur meine Zeit vergeuden«, antwortete sie müde und mit einem Unterton von Resignation. »Ihrer Meinung nach ist das eine Verschwendung von Mitteln des NHS. Ich glaube nicht, dass ich noch viel Kraft zum Weitermachen habe, Matt. Mir sind eine Reihe verdächtiger Dinge aufgefallen, aber ich komme einfach nicht voran. Niemand hilft mir, niemand erzählt mir etwas über diese Männer. Ich stehe kurz davor, meine Nachforschungen einzustellen.«

Matt strich ihr mit den Fingerspitzen über den Handrücken. »Nein«, sagte er bestimmt. »Wir sollten nicht aufgeben. Nicht, solange wir nicht alles überprüft haben.«

»Ich wüsste nicht, was wir als Nächstes überprüfen sollten.«

»Es gibt noch einen Mann, bei dem wir unser Glück versuchen können. Er heißt Sam Hepher und war der Sergeant Ihres Bruders bei der Army. Einer meiner Freunde, Keith Picton, hat gestern seine Telefonnummer auf meinen Anrufbeantworter gesprochen. Keith kennt einen Haufen ehemaliger Soldaten und meint, dass Hepher noch heute Abend mit uns reden wird.«

Matt sah, wie Eleanors Augen wie auf Knopfdruck wieder zu leuchten begannen. »Okay, besuchen wir ihn.«

Es war unübersehbar, dass Sam Hepher geschockt war. Wie die meisten langjährigen Soldaten hatte auch er sich so an den Tod gewöhnt, dass er im Laufe der Zeit etwas abgestumpft war. Hätte ich ihm nur erzählt, dass Ken tot ist, hätte er es kaum zur Kenntnis genommen, dachte Matt. Aber dass er ein Mörder war, will er einfach nicht wahrhaben.

»So was hätte Ken nie getan«, sagte Hepher bedächtig.

Sie saßen in einem Container, der am Rande einer Baustelle in Harrow stand. Hepher war seit zwei Jahren kein Soldat mehr und arbeitete jetzt in der Baufirma eines Cousins, wo er für die Sicherheit auf den Baustellen verantwortlich war. Gewöhnlich wäre er um diese Zeit bereits zu Hause gewesen, aber der Nachtwächter hatte sich krankgemeldet, und Hepher musste für ihn einspringen.

»Genau deshalb wollen wir ja alles über die Geschichte herausfinden«, sagte Eleanor. »Wir wollen wissen, ob irgendetwas mit ihm passiert ist, vielleicht schon, als er noch Soldat war.«

»Merkwürdig«, sagte Hepher. »Ich habe etwas von einem anderen früheren Soldaten gehört, der verrückt geworden ist. Ein Mann namens Simon Turnbull.«

Einen Augenblick fragte sich Matt, ob Eleanor vor Erregung aufspringen würde. »Es hat mehrere Fälle gegeben«, sagte sie schnell. »Wir wollen herausfinden, ob es eine Verbindung zwischen ihnen gibt.«

Matt schaute sich Hepher genauer an. Sie saßen ihm gegenüber, und über ihnen brannte eine trübe Vierzigwattglühbirne. Hepher war ein ordentlich gekleideter Mann. Er trug eine makellos weiße, perfekt gebügelte Sommerhose und ein blaues Polohemd. Sein Schreibtisch war aufgeräumt, und er hatte sogar erst noch die *Daily Mail* penibel zusammengefaltet, bevor er mit ihnen gesprochen hatte. Er hatte seine Stirn in Falten gelegt und wirkte konzentriert.

Bestimmt überlegt er gerade, wie viel er uns erzählen soll.

»Es gibt da etwas, das mir aufgefallen ist«, sagte Hepher schließlich. »Vielleicht hat es nichts zu bedeuten.«

Eleanor beugte sich vor. »Erzählen Sie.«

»Vor fünf Jahren hat Ken sich einigen Tests unterzogen. Medizinischen Tests. Es gibt eine Einrichtung auf einem Flugplatz in Wiltshire, die nur ›die Farm‹ genannt wird. Sie wird schwer bewacht, und niemand verliert ein Wort darüber, aber das Verteidigungsministerium hat dort neue Medikamente ausprobiert. Viele von den Wirkstoffen gegen die Folgeerscheinungen biologischer Waffen, die unsere Soldaten im Irak dabeihatten, wurden dort getestet.« Er schwieg kurz und blickte Matt an. »Sie brauchten ein paar Freiwillige. Ihnen sage ich nichts Neues, Sie wissen, dass Soldaten nur ungern an solchen Versuchen teilnehmen und sie für Schwachsinn halten. Die meisten treten lieber dem Feind gegenüber als einem Arzt. Mein Job war es, einige der Männer dafür zu erwärmen. Blackman brauchte Urlaub, weil er heiraten wollte, und außerdem fehlte ihm noch das nötige Kleingeld für die Flitterwochen. Also hat er sich gemeldet. Alle, die an den Versuchen teilgenommen haben, bekamen Sonderurlaub und fünfhundert Pfund. Das reichte für zwei Wochen Spanien. Er war nur eine Woche auf der Farm, und als er zurückkam, schien alles in bester Ordnung zu sein. Er sagte, er habe nur ein paar Pillen schlucken müssen, dürfe aber nicht darüber reden, wogegen sie wirken sollten.«

»Und jetzt das«, sagte Eleanor.

Hepher lehnte sich zurück. »Ich hätte mir nie etwas dabei gedacht«, fuhr er fort. »Aber dieser Simon Turnbull war in der selben Woche dort und hat sich auch den Tests unterzogen.«

Matt ging mit den beiden Kaffeetassen zu Eleanor zurück. Sie saß draußen an einem der Tische vor der Bar, die sich neben dem Kartenschalter für den Eurostar im Bahnhof Waterloo befand. »Was hat das Ihrer Meinung nach zu bedeuten?«, fragte er, während er die Kaffeetassen auf den Tisch stellte.

Eleanor wischte sich eine Schweißperle von der Stirn. Um sie herum beeilten sich Leute, den letzten Zug nach Paris zu erwischen. »Dass es eine Verbindung zwischen den Fällen gibt«, sagte sie bestimmt. »Es muss so sein.«

Sie waren von Harrow direkt zum Bahnhof gefahren. Matt hatte zugesagt, sich mit Orlena und Lacrierre zu treffen, bevor der Tocah-Boss nach Paris reiste.

Eine Zeit lang dachten Matt und Eleanor schweigend darüber nach, was Hepher erzählt hatte.

»Es könnte doch alles nur Zufall sein«, sagte Matt schließlich. »Die Army testet ständig irgendwelche Medikamente an Soldaten. Das hat nicht unbedingt etwas zu bedeuten.«

»Ich weiß, ich weiß«, murmelte Eleanor. »Menschen, die unter einer traumatischen Erfahrung leiden oder trauern, beginnen oft an Verschwörungstheorien zu glauben. Freudianer würden behaupten, das sei nur eine Strategie des Unterbewusstseins, um mit dem Verlust klarzukommen.« Sie schwieg kurz, und ihr Gesichtsausdruck wurde ernst. »Aber das heißt nicht, dass Verschwörungstheorien nicht manchmal berechtigt sind.«

»Was wollen Sie als Nächstes tun?«

»Ich muss mehr über diese so genannte Farm herausfinden«, antwortete Eleanor. »Und ich muss herausfinden, wer noch in dieser Woche dort war und was für Medikamente an den Versuchspersonen getestet wurden.«

»Seien Sie vorsichtig«, sagte Matt. »Da ist das Verteidigungsministerium federführend, und seinen Leuten wird es gar nicht gefallen, wenn Sie zu viel herumschnüffeln. Sie haben ja keine Ahnung, wie viel Wert da auf Geheimhaltung gelegt wird. Was immer dort passieren mag, sie werden Ihnen nichts erzählen.«

»Dann werde ich einen Minirock anziehen und sie nett anlächeln«, sagte Eleanor.

»Könnte funktionieren.«

Sie beugte sich vor und drückte Matt blitzschnell einen Kuss auf die Wange. »Danke«, sagte sie, »Sobald ich etwas herausgefunden habe, lasse ich es Sie wissen.«

»Störe ich?«, fragte Orlena, die Eleanor musterte. Sie rollte die Augen und blickte Matt verächtlich an, als müsste sie ihn bemitleiden, weil er sich mit einer solchen Frau abgab. »Unser Treffen beginnt in fünf Minuten«, fuhr sie fort. »Der Boss schätzt es nicht, wenn man ihn warten lässt.«

Matt stellte die beiden Frauen einander vor.

»Ich will Sie nicht aufhalten«, sagte Eleanor, die plötzlich verschüchtert und verwirrt wirkte. Sie wandte sich noch einmal Matt zu. »Ich werde Sie auf dem Laufenden halten.«

Matt nickte. Eleanor blickte Orlena an. »Wiedersehen.«

»Da geht's lang«, sagte Orlena zu Matt, ohne auf Eleanors Abschiedsworte zu reagieren.

Sie ergriff Matts Arm und zog ihn in Richtung Bahnsteig. Die Menschenmenge hatte sich deutlich gelichtet, und Matt sah, wie die Sicherheitsbeamten ihre Ausrüstung für die Nacht wegpackten.

»Der letzte Zug nach Paris ist vor zehn Minuten abgefahren«, sagte Matt.

»Lacrierre hat seinen eigenen Zug, Dummkopf«, erwiderte Orlena lächelnd. »Für öffentliche Verkehrsmittel hat er nichts übrig.«

Er folgte ihr zu der letzten noch geöffneten Passkontrolle, reichte dem Beamten seine Papiere und ging mit Orlena zum Bahnsteig 21. »Von Privatjets hatte ich schon gehört, von einem privaten Zug noch nie. Von dem der Queen mal abgesehen.«

»Was spricht dagegen?«, fragte Orlena achselzuckend. »Eduardo schätzt es, mindestens einmal pro Woche nach Paris zu fahren. So geht's schnell und sicher.«

Der Zug – er bestand nur aus einer von Alsthom gebauten Lokomotive und zwei Personenwagen – wartete auf sie. Orlena hatte einen Schlüssel für die Sicherheitstüren. Lacrierres privater Eurostar sah wie ein ganz normaler internationaler Zug aus, nur sehr viel kürzer. Matt stieg ein. *Eines muss man Lacrierre lassen. Er versteht zu leben.*

Lacrierre schaute auf das Foto. Obwohl es eine Luftaufnahme war, konnte man eindeutig erkennen, dass von der Fabrik nur noch verkohlte Überreste übrig waren. Auch das Verwaltungsgebäude war schwer mitgenommen. Zu der Zeit, als die Aufnahme gemacht worden war – nach Matts Meinung mindestens vierundzwanzig Stunden nach ihrer Operation –, war schon mit den Aufräumarbeiten begonnen worden. Aber es würde lange dauern, bis hier wieder etwas produziert werden konnte.

»Da haben Sie den Beweis«, sagte Matt. »Der Job ist erledigt.«

Sie saßen in Lacrierres persönlichem Wagon. In dem anderen Wagen befanden sich eine Küche und ein Büro mit zwei Satellitentelefonen, zwei Computern, Faxgeräten, Kopierern und einem Bloomberg-Terminal, damit Lacrierre sich über die aktuellen Entwicklungen auf den Finanzmärkten auf dem Laufenden halten konnte. Es gab ausreichend Platz für eine Sekretärin und zwei private Sicherheitsbeamte, angemessene, aber nicht übertriebene Sicherheitsvorkehrungen. Lacrierres mit gedämpftem Licht beleuchteter Wagon war mit schwarzen Ledersofas möbliert, und es gab eine Hi-Fi-Anlage und einen Fernseher.

Plötzlich wurde Matt bewusst, dass der Zug sich gerade in Bewegung gesetzt hatte. »Was zum Teufel ist hier los?«, fragte er.

»Wir machen einen kleinen Ausflug«, antwortete Lacrierre kühl.

»Lassen Sie mich sofort raus.«

»Immer mit der Ruhe, Matt«, sagte Orlena. »Wir fahren nach Paris. Eine Zahnbürste habe ich schon besorgt.«

»Halten Sie den elenden Zug an!«, rief Matt, aber er wusste, dass es zu spät war. Er würde weiter mitspielen müssen, zumindest fürs Erste.

Im Moment hatten sie einen erstklassigen Blick auf Balham. Der Zug fuhr durch das südliche London auf die neue Hochgeschwindigkeitstraße zu, die mitten in Kent begann.

Die letzten sechsunddreißig Stunden waren anstrengend gewesen. Sie waren über die weißrussisch-ukrainische Grenze nach Kiew zurückgefahren, wo sie ein paar Stunden geschlafen und sich nach dem Abschied von Malenkow sofort zum Flughafen begeben hatten. Da es keine Maschine der British Airways nach London gab, hatten sie einen Flug der Linie LOT nach Warschau genommen und dort ein Ticket nach

Heathrow gebucht. Iwan war von Orlena mit zwanzigtausend Pfund in bar ausgezahlt worden und sofort zu seiner Familie zurückgekehrt. Matt und Orlena waren von Lacrierre zu einem Treffen bestellt worden.

Der Boss von Tocah Life Science lächelte triumphierend. Das Großraumabteil war nur spärlich möbliert, aber an den Wänden hingen ein paar Drucke mit militärischen Motiven und zwei handwerklich perfekt gearbeitete Schwerter, die einst von Napoleons Chasseurs à Cheval de la Garde getragen worden waren, die ihrem Feldherrn überallhin gefolgt waren.

»Haben die anderen gut gekämpft?«, fragte Lacrierre.

»Offensichtlich nicht gut genug«, antwortete Matt schnell.

Eine betörende Blondine – fast so attraktiv wie die Frauen in Lacrierres Büro – trat ein und servierte Tee und Gebäck. Lacrierre schenkte Matt und Orlena Tee ein, entschied sich aber selbst für eine Flasche Volvic-Mineralwasser. »Ein Mann kann auch sterben, wenn er sein Bestes gibt, oder nicht?«, sagte er. »Hängt ganz davon ab, ob das Schicksal für oder gegen ihn ist.«

»Am Tod ist nichts Ruhmreiches«, sagte Matt. »Als ehemaliger Soldat sollten Sie das wissen.«

Lacrierre schwieg. Matt rührte den Zucker in der teuren Porzellantasse um und trank einen Schluck Tee. »Aber das ist jetzt ja auch egal«, fuhr er fort. »Die Fabrik ist zerstört, der Job erledigt.«

Lacrierre beugte sich vor. »Noch nicht ganz«, sagte er sanft. »Stellen Sie sich ein Ameisennest vor. Man kann so viele Ameisen zertreten, wie man will, aber solange man das Nest nicht ausgeräuchert hat, ist man sie nicht endgültig los.« Er schaute Matt direkt in die Augen. »Ich erwarte, dass Sie sich darum kümmern.«

»Die Fabrik ist zerstört«, erwiderte Matt. »Deshalb wurde ich angeheuert, und der Job ist erledigt.«

Lacrierre stand auf, ging zum Fenster und blickte auf die vorübergleitenden Weiden. Dann nahm er ein Blatt Papier von seinem Schreibtisch, kam zu Matt zurück und reichte es ihm.

»Sein Name ist Serik Leschko.«

Matt blickte auf das Foto, das in Schwarz-Weiß ausgedruckt worden war. Der schlanke Mann war etwa vierzig, hatte schwarzes Haar und große Augen, um die sich die Haut dunkel verfärbt hatte. Seine Nase war augenscheinlich gebrochen, sein Unterkiefer geschwollen.

»Ein Geschäftsmann aus Weißrussland und ehemaliger Mitarbeiter des KGB, der jetzt selbstständig im privaten Sektor arbeitet«, fuhr Lacrierre fort. »Er hat die Fabrik gebaut und die illegalen Generika unserer Medikamente produzieren lassen. Wer weiß, vielleicht baut er jetzt eine neue Produktionsstätte, nachdem wir die alte zerstört haben.« Lacrierre zuckte die Achseln. »Also müssen wir uns den Mann selbst vorknöpfen.« Er setzte sich wieder und schaute mit einem angedeuteten Lächeln zu Orlena hinüber. »Wie gesagt, wir müssen das Nest komplett ausräuchern.«

»Meine Arbeit ist getan«, stellte Matt fest. »Das war's.«

Lacrierre schraubte seine Mineralwasserflasche auf, schenkte sich ein und trank einen Schluck. »Sie werden von Paris aus erneut nach Minsk reisen. Eigentlich hätte sich Leschko in der Fabrik aufhalten müssen, aber unglücklicherweise war er woanders. Folglich werden Sie ihn töten. Dann ist Ihre Arbeit getan.«

»Sie *ist* bereits getan«, erwiderte Matt gereizt. »Vier einfache Wörter. Sind die so schwer zu verstehen?«

Lacrierre blickte ihn an, zuerst irritiert, dann belustigt.

»Ihr Job ist es, dafür zu sorgen, dass diese Leute uns nie wieder Scherereien machen, und Leschko weiß, wie die Generika produziert werden. Das heißt, dass noch Arbeit bleibt.«

»Nein«, erwiderte Matt laut. »Die Firma hat mich dazu genötigt, diesen Job zu übernehmen, und ich habe ihn erledigt. Das war's.«

»Dann wird die Firma Sie eben noch mal in die Mangel nehmen müssen«, bemerkte Lacrierre. »Wie hat Napoleon es noch ausgedrückt? ›Der Sieg gebührt dem Hartnäckigen.‹ Nun, wir möchten, dass Sie hartnäckig weitermachen, bis der Feind völlig vernichtet ist.«

»Napoleon endete als Gefangener der Engländer«, sagte Matt. Dann blickte er zu Orlena hinüber. »Oder habe ich das im Geschichtsunterricht falsch verstanden?«

Er schaute aus dem Fenster. Der Zug brauste durch Ashford in Richtung Kanaltunnel. Hol dich der Teufel, dachte Matt. Wenn ich aus dem Zug springen könnte, ohne dabei draufzugehen, würde ich es tun.

»Immerhin gönne ich Ihnen so noch ein paar zusätzliche Tage mit Orlena«, sagte Lacrierre. »Freuen Sie sich, wo sie doch so gute Freunde geworden sind.«

Vom Meer her blies ein frischer, böiger Wind, der die extreme Mittagshitze etwas linderte. Matram saß auf der Mauer der Strandpromenade und setzte seine Sonnenbrille auf. Auf der Straße zum Hafen von Plymouth waren ein paar Menschen zu sehen, aber die extrem hohe Temperatur hatte selbst die englischen Touristen dazu bewogen, lieber im Hotel zu bleiben. Mit knapp vierzig Grad war es der heißeste Tag in England seit Beginn der Temperaturaufzeichnung, und laut Wetterbericht sollte die Hitzewelle noch zwei weitere Wochen anhalten.

Simon Clipper und Frank Trench hatten den Renault Mégane gerade auf der anderen Straßenseite geparkt und kamen auf Matram zu. Beide trugen Shorts, T-Shirts und Sonnenbrillen, und jeder Passant hätte sie für Touristen gehalten, die nach einem Lokal fürs Mittagessen suchten.

»Worum geht's bei dem Job?«, fragte Clipper, während er sich neben Matram auf die Mauer setzte.

Matram öffnete eine Dose Coca-Cola. »Diesmal sind es zwei Männer«, antwortete er. »Heißen Bob Davidson und Andy Cooper. Kommen beide hier aus der Gegend. Sie angeln gerne und haben im Hafen ein kleines Boot liegen. In diesem Sommer fahren sie wegen der Hitze erst abends raus.«

»Wir sollen sie uns auf dem Boot vorknöpfen?«, fragte Trench.

Matram nickte. »So ist es. Ich habe ein Schlauchboot besorgt und werde mitkommen und darin warten. Ihr müsst ins Wasser und sie versenken.«

»Können wir Sprengstoff benutzen?«, fragte Clipper.

»Besser nicht«, antwortete Matram. »Wahrscheinlich werden wir ziemlich weit draußen sein, sodass vermutlich niemand in der Nähe sein wird, aber auf dem Meer breiten sich Schallwellen über sehr lange Distanzen aus. Eine Explosion wäre meilenweit zu hören.«

Matram leerte mit einem langen Schluck seine Dose und zermalmte sie zwischen den Fäusten. »Es ist besser, wenn sie durch tätige Mithilfe eurerseits ertrinken und wenn ihr dann das Boot versenkt. So wird man die Leichen nie finden. Und falls sie wider Erwarten doch auftauchen, wird alles nach einem Unfall aussehen.«

Matt blickte sich auf der Gare du Nord um. Zu dieser abendlichen Zeit war auf dem Bahnhof viel los. Rucksacktouristen und Studenten stiegen aus dem letzten Eurostar, um nach billigen Hotels zu suchen. Geschäftsleute hetzten über die Bahnsteige, um die letzten Züge nach Brüssel und Köln zu erwischen.

Er hielt das Handy dicht an sein Ohr. »Sie erledigen das, alter Knabe, dann ist es selbst mit den Zugaben vorbei«, hörte er Abbott sagen. »Vertrauen Sie mir. Anschließend können Sie an Ihrer Ganovenküste wieder Sangria und Pommes frites servieren.«

Allein die Stimme dieses Typen ging Matt jedes Mal auf die Nerven. Lacrierre hatte sie auf dem Bahnhof abgesetzt, und Orlena stand ein paar Schritte weiter weg und hielt bereits die Tickets in den Händen. Ihre Maschine würde auf dem Flughafen Charles de Gaulle starten.

»Es hört nie auf«, erwiderte Matt wütend. »Ich muss wissen, wie ich mich aus euren Klauen befreien kann.«

»Das habe ich doch bereits gesagt«, antwortet Abbott. »Noch dieser eine Job, dann ist alles vorbei. Ich habe mit Lacrierre gesprochen. Er mag Sie und die Art und Weise, wie Sie die Fabrik ausgeschaltet haben, aber er braucht einen verlässlichen Mann, der die graue Eminenz im Hintergrund aus dem Verkehr zieht. Dann ist es vollbracht und das Problem gelöst.«

Matt trank einen Schluck von dem Kaffee, den er an einem Stand auf dem Bahnsteig gekauft hatte. »Warum hat Lacrierre so viel Einfluss?«

»Übrigens, überprüfen Sie doch mal Ihre Konten, wenn sich die Gelegenheit bietet.«

»Welches denn?«

»Das Girokonto.« Abbott schwieg kurz. »Die anderen sind noch gesperrt. Das geht wie von Zauberhand, alter Knabe. Wenn Matt ein guter Junge ist, wird das Konto freigegeben, ist er ein böser Junge, wird es wieder gesperrt.«

»Ich kann wieder über einen Teil meines Geldes verfügen und soll dafür auch noch dankbar sein?«

»Das ist nur eine erste Geste unseres guten Willens. Erledigen Sie den Job in Osteuropa, anschließend können Sie auch über die anderen beiden Konten wieder verfügen. Wie gesagt, dann ist reiner Tisch gemacht.«

Matt fasste sich mit der Hand an den Kopf. Irgendwo gab es immer Probleme, und die Firma brauchte ständig Männer, die sie bereinigten. Es war genau so, wie Iwan gesagt hatte.

»Noch ein letztes Mal, Matt«, beharrte Abbott. »Was für einen Unterschied macht das schon bei einem Mann, der bereits so viel Blut an den Händen kleben hat?«

»Wo ist Gill?«, fragte Matt. »Ich habe seit Tagen nichts mehr …«

»Die scharfe Vorschullehrerin?«, fragte Abbott kichernd. »Woher soll ich das wissen, alter Knabe? Wahrscheinlich bumst sie mit dem Kellner aus dem Last Trumpet.«

Matt antwortete nicht sofort. »Es ist nicht ihre Art, sich so lange nicht zu melden«, sagte er schließlich. »Ich will wissen, ob die Firma irgendwas damit zu tun hat.«

»Erledigen Sie den Auftrag, alter Knabe, dann können Sie sich auch wieder um Ihr Liebesleben kümmern. Das nennt man Prioritäten setzen. Wenn Sie wollen, kann ich Ihnen ein Buch zum Thema leihen.«

Matt war wütend und wollte sich die Worte für eine Antwort zurechtlegen, aber Abbott hatte die Verbindung schon unterbrochen. Orlena legte einen Arm um seine Taille und zeigte auf den Taxistand. »Komm schon«, sagte sie sanft. »Wir müssen uns beeilen.«

Matram saß in dem schwankenden Schlauchboot. Seit dem Mittag hatte der Wind etwas nachgelassen, aber er war immer noch so stark, dass die aufgepeitschten Wellen weiße Schaumkronen hatten.

Die Piraten, die früher vor der Küste von Cornish und Devon ihr Unwesen getrieben haben, hatten Recht, dachte er. Auf dem Meer sieht einen niemand, wenn man jemanden tötet.

Mittlerweile waren sie seit fast einer Stunde auf dem Wasser, und Matram schätzte, dass die Entfernung zur Küste anderthalb Kilometer betragen musste. Am Nachmittag hatte er einen kleinen elektronischen Sender am Boot ihrer Zielpersonen befestigt, der ein Signal an einen GPS-Satelliten übermittelte, der wiederum Matram präzise über Davidsons und Coopers Position informierte.

»Noch fünf Minuten«, rief er Clipper und Trench zu. »Macht euch bereit.«

Die beiden trugen Wetsuits, hatten sich die Gesichter geschwärzt, Sauerstoffflaschen auf den Rücken geschnallt und Flossen an den Füßen. Bewaffnet waren sie nur mit einem Messer. Sie saßen ruhig im Bug des Schlauchboots und blickten aufs Meer hinaus.

Vom wolkenlosen Himmel fiel Mondlicht auf die Wellen, und Matram glaubte, dass die Sicht auch für den Rest der Nacht gut sein würde.

Er blickte auf das Display seines GPS-Empfängers und manövrierte das Schlauchboot etwas weiter nach rechts. Sie würden bis auf einen Kilometer an das andere Boot heranfahren und dann den Außenbordmotor abstellen.

Matram hob ein leistungsstarkes Bushnell-Fernglas an die Augen, das mit seiner zwanzigfachen Vergrößerung und seiner Reichweite von tausend Metern eigentlich für Ornithologen entwickelt worden war, ihm aber deutlich besser gefiel als die vom Regiment ausgegebenen Modelle. Er stellte das

Fernglas scharf und sah das andere Boot am Horizont. Zwei Männer saßen auf Deck und hatten ihre Angelleinen ausgeworfen. Wie Enten, die nur darauf warten, abgeknallt zu werden, dachte er.

Er stellte den Motor ab. »Los geht's.«

Clipper und Trench sprangen ins Wasser, und Matram schaute auf die Uhr. Fünfzehn Minuten nach Mitternacht. Es würde keine zehn Minuten dauern, dann waren Davidson und Cooper tot.

Er ließ das Fernglas in seinen Schoß sinken und blickte über das Meer. Mit bloßem Auge war das Boot nur ein kleiner Fleck auf dem Wasser. Es hätte aber auch bloß eine optische Täuschung sein können. *Ich kann sie sehen, sie mich nicht.*

Matram hob das Fernglas wieder an die Augen und zählte die Minuten. Die letzten Sekunden vor einem Mord genoss er am meisten. Vorfreude und Erregung ließen seine Haut prickeln und etwas Schweiß auf seine Stirn treten.

Man kann es schon tausendmal erlebt haben, aber jede Exekution ist anders.

Etwas Dunkles brach durch die Wasseroberfläche, und selbst aus dieser Entfernung konnte er sehen, wie das Boot zu schwanken begann, als Clipper und Trench an Bord gingen. Er stellte die maximale Vergrößerung ein, aber die Details bekam man aus einer solchen Entfernung trotzdem nicht besonders gut mit. Trotzdem sah er, wie ein Mann sich vornüber krümmte und sich an den Bauch griff, offenbar von Schmerz gepeinigt. Sein Freund sprang zurück, glitt aus und fiel zu Boden. Matram konnte erkennen, wie das Messer durch die Luft fuhr. Dann, nachdem Gewichte an den Leichen befestigt worden waren, wurden sie ins Wasser geworfen. Schließlich begann das Boot stark zu schwanken, als

Clipper und Trench die Bordwand zerstörten und es mit Wasser voll lief.

Eine Seebestattung, dachte Matram, während das Boot von den Wellen verschlungen wurde. Sie waren mal Soldaten. Eigentlich sollten sie dankbar sein für den Tod, den wir ihnen beschert haben.

14

Malenkow blickte Matt misstrauisch an und rieb sich das unrasierte Kinn. »Als wir das letzte Mal zusammengearbeitet haben, ist mein Sohn ums Leben gekommen«, sagte er. »Und Sie glauben, dass ich mich noch mal darauf einlasse?«

Matt beugte sich vor. Nachdem die Maschine aus Paris vor knapp zwei Stunden in Kiew gelandet war, waren er und Orlena sofort zu der alten Wohnung gefahren. »Ich kann keinen vernünftigen Grund nennen, der dafür spräche. An deiner Stelle würde ich mich auch nicht darauf einlassen.« Er schaute zu Orlena hinüber. »Aber sie wird eine Menge Geld springen lassen.«

Auch Malenkow blickte Orlena an, die auf der anderen Seite des Tischs saß. In ihrem Schoß lag eine Ledertasche für einen Laptop, und sie schob sie langsam über den Tisch. Nach kurzem Zögern öffnete der Ukrainer den Reißverschluss und zog ein Bündel Banknoten hervor.

»Zwanzigtausend Pfund«, sagte Orlena. »Zehntausend in Dollar, zehntausend in Euro.«

Malenkow lachte. »Einen Sohn habe ich bereits verloren.« Jetzt lachte er nicht mehr. »Soll ich für diese Summe etwa noch mehr Menschenleben aufs Spiel setzen?«

Orlena tippte mit den Fingerspitzen auf das dicke Banknotenbündel. »Du kannst auch mehr haben«, sagte sie bedächtig. »So viel du willst.«

Malenkow stand auf, und plötzlich wirkte seine Miene wütend. »Und wie viele Männer werden dafür sterben?«, fragte er flüsternd. »Wie viele werden betrogen?«

»Hier stirbt nur einer«, erwiderte Orlena gereizt. »Leschko. Serik Leschko.«

Malenkow bedachte sie mit einem durchdringenden Blick. »Ihr seid ja verrückt.«

»Ich wünschte, es wäre so leicht zu erklären«, sagte Matt. »Aber das ist der Auftrag.«

»Leschko ist einer der reichsten Männer in Minsk«, erwiderte Malenkow. »Und der größte Gangster auf dieser Seite des Don. Alle haben Angst vor ihm, selbst die Leute aus der Regierung. Es wäre leichter, Wladimir Putin umzulegen.«

»Wir müssen ihn aus dem Verkehr ziehen und möchten, dass du uns dabei hilfst«, sagte Matt.

Malenkow pochte auf die Ledertasche. »Dann ist das hier nur eine Vorauszahlung. Leschko ist ein übler Typ, also tue ich meinem Land einen Gefallen. Wenn ein Mann schon sein Leben aufs Spiel setzt, sollte er es wenigstens nicht für einen Hungerlohn oder ohne guten Grund tun.«

Das Büro war grell beleuchtet, und aus den Fenstern hatte man einen guten Blick über die Innenstadt von Minsk. Es war blassblau gestrichen, und an der hinteren Wand hing eine ganze Reihe von Fernsehern, die alle auf unterschiedliche internationale Sportkanäle eingestellt waren. Davor lag ein schwarzer Labrador, der an einem Bein des Schreibtischs festgebunden war. An der nächsten Wand hingen etliche auf Hochglanz polierte Maschinengewehre. Wahrscheinlich so ziemlich jedes Modell, das je in der Sowjetunion hergestellt wurde, dachte Matt. Und wenn man nach dem Aussehen geht, werden sie wahrscheinlich auch perfekt funktionieren.

Serik Leschko beugte sich vor. »Wie war noch mal Ihr Name?«

»Perkins«, antwortete Matt ruhig. »Brian Perkins.«

»Mr Perkins kommt aus England«, erklärte Malenkow, der neben Matt saß. »Er sucht nach einem Fabrikanten.«

Matt spürte, wie seine Anspannung wuchs. Sie hatten einen Tag im Zug von Kiew nach Minsk verbracht, wo sie sich in einem der wenigen anständigen Hotels eingemietet hatten – im Best Eastern, das direkt am Unabhängigkeitsplatz lag. Orlena war in Kiew geblieben, weil sie unter Umständen von einem von Leschkos Männern erkannt worden wäre, und damit wäre ihre Geschichte schlagartig unglaubwürdig geworden.

Am Eingang des Gebäudes waren sie von zwei Wachtposten gefilzt worden, aber natürlich hatte weder Matt noch Malenkow eine Waffe dabei. Ihr Auftritt war von langer Hand geplant. Malenkow sollte Matt als englischen Geschäftsmann vorstellen, der auf der Suche nach einem Fabrikanten war. Um so weit zu kommen, hatten sie schon drei Tage benötigt. Zwei von Leschkos kriminellen Handlangern hatten ihre Glaubwürdigkeit überprüft, und dann hatten sie eine große Summe auf ein Offshore-Konto eingezahlt, um wie seriöse Geschäftsmänner zu wirken. Leschko traf sich nicht mit jedem.

Matt war sicher, dass er sich seine Sätze richtig eingeprägt hatte. Und trotzdem – ein Lapsus, und Leschko würde sie umbringen lassen. *Ich könnte nichts dagegen tun, allenfalls meinen Tod mit Würde hinnehmen.*

»Und was soll ich für Sie produzieren?«, fragte Leschko.

»Trikots von Real Madrid, mit der Nummer von David Beckham, in zwei verschiedenen Varianten«, sagte Matt.

»Wie man hört, stellen Sie so ungefähr alles her. Gucci-Hemden, Louis-Vuitton-Handtaschen, Chanel-Parfüms, Moschino-Gürtel, den ganzen Krempel. Ein Fußballtrikot sollte da kein Problem sein.«

Ein Lächeln huschte über Leschkos Gesicht. Hinter ihm saßen zwei attraktive Blondinen, die offenbar nur dekorativen Zwecken dienten. »Kein Problem. Sagen Sie mir, welche Größen, Designs und Farben Sie wollen, dann lasse ich die Maschinen anlaufen.«

Matt nickte. »Ich brauche ungefähr zehntausend Stück pro Monat und könnte ein Pfund Sterling pro Trikot bezahlen. Solange ich sie loswerde, wären das für Sie zehntausend im Monat.«

»Rechnen kann ich selber«, bemerkte Leschko schroff.

»Ich würde bei Lieferung bar zahlen«, sagte Matt schnell.

Leschko nickte. »Das lässt sich arrangieren. Ich liefere an der weißrussisch-polnischen Grenze. Wie Sie das Zeug durch Europa schleusen, ist Ihr Problem.«

»Einverstanden. Ich freue mich, dass wir ins Geschäft kommen.«

»Ich bräuchte eine Einlage, als Sicherheit, dreißigtausend Dollar in bar. Vorher läuft gar nichts.«

Ich muss ihn herunterhandeln, dachte Matt. Wenn ich zu schnell zusage, könnte das Verdacht erregen. »Zwanzigtausend.«

Leschko stand auf. Er trug einen schwarzen Anzug und ein offenes, dunkelblaues Hemd. Auf seiner Brust funkelte ein silbernes Kreuz. »Feilschen ist bei mir nicht drin, Mr Perkins. Ich bin kein Händler vom Straßenmarkt. Ich bestimme den Preis und erwarte, dass er gezahlt wird. Auf einen Schlag und rechtzeitig.«

»Fünfundzwanzigtausend.«

»Feilschen ist bei mir nicht drin«, wiederholte Leschko. »Wenn ich die dreißigtausend morgen nicht habe, müssen Sie sich einen anderen Fabrikanten für Ihre Trikots suchen.«

»Na gut«, sagte Matt. »Aber wir müssen uns an einem sicheren Ort treffen. Wir beide.«

»Allein?« Leschko lachte, nahm einen Hundekuchen aus einer Dose auf dem Schreibtisch und warf ihn dem Labrador hin. »Ohne meine Leibwächter gehe ich nirgendwohin.«

»Wie viele sind das denn?«

Malenkow beugte sich vor. »Wir wollen nur sicher sein können, dass die Geldübergabe ohne Probleme über die Bühne geht.«

»Wenn wir Geschäfte machen, werden wir lernen müssen, uns gegenseitig zu vertrauen«, sagte Leschko. »Finden Sie nicht auch, Brian?«

Matt lächelte. »Okay. Dann lassen Sie uns damit beginnen, dass Sie mir erzählen, wie viele Leibwächter Sie mitbringen werden.«

»Zwei. Wir werden uns irgendwo am Straßenrand treffen. So können Sie sich darauf verlassen, dass die Übergabe sicher ist.«

»An welcher Straße?«, fragte Matt.

»Fünfzehn Kilometer von hier«, sagte Leschko. »Einer meiner Männer wird Ihnen unten eine Skizze geben. Um drei Uhr. Sie bringen das Geld mit, ich lasse die Maschinen anlaufen.«

Matt stand auf und streckte die Hand aus. »Schön, dass wir ins Geschäft gekommen sind.«

Hinter sich hörte er den Labrador bösartig bellen.

Die Landstraße und die Parkbucht lagen verlassen da, und die aufgesprungene Asphaltdecke wirkte, als wäre sie durch die extreme Hitze porös geworden. Es war Viertel vor drei. Matt stand am Straßenrand und blickte auf die golden wogenden, sich bis zum Horizont erstreckenden Weizenfelder, auf denen bald die Ernte eingebracht werden würde. Es war absolut windstill, am Himmel war nicht das kleinste Wölkchen zu sehen, und die Sonne näherte sich ihrem höchsten Stand.

»Achte darauf, dass Leschko dichter an der Straße steht als du und dass er mir den Rücken zukehrt.« Malenkow zeigte auf die genaue Stelle. »Dann stehen deine Chancen besser, dass ich nur ihn umniete.«

Sie standen am Rand der A236, einer der besseren Landstraßen, die von Minsk zur polnischen Grenze führte. In den meisten Ländern wäre eine solche Verkehrsverbindung intensiv genutzt worden, aber Weißrussland war so arm, dass nur ungefähr einmal pro Stunde ein Wagen vorbeikam. *Mehr als genug Zeit, um einen Mann zu töten.*

»Glaubst du, dass du Leschko und einen Leibwächter auf einen Schlag über den Haufen fahren kannst?«

Malenkow zuckte die Achseln. »Wenn du sie ablenkst, werde ich sie töten.«

Der Plan war gut vorbereitet. Matt würde Leschko an der von ihm gewünschten Stelle treffen – an dieser Parkbucht an der A236, fünfzehn Kilometer von Minsk entfernt. Wenn Leschkos Wagen vorfuhr, würde er ihn allein erwarten. Einer der beiden Leibwächter würde mit Sicherheit im Auto sitzen bleiben, der andere mit Leschko aussteigen. Malenkow würde sich langsam in seinem Landrover nähern, was schwerlich Verdacht erregen würde, aber dann im letzten Moment beschleunigen und Leschko und seinen Leibwächter überfahren. Matt würde mit einem Satz zurückspringen, ein AN-49-Gewehr hinten aus dem Landrover holen und den zweiten Leibwächter erschießen.

»Exakt hier«, sagte Matt, während er zwei Schritte auf den Rand der Parkbucht zutrat. »Ich werde mich bemühen, hier zu stehen.«

Malenkow nickte. »Dann sollte ich sie eigentlich gut erwischen.«

Matt ging mit pochendem Herzen und erhöhtem Puls auf und ab. Das Warten zerrte immer am meisten an seinen Nerven. Es war zwei Minuten vor drei, und vermutlich würde Leschko pünktlich sein – wenn jemand sein Geld abholen will, verspätet er sich nicht.

In den Augenblicken vor einer solchen Aktion wurde man immer von verdrängten Ängsten gequält. Vor dem geistigen Auge spulte sich ein Dutzend unterschiedlicher Szenarios ab, und in mindestens der Hälfte von ihnen sah man sich am Schluss tot auf dem Boden liegen.

Leschko ist ein Profi. Es ist nie einfach, einen Mann zu töten, aber in seinem Fall könnte es schwerer als sonst werden.

Malenkow wartete fünfhundert Meter weiter, in einer durch Bäume vor Blicken geschützten Parkbucht. Wenn er Leschko vorbeikommen sah, würde er noch fünf Minuten warten und dann losfahren. Matt hielt eine schlichte schwarze Aktentasche mit dreißigtausend Dollar in druckfrischen Banknoten in den Händen.

Plötzlich tauchte am Horizont ein Auto auf, das für ein paar Augenblicke in einer Mulde verschwand, und dann wieder zum Vorschein kam, nur noch dreihundert Meter entfernt.

Der schwarze Mercedes mit den getönten Scheiben fuhr langsam in die Parkbucht. Als der Fahrer bremste, kam der Wagen auf eine Weise zum Stehen, die Matt vermuten ließ, dass er sehr schwer und folglich gepanzert sein musste.

Panzerung, kugelsicheres Glas, bewaffnete Bodyguards. *Die Jungs nehmen es mit der Sicherheit genau.*

Matt trat vor. Eine Fensterscheibe wurde heruntergelassen, und Leschko steckte den Kopf heraus und nahm die Parkbucht in Augenschein. »Sind Sie allein?«

Matt spreizte die Arme. »Ganz allein.«

Die Tür öffnete sich. Einer der Bodyguards stieg zuerst aus – ein blonder Mann, über einen Meter achtzig groß und breitschultrig. Er kam langsam auf Matt zu, und sein wiegender Gang wirkte arrogant. Er trug schwarze Jeans, ein weißes T-Shirt und Stiefel. Angesichts der unten ausgebeulten Hose vermutete Matt, dass nicht nur in seiner Hosentasche, sondern auch noch in einem Stiefel eine Pistole steckte.

»Filzen«, bellte Leschko.

Matt spreizte Beine und Arme. Der Leibwächter klopfte ihn unsanft ab, zog sein Hemd hoch, überprüfte seinen Gürtel und tastete dann am Rand seiner Schuhe herum.

Schon möglich, dass du ein harter Junge bist, aber in ein paar Minuten gibt es dich nicht mehr.

»Er ist sauber«, rief der Leibwächter über die Schulter.

Leschko stieg aus dem Wagen, ein dünnes Lächeln auf den Lippen. Er trat zwei Schritte auf Matt zu und schaute gierig auf die neben ihm stehende schwarze Aktentasche. »Ich entschuldige mich für die Unannehmlichkeiten«, sagte er bedächtig.

»Trikots sind eine gefährliche Branche«, erwiderte Matt. Er gestattete sich einen Blick die Straße hinab. Nichts. Aber wegen der Mulde würde er den Landrover erst relativ spät sehen. Er vermutete, dass Malenkow in einer knappen Minute hier sein würde.

Bleibt noch Zeit für ein bisschen Smalltalk.

Er wandte sich Leschko zu. »Wenn wir uns erst besser kennen, wird das gegenseitige Vertrauen bestimmt wachsen.«

»Das will ich hoffen«, sagte Leschko. »Haben Sie das Geld dabei?«

Stumm zählte Matt die Sekunden – dreißig, neunundzwanzig, achtundzwanzig … »Natürlich«, antwortete er ruhig. »Ganz wie gewünscht. Wann werden meine Trikots geliefert?«

»Innerhalb einer Woche. Meine Fabriken arbeiten schnell. Wir können produzieren, was immer Sie wollen und wann immer Sie wollen. Solange Sie zahlen.«

Bereite dich vor, dachte Matt. Zwölf, elf, zehn …

Er griff nach der Aktentasche und hielt sie Leschko hin. »Hier, zählen Sie nach.«

Er wollte nicht hinschauen, hörte aber an dem plötzlich wahrzunehmenden Motorengeräusch, dass Malenkow aus der Mulde aufgetaucht sein musste und Vollgas gab. Jetzt war er nur noch dreihundert Meter entfernt. Leschko öffnete die Aktentasche und war für einen Augenblick völlig von den Banknoten gefangen genommen. Matt sah, wie die dicken Bündel Leschkos Augen funkeln ließen. Er schien die Aktentasche in seinem Mercedes verstauen zu wollen. Dann wird er Malenkow sehen, schoss es Matt durch den Kopf.

»Warum zählen Sie nicht?«, fragte er. »Dann ist das Geschäft besiegelt.«

Leschko grinste. »Soll ich Ihnen lieber doch nicht vertrauen?«

»Zählen Sie's einfach.«

Der Leibwächter stand neben seinem Boss, den Rücken ebenfalls der Straße zugewandt, und blickte Matt nervös an. Jetzt war der Landrover nur noch hundert Meter hinter ihnen, und er beschleunigte weiter.

Momente später scherte der Landrover mit quietschenden

Reifen von der Straße aus und erwischte den Leibwächter mit voller Wucht, direkt an der Gürtellinie. Er stürzte zu Boden, und ein Rad zermalmte seinen Kopf.

Der Bodyguard in dem Mercedes gab einen Warnschuss in Malenkows Richtung ab und schlug die Tür des Wagens zu. Leschko wirbelte herum, mit angsterfülltem Blick. Der Landrover hatte abgebremst, war aber nicht stehen geblieben, und Leschko blieb nur ein Sekundenbruchteil, um sich zu retten. Er warf sich verzweifelt nach rechts, aber das Fahrzeug erwischte ihn am linken Oberschenkel und schleuderte seinen Körper seitwärts durch die Luft. Matt hörte Knochen brechen; Leschkos linkes Bein war definitiv hin, vielleicht auch die Hüfte und das Becken.

Matt sprang vor. *Mir bleibt nur wenig Zeit, um mein Leben zu retten.*

Er rannte zu der offenen Hintertür des Landrovers, riss das AN-49 heraus, entsicherte es, kniete sich hin, hob die Waffe und gab eine Salve auf den bereits am Boden liegenden Leibwächter ab. Sein Körper zuckte noch ein paarmal und lag dann reglos da.

Matt ging zum Kühler des Landrovers und nahm den Mercedes unter Feuer. Die Kugeln zerfetzten zwar die Reifen, aber nicht die Panzerung. Auch aus näherer Entfernung prallten sie von dem kugelsicheren Glas ab. Er versuchte die Fenster mit dem Kolben des Gewehrs einzuschlagen, doch die Scheiben hielten selbst den stärksten Hieben stand.

Er hörte den Motor anspringen. »Scheiße, er haut ab!«

Der Fahrer versuchte zurückzusetzen. Mit dem Wagen, dachte Matt, hat er selbst mit zerfetzten Reifen eine gute Chance.

»Ramm den Dreckskerl«, brüllte er Malenkow zu. »Los, mach schon!«

Der Motor des Mercedes heulte auf, als der Fahrer den Gang einlegte und der Wagen sich mit einem kreischenden Geräusch in Bewegung setzte. Das nackte Metall der Räder ließ auf dem Asphalt die Funken sprühen. Das Auto wendete und kam schnell auf Matt zu, der sich zur Seite warf und mit seiner lädierten Schulter auf der Straße aufschlug.

Durch seinen Versuch, Matt zu überrollen, hatte der Fahrer die Zeit verloren, die er für die Flucht benötigt hätte.

Loyalität gegenüber deinem Boss ist hier fehl am Platz, mein Freund, dachte Matt. Jetzt hast du dein Leben verspielt.

Der Landrover krachte mit voller Wucht in den Mercedes, und die beiden Fahrzeuge begannen zu brennen. Malenkow war geistesgegenwärtig aus dem Auto gesprungen und unsanft auf dem Asphalt gelandet. Flammen züngelten unter den Motoren, Benzin lief aus. Der Fahrer des Mercedes ließ das Fenster herab und feuerte, konnte aber nicht richtig zielen und richtete keinen Schaden an.

Wenn er aussteigt, ist er erledigt, dachte Matt. Armes Schwein. Ansonsten verbrennt er bei lebendigem Leibe. So oder so, er hat keine Chance.

Die Tür ging auf, und der Mann kam herausgetaumelt, mit einer blutenden Schnittwunde an der Stirn. Er trat mit hoch erhobenen Händen zwei Schritte vor. *»Litasz, litasz.«*

Tut mir Leid, Kumpel. Mit Mitleid kannst du nicht rechnen.

Matt hob das Gewehr und feuerte eine Salve ab. Die Kugeln schlugen erst in den Oberkörper, dann in den Hals des Leibwächters ein, und er wurde zurückgeschleudert. Er schien noch etwas zu sagen, doch Matt verstand nichts. Die Knie des Manns gaben nach, und er brach zusammen. Seine Hände griffen nach seinem blutenden Hals. In einer Minute würde er tot sein.

»Alles in Ordnung?«, rief Matt in Malenkows Richtung.

Der Ukrainer stand auf, die Waffe noch immer in der Hand. »Alles in Butter«, grunzte er. »Nur ein paar blaue Flecken.«

Vom Straßenrand her hörte Matt Leschko vor Schmerzen stöhnen. Er wirbelte auf dem Absatz herum und rannte zum Rand des Kornfelds. Leschko kam gerade wieder zu Bewusstsein, und seine Augen blinzelten in dem grellen Sonnenlicht. Aus einer Wunde an der Schläfe sickerte Blut, und es schien, als hätte er mehrere Knochenbrüche erlitten. Matt presste ihm den Lauf seines Gewehrs gegen die Kehle. Vielleicht hatte Leschko eine Pistole.

»Wer würde es wagen, mir das anzutun?«, fragte Leschko. Er spuckte etwas Blut. »Wer?«

Matt übte etwas mehr Druck auf den Lauf der Waffe aus, doch dann schoss ihm der Gedanke durch den Kopf, dass der Mann ein Recht hatte zu erfahren, warum er sterben musste. Und er war verpflichtet, es ihm zu erzählen. *Auch dadurch unterscheidet sich ein Soldat von einem Mörder.*

»Eduardo Lacrierre«, antwortete er. »Sie haben illegale Generika der Medikamente seines Unternehmens produziert. Ein schwerer Fehler. Es ist ein Unterschied, ob man Imitationen von teuren Uhren oder Designerhandtaschen auf den Markt bringt oder ob man es sich mit wirklich wichtigen Leuten verscherzt.«

Leschkos Gesicht verzog sich vor Schmerzen. Offenbar wollte er sich bewegen, doch bei den Knochenbrüchen reichte es allenfalls dafür, einen Muskel zu spannen. »Sie sind ein Narr«, sagte er. »Lacrierre hat mich bestohlen, nicht ich ihn.«

»Was sollte einer der reichsten Männer Europas Ihnen wohl stehlen? Einem billigen Gangster aus einem Dreckloch wie Weißrussland?«

»Ich rede nicht von Geld, sondern von wissenschaftlichen Forschungsergebnissen.«

»Lächerlich. Was für wissenschaftliche Erkenntnisse könnten Sie einem Unternehmen wie Tocah schon bieten?«

Leschko versuchte zu lachen, wurde aber vom Schmerz überwältigt. »Zu Sowjetzeiten wurde in dieser Gegend viel militärisch relevante Forschung betrieben. Er hat mir die Produktionsanleitung eines Präparats namens XP22 gestohlen, einer Pille, die die Rote Armee für ihre in Afghanistan stationierten Soldaten entwickelt hat. Sie macht Männer mutig, treibt sie aber auch in den Wahnsinn.«

»Sie versuchen doch nur, Ihre Haut zu retten. Ich bin nicht hier, um mir eine Lektion in russischer Geschichte erteilen zu lassen.«

Leschko hob mühsam den Kopf und schaute Matt mit einem harten Blick an. »Wenn Sie wollen, können Sie mich ruhig erschießen. Meine Schmerzen sind so unerträglich, dass es mir egal ist. Aber Sie sind ein Narr, und ich sage es Ihnen ganz offen: Man hat Sie benutzt, und wenn Ihre Auftraggeber am Ziel sind, werden sie sich Ihrer entledigen.«

Matt presste ihm den Lauf des Gewehrs an die Schläfe. Das heiße Metall versengte seine Haut. »Das reicht jetzt.«

Wieder spuckte Leschko etwas Blut. »Sie müssen mit Leonid Petor reden«, flüsterte er mit erlöschender Stimme. »Er lebt am Stadtrand von Kiew und ist schon alt, aber geistig noch voll auf der Höhe. Er wird Ihnen alles erzählen.«

Matt wischte sich den Schweiß von der Stirn. Die ein paar Meter weiter brennenden Autowracks verbreiteten eine unerträgliche Hitze.

»Wir haben keine Zeit für Plaudereien«, meinte Malenkow, der den Blick ängstlich über die Straße schweifen ließ.

»Ich bringe Sie zu ihm«, winselte Leschko heiser.

Matt schüttelte den Kopf und drückte ab. Leschko war bereits so geschwächt, dass sofort alles Leben aus ihm wich. Er vergewisserte sich noch einmal, dass er nicht mehr atmete, und stand auf.

Er spürte das Blut in seinen Schläfen pochen. Was hatte Leschko da gerade gesagt?

Sie macht Männer mutig, treibt sie aber auch in den Wahnsinn.

Er wandte sich Malenkow zu. »Was glaubst du, hat er die Wahrheit gesagt?«

Der Ukrainer zuckte die Achseln, hängte sich das Gewehr um und trat in das Kornfeld. »Keine Ahnung«, antwortete er zurückhaltend. »Aber es hat Gerüchte gegeben, dass die Rote Armee zu Sowjetzeiten solche Präparate getestet hat.«

Matt blickte über die sich bis zum Horizont erstreckenden Kornfelder. Die Sonne brannte gnadenlos vom Himmel und tauchte die Landschaft in ein gleißendes Licht. Der Landrover und der Mercedes brannten immer noch, und dichte Rauchwolken stiegen in die Luft. »Guter Gott«, sagte er. »Bei diesem Auftrag ging es um etwas ganz anderes.«

15

Orlenas Berührungen waren sanft und geschickt. Sie tröpfelte etwas Wodka auf einen Wattebausch und strich damit über Matts Blessuren. Die Wunde an der linken Schulter hatte sich wieder geöffnet, und am Rücken hatte er zwei neue Schnittwunden. *Ich habe einiges einstecken müssen und brauche ein paar Tage, um wieder in Form zu kommen.*

Von der Landstraße aus waren sie fünfzehn Kilometer querfeldein zum nächsten Dorf marschiert. Malenkow hatte dafür gesorgt, dass dort ein Wagen mit Fahrer auf sie wartete – ein zwölf Jahre alter BMW aus der Dreierserie, der sie zweitausend Euro in bar kostete. Das entsprach dem doppelten Wert des Autos, doch es spielte keine Rolle. Sie wollten mit dem BMW nur über die Grenze, ihn in der Ukraine irgendwo stehen lassen und anschließend mit einem Taxi nach Kiew fahren. Nach sechzehn Stunden waren sie wieder in der Wohnung eingetroffen. Sie waren völlig erschöpft und nervlich mitgenommen, aber sie lebten, und der Job war erledigt. *Das ist doch schon etwas.*

»Ihr habt euch großartig geschlagen«, sagte Orlena nun. »Es gibt nicht viele Männer, die imstande wären, Leschko zu attackieren und mit heiler Haut davonzukommen. Lacrierre wird zufrieden sein. Sehr zufrieden.«

Matt zuckte zusammen. Der kühle Alkohol biss in seinen Wunden und ließ seine Schultern vor Schmerz erzittern. »Ist jetzt genug Blut geflossen, um ihn zufrieden zu stellen?«

Orlena füllte ein kleines Glas mit Wodka. »Er hat, was er wollte.«

Sie trank einen Schluck, beugte sich vor und presste ihre Lippen auf Matts. Seit er sie kennen gelernt hatten, war sie ihm noch nie so glücklich, entspannt und zuversichtlich erschienen. Als sie ihn küsste, schmeckte er, wie der Wodka von ihrer Zunge auf seine tröpfelte. Sie ließen sich rückwärts auf das Bett fallen. Matt hatte nur seine Jeans an, doch Orlena trug noch sehr hohe Wildlederstiefel, einen schwarzen Minirock und einen engen schwarzen Pulli, unter dem sich ihr BH abzeichnete. Seine Hände glitten über ihre Strümpfe, unter den Rock, und sie setzte sich auf ihn und drückte ihn tiefer in die Matratze. Er bekam ihren linken Stiefel zu fassen und wollte den seitlichen Reißverschluss aufziehen.

»Wie oft muss ich dir noch sagen, dass ich im Bett den Ton angebe oder dass wir es sonst lassen?«

Er ließ sich zurücksinken. Ihre Lippen glitten über seine Brust, dann weiter hinab, und er spürte, wie ihn Erregung überkam. Er schloss die Augen. Seine Schmerzen und ihre Zärtlichkeit flossen in einem Gefühl zusammen, in dem die Wollust sich durch gegensätzliche Empfindungen steigerte.

Als sie später erschöpft nebeneinander lagen und sich Orlenas Atmung beruhigt hatte, griff sie nach der offenen Wodkaflasche und trank ein paar Schlückchen.

Matt wurde bewusst, dass er mittlerweile mehr für Orlena empfand. Wenn sie zusammen waren, entspannten sie sich beide. Schon möglich, dass sie ihn gezwungen hatte, noch einmal nach Weißrussland und in die Ukraine zurückzukehren, aber er hatte es lebend überstanden. Eigentlich gab es nichts mehr, was er ihr vorhalten konnte.

»Vor seinem Tod hat Leschko noch etwas von irgendeiner Tapferkeitspille erzählt, die seinen Worten nach zu Sowjetzeiten in Minsk produzierte wurde«, sagte Matt. »Angeblich hat Lacrierre Leschko die Rezeptur gestohlen. Sie macht Männer mutig, treibt sie aber auch in den Wahnsinn.« Orlena lächelte, aber er spürte, wie sich ihr Körper ein bisschen verkrampfte.

»Das ist ja lächerlich«, erwiderte sie gereizt. »Sterbende erzählen den größten Unsinn, wenn sie glauben, dadurch ihre Haut retten zu können. Als ehemaliger Soldat müsstest du das eigentlich wissen.«

Matt schüttelte den Kopf. »Du irrst dich«, sagte er bestimmt. »Auf dem Schlachtfeld lernt man, dass ein im Sterben liegender Mensch niemals lügt. Wahrscheinlich ist ein Mann nur in diesem Augenblick hundertprozentig aufrichtig.«

»Vergiss es«, sagte Orlena sanft. »Lass uns nach England fliegen, vielleicht auch nach Spanien. Ich werde nicht mein ganzes Leben für Tocah arbeiten. Wer weiß, vielleicht lasse ich mich sogar im Westen nieder.«

Matt lachte. »Ich habe ein langes Gedächtnis. Du wirst es merken, wenn ich eines Tages wieder vor deiner Tür stehe.«

Orlena schwieg. Sie hatte sich auf die andere Seite gedreht, aber Matt glaubte, dass sie weinte. Sie konnte Tränen zurückhalten, wenn es sein musste – wahrscheinlich waren ihre mandelförmigen Augen nur etwas feucht. »Verschwende keinen Gedanken mehr an diese Tapferkeitspille«, sagte sie.

Matt rückte ein Stück von ihr weg. Diese Reaktion hatte er nicht erwartet. »Ich muss.«

»Ich habe Nein gesagt«, erwiderte Orlena bestimmt.

Matt spürte, wie Zorn in ihm aufstieg. »Vielleicht gibt es einen Zusammenhang mit ein paar merkwürdigen Ereignissen in England«, sagte er möglichst beiläufig. »Ich muss das überprüfen.«

»Es *gibt* keinen Zusammenhang.«

»Woher soll ich das wissen, wenn ich die Geschichte nicht überprüfe?«

Orlena drehte sich zu ihm und packte seine Hand. »Hör zu, vergiss es. Dies ist ein finsteres Land mit dunklen Geheimnissen. Du hast keine Ahnung von den Dingen, die hier vorgehen. Fahr einfach wieder nach Hause.«

Matt schüttelte den Kopf. »Wie gesagt, ich will die Sache nur überprüfen.«

Plötzlich ließ ihn Orlena durch einen Kuss verstummen. Sie griff nach ihrem Stiefel und zog den Reißverschluss auf. »Lass es uns noch mal machen. Als wär's das letzte Mal.«

Matt blickte sich vorsichtig auf der Straße um. Es war ein Dienstagmorgen, und die Pendler waren auf dem Weg zu ihrem Arbeitsplatz in Kiew. Obwohl die Sonne schien, war es um diese frühe Zeit noch kühl, und es wehte ein angenehm frischer Wind. Es war das erste Mal seit Wochen, dass er die Temperatur wieder einmal als angenehm empfand.

Er hatte Orlena erzählt, er brauche etwas frische Luft, als er vor ein paar Minuten die Wohnung verlassen hatte. Nachdem er an einem Tisch vor einem Café Platz genommen hatte, zog er sein Nokia-Handy aus der Tasche und wählte. Er hob das Telefon ans Ohr und beschirmte das andere mit einer Hand, um nicht durch den Straßenlärm gestört zu werden. »Sind Sie's, Eleanor?« Er bemerkte, dass es einen Augenblick dauerte, bis sie seine Stimme erkannt hatte.

»Matt. Alles in Ordnung?«

»So halbwegs. Haben Sie etwas herausgefunden?«

»Über die Farm? Ja, jede Menge. Ich habe im Internet recherchiert.«

Matt rührte den Zucker in der Kaffeetasse um, die die Kellnerin gerade gebracht hatte. Er schaute sie an und zeigte auf ein Bild auf der Speisekarte. *Eier mit Speck, das ist jetzt das Richtige. Es kommt mir so vor, als hätte ich seit Wochen nicht mehr anständig gefrühstückt.*

»Was Hepher uns über die Farm erzählt hat, hat sich als richtig herausgestellt«, sagte Eleanor. »Sie liegt in Wiltshire, ungefähr fünfzehn Kilometer südlich von Chippenham. Augenscheinlich dringt praktisch nichts über diese Einrichtung an die Öffentlichkeit.«

Matt trank einen Schluck Kaffee. »Was ist dort geschehen?«

»Einige große Pharmakonzerne haben da erste Tests mit Pillen durchgeführt, die gerade erst die Labors verlassen hatten. Die Entwicklung war schon so weit fortgeschritten, dass noch niemand etwas davon wissen sollte. Dann wurden die Präparate an zwei oder drei Freiwilligen ausprobiert, die danach weiter beobachtet wurden, damit man sich eine Vorstellung von ihrer Wirkung machen konnte.«

»Und wenn die Probanden dann tot umkippten, wussten sie, dass sie das Projekt stoppen mussten?«

»Sie haben ihre Pillen an ein paar Gefängnisinsassen ausprobiert, die lebenslänglich bekommen hatten. Man hat ihnen gesagt, sie könnten mit einer Vorzugsbehandlung rechnen, wenn sie einer Teilnahme an den Tests zustimmen würden. Aber unter den Versuchspersonen waren auch einige Soldaten.«

Die Eier mit Speck wurden serviert, zusammen mit angebranntem Toastbrot. Der Speck hielt auch keinem Vergleich stand, aber Matt musste sich damit begnügen. »Also war auch das Verteidigungsministerium beteiligt.«

Eleanor antwortete vorsichtig: »Betrieben und finanziert wurde die Einrichtung von einigen großen Pharmakonzernen, aber das Innen- und das Verteidigungsministerium haben die Probanden besorgt.«

Matt probierte ein Stück Speck und schlang es hungrig mit etwas Toast hinunter. »Tocah«, sagte er überzeugt. »Ich wette, dass einer von den Konzernen Tocah war.«

»Warum?«

»Nur so eine Ahnung. Ich habe etwas herausgefunden und denke, dass ein Zusammenhang mit unseren Fällen bestehen könnte. Es geht um eine Tapferkeitspille, die hier zu Sowjetzeiten produziert wurde.«

»Was für eine Wirkung hat sie?«

Wieder kam Matt Leschkos Satz in den Sinn. »Sie macht Männer mutig, treibt sie aber auch in den Wahnsinn.«

Er glaubte, sich ihren Gesichtsausdruck vorstellen zu können – eine Mischung aus Überraschung, Ängstlichkeit und Befriedigung. »Sie macht Männer mutig, treibt sie aber auch in den Wahnsinn«, wiederholte sie so bedächtig, als würde sie den Satz einem Dreijährigen vorlesen. Sie schwieg kurz. »Mein Gott, Matt. Vielleicht war das die Pille, die an den Soldaten getestet wurde, die einem Besuch der Farm zugestimmt haben. Vielleicht ist Ken deshalb verrückt geworden.«

»Wir sollten uns nicht zu vorschnellen Schlussfolgerungen hinreißen lassen. Unter Umständen steckt nichts dahinter.«

»Können Sie mehr über dieses Präparat herausfinden?«, fragte sie eindringlich. »Vielleicht lassen sich in den Leichen der toten Soldaten Rückstände der Substanz finden.«

»Ich kann’s versuchen.«

»Und ich werde nach Wiltshire fahren und mich umhören. Eventuell weiß jemand etwas über die Farm, und möglicherweise kann ich sogar eine Liste der Soldaten bekommen, an denen die Pillen getestet wurden.«

»Nein«, widersprach Matt entschieden. »Warten Sie, bis ich zurück bin. Wenn das Verteidigungsministerium beteiligt war, werden unbequeme Fragen nicht erwünscht sein.«

»Machen Sie sich keine Sorgen, ich kann schon auf mich aufpassen. Rufen Sie mich sofort an, wenn Sie wieder in London sind.«

»Eleanor, lassen Sie es bleiben.«

Er merkte, dass er ziemlich laut geworden war, doch zugleich war ihm bewusst, dass sie ihn nicht mehr hörte. Sie hatte aufgelegt. Sofort drückte er auf die Taste für die Wahlwiederholung, aber der Akku seines Handys war leer.

Sie hat keine Ahnung, mit wem sie es möglicherweise zu tun bekommt. Und auch keine Vorstellung davon, zu welcher Brutalität diese Leute fähig sind.

Matt blickte auf seinen Teller, schob sich ein Stück Speck in den Mund und begann zu kauen. Aber plötzlich hatte er überhaupt keinen Appetit mehr.

»Da wären wir«, sagte Orlena, die Matt vom Beifahrersitz aus eine Waffe entgegenstreckte.

Er schaute auf die Pistole – eine perfekt gearbeitete, in Russland hergestellte Marakow, Kaliber 38, die er gut vorne in den Gürtel seiner Jeans stecken konnte.

»Noch ’ne Spritze.«

Orlena lächelte nicht. Am Morgen hatte sie eine volle Stunde damit verbracht, Matt davon zu überzeugen, sofort mit ihr nach London zurückzufliegen, aber nach dem Telefonat mit Eleanor hatte er verkündet, er werde nicht mitkommen, weil er Leschkos Story über die Tapferkeitspille nachgehen müsse. Das Ganze sei eine rein persönliche Angelegenheit, die nichts mit Lacrierre oder Tocah zu tun habe. Orlena war unglaublich wütend geworden und hatte darauf bestanden, er müsse mit ihr nach London zurückkehren, um Lacrierre zu informieren. Sie könne tun, wozu sie Lust habe, er bleibe hier, hatte Matt geantwortet. Als sie sich hinsichtlich seiner Entschlossenheit keiner Illusion mehr hingeben konnte, hatte sich ihr Tonfall geändert, und sie hatte angeboten, ihn zu begleiten und gesagt, er brauche jemanden, der ukrainisch spreche und ihm den Weg zeigen könne.

Matt ließ den Blick über die Hochhaussiedlung schweifen. Sie lag am Stadtrand von Kiew, wo der Fluss Dnjepr die Fabriken hinter sich ließ und in südlicher Richtung durch die flache Landschaft floss, bis er bei Chersson ins Schwarze Meer mündete. Die Wohnsiedlung schien aus den späten Sechziger- oder den frühen Siebzigerjahren zu stammen. Sie bestand aus zwölf Hochhäusern, die in einem Halbkreis um einen Park angeordnet waren, der aber mittlerweile nur noch eine Müllkippe für kaputtes Mobiliar und demolierte Autos war. Die Hälfte der Fenster waren mit Brettern vernagelt, ein weiteres Viertel zerbrochen.

»Hübsch hier«, bemerkte Matt.

»Arbeiterparadies«, sagte Orlena. »Wenn jemand nostalgische Anwandlungen bekommt und sich nach den alten Zeiten sehnt, kommt er hierher. Wie schlimm die Lage auch manchmal sein mag, das erinnert ihn daran, dass alles besser als der Sozialismus ist.«

Matt stieg aus dem Fiat Punto, den sie beim örtlichen Hertz-Autoverleih gemietet hatten, und marschierte los.

Orlena ging schnell hinter ihm her. »Hier entlang.«

Zu seiner Rechten sah Matt ein paar Teenager, die gerade den Motor aus einem von seinem Eigentümer einfach hier abgestellten Auto ausbauten. Er folgte Orlena zur Hinterseite des letzten Hochhauses und sah eine Reihe von zwanzig identischen Häusern, die im Erdgeschoss und im ersten Stock jeweils eine Wohnung beherbergten. Ursprünglich mussten sie weiß gewesen sein, doch jetzt waren die Fassaden fleckig und hundertmal notdürftig ausgebessert worden. Aber hier waren die Fenster größtenteils heil, und in den Vorgärten wuchsen sogar ein paar Blumen. Verglichen mit dem Rest der Siedlung glichen diese Häuser schon kleinen Palästen.

Orlena blieb vor Nummer zwölf stehen und schellte, aber die Klingel funktionierte nicht. Zwei kräftige Faustschläge ließen die Tür quietschen, und Matt hörte die brummige Stimme eines Manns. Dann wurden mehrere Riegel zurückgezogen.

Drei Riegel, dachte er. Vielleicht traut er seinen Nachbarn nicht.

Leonid Petor war ein dünner Mann, machte aber trotz seiner fünfundachtzig Jahre einen lebhaften Eindruck. Seine Gesichtshaut war noch straff, seine Augen leuchteten. Er schaute erst Orlena, dann Matt an, doch seine Miene blieb argwöhnisch. »*Dobryj den*«, murmelte er.

Orlena sagte etwas auf Ukrainisch zu ihm, wartete seine Antwort ab und wandte sich dann Matt zu. »Er sagt, wir können hereinkommen.«

Matt trat in die ordentliche, mit einem blauen Teppich ausgelegte Diele. Auf einem Tisch stand eine Vase mit Trockenblumen. Durch die Diele gelangte man in das Wohnzimmer, im hinteren Teil des Hauses gab es eine Küche, ein kleines Schlafzimmer und ein Bad. Matts Eindruck war, dass Petor allein lebte. Sollte er jemals verheiratet gewesen sein, war seine Frau bestimmt schon lange tot.

Petor schaute Matt an. »Ich spreche Englisch. Ich war Wissenschaftler, und die Sprache der Wissenschaften ist Englisch.«

Matt folgte ihm in das Wohnzimmer. Eine Wand wurde von einem Bücherregal eingenommen, das mit staubigen alten Bänden und Papieren voll gestopft war. Auf dem Kamin stand ein Schwarz-Weiß-Foto, das mindestens zwanzig Jahre alt sein musste. Matt erkannte Petor, und neben ihm standen vermutlich seine Frau und sein Sohn. Neben dem Bild hingen ein paar gerahmte Urkunden mit kyrillischen Buchstaben. Matt vermutete, dass sie ihm anlässlich von Ordens- oder Preisverleihungen überreicht worden waren.

Petor war offenbar nicht irgendein Wissenschaftler, sondern ein besonders wichtiger.

Matt nahm auf dem Sofa Platz. »Ich brauche ein paar Informationen über ein Präparat, das hier produziert wurde. Vielleicht vor zehn Jahren, vielleicht vor zwanzig.«

»Dann sind sie bei mir an der richtigen Adresse.«

Petor sprach mit einem schweren Akzent, war aber klar und deutlich zu verstehen. Körperlich mochte er etwas gebrechlich wirken, doch geistig war er auf der Höhe. Matt schien es, als würde er sich freuen, dass jemand mit ihm sprach. *Am meisten leiden alte Menschen, wenn sie einfach ignoriert werden.*

»Was war Ihr Forschungsgebiet?«

Petor setzte sich in einen Sessel mit verblichenem Bezug, der auf den Armlehnen mit Kaffeeflecken übersät war. »Ich war stellvertretender Direktor der ukrainischen Abteilung von Biopreparat. Sagt Ihnen das etwas?«

Matt schüttelte den Kopf.

»Das war die höchste Stelle, die sich um biologische Forschung kümmerte. Sie wurde 1973 vom Politbüro eingerichtet. Wir hatten gerade mit den Amerikanern Abkommen über Waffenkontrollen unterzeichnet, durch die die Entwicklung biologischer Waffen untersagt wurden, aber in den Verträgen stand nichts von Gentechnik, Mikrobiologie oder bewusstseinsverändernden Präparaten. Also haben wir auf diesen Gebieten zu forschen begonnen.«

Matt beugte sich vor. »Bewusstseinsverändernde Präparate?«, wiederholte er langsam.

»Ich weiß, was ich gerade gesagt habe, eine Wiederholung erübrigt sich«, erwiderte Petor gereizt. »Schon möglich, dass ich ein Greis bin, aber senil bin ich noch nicht.«

»Entschuldigung. Können Sie mir mehr darüber erzählen?«

Der alte Mann studierte eingehend sein Gesicht und schaute ihm dann in die Augen. »Korrigieren Sie mich, falls ich mich täusche, aber für mich sehen Sie wie ein Soldat aus.«

»Ich bin es nicht mehr, habe aber zehn Jahre in einer Spezialeinheit gedient.«

Petor stand auf, trat näher an Matt heran und studierte seine Augen, wie ein Arzt die eines leidenden Patienten. »Sie haben die Pillen nicht genommen, stimmt's?«, fragte er krächzend.

»Nein, ich nicht. Aber ich weiß von einigen Männern, die sie möglicherweise geschluckt haben.«

Petor ging wieder zu seinem Sessel zurück. »Sie hätten nie ausgegeben werden dürfen, niemals.«

»Erzählen Sie. Wenn ich mehr weiß, kann ich vielleicht den Männern helfen, die sie genommen haben.«

Petor blickte zur Decke, als durchsuchte er die Aktenschränke seines Gedächtnisses nach einer fernen Erinnerung. »Die Arbeit an dem Projekt begann um das Jahr 1970 herum. Das war eine interessante Zeit damals – Hippies, die Beatles, Vietnam. Natürlich gab es in der Sowjetunion nichts dergleichen, aber wir haben trotzdem beobachtet, was auf der Welt geschah, und darauf reagiert. Bewusstseinsverändernde Drogen kamen auf, wir nannten das Forschungsgebiet ›Pharmakopsychologie‹. Valium gab es seit Beginn der Sechzigerjahre, dann folgten LSD, Amphetamine, Marihuana und all die anderen Mittel. Und so stellte sich uns naturgemäß die Frage, ob derlei Wirkstoffe einen militärischen Nutzen haben könnten.« Er schaute Orlena an. »Könnten Sie mir bitte ein Glas Wasser aus der Küche holen?«

»Sie wollten die Soldaten mutiger machen?«, fragte Matt.

Orlena reichte dem alten Mann das Wasser. Seine Hand zitterte nicht. »Aber natürlich. Da Sie selbst Soldat waren, wissen Sie, wie es auf dem Schlachtfeld zugeht. Männer haben Angst. Wenn sie gut ausgebildet und schon durch etliche Schlachten gestählt sind, spielt das keine so große Rolle. Sie sind daran gewöhnt und haben gelernt, ihre Angst zu kontrollieren und zu beherrschen. Aber wenn man Achtzehn- oder Neunzehnjährige, die nur eine sechsmonatige Grundausbildung hinter sich haben, ins Schlachtgetümmel wirft, was geschieht dann?«

»Sie brechen zusammen, geraten in Panik, drehen durch«, sagte Matt. »So etwas passiert ständig. Selbst gute Männer sind nicht davor gefeit.«

»Genau.« Petor trank einen Schluck Wasser. »Was wäre also, wenn es eine Pille gäbe, die die Angst unterdrücken würde, wenn auch nur für ein paar Stunden? Für eine Armee wäre das eine ziemliche Errungenschaft. Die Pille würde sie unbesiegbar machen.«

»Und Sie und Ihre Leute haben eine entwickelt?«

»XP22, so hieß sie«, antwortete Petor mit ausdrucksloser Stimme. »Wir haben uns damals auf ein Hormon namens Corticotropin konzentriert. Es ist weithin bekannt, dass der Körper in Stresssituationen große Mengen Corticotropin freisetzt. Niemand weiß ganz genau, was es bewirkt. Wenn es uns gelänge, bei Menschen die Produktion von Corticotropin zu kontrollieren, so unsere Hypothese, würden sie sich sehr viel weniger gestresst fühlen, selbst unter den extremsten Bedingungen. Wir haben einen Blocker kreiert, der die körpereigene Produktion des Hormons unterband. Dann haben wir es ein bisschen manipuliert und ein paar starke Amphetamine hinzugefügt, im Grunde eine Variante von Quaaludes. Dadurch erlebt man ein kurzes, intensives Hochgefühl. Das Denken wird erstaunlich klar, die Reaktionszeiten werden kürzer. Man hat also Soldaten, die weder Stress noch Angst empfinden und wie Supermänner kämpfen.« Er bedachte Orlena mit einem schelmischen Seitenblick. »Frauen konnten die Pillen natürlich nicht verabreicht werden, weil wissenschaftlich hinreichend bewiesen ist, dass Quaaludes den sexuellen Appetit stimuliert. Doch das war eigentlich kein großes Thema, weil die Rote Armee ohnehin so gut wie nie Frauen an der Front eingesetzt hat.«

»Und die Pillen sind verwendet worden?«, fragte Matt.

»Natürlich«, antwortete Petor. »Das Präparat wurde während der Siebziger- und zu Beginn der Achtzigerjahre entwickelt und dann erstmals in Afghanistan eingesetzt. Wie Sie wissen, war das ein schmutziger Krieg, in dem jede Menge junger Wehrpflichtiger ohne anständige Ausbildung von Fanatikern erschossen wurden. In dem Krieg waren tapfere Soldaten vonnöten, und deshalb haben wir ihnen XP22 gegeben.«

Matt seufzte. Es ist völlig egal, in welcher Armee man dient. *Ob ein Rupert oder ein Sergej das Sagen hat, alle Offiziere behandeln ihre Untergebenen wie Vieh.* »Hat es funktioniert?«

Ein Lächeln umspielte Petors dünne Lippen. »Natürlich. Unsere Wissenschaftler waren gut. Wenn man den Soldaten die Pillen zu schlucken gab, waren ihr Mut und ihre Ausdauer wahrhaft außergewöhnlich. Aber natürlich gab es auch sehr viele Opfer, weil sie leichtsinnig wurden. Sie wollten feindliche Positionen alleine stürmen, ohne Feuerschutz. Aber Opfer waren einkalkuliert. Tapferkeit war erwünscht, XP22 machte es möglich. Einmal gab es so viele Helden, dass sie die Produktion von Leninorden hochfahren mussten, um alle auszeichnen zu können.«

Matt beugte sich vor. »Aber dann lief etwas schief?«

Petor schlug die Augen nieder. Offenbar erinnerte er sich gerne an die Triumphe der Vergangenheit, doch die Enttäuschungen schien weniger fest in seinem Gedächtnis verankert zu sein. »Nebenwirkungen, wie bei jeder Droge«, sagte er bedächtig. »Die positiven Effekte stellen sich sofort ein, die negativen erst später.«

Matt schaute zu Orlena hinüber. Auch sie beugte sich gespannt vor und lauschte Petors Worten. »Die Soldaten sind verrückt geworden, stimmt's?«

Petor nickte. »Zunächst ist es niemandem aufgefallen. Sie haben die Pille geschluckt, die Wirkung hielt etwa zwölf Stunden, dann war wieder alles beim Alten. Zumindest schien es uns so. Aber ungefähr vier Jahre später hörten wir von seltsamen Vorfällen im ganzen Land. Männer drehten durch und brachten ihre Frauen, Kinder oder Arbeitskollegen um. Es dauerte eine Weile, bis jemand begriff, dass alle ehemalige Soldaten waren. Und dann stellten wir fest, dass sie alle XP22 genommen hatten.«

Matt rieb sich die Hände. *Ich hab's gewusst.*

»Es war eine Art vorübergehenden Wahnsinns«, fuhr Petor fort. »In der Regel war Stress der Auslöser. Irgendetwas im Leben dieser Männer änderte sich, und plötzlich wurden sie zu Geisteskranken, die ihre Handlungen nicht mehr kontrollieren konnten.«

»Hat ein Mann namens Eduardo Lacrierre die wissenschaftlichen Grundlagen für die Produktion der Pille gekauft?«

Petors Miene wurde ernst. »Sehen Sie sich einmal seine Vergangenheit an. Vor zwanzig Jahren war er ein unbedeutender französischer Geschäftsmann, der in Import-Export machte. Da er ein paar Geschäfte in der Sowjetunion getätigt hatte, kannte er sich mit dem System aus. Dann, nach dem Zusammenbruch des Regimes, hat er alle medizinischen Forschungsergebnisse gekauft, die er in die Finger bekommen konnte. Natürlich hat er nur lächerliche Beträge dafür gezahlt, die aber in harter Währung, und da die Leute hier nichts zum Leben hatten, haben sie sein Angebot angenommen. Diese Geschäfte waren die Grundlage seines Vermögens.«

Er schaute Matt direkt in die Augen. Da hörte Matt, wie hinter ihm eine Pistole entsichert wurde, und wirbelte herum. Orlena stand da, kerzengerade, mit gespreizten Beinen, eine Marakow-Pistole in der rechten Hand. Sie zielte auf Petor.

»Das reicht jetzt«, sagte sie. »Wir haben keine Lust mehr, uns diese Geschichten eines Greises anzuhören.«

Matt sah Petor an, in dessen Blick Überraschung lag, aber auch Trotz. Alte Menschen haben nicht so viel Angst vor dem Tod, dachte er. Sie haben darüber nachgedacht, sehen ihn immer näher kommen und haben sich damit abgefunden.

»Schießen Sie, wenn Sie es nicht lassen können, junge Frau«, sagte Petor ruhig. »Es macht keinen Unterschied.«

»Sind noch irgendwelche Unterlagen übrig?«, schrie Orlena. »Alle Papiere müssen vernichtet werden.«

Petor schaute sich um. »Hier liegen jede Menge meiner Aufzeichnungen herum. Ob Sie mich erschießen oder nicht, es wird nichts ändern. Wenn jemand XP22 genommen hat, muss er behandelt werden. Ansonsten müssen entsetzliche Konsequenzen in Kauf genommen werden. Ich kann Ihnen …«

Der Satz blieb abgerissen in der Luft hängen, denn die Stille wurde von einem lauten Krachen zerrissen. Die Kugel schlug in Petors Schläfe ein wie durch ein altes und rissiges Blatt Papier. Blut spritzte auf die Armlehne des Sessels. Petor hatte die Augen bereits geschlossen, und sein Kopf kippte nach vorne.

Ein junger Mensch kann einen Kopfschuss unter Umständen überleben, ein alter hat keine Chance.

Matt machte einen Satz nach vorne. Orlena stand ein paar Meter entfernt, die Marakow weiter schussbereit in der Hand. Seine eigene steckte im Hosenbund seiner Jeans, aber es war zu riskant, sie jetzt noch zu ziehen. Er musste blitzschnell reagieren, war sofort bei ihr und berührte mit den Fingerspitzen ihre Hand. Doch sie hatte gute Reflexe und sprang zurück, die Waffe noch immer in Augenhöhe auf Matt richtend.

»Auf den Boden«, schrie sie. »Leg dich auf den Boden!« Sie schwieg kurz, um wieder zu Atem zu kommen. »Ich hab's dir gesagt, du hättest nie herkommen sollen. Ich werde das Haus in Brand stecken, und dann lege ich dich um.«

Matt gehorchte. Es spielt keine Rolle, ob sie schießen kann oder nicht, dachte er, aus der Entfernung würde selbst ein Blinder treffen. Petors Blut sickerte von dem Sessel auf den Boden und floss auf Matts Gesicht zu. Orlena öffnete mit der Linken ein Feuerzeug, benetzte ein paar Papiere auf dem Bücherregal mit dem Benzin, riss blitzschnell ein Streichholz an und warf es auf die Unterlagen. Nach der wochenlangen Hitzewelle konnte es nur eine Frage von Sekunden sein, bis der Raum lichterloh in Flammen stand. Eine Stichflamme setzte die Papiere in Brand, und bald hing dichter, dunkler Rauch in dem Zimmer. Orlena trat vorsichtshalber einen Schritt zurück. In diesem Augenblick bekam Matt den Absatz ihres Schuhs zu fassen und riss mit aller Kraft daran. Sie geriet ins Taumeln und ruderte mit den Armen, um nicht das Gleichgewicht zu verlieren. Er traf mit einem Faustschlag ihre Hand, und sie konnte die Waffe nicht fest halten, die durch die Luft flog und gegen die Wand knallte.

Matt stürzte mit gesenktem Kopf auf sie zu, rammte mit den Schultern ihre Beine. Wie man in solchen Situationen reagieren muss, lernt man schon beim Rugby, dachte er. Ein wuchtiger Bodycheck, am besten in gebückter Haltung.

Der dichte Rauch ließ ihn würgen. Er rappelte sich hoch und nagelte Orlena mit seinem Fuß am Boden fest.

Nicht gerade die feine Art, doch darauf kann ich jetzt keine Rücksicht nehmen.

»Worum ging es wirklich bei diesem Job?«, schrie er heiser. »Das mit den Generika war nur vorgeschoben, stimmt's? Du wolltest etwas aus dem Verwaltungsgebäude holen.«

Sie schaute ihn mit einem überheblichen, zornigen Blick an, und Matt spürte, wie Wut in ihm aufstieg. »Schieß doch«, stieß sie hervor. »Schieß doch einfach, es spielt keine Rolle.«

Matt erhöhte den Druck auf seinen Fuß. »Spuck's aus. Worum ging's bei diesem Job?«

»Ich werde nichts sagen.«

»Dann lege ich dich um.«

»Dazu fehlt dir der Mumm. Du bist ein Feigling.«

Matt beugte sich zu ihr hinab und schaute ihr in die Augen. Er glaubte, ihren Zorn förmlich riechen zu können. »Was immer du verschweigst, wen immer du decken willst, es lohnt nicht.«

»Ich werde nichts sagen«, schrie sie.

Matt zog sie hoch und verpasste ihr eine Ohrfeige. »Es lohnt sich nicht, dafür zu sterben.«

»Ich sterbe, wie es mir gefällt«, erwiderte sie kalt. Sie ging rückwärts auf das lichterloh brennende Bücherregal zu.

Matt hob die Marakow-Pistole, zielte und drückte ab. Orlena brach zusammen. Mittlerweile hatten die Flammen auch den Teppich, die Vorhänge und die Sessel erfasst.

Der Rauch biss in Matts Augen. Er würgte und glaubte, sich übergeben zu müssen. Nachdem er möglichst viel von den noch nicht brennenden Papieren zusammengerafft hatte, klemmte er sie sich unter den Arm und rannte in Richtung Haustür. Mittlerweile war der Rauch noch dichter und dunkler, und an der Decke züngelten riesige Flammen entlang. Noch ein paar Augenblicke, dann würde das ganze Haus in Flammen stehen.

Der Teppich im Flur und die Tür hatten bereits Feuer gefangen, und er stürmte mit angehaltenem Atem vorwärts. Petor hatte einen Riegel wieder vorgelegt, und er glühte bereits vor Hitze. Matt riss ihn zurück, und als er sich die Haut an den Fingern versengte, schoss ein stechender Schmerz durch seinen Arm. Ein Fußtritt, und die Tür flog auf. Sauerstoff strömte herein und fachte die Flammen weiter an.

Er rannte los, hektisch nach Luft schnappend. Erst nach hundert Metern blieb er stehen, die Papiere fest an seine

Brust pressend. Neugierige strömten aus den Häusern, und ihm war klar, dass in ein paar Minuten die Feuerwehr und die Polizei hier sein würden.

Wird Zeit, dass ich mich dünnmache.

Er versuchte, seine Atmung wieder zu beruhigen, und ging zum Auto, in Richtung des Flusses.

Und es wird Zeit, Kiew zu verlassen. Für immer.

16

Matram warf das Foto auf den Tisch, eine achtzehn mal vierundzwanzig Zentimeter große Porträtaufnahme. Sie zeigte eine blonde Frau mit hochgestecktem Haar und intelligentem Blick, die Ende zwanzig sein musste. Attraktiv, wenn auch keine umwerfende Schönheit, sinnierte er.

»Ihr Name ist Eleanor Blackman«, sagte er sanft. »Sie muss umgehend eliminiert werden.«

Turnton griff nach dem Foto, studierte es eine Weile und reichte es an Snaddon weiter. »Was macht sie beruflich?«, erkundigte er sich wie immer mit schleppender Stimme.

»Sie ist Psychologin«, antwortete Matram. »Es wird Zeit, dass sie von der Bildfläche verschwindet.«

»Wo arbeitet sie denn?«, fragte Snaddon munter.

Von allen Increment-Mitgliedern war Snaddon stets am besten gelaunt. Als wäre sie im Urlaub, dachte Matram manchmal. Aber sie hatte das eiskalte, dunkle Herz des geborenen Killers.

Matram schaute sie an. Er hatte sich für Snaddon entschieden, weil er glaubte, dass eine Frau für diesen Job am besten geeignet war. *Sie kennen sich mit ihren Geschlechtsgenossinnen besser aus.*

»Im Charing-Cross-Hospital. In der Forschungsabteilung.«

»Schon wieder in einem Krankenhaus?«, fragte Snaddon.

Matram schüttelte den Kopf. »Ich denke nicht. Schon möglich, dass die Sicherheitsvorkehrungen dort lausig sind, aber es könnte trotzdem schwierig werden, hinein- und wieder herauszukommen, ohne von jemandem angehalten zu werden. Sie arbeitet nie nachts.« Er schwieg kurz und blickte noch einmal auf das Foto. »Meiner Ansicht nach ist es besser, wenn wir uns in einer ihr nicht vertrauten Umgebung um sie kümmern.«

Matt knallte den Hörer auf die Gabel. Er hatte gerade mit Janey telefoniert, der Geschäftsführerin des Last Trumpet.

In der Bar lief alles gut. Trotz der Bullenhitze waren jede Menge Touristen vor Ort, die halbe Nächte lang in dem Lokal herumhingen und sich durch reichlich Alkohol abkühlen wollten. Aber von Gill hatte sie immer noch nichts gehört. In der Bar war sie nicht aufgetaucht, an ihrem Arbeitsplatz auch nicht.

Niemand wusste etwas.

Wo mag sie sein?, fragte er sich. Es spielt keine Rolle, wie wütend sie auf mich ist. Sie kann doch nicht einfach vom Erdboden verschwinden.

Er schaute aus dem Fenster seiner kleinen Wohnung in Holborn, wo er am Nachmittag eingetroffen war. Seine Tasche stand immer noch im Flur – er hatte keine Lust gehabt, sie auszupacken. Draußen nahmen verschwitzte Pendler noch einen Drink, bevor sie wieder in die Untergrundbahn steigen mussten. Er hörte ihr Gelächter, und es kam ihm so vor, als lebte er in einer völlig anderen Welt. In ihrem Universum hatte man einen Job, beruflichen Ehrgeiz, eine Familie und ein ganz gewöhnliches Leben. Seine dunkle Welt wurde durch Verschwörungen, Täuschung und Intrigen bestimmt. *Und manchmal treibt es mich zur Verzweiflung.*

Ich habe geglaubt, es wäre ein einfacher Job, und jetzt finde ich mich im Zentrum einer Verschwörung wieder. Ich könnte aussteigen, die Beziehungen zwischen Lacrierre und den verrückt gewordenen britischen Exsoldaten ignorieren und die ganze Geschichte vergessen. Aber mein Wissen ist gefährlich und könnte mich das Leben kosten. Man kann alles hinter sich lassen, aber nicht seine Erinnerung abschütteln. Ich würde damit leben müssen, dass ich etwas hätte tun können, und dieses Schuldgefühl würde mich nie mehr verlassen.

Als Eleanor in die Wohnung trat, begrüßte sie Matt mit einem Lächeln, doch er schwieg. Er hatte sie gleich nach der Landung der Maschine vom Flughafen Heathrow angerufen und sie gebeten, sich sofort mit ihm zu treffen. Sie hatte geantwortet, sie werde in seiner Wohnung vorbeischauen, sobald sie das Krankenhaus verlassen könne.

»Alles in Ordnung, Matt?«

»Es ist schlimmer, als wir gedacht haben.«

Er setzte sich auf das Sofa und griff nach einem Stapel der Papiere, die er aus Petors Wohnung mitgenommen hatte. Eleanor nahm mit beunruhigter Miene neben ihm Platz. »Das Präparat hieß XP22«, sagte Matt. »Es wurde in den Siebziger- und Achtzigerjahren in der Sowjetunion entwickelt. Die Pillen haben Soldaten mutiger gemacht, hatten aber auch Nebenwirkungen.«

»Und sie haben sie ohne seriöse Tests ausgegeben?«

»Soldaten waren da nur Kanonenfutter.«

»Glauben Sie, das Präparat könnte auch hier eingesetzt worden sein?«

Matt rieb sich die Stirn. »Gott allein weiß, was die ihren Soldaten verabreichen. Im Golfkrieg war es jede Menge Mist. Man hat uns gesagt, die Mittel seien ein Schutz gegen chemische Waffen, aber niemand weiß, was es wirklich war. Die meisten haben die Pillen weggeworfen.« Er ging in die Küche und holte sich ein Glas Wasser. »Ja, sie könnten diese Pillen auch hier ausgegeben haben.«

Eleanor warf einen interessierten Blick auf die Papiere. Sie waren mit einer antiquierten Schreibmaschine getippt und mindestens zwanzig Jahre alt, sodass die Schrift schon ziemlich verblichen war. Sie kniff die Augen zusammen, um sie besser lesen zu können. »Wenn wir doch bloß die chemische Zusammensetzung des Präparats kennen würden.« Sie stand auf und kam zu Matt herüber. »Dann könnten wir die Leiche eines Amokläufers exhumieren und auf Rückstände des Präparats untersuchen lassen. Ich bin sicher, dass man etwas finden würde.«

»Was sonst würden wir noch herausfinden?«, fragte Matt gereizt. »Und was würden wir tun, wenn wir es herausgefunden hätten?«

Eleanor wandte sich ab. »Mein Bruder ist tot, und ich will die Wahrheit kennen, Matt. Allein das reicht schon als Grund.«

Matts Handy klingelte, und er meldete sich. Dann nickte er zweimal kurz. »Okay, wir sehen uns dann.«

Er schaute Eleanor an. »Das war Abbott. Ich werde mich sofort mit ihm treffen.«

»Nein«, sagte Eleanor ängstlich. »Das könnte eine Falle sein.«

Matt schüttelte den Kopf. »Ich muss ihn sehen, weil ich herausbekommen will, was er weiß.«

Matt roch Dunhill-Tabak, sah in der Dunkelheit die glühende Spitze einer Zigarette und ging darauf zu. Die Tiefgarage unter dem Sainsbury's an der Victoria Station hatte drei Ebenen. Auf den oberen beiden parkten Leute, die einen Einkaufsbummel machen wollten, aber auf dieser Ebene, der untersten, wurden nur morgens die Lastwagen mit den Lebensmitteln entladen. Um diese nächtliche Zeit war sie völlig verwaist. Abbott hatte auf einem Ort bestanden, wo sie nicht zusammen gesehen werden würden.

»Abbott«, rief Matt. »Wo zum Teufel stecken Sie?«

Der Geheimdienstler tauchte hinter einer Reihe von sechs riesigen Müllcontainern auf. Er trug eine weiße Baumwollhose, ein offenes blaues Hemd und ein beigefarbenes Leinenjackett. Er blickte Matt mit einem angedeuteten Lächeln an, warf seine Zigarette weg und trat die Glut mit dem Absatz aus.

»Eine gute Wahl«, bemerkte Matt. »Inmitten des ganzen Abfalls fallen Sie nicht weiter auf.«

»Achten Sie auf Ihre Manieren, alter Knabe«, sagte Abbott. »Sie müssen mich nicht mögen, aber ein bisschen Höflichkeit könnte nicht schaden.«

»Es könnte auch nicht schaden, wenn Sie sich angewöhnen würden, Leuten wie mir die Wahrheit zu sagen.«

»Ich soll gelogen haben?« Abbott trat einen Schritt zurück. »Vielleicht hat Ihnen der Job nicht zugesagt, aber ich versichere Ihnen, dass keine Unehrlichkeit im Spiel war.« Er zuckte die Achseln und fischte die nächste Zigarette aus dem Päckchen. »Wie auch immer, jetzt ist alles überstanden, alter Knabe. Unser Freund aus dem wilden Osten ist tot. Hat in der Lokalpresse von Minsk ziemliche Wellen geschlagen, dieser Fall. Gute Arbeit. Lacrierre ist sehr zufrieden mit Ihnen. Ich bin sehr zufrieden, die Firma ist es auch. Selbst wenn Cameron Diaz bei uns hereinspaziert käme und anbieten würde, uns einen zu blasen, könnten wir gar nicht zufriedener sein.«

»Sie irren sich. Es ist noch nicht vorbei.«

Abbott studierte eingehend Matts Miene. »Hören Sie, alter Knabe, der Job ist erledigt. Es wird Zeit, dass Sie ins Last Trumpet zurückkehren. Spanische Spezialitäten aus der Mikrowelle, eiskaltes Bier … Alles, was das Leben lebenswert macht.«

»Schon mal was von XP22 gehört?«

»Bin nicht gerade ein Computergenie. Was soll das sein, ein neues Betriebssystem? Will Bill Gates uns mal wieder Geld aus der Tasche ziehen?«

Abbott schob sich die Zigarette zwischen die Lippen. Als das Feuerzeug aufflammte, sah Matt, wie er den Blick abwandte. Raucher, dachte er. Wenn sie unter Druck stehen, brauchen sie einen Glimmstängel. Zum Beispiel, wenn sie den Ahnungslosen spielen.

»Das ist ein Präparat, das in der Sowjetunion den Soldaten verabreicht wurde, um sie mutiger zu machen.«

»Ach, die gute alte Rote Armee.« Abbott inhalierte tief. »Wie sehr wir sie vermissen, seit es sie nicht mehr gibt. Diese Kommunisten waren deutlich zivilisiertere Feinde als die Araber, mit denen wir uns heutzutage herumschlagen müssen. Aber was hat das alles mit dem Hier und Jetzt zu tun?«

»Lacrierre hat die wissenschaftlichen Forschungsergebnisse zur Produktion des Präparats gekauft«, antwortete Matt. »Ich weiß nicht, aus welchem Grund, aber er hat es getan. Und allein darum ging es bei diesem Job, die Geschichte mit den illegalen Generika war vorgeschoben.« Er trat einen Schritt vor, und sein Ton wurde schroffer. »Wie gesagt, Sie haben mich die ganze Zeit angelogen.«

»Kein Mensch hat Sie angelogen, Matt. Die Arbeit ist getan, das war's. Warum sollte es Sie interessieren, wer wem welche Pillen verkauft hat? All das ist lange her. Ihre Konten werden freigegeben, und Sie können sich wieder um Ihr neues Haus kümmern, Ihre Vorschullehrerin heiraten und ein paar kleine Brownings in die Welt setzen. Tun Sie sich selbst einen Gefallen, alter Knabe. Bei anderen können Sie nicht mehr damit rechnen.«

»Das geht nicht«, sagte Matt bestimmt.

»Zu schade.«

Ein dunkelblauer Landrover Freelander tauchte auf und hielt neben Abbott, der seine Zigarette wegwarf und einstieg, ohne Matt noch einmal anzublicken. »Cheerio, alter Knabe. Ich wollte Ihnen aufmunternd auf die Schulter klopfen.« Er seufzte. »Nun werden Sie wohl für immer darauf verzichten müssen.«

Er knallte die Tür zu, und der Wagen verschwand in Richtung Ausfahrt.

Ich habe einen Fehler gemacht. Matt verfluchte sich selbst, als es ihm bewusst wurde. *Ich hätte es ihm nie erzählen dürfen.*

Als er die Tiefgarage verließ, wartete Iwan in einem gemieteten Ford Focus auf ihn. »Hör zu, ich hab mich ein bisschen umgehört«, sagte der Ire. »Wenn du mehr über diese Tapferkeitspillen erfahren willst, solltest du mit Professor Johnson reden.«

»Mit wem?«

»Mittlerweile ist Johnson ein alter Mann, aber geistig noch voll auf der Höhe«, antwortete Iwan. »In den Achtzigern, als die Friedensbewegung großen Einfluss hatte, war er einer dieser linken Intellektuellen, von denen viele auch Kontakte zur IRA unterhielten. So habe ich ihn kennen gelernt. Was chemische und biologische Waffen betrifft, ist er einer der renommiertesten Experten weltweit. Wenn jemand etwas über die Pillen weiß, dann er.«

»Wie kann ich ihn erreichen?«

»Hast du einen Stift dabei?«

Matt nickte.

»Dann schreib dir die Nummer auf.«

Professor Johnson lehnte sich in seinem Sessel zurück. »Solche Informationen sind gefährlich«, sagte er.

Matt schaute den Wissenschaftler an. Er war über siebzig, aber sein Haar war noch schwarz und seine Haut straff. Er klopfte mit dem Ende seiner Zigarre auf den Schreibtisch, zündete sie mit einem alten Feuerzeug an und blies den Rauch in die Luft.

»Sie sollten vorsichtig damit umgehen«, fuhr der Professor fort.

Laut Iwan war Johnson einer der führenden Kritiker des Militärs. Einen Namen hatte er sich in den frühen Achtzigerjahren gemacht, als er sich für Soldaten eingesetzt hatte, die bei Atomtests dabei gewesen waren und an Krebs und anderen Krankheiten litten. Jahrelang waren ihre Klagen auf Schadenersatz abgewiesen worden, aber Johnson hatte sich unermüdlich für sie engagiert und schließlich erreicht, dass ein paar hinfällige alte Männer und zornige Witwen eine magere Entschädigung erhielten. Anschließend hatte er aufgedeckt, dass in von der Regierung finanzierten Laboratorien chemische und biologische Waffen sowie Mittel dagegen getestet worden waren. Den Soldaten, die als Versuchskaninchen dienten, hatte man erzählt, man habe ihnen Erkältungsmittel verabreicht.

»Für mich sehen Sie wie ein Soldat aus«, bemerkte Johnson, nachdem er seinen Gast eingehend studiert hatte. »Welches Regiment?«

»SAS, zehn Jahre. Vor zwei Jahren bin ich ausgestiegen.«

Johnson zog an seiner Zigarre. »Waren Sie selbst mal Proband bei solchen Versuchen?«

Matt schüttelte den Kopf. »Die Offiziere haben uns gelegentlich irgendwelches Zeugs gegeben, aber wir haben uns lieber dem Feind gestellt, als diesen Dreck zu schlucken.«

»Ein weiser Entschluss. Es hat ein paar beunruhigende Berichte über die Nachwirkungen einiger Präparate gegeben, die im ersten Golfkrieg an Soldaten ausgegeben wurden. Ein Jahrzehnt später traten Krankheiten auf, aber die Militärs haben natürlich jeden Zusammenhang abgestritten. Liest man jetzt Berichte über den zweiten Golfkrieg, fällt einem wieder etwas Merkwürdiges auf. Bei den Amerikanern gibt es außergewöhnlich viele Selbstmorde. Ein paar Männer nehmen sich auf Kriegsschauplätzen immer das Leben, weil sie der Belastung nicht gewachsen sind. Aber in diesem Fall ist die Suizidrate vier- bis fünfmal so hoch, wie man vielleicht erwarten würde.« Er zuckte die Achseln und schmunzelte dann. »Liegt's vielleicht am schlechten Trinkwasser?«

Jetzt schaltete sich Eleanor in das Gespräch ein. »Gibt es in der Militärgeschichte Beispiele dafür, dass man versucht hat, die Tapferkeit von Soldaten zu steigern?«

Johnsons Kopf war in eine dichte Wolke von Zigarrenrauch gehüllt. Draußen war es fast vierzig Grad heiß, doch hier waren alle Fenster geschlossen, und der Professor trug immer noch eine Strickjacke.

»Selbstverständlich. Im Laufe der Jahrhunderte haben Armeen immer wieder versucht, die Leistungsfähigkeit ihrer Soldaten auf allen Gebieten zu steigern. Im Krieg geht es letztlich immer nur darum, dem Feind gegenüber einen kleinen Vorteil zu haben. Den Anfang haben vor über tausend Jahren die Inkas gemacht. Sie haben gehofft, durch eine primitive Variante von Gehirnchirurgie die Angst aus den Köpfen ihrer Kämpfer verbannen zu können. Danach kamen Alkohol und Tabak, an denen auf Schlachtfeldern noch nie ein

Mangel bestanden hat. Aber die mächtigste aller Drogen ist natürlich die Religion. Jede Armee hat ein paar ihr ergebene Priester im Schlepptau. Da ihre irdische Existenz möglicherweise nicht mehr von langer Dauer sein wird, beruhigen sie die Soldaten durch das Versprechen auf ein Leben nach dem Tod.«

»Aber haben Sie jemals etwas von speziellen Präparaten gehört, durch die die Tapferkeit der Kämpfer gesteigert werden sollte?«, beharrte Eleanor.

Johnson studierte die glühende Spitze seiner Zigarre. »Nach dem, was mir zu Ohren gekommen ist, hat es seit Jahren Experimente gegeben. Forschungen auf diesem Gebiet liegen ja auch nahe, denn Generäle fürchten sich vor nichts mehr als der Angst ihrer Soldaten. Es ist schwer, sie dorthin zu bringen, wo man sie haben will. In einem gewissen Sinn geht es beim Militär um nichts anderes. Deshalb auch der Kasernenhofdrill, Disziplin, erzwungene Kameradschaft, das Schwenken von Fahnen. Wichtig ist einzig und allein, die verdammte Angst vor feindlichen Kugeln zu überwinden, denn die natürlichste Reaktion wäre es, einfach wegzulaufen.«

Johnsons Zigarre war ausgegangen. Allmählich wurde Matt dieser Geschichtsstunde überdrüssig. Der Professor griff nach seinem Feuerzeug und zündete die Zigarre wieder an. Es gab eine kleine Stichflamme, und Matt sah eine Schweißperle auf seiner Stirn. »Vor ungefähr fünf Jahren hörte ich, die Forschung auf diesem Gebiet sei intensiviert worden. Hauptsächlich in den Vereinigen Staaten, aber auch hier bei uns. An einem Ort, der ›die Farm‹ genannt wird.«

»Genau. Wir glauben, dass das Präparat dort getestet wurde«, sagte Matt. »Was wissen Sie darüber?«

»Über diese Einrichtung ist fast nichts bekannt. Um das

Biowaffen-Abwehrlabor in Porton Down wurde in den Medien viel Wind gemacht, aber die wirklich geheimen Aktivitäten gingen auf der Farm über die Bühne. Wie gesagt, vor fünf Jahren wurde die Forschung intensiviert, und es hat ein paar hässliche Vorfalle gegeben.«

»Sind Männer verrückt geworden?«, fragte Eleanor.

»Ich denke schon«, antwortete Johnson. »Einige der Probanden sind unter sehr unangenehmen Umständen gestorben. Auch davon ist natürlich nie etwas an die Öffentlichkeit gedrungen. Ein Mann, der dort beschäftigt war, hatte irgendwann die Nase voll. Nach seinem Abschied von der Farm hat er Kontakt zur Initiative Campaign for Nuclear Disarmament aufgenommen, wo ich ihn kennen gelernt habe. Dort muss irgendetwas Gefährliches vor sich gegangen sein. Vielleicht könnte dieser Mann Ihnen weiterhelfen. Er heißt George Caldwell und lebt in der Nähe von Chippenham. Ja, ich bin mir sicher, dass er Ihnen erzählen wird, was Sie wissen wollen.«

»Wir sind auf jede nur erdenkliche Hilfe angewiesen.« Matt stand auf und griff nach Eleanors Arm. Es wurde Zeit, dass sie sich auf den Weg machten. Er reichte Johnson die Hand. »Besten Dank für Ihre Hilfe, Professor.«

»Sind Sie sicher, dass Sie selbst dieses Präparat nicht genommen haben?«

Matt nickte.

»Man muss schon ziemlich mutig sein, wenn man dieser Geschichte nachgeht«, bemerkte Johnson. »Eines ist sicher – wenn diese Pillen in Großbritannien getestet wurden und es wirklich die von Ihnen beschriebenen Folgen gegeben hat, dann sind Sie hochgradig gefährdet. Sie können es sich nicht leisten, dass Sie lebend herumlaufen.« Er schaute erst Matt, dann Eleanor an. »Wenn Sie beide fest entschlossen sein sollten, diese Vorfälle zu untersuchen, müssen Sie Vorsichtsmaßnahmen ergreifen. Wahrscheinlich hätten Sie nicht einmal mit mir reden dürfen.«

»Fahren wir sofort zu Caldwell?«, fragte Eleanor, als sie im Auto saßen.

»Nein, ich bringe Sie nach Hause«, sagte Matt. »Wir haben gerade alles erfahren, was wir wissen müssen. Es wird Zeit, dass ich Lacrierre einen Besuch abstatte.«

Das Anwesen bot einen weiten Blick über die hügelige Landschaft der Chiltern Hills. Es lag etwa sechzig Kilometer von London entfernt und nur ein paar Kilometer von der Autobahnabfahrt der M40. Die im georgianischen Stil erbaute Residenz lag in einem zehn Morgen großen englischen Park. Wenn Lacrierre fünf Millionen dafür auf den Tisch geblättert hat, wird er nicht viel Wechselgeld herausbekommen haben, dachte Matt, als er seinen Porsche Boxster am Ende der kreisförmig geschwungenen, mit Kies bestreuten Auffahrt abstellte.

»Und Sie sind …?«, fragte der Mann, der Matt die Tür öffnete.

Ein Butler oder sonst einer von Lacrierres Lakaien, man kann es nicht mit Sicherheit sagen, dachte Matt. »Ich bin hier, weil ich mit Mr Lacrierre reden muss«, sagte er bestimmt. »Zum Warten fehlt mir die Zeit.«

Der Bedienstete bedachte ihn mit einem verächtlichen Blick.

Der Trick zieht bei mir nicht, Kollege. Als Soldat bin ich daran gewöhnt, dass man mich zu demütigen versucht.

»Mr Lacrierre ist beschäftigt, Sir. Er hat mich wissen lassen, dass er nicht gestört werden will. Vielleicht sollten Sie in seinem Büro anrufen und um einen Termin bitten.«

Matt packte die rechte Hand des Mannes und verdrehte

ihm so hart den Arm, dass die Adern an seinem Handgelenk hervortraten. Ein Blick in die Augen des Bediensteten verriet ihm, wann der Augenblick der größten Pein gekommen war. »Die Zeit, wo ich noch Termine abgemacht habe, ist vorbei«, sagte er. »Also, Sie werden Ihrem Boss jetzt ausrichten, Leonid Petor will ihn sprechen.«

»Wer?«

Matt drückte mit voller Kraft auf die verdrehte Hand des Mannes. »Sagen Sie's ihm.«

Er wartete in der Halle, während der Lakai sich auf den Weg machte. Der Boden war aus Marmor, und an den Wänden hingen Ölgemälde, zum größten Teil Porträts vornehm wirkender Männer der viktorianischen Epoche, aber auch ein paar Jagdszenen mit Hunden und Pferden.

Als der Bedienstete zurückkam und Matt in die Bibliothek führte, hielt er sich immer noch die schmerzende Hand, und seine Miene war mürrisch.

Kurz darauf trat Lacrierre ein. »Den Namen Leonid Petor habe ich schon seit Jahren nicht mehr gehört.« Er streckte seinem Gast die Hand entgegen.

Matt ignorierte sie. »Irgendwie musste ich ja Ihre Aufmerksamkeit erregen.«

Lacrierre trat zurück und schaute Matt misstrauisch an. Die Wände waren mit in Leder gebundenen, ordentlich nebeneinander angeordneten Bänden tapeziert, und ein Blick auf die Buchrücken verriet Matt, dass es meistens militärgeschichtliche Werke waren, teils in englischer, teils in französischer Sprache – Biografien, Kriegserinnerungen, Nachschlagewerke über Kriegsschiffe, Kanonen und Waffen aller Art. *Die Lektüre dieser Wälzer ändert nichts daran, dass er Schiss kriegen würde, wenn ihm einmal echtes Geschützfeuer die Trommelfelle beinahe platzen ließe.*

»Er ist tot«, sagte Matt.

»Tut mir Leid, das hören zu müssen. War ein intelligenter Mann, eines von diesen unbekannten Genies. Interessante Typen, finden Sie nicht?«

»Das hilft ihm jetzt auch nicht mehr.«

»Nein, vermutlich nicht. Was ist ihm zugestoßen?«

Matt trat einen Schritt vor. »Orlena hat ihn erschossen. Nur ein paar Minuten, bevor ich sie erschossen habe.«

Er studierte Lacrierres Miene eingehend. Er war sich nicht ganz sicher, denn es war nur ein flüchtiger Eindruck, aber er glaubte, einen Anflug von Überraschung in Lacrierres Blick erkannt zu haben.

»So viele Menschen scheinen gestorben zu sein«, sagte Lacrierre. »Ich weiß gar nicht, wo ich die ganzen Kränze herbekommen soll.«

»Wenn Sie schon dabei sind, können Sie gleich einen für sich mitbestellen.«

Lacrierre setzte ein schiefes Lächeln auf. »Nehmen Sie Platz.«

»Ich bleibe lieber stehen.«

Lacrierre hustete. »Orlena war eine geschätzte Mitarbeiterin. Könnten Sie mir vielleicht erzählen, was geschehen ist?«

Matt wechselte das Thema. »Kennen Sie ein Präparat namens XP22? Es macht Männer mutig, treibt sie aber auch in den Wahnsinn. Entwickelt wurde es offenbar von Petor, und Sie haben Leschko später die Forschungsergebnisse abgekauft. Nur darum ging's bei diesem Job, das mit den illegal produzierten Generika war vorgeschoben.« Er trat so dicht an Lacrierre heran, dass er dessen Aftershave riechen konnte. »Mehr weiß ich nicht, aber ich möchte, dass Sie es mir erzählen.«

»Machen Sie sich um XP22 keine Gedanken. Das alles ist

sehr lange her. Aus der alten Sowjetunion kam jede Menge wissenschaftliches Material. Einiges davon war nützlich, das meiste wertlos. Aber all das ist längst Geschichte.« Lacrierre drehte sich um und studierte eingehend die Bücher auf den Regalen. »Ihre Arbeit ist getan, und Sie bekommen Ihr Geld. Lassen Sie uns die Geschichte vergessen.«

»Überall hier im Land sind Menschen gestorben. Ich kann es nicht einfach vergessen.«

Lacrierre drehte sich wieder um und schaute Matt mit einem wutentbrannten Blick und zusammengekniffenen Lippen an. Er drückte auf einen Knopf, und fast sofort traten zwei große, stämmige Männer mit zerzausten schwarzen Haaren in die Bibliothek. Sie trugen schwarze Jeans und blaue T-Shirts und wirkten wie ehemalige französische Soldaten.

»Versuchen Sie nicht, mich einzuschüchtern«, knurrte Matt. »Die Masche zieht bei mir nicht.«

Dicke Luft, dachte er. Lacrierre hatte einen aggressiven Gesichtsausdruck, doch dann lächelte er plötzlich. »Ich denke, ich sollte Ihnen und Eleanor dankbar sein, dass Sie mich auf diese beunruhigenden Dinge aufmerksam gemacht haben«, sagte er bedächtig. »Lassen Sie uns versuchen, diese Angelegenheit wie zivilisierte Menschen …«

Matt wandte sich ab. Die beiden Bodyguards traten auf ihn zu, und obwohl ihn alles dazu drängte, seinen Mann zu stehen und zu kämpfen, wusste er doch, dass es ein Fehler gewesen wäre. Die beiden Männer stießen ihn unsanft vor sich her, und bald stand er wieder auf dem Kiesweg vor der Tür.

Lacrierres Worte hatten ihre Wirkung nicht verfehlt. Er wusste von Eleanor, und folglich war sie in Gefahr. *In großer Gefahr.*

Die aus der viktorianischen Zeit stammenden Reihenhäuser in diesem Teil von Brixton waren zum größten Teil von raffgierigen Vermietern in miese Kleinstwohnungen und möblierte Zimmer zerstückelt worden. Häufig vermieteten sie die Verschläge an Asylbewerber, da sie wussten, dass der Staat die Miete zahlte. Die Straßen waren mit Abfall übersät, auf den Bordsteinen standen ausgeschlachtete Autos, und die Schnapsläden hatten massive Metallgitter vor den Fenstern, um alle abzuschrecken, die ihren Durst umsonst stillen wollten.

Matt blickte sich um und trat dann energisch aufs Gaspedal seines Porsche. *Wenn sie hier irgendwo ist, schwebt sie in Gefahr.*

Sein Blick wanderte von links nach rechts, suchte zwischen den Passanten. Keine Spur von Eleanor. Dafür fiel ihm ein Wagen auf, ein Vauxhall Omega, mit zwei reglos dasitzenden Insassen.

Sie warten. Das sind sie.

Vor zwanzig Minuten hatte er im Charing-Cross-Hospital einen von Eleanors Kollegen gefragt, wo sie sei. Ist nicht hier, lautete die Antwort, macht einen Hausbesuch. Einen Hausbesuch?, hatte Matt gefragt. Sie arbeitet in der Forschung und hat keine Patienten, macht also auch keine Hausbesuche. Der Mann hatte nur die Achseln gezuckt. Er habe keine Ahnung, aber irgendwer aus der Chefetage habe verlangt, dass sie diesen Hausbesuch übernehme. Unsinn, hatte Matt gedacht. Das ist eine Falle.

Nachdem er die Adresse aus der Sekretärin herausgequetscht hatte, war er wieder in seinen Wagen gestiegen. Da Eleanor, wie er wusste, keinen Führerschein hatte, war sie auf den öffentlichen Nahverkehr angewiesen. Daher hatte er eine Chance, vor ihr an Ort und Stelle zu sein. Es herrschte starker Verkehr, und nachdem er sich nach Putney durchgekämpft hatte, war er in Richtung Brixton abgebogen. Auf der Suche nach der Wellington Street verfluchte er sich selbst. Während der ganzen Fahrt nagte immer wieder derselbe Gedanke an ihm. *Was ist, wenn ich zu spät komme?*

Ich hätte mir ein anderes Auto kaufen sollen, dachte er, während er den Porsche am Bordstein parkte. Andererseits fahren die Drogendealer aus der Gegend Porsche oder Mercedes. Vielleicht wird man mich für einen Anwohner halten.

Er stieg aus und ging mit gesenktem Kopf den Bürgersteig hinab, sorgsam darum bemüht, keinerlei Aufmerksamkeit zu erregen. In seiner schwarzen Jeans und dem grauen Polohemd fiel er in der tristen Umgebung nicht weiter auf. Eleanors Hausbesuch sollte sie in Nr. 31 führen. Matt nahm das Haus in Augenschein. Zwei Fenster im Erdgeschoss waren vernagelt, eines zerbrochen. Auf der Eingangsveranda lagen etliche Telefonbücher und Werbebriefe.

Ein unbewohntes, verlassenes Haus. *Wie geschaffen für einen Mord …*

Es war kurz nach fünf. Er blickte die Straße hinab. Eine alte Frau zog einen Einkaufswagen über den Bürgersteig auf der anderen Straßenseite, an der Ecke stand ein Mann, der mit seinem Handy telefonierte. Drei Parklücken weiter stand immer noch der Vauxhall Omega. Matt sah zwei Köpfe – offenbar ein Mann und eine Frau. Und sie saßen tatsächlich völlig reglos da.

Absolut reglos, unauffällig, geduldig. Es gab praktisch nur einen Menschenschlag, der dieses Verhalten so perfektionierte. *Ausgebildete Killer.*

Plötzlich tauchte Eleanor auf. Sie bog gerade um die Ecke, eine Tasche in der Hand, und war knapp zehn Meter weit weg, auf der anderen Seite des Vauxhall. Als sie die richtige

Hausnummer entdeckt hatte, ging sie zügig auf das Gebäude zu. Matt folgte ihr, möglichst schnell, aber auch nicht so schnell, dass es aufgefallen wäre. Wie lauten ihre Befehle?, fragte er sich. Werden sie es wagen, am helllichten Tag auf offener Straße zu schießen? Das Risiko eingehen, unschuldige Passanten zu verletzen? Noch ein paar Augenblicke, dann würde er es erfahren.

Wenn ich zu schnell gehe, werden sie merken, dass ich sie zu retten versuche. Gehe ich zu langsam, können sie uns locker schnappen und uns beide umlegen. Trostlose Alternativen.

Als er die Straße überquerte, hörte er ein Geräusch.

Eleanor blickte ihn überrascht an. »Matt, was …«

»Einfach weitergehen«, murmelte er leise, während er einen Arm um sie legte.

»Aber …«

Er manövrierte sie in die entgegengesetzte Richtung.

»Klappe halten und weitergehen«, sagte er, diesmal etwas lauter.

»Belästigung auf offener Straße.« Eleanor versuchte sich aus seinem Griff zu befreien. »Sie tun mir weh.«

»Gehen Sie weiter!«, wiederholte Matt gereizt.

Als sie an dem Vauxhall vorbeikamen, öffneten sich die Türen, und ein Mann und eine Frau stiegen aus. Matts Blick traf den der Frau. Irgendetwas an ihrem Verhalten kam ihm bekannt vor, die Haltung, die sie auch unter Druck bewahrte, die mechanische, eingeübte Sicherheit ihrer Bewegungen …

»Lauf los«, brüllte er. »Lauf um dein Leben!«

Er riss Eleanor nach vorne, zog sie die Straße hinab. Ihre Miene wirkte ängstlich und verwirrt, aber sie bewegte sich jetzt schneller. Hinter ihnen wurden die Wagentüren zugeschlagen, dann sprang der Motor an. *Noch fünfzehn Meter, dann sitzen wir in meinem Porsche. Nur noch ein paar Meter.*

Er schubste Eleanor zur Tür auf der Seite des Beifahrersitzes. »Steig ein.« Als er hinter dem Steuer saß, ließ er den Motor an und gab sofort Gas. Der Motor heulte schon laut auf, als Eleanor noch gar nicht richtig saß. Matt scherte auf die Straße aus, und sie schrie, ihre Tür sei noch offen.

»Dann mach sie zu«, brüllte er. »Um Himmels willen, mach die Tür zu!«

Im Rückspiegel sah er den Vauxhall, zwanzig Meter hinter ihnen. Die Straße war noch gerade, machte aber kurz vor ihnen eine Biegung. Sie wurde von fünf kleineren Straßen gekreuzt.

In dem Vauxhall saß der Mann hinter dem Steuer, und die Frau auf dem Beifahrersitz hob eine Pistole. *Sie zielt genau auf mich.*

Matt bog nach links in eine Seitengasse ab, dicht gefolgt von dem Vauxhall. Er schaute in den Rückspiegel. *Die Frau. Die Pistole. Alles beim Alten.*

Ein Schuss krachte, dann noch einer. Matt duckte sich instinktiv.

»Was war das?«, fragte Eleanor atemlos.

»Das Auto hinter uns, sie schießen auf uns.«

Eleanor wollte sich umdrehen.

»Kopf einziehen, mach es ihnen nicht noch einfacher.«

Zwei weitere Kugeln trafen das Auto, eine zerschmetterte den Seitenspiegel. Matt riss den Wagen von einer Seite zur anderen, jagte im Zickzackkurs die enge Straße hinab.

Eleanor schrie auf, Tränen liefen ihr über die Wangen. »Halt, du wirst uns noch umbringen!«

Matt zog die Handbremse und riss das Lenkrad gleichzeitig nach links, wodurch der hintere Teil des Porsche nach rechts ausbrach und der Wagen um neunzig Grad herumgewirbelt wurde. Das war notwendig, um eine extrem enge

Kurve zu nehmen. Er hörte die Gangschaltung knirschen, das Geräusch von Metall auf Metall. Die Drehung war so heftig, dass er so tief in den Sitz gedrückt wurde, als wäre ein riesiges Gewicht gegen seine Brust gekracht. Für einen Augenblick glaubte er die Kontrolle über den Wagen zu verlieren, doch dann zog er sich nach vorne, riss das Lenkrad herum und löste die Handbremse. Der Motor heulte auf, und der Porsche jagte durch die links gelegene Straße auf die Brixton Road zu.

Matt wurde ganz von einem Gedanken beherrscht. *Ich muss aus diesen Seitengassen herauskommen, irgendwohin, wo ich Gas geben und die Überlegenheit des Porsche ausspielen kann.*

Der Wagen raste am Rande des Bürgersteigs entlang und hätte beinahe einen geparkten Lieferwagen gerammt. Matt blickte in den Rückspiegel. Der Fahrer des Vauxhall war durch das plötzliche Wendemanöver überrumpelt worden und hatte den Motor abgewürgt, als er seinen Wagen ebenfalls herumreißen wollte, doch jetzt beschleunigte er wieder. Die Frau lehnte sich aus dem Seitenfenster, die Pistole schussbereit in der Hand.

Matt trat das Gaspedal voll durch, und der Porsche erzitterte.

Er hörte eine Kugel gegen die Heckscheibe prallen, und ein Blick in den Rückspiegel verriet ihm, dass sie gesprungen war. Er schaute nach vorne. Sie näherten sich der Hauptverkehrsstraße, auf der sich der nachmittägliche Berufsverkehr langsam dahinschlängelte.

»Halt dich fest«, rief er Eleanor zu.

Der Wagen schoss um die Ecke, dann auf den Bürgersteig, der hier eigentlich breit genug war, aber Matt hatte Mühe, nicht die Schaufenster zu rammen. Er hämmerte auf die

Hupe, und erschrockene Passanten stoben in alle Richtungen davon.

»Du wirst noch jemanden umbringen«, schrie Eleanor.

Man darf nie unterschätzen, wie schnell Menschen reagieren, wenn sie sich extremer Gefahr ausgesetzt sehen, dachte Matt. Diese Lektion hatte er beim Regiment gelernt und nie vergessen. *Wenn sie einen außer Kontrolle geratenen Porsche sehen, rennen die Leute schneller, als sie es je für möglich gehalten hätten.*

Eine Frau sprang zur Seite, ein Mann schrie. Matt manövrierte den Porsche an zwei Geschäften vorbei. Noch mehr Schreie, begleitet von einem Hupkonzert. Ein anderer Mann trommelte wütend mit der Faust auf das Dach des Porsche. Vor einer roten Ampel tat sich plötzlich auf wundersame Weise eine Lücke auf, und Matt gab Gas und zwängte den Porsche hinein. Er lehnte sich zurück. Als er über die rote Ampel jagte, war die Straße plötzlich frei. Er beschleunigte auf über hundert und verschwand in Richtung der südlichen Stadtteile Londons.

Er blickte zu Eleanor hinüber. »Alles in Ordnung?«

Ihre bleiche Gesichtshaut verriet nackte Angst. Sie wollte etwas sagen, brachte aber kein Wort hervor.

Matt blickte sich um. Von dem Vauxhall war nichts mehr zu sehen. Sie waren in Sicherheit. *Zumindest für die nächsten paar Minuten.*

Eleanor trank einen Schluck Coca-Cola, doch die Pommes frites, die Matt für sie bestellen wollte, hatte sie abgelehnt. Sie waren fünfzehn Kilometer in südlicher Richtung gefahren, sich ständig vergewissernd, dass ihnen niemand im Nacken saß. Dann hatte Matt gewendet, um wieder nach London hineinzufahren, und schließlich vor dem Drive-in-McDonald's am Kreisverkehr auf der Südseite der Hammersmith Bridge gehalten.

Man sollte nie versuchen, mit leerem Magen zu kämpfen oder nachzudenken. Beides wird einem nicht richtig gelingen.

»Wir werden Abbott einen Besuch abstatten«, sagte Matt. »Lacrierres Killer müssen zurückgepfiffen werden, sonst sind wir beim nächsten Mal womöglich wirklich reif.«

»Warum können wir nicht einfach die Polizei benachrichtigen?«, fragte Eleanor nervös. »Diese Leute wollten uns umbringen.«

»Vertrau mir.«

»Mach dich nicht lächerlich.« Ihr Tonfall wurde wütender. »Seit wann weigert sich die Polizei, Leute zu schützen, auf die geschossen wurde?«

Matt schüttelte den Kopf. »Vergiss nicht, dass das Verteidigungsministerium in diese Geschichte verstrickt ist. Jetzt kann uns nur noch die Firma helfen.«

17

Das Haus, eine elegante Villa im viktorianischen Stil mit Garten und Vorgarten, war größer, als Matt erwartet hatte. Es befand sich an der Ecke von Carlton Hill, nur ein paar Schritte vom Regent's Park entfernt. Auf der Auffahrt standen ein neuer Landrover und ein grellroter Mini Cooper.

Schon möglich, dass ich über die Londoner Grundstückspreise nicht mehr auf dem Laufenden bin, dachte Matt. Aber der Schuppen dürfte an die zwei Millionen gekostet haben.

Abbott öffnete die Tür nur einen Spalt weit. »Ich habe zu tun, alter Knabe«, sagte er. »Wir werden uns ein anderes Mal unterhalten müssen.«

Matt trat einen Schritt vor. »Wir reden jetzt.«

Es war eine massive Holztür mit mindestens drei schweren Riegeln, aber mit ein bisschen Kraft würde sie sich schon öffnen lassen. Matt stieß sie auf und trat in die Halle, dicht gefolgt von Eleanor.

Abbott kann diese Killer zurückpfeifen.

Der Geheimdienstler wich ein paar Schritte zurück. »Wie gesagt, Sie kommen zum falschen Zeitpunkt, alter Knabe. Warum rufen Sie nicht meine Sekretärin an und bitten um einen Termin?«

»Einmal ist heute schon auf mich geschossen worden«,

erwiderte Matt. »Ich muss diese Sache klären, und zwar jetzt.«

Abbott öffnete ihnen die Tür zum Salon. Er war blassgelb gestrichen. An einer Wand sah Matt zwei Drucke mit Jagdmotiven, über dem marmornen Kamin einen großen Spiegel mit vergoldetem Rahmen. Die Möblierung schien ihm dafür zu sprechen, dass Abbott Junggeselle war.

Abbott ging zu einem silbernen Tablett mit drei Karaffen hinüber. »Möchten Sie ein Glas Sherry?«

»Ich möchte die Wahrheit.«

Abbott lächelte. »Immer geradeheraus, ganz wie gewohnt, alter Knabe. Und wer ist die junge Dame? Ich glaube nicht, dass wir uns schon einmal begegnet sind.«

Eleanor blickte ihn an. »Nein, wir kennen uns nicht.«

»Also, wer ist sie, Matt? Ihre neue Gespielin?« Er schwieg kurz. »Sie sind ja ganz schön aktiv.«

»Die Schwester eines Freundes, Ken Blackman. Wollen Sie wissen, was aus ihm geworden ist?«

Abbott schenkte sich einen Drink ein. »Eigentlich nicht. Nein, wirklich, Familiengeschichten sind nicht mein Ding. Aber ich habe so eine böse Vorahnung, dass Sie sie mir trotzdem nicht ersparen werden.«

»Er war Soldat und Proband bei Tests mit einem Präparat namens XP22«, sagte Matt. »Sie fanden in Wiltshire statt, in einer Einrichtung, die ›die Farm‹ genannt wird. Vor zwei Wochen ist er durchgedreht. Zuerst hat er ein paar Menschen getötet, dann sich selbst. Bei einer Reihe von Soldaten im ganzen Land war es genauso. Wir vermuten, dass sie sich alle den Tests mit XP22 unterzogen haben.«

Abbott trank einen Schluck Sherry. »Ich hoffe doch, dass Sie mich nicht schon wieder mit diesem Thema langweilen wollen. Was soll das alles mit mir zu tun haben?«

»Es ist ganz einfach«, schaltete sich Eleanor ein. »XP22 wurde in der Sowjetunion entwickelt, und Lacrierre hat die Forschungsergebnisse einem Gangster namens Serik Leschko abgekauft. Anschließend hat er sie an das britische Verteidigungsministerium verhökert. Wer weiß, womöglich noch mit anderen tödlichen Rezepten. Sie haben das Präparat an ein paar Soldaten getestet, von denen einige verrückt geworden sind. Und um diese Vorgänge zu vertuschen, haben Sie Matt nach Weißrussland geschickt, damit er Leschkos Fabrik zerstört und ihn anschließend umbringt.«

Abbott lächelte sie an. »Das Denken überlässt er Ihnen? Möchten Sie nicht vielleicht doch einen Drink?«

Eleanor schüttelte den Kopf. »Danke.«

»Sie könnten aber gut einen gebrauchen.« Abbott ging zum Fenster, zog den Vorhang beiseite und schaute auf die dunkle, menschenleere Straße. »Was werde ich Ihrer Meinung nach jetzt tun?«

»Lacrierre verhaften lassen«, antwortete Eleanor gereizt. »Der Mann ist für Dutzende von Todesfällen verantwortlich.«

Abbott nickte wissend, als würde er sich den Gedanken ernsthaft durch den Kopf gehen lassen. Dann steckte er sich eine Zigarette an und blies den Rauch in die Luft. »Eine interessante Idee«, sagte er bedächtig. »Ich hatte eher daran gedacht, Sie beide verhaften zu lassen.«

Es dauerte einen Augenblick, bis sich der Schock in Eleanors Miene niederschlug. Matt ahnte, dass ihr Gehirn fieberhaft arbeitete.

»Uns?«

»Warum denn nicht?«, fragte Abbott. »Sie scheinen den größten Teil der Geschichte herausgefunden zu haben. Nur das Ende haben Sie nicht vorausgesehen. Sie haben Recht,

XP22 wurde in der ehemaligen Sowjetunion entwickelt, und es stimmt auch, dass es an britischen Soldaten getestet wurde, und zwar mit großem Erfolg. Aber unglücklicherweise, wie Sie herausgefunden haben, hatten die Pillen diese unerwünschten Nebenwirkungen. Ein paar von den fünfzig Probanden – nicht alle, bisher etwa ein Drittel – haben sich in unberechenbare Psychopathen verwandelt. Etliche von den getesteten Personen mussten eliminiert werden.« Er schwieg kurz und inhalierte tief den Rauch seiner Zigarette. »Im Sinne des höheren Wohls der Gesellschaft, Sie verstehen schon.«

»Einfache Soldaten sind immer entbehrlich«, bemerkte Matt verbittert.

»Genau, Sie haben die Sache mal wieder in der für Sie typischen Weise auf den Punkt gebracht. Wir konnten es nicht zulassen, dass Tocah die Verantwortung für die Experimente mit XP22 übernimmt. Das ist ein großer und wichtiger Pharmakonzern, der unter strenger Geheimhaltung im Auftrag des Verteidigungsministeriums auf dem Gebiet biologischer Waffen forscht. Aber natürlich wollte auch nicht die Firma die Verantwortung übernehmen, das ist nicht unsere Art. Also brauchten wir jemanden, der diese schmutzige Geschichte für uns bereinigt.« Er schaute Matt an. »Und da ist unsere Wahl auf Sie gefallen.«

»Sie haben mich von Anfang an betrogen«, sagte Matt aggressiv.

»Ich würde das alles eher als ein unglückseliges Missverständnis charakterisieren«, erwiderte Abbott. »Sie sollten die Fabrik zerstören und Leschko töten, um die Ereignisse der Vergangenheit zu vertuschen. Hätten Sie sich damit begnügt, dann hätten sie wieder nach Spanien fliegen können, und alle wären glücklich und zufrieden gewesen.« Er warf den Zigarettenstummel in einen Aschenbecher. »Ihr Pech, dass Sie über zu viele Informationen gestolpert sind. Sie wissen zu viel, und deshalb wurde heute auf Sie geschossen.«

»Increment«, murmelte Matt düster.

»Vermutlich alte Freunde von Ihnen«, sagte Abbott mit einem freudlosen Lächeln auf den Lippen. »Ist doch immer schön, so ein zwangloses Beisammensein mit alten Kumpels.«

Matt trat auf Tuchfühlung an Abbott heran. »Sie mieses Schwein«, schrie er. »Ich hätte Ihnen nie vertrauen dürfen, niemals! Und ich hätte der Firma nicht vertrauen dürfen!«

»Nein, vermutlich nicht«, antwortete Abbott. »Trotzdem, besten Dank für Ihre Hilfe. Ich würde mich ja gern per Handschlag von Ihnen verabschieden, aber ich mag es nicht, Tote zu berühren.«

Der Fausthieb traf mit aller Wucht Abbotts Schläfe, und er ging zu Boden. »Zuerst lege ich Sie um«, knurrte Matt.

»Nein!«, schrie Eleanor. »Lass ihn in Ruhe. Wir werden ihn durch Beweise fertig machen.«

Matt hatte schon ausgeholt und wollte erneut zuschlagen, aber Abbotts Grinsen ließ ihn innehalten. »Ich habe schon auf den Knopf gedrückt und Alarm ausgelöst«, sagte er. »Warum nehmen Sie nicht Platz und warten darauf, dass Ihre alten Kumpels auftauchen und sich um Sie kümmern?« Er rappelte sich auf, klaubte die noch brennende Zigarette aus dem Aschenbecher und tat nervös einen Zug. Dann ging er zum Fenster und blickte ängstlich auf die Straße. »Sie sind ein guter Mann, Browning.« Er wandte sich wieder zu Matt um und rieb sich den roten Fleck an der Schläfe. »Aber hier haben Sie es mit Increment zu tun, dem effektivsten Killerkommando der Welt. Sie haben keine Chance.«

Matt trat wieder auf Abbott zu, mit zorngerötetem Gesicht, und wollte erneut zuschlagen, aber Eleanor hielt ihn zurück. »Nein«, sagte sie. »Er hat bereits Hilfe gerufen.«

Am liebsten wäre er Abbott noch einmal auf den Leib gerückt, aber er wusste, dass Eleanor Recht hatte. In ein paar Minuten würden die Killer hier sein. *Wenn wir unsere Haut retten wollen, müssen wir fliehen.*

In dem feuchten, kalten Raum war der Teppich aufgerollt worden, und die Bodendielen waren grau und staubig. In einer Ecke stand ein Stuhl, vor den Fenstern hingen alte Stores.

»Besonders komfortabel ist es nicht«, sagte Iwan, während er seine Tasche hinstellte. »Aber für ein paar Tage kann man hier schon wohnen. Zumindest ist es sicher.«

Es schien, als wäre seit Jahren nicht mehr geputzt worden, und aus der Küche roch es schwach nach verdorbenen Lebensmitteln. Die Bodendielen sahen so aus, als hätten Mäuse sich einen Weg in das Zimmer gebahnt. Nach dem, was Matt über die konspirativen Wohnungen der IRA in London gehört hatte, war es gut möglich, dass irgendwo ein paar Leichen verrotteten.

Im Augenblick würde mich nichts mehr überraschen.

»Mir gefällt's«, sagte Eleanor. Sie lächelte Iwan an. »Wir werden schon klarkommen, vielen Dank.«

»Wie gesagt, besonders komfortabel ist es nicht.«

Nach ihrer Flucht aus Abbotts Haus hatte Matt Iwan angerufen, der als ehemaliger IRA-Kämpfer noch einige Unterschlüpfe der Organisation in London kannte. Viele von ihnen standen jetzt leer und gammelten vor sich hin. Der Ire hatte sie zu diesem alten, unauffälligen Reihenhaus in Cambridge Grove gebracht, ganz in der Nähe des Hammersmith Broadway.

Wenn man es mit Increment zu tun hat, hatte Matt gedacht, wendet man sich am besten an Iwan. Er hat die Hälfte seines Lebens gegen britische Soldaten gekämpft.

Ihm war klar, dass der Ire sein eigenes Leben aufs Spiel setzte. *Aber wenn diese Killer jetzt hinter mir her sind, werden sie sich als Nächstes mit ihm befassen. Wir sind alle gefährdet.*

Iwan leerte seine Tasche – ein Wasserkessel, eine Dose Instantkaffee, Sandwiches, ein paar Tüten Kartoffelchips, Schokolade. Für Eleanor hatte er eine Flasche Shampoo mitgebracht. »Damit Sie sich die Haare waschen können«, sagte er lächelnd. »Wenn man auf der Flucht ist und sich verstecken muss, hilft einem etwas Körperpflege. Man fühlt sich wie ein Mensch, selbst wenn sonst nichts darauf hinweist, dass man noch einer ist. Glauben Sie's mir, ich kenne solche Situationen.«

Sie nahm die Flasche und legte sie zur Seite. »Danke.«

Iwan blickte Matt an. »Was werdet ihr jetzt tun?«

Matt trat ans Fenster. Die Sonne war untergegangen. Der Himmel war wolkenlos, und die Sterne leuchteten so hell, wie man das in London bei all dem Dunst und Smog erwarten konnte. »Wir werden uns wehren.« Er drehte sich zu Iwan um. »Ich weiß, was du gleich sagen wirst. Sollen wir etwa die Beine in die Hand nehmen und wegrennen? Eine neue Identität annehmen und das Land verlassen? Alles hinter uns lassen und irgendwo von vorne beginnen?« Er schwieg kurz. »Wenn ich es könnte, würde ich es tun. Aber ich weiß nicht wie.«

»Increment ist hinter dir her, Matt«, sagte Iwan. »Du weißt, mit wem du es zu tun hast. Vor den Jungs hatten selbst wir in Nordirland Schiss.«

»Ich weiß, ich weiß«, sagte Matt. »Aber diese Dreckskerle haben die Pillen an ein paar anständigen Männern getestet. Solange wir noch eine Chance haben, müssen wir weiterkämpfen.«

Iwan seufzte. »Okay. Ich werde euch helfen, so gut ich kann. Aber ihr könnt nicht sagen, ich hätte euch nicht gewarnt.«

»Verstehe.«

»Für den Anfang braucht ihr eine neue Identität«, sagte Iwan. »Increment hat den ganzen Regierungsapparat hinter sich. Wenn man sich unter seinem richtigen Namen in einem Hotel einträgt, seine Kreditkarte, sein Handy oder seinen Wagen benutzt, hat man sie sofort am Hals.«

»Kennst du jemanden, der uns helfen könnte?«

Iwan nickte. »Ja, ich habe ein paar Leute an der Hand. Früher haben sie für die IRA Pässe und Kreditkarten gefälscht. Seitdem es in Nordirland friedlich wurde, arbeiten sie sozusagen als Freiberufler. Ich werde alles organisieren. Wenn ihr Glück habt, seid ihr für ein paar Tage in Sicherheit.« Er schwieg kurz. »Aber wie geht's dann weiter?«

»Wir werden uns an die Presse wenden und alles aufdecken«, sagte Eleanor.

Iwan schüttelte den Kopf. »Dafür ist es zu früh. Ihr habt noch nicht genug Beweismaterial.«

»Dann werden wir es besorgen«, sagte Matt.

»Wir werden eine der Leichen analysieren lassen«, sagte Eleanor. »Dann haben wir den Beweis, dass XP22 an britischen Soldaten getestet wurde.«

Iwan nickte.

»Increment hat nur eine Aufgabe – töten, töten und nochmals töten.« Matram trank einen Schluck Wasser und warf einen Blick in die Runde. »Fehlschläge sind dagegen nicht vorgesehen.« Die acht Mitglieder seiner Spezialeinheit waren vollständig anwesend und hatten sich in einem Halbkreis um ihn versammelt.

Dies ist eine Ausnahmesituation.

Matram legte zwei Fotos auf den Schreibtisch. Sie hatten sich im Travelodge getroffen, einem Hotel im Süden Londons, direkt an der Wandsworth Bridge. Aus dem Fenster blickte man auf einen B&Q Superstore und ein McDonald's. Es wäre zu gefährlich gewesen, sich im Hauptquartier der Firma zu versammeln. Obwohl es in London etliche Kasernen gab, in denen sie sich hätten treffen können, zog Matram es stets vor, einen gehörigen Abstand zur regulären Army zu halten.

Wir operieren inoffiziell. Je weniger man über unsere Aktivitäten weiß, desto besser.

Matram hielt das erste Foto hoch. »Dieser Mann heißt Matt Browning.« Er griff nach dem zweiten Bild. »Und das ist Eleanor Blackman.« Er schwieg kurz, und seine Stimme wurde hart. »Sie müssen beide eliminiert werden, und zwar sofort.«

Er ließ den Blick über die Anwesenden gleiten. Da die Mitglieder von Increment regelmäßig ausgetauscht wurden, war jetzt mit Harton nur noch ein Mann übrig, der seinerzeit zusammen mit Browning gedient hatte. Aber Matram wusste, dass er den anderen nichts davon erzählen würde. Trotzdem war es möglich, dass sie von ihm gehört hatten; doch ihre Mienen sprachen dagegen. Niemand ließ erkennen, dass ihm der Name Browning etwas sagte.

Er ist praktisch schon tot, und in ein paar Tagen liegt er wirklich unter der Erde.

Browning, dachte Matram. Die meisten Jobs sind nur Routine, doch diesmal hat es der große Kriegsgott gut mit mir gemeint. Die offene Rechnung mit diesem Feigling wollte ich schon immer begleichen. Das wird das reinste Vergnügen.

Er blickte Turnton und Snaddon an. »Ihr solltet euch eigentlich schon gestern um die Frau kümmern. Sie sollte in ein unbewohntes Haus gelockt und dort unauffällig um die Ecke gebracht werden. Die Sache ist schief gelaufen. Ich erwarte eine Erklärung.«

Turnton verschränkte die Finger hinter dem Kopf und lehnte sich zurück. »Sie wurde gerettet, bevor wir den Job erledigen konnten, Boss.«

Matram rieb sich müde die Stirn. »Gerettet? Glaubt ihr, das hier ist ein Bugs-Bunny-Zeichentrickfilm? Wo wir aktiv sind, werden keine Leute gerettet, Mann. Schon möglich, dass jemand bei einem sinnlosen Rettungsversuch sein Leben opfert, aber das ist schließlich seine eigene Sache. Ich kann's nicht fassen, dass ich euch das noch auseinander setzen muss. Wenn jemand eine Zielperson zu retten versucht, muss er ebenfalls ausgeschaltet werden. So einfach ist das.«

Snaddon, die sich immer für Matrams Lieblingsschülerin hielt, stand auf und blickte ihm direkt in die Augen. »Wir haben sie verfolgt, Sir, und darauf gewartet, dass sie in dem Haus verschwindet, damit wir uns um sie kümmern können«, sagte sie mit fester Stimme. »Doch dann ist dieser Mann, der auf dem Foto, mit ihr weggerannt und in ein Auto gesprungen. Nicht in irgendeins, sondern in einen Porsche Boxster.«

»Soll wohl heißen, dass ein Porsche ein ziemlich schnelles Auto ist, doch das weiß ich selber. Nur weil ich mit Idioten zusammenarbeiten muss, lasse ich mich noch lange nicht selbst wie einen behandeln.« Matrams verletzende Antwort ließ Snaddon erröten. »Habt ihr sie verfolgt?«

»Selbstverständlich«, antwortete Snaddon. »Er ist ein ausgebuffter Fahrer. Er hat den Wagen auf den Bürgersteig gesteuert, ihn in eine Lücke vor einer roten Ampel manövriert und ist über die Kreuzung gefahren. Wir hätten ihn nur verfolgen können, wenn wir selbst auf den Bürgersteig gefahren wären.« Sie schlug den Blick nieder. »Unsere Vorschriften besagen, dass wir zivile Opfer vermeiden sollen, solange es nicht darum geht, einen terroristischen Anschlag im Inland zu verhindern. Deshalb wäre es meiner Meinung nach nicht richtig gewesen, unschuldige Passanten zu gefährden.«

»Besten Dank für die Belehrung, aber ich kenne die Vorschriften«, sagte Matram. »Sie stammen aus meiner Feder.«

»Ich glaube, der Mann kannte sie auch«, warf Turnton ein. »Er war sich der Tatsache bewusst, dass wir gewisse Grenzen nicht überschreiten dürfen, und das hat er ausgenutzt.«

So ist es, dachte Matram. Browning hat Kenntnisse aus erster Hand.

»Wenn ich deine Meinung hören will, melde ich mich schon«, fuhr er Turnton an. »Eure Unfähigkeit, diesen Mann zu eliminieren, wird in eurer nächsten Bewertung berücksichtigt. Ich kann zwar verstehen, warum ihr in diesem Fall versagt habt, aber akzeptieren kann ich es nicht.«

Er schaute die anderen Mitglieder der Einheit an. »So etwas wird nicht wieder vorkommen, denn die Vorschriften haben sich gerade geändert. Die Jagd auf diese beiden Leute wird jetzt als Aktion gegen eine terroristische Bedrohung eingestuft, und das bedeutet, dass mit harten Bandagen gekämpft wird. Die Polizei ist landesweit informiert, jeder einzelne Bulle wird nach ihnen Ausschau halten. Falls sie ihre Kreditkarte benutzen oder irgendwo Geld abheben, werden wir umgehend darüber informiert. Wenn sie ein Hotelzimmer mieten wollen, wo auch immer, werden wir ebenfalls benachrichtigt. Wo sie sich auch blicken lassen, wir werden davon erfahren. Wenn es so weit ist, wird sich die Polizei sofort bei uns melden. Die Bullen haben Anweisung, selbst nicht einzugreifen. Das wäre zu gefährlich. Fehlte uns gerade noch, dass die uns alles versauen.«

Matram ging langsam auf und ab, die Hände hinter dem Rücken verschränkt. »Da diese Operation jetzt als Einsatz im Dienst der Terrorismusbekämpfung klassifiziert ist, brauchen wir uns in der Wahl der Mittel keinen Zwang mehr antun. Wenn möglich, sollten Passanten auch weiterhin geschont werden, aber unsere Zielpersonen dürfen auf keinen Fall entkommen. Notfalls werden Kollateralschäden in Kauf genommen.« Er lächelte. »Wie schnell sie auch wegrennen mögen, für uns werden sie nicht schnell genug sein. Unsere Augen sind überall.« Er blickte alle noch einmal ernst an. »Bis sie tot sind, lassen wir uns durch nichts mehr aufhalten. Also los, an die Arbeit.«

Das Bestattungsinstitut lag am Stadtrand von Swindon, eingerahmt von einem Zeitungskiosk und einem Lebensmittelgeschäft auf der einen Seite und einem Metzger und einem Pub auf der anderen. Auf dem Ladenschild stand in schwarzer Schrift: JACK DAWSON & SONS, BESTATTUNGSINSTITUT, GRABSTEINE NACH IHREN WÜNSCHEN.

Es war kurz nach neun abends, und die Läden hatten geschlossen. Nur das Pub war noch geöffnet, doch auch dort schien nichts los zu sein. »Du wartest hier«, sagte Matt zu Eleanor. »Ich gehe durch die Hintertür rein.«

Seit dem Mord an Barry Legg waren zwei Wochen vergangen. Seine Leiche war vor zehn Tagen gefunden worden – in einem Graben am Rande eines Felds, knapp fünf Kilometer von der Straße entfernt, wo ihn zuletzt jemand lebend gesehen hatte. In einem Zeitungsartikel hatte gestanden, die Leiche sei von der Polizei freigegeben worden, und die Beerdigung solle am nächsten Wochenende stattfinden. Jetzt lag der Tote hier, in einem Sarg. Wenn sich in Leggs Körper Spuren von XP22 nachweisen ließen, dann hatten sie den Beweis.

Das Präparat war an britischen Soldaten getestet worden, die anschließend mit methodischer Gründlichkeit nacheinander eliminiert worden waren. *Von Increment.*

Jetzt brauchten sie nur noch eine Probe von Leggs Hirngewebe.

Matt blieb stehen. An der Rückseite der Ladenzeile verlief eine kurze Gasse. Hinter der Metzgerei standen ein paar Mülltonnen mit Knochen und Fleischabfällen, die durch die Tageshitze zu stinken begonnen hatten. Eine Katze, die an einem der Knochen geschnuppert hatte, schaute ihn an und lief dann weg. Das Bestattungsinstitut hatte nur eine Tür, die durch ein Banham-Einriegelschloss und auf der Innenseite vermutlich noch durch einen Riegel gesichert war. Darüber befand sich eine Milchglasscheibe mit einem Gitter davor.

Sie scheinen sich vor Einbrechern nicht besonders zu fürchten, dachte Matt. Aber welcher Bestatter rechnet schon damit, dass Diebe sich für sein Geschäft interessieren könnten?

Auf der anderen Seite der Gasse standen ebenfalls ein paar Gebäude, die aber nach hinten keine Fenster hatten, von denen aus man die Tür sehen konnte. Matt tippte mit einer Brechstange, die er sich kurz zuvor besorgt hatte, gegen die Glasscheibe. Sie war nicht aus Panzerglas. Er holte aus und traf die Scheibe genau in der Mitte. Man muss immer an der empfindlichsten Stelle treffen, dachte er. Die Scheibe zersplitterte, Scherben regneten auf den Boden. Er zwängte die Brechstange hinter das Gitter, packte sie fester und riss sie zurück. Es gab nicht sofort nach, leistete noch Widerstand. Er legte alle Kraft in seinen zweiten Versuch, und das Gitter löste sich.

Matt riss es heraus, warf es zu Boden, griff durch das Fenster und zog den Riegel zurück. Dann brach er das Banham-Schloss auf. Er war am Ziel.

Sie werden sich wundern, dass der Einbrecher nichts mitgenommen hat.

Durch die Hintertür gelangte man in eine kleine Küche. Auf der Spüle standen ein Kessel und ein paar dreckige Becher. Neben einem halb geöffneten Päckchen mit Würfelzucker sah er einen Karton mit Teebeuteln. Er ging weiter, kam in ein Büro. Ein Computer auf dem Schreibtisch, Papiere. Dann fiel sein Blick auf fünf schwarze Fracks, die ordentlich an einer Garderobe hingen. Darauf standen fünf Zylinder, daneben lagen etliche Blechdosen mit schwarzer Schuhcreme.

Die Jungs nehmen es mit der Schuhpflege genauer als unsere Offiziere vor einer Ordensverleihung.

Die Särge standen in einem langen schmalen Raum direkt hinter der Vorderfassade. Trotz der Hitzewelle war es hier angenehm kühl. Er sah drei geschlossene Särge, die in einem Abstand von etwa einem Meter nebeneinander standen, und hielt nach Namensschildern Ausschau. Es gab keine. *Guter Gott, ich werde sie alle öffnen müssen.*

Als er vorsichtig den Deckel des ersten Sargs hob, stieg ihm der durchdringende Geruch von Chemikalien in die Nase, mit denen die Leiche gesäubert und für die Aufbahrung vorbereitet worden war. Eine Frau, sie musste über achtzig gewesen sein. In dem nächsten Sarg lag ein älterer Mann. Dann muss dieser wohl der richtige sein, dachte er, während er den dritten Deckel hob. Der Tote musste Ende dreißig gewesen sein. Er hatte schwarzes Haar. Die Augen waren geschlossen, die Arme lagen ordentlich ausgestreckt neben seinem Körper.

Matt zuckte zusammen. Auch nach zehn Jahren Kampferfahrung hatte er sich immer noch nicht an den Anblick von Leichen gewöhnt, und jedes Mal wurde ihm schmerzhaft bewusst, an wie dünnen Fäden ein Leben hing. Sein Gefühl riet ihm, die Leiche nicht zu berühren, wenn es sich irgendwie vermeiden ließ. Vielleicht glaubte er, dass der Tod irgendwie ansteckend war.

Er zog die dicke Spritze aus der Tasche, die Eleanor besorgt hatte, setzte sie direkt unter dem Ohr des Toten an und drückte auf das Ende. Eleanor hatte erklärt, dies sei die weichste Stelle des Schädelknochens, den die Nadel durchdringen könne. Der bereits für die Beerdigung präparierten Leiche entstieg der Übelkeit erregende Geruch von Formaldehyd, und Matt drehte sich der Magen um. Er spürte, wie die Nadel in das weiche Hirngewebe eindrang, und zog den Kolben der Spritze zurück. Er hatte seine Probe.

Tut mir Leid, Kumpel. Wenn du wüsstest, warum ich dir das antue, würdest du mir verzeihen.

Matt ließ die Spritze in der Jackentasche verschwinden, klappte den Sargdeckel zu und stahl sich durch die Gasse wieder zu der Straße, wo Eleanor auf ihn wartete.

»Erledigt«, sagte er, während er sie zum Auto drängte.

Eleanor nahm die Spritze an sich, beugte sich zu Matt hinüber und gab ihm einen Kuss auf die Wange.

An der Tankstelle am Rand der M4 war fast nichts los. Es war nach elf, und als Matt und Eleanor den Tank gefüllt und im Schnellrestaurant zwei Hamburger gekauft hatten, setzten sie sich wieder in den Wagen.

»Ich bin sicher, dass Professor Johnson weiß, wie man so eine Probe testet«, sagte Eleanor.

Matt zog das gestohlene Handy aus der Tasche, das Iwan organisiert hatte, und wählte Johnsons Nummer. Sofort meldete sich eine Frau. »Entschuldigen Sie die späte Störung, aber es ist dringend«, sagte er. »Könnte ich bitte Professor Johnson sprechen?«

»Zu spät«, sagte die Frau feindselig.

»Ich weiß, dass es spät ist, und ich habe mich ja auch entschuldigt. Aber ich muss wirklich dringend mit ihm reden. Er wird es mir nicht übel nehmen, dass ich ihn wecke.«

»Wer sind Sie?«

Matt zögerte. Die Stimme der Frau klang irgendwie merkwürdig. »Was ist passiert?«

»Der Professor ist heute Morgen gestorben. Wer sind Sie?«

»Ich … Es tut mir Leid.«

»Wer sind Sie?«, wiederholte die Frau, diesmal deutlich lauter.

»Tut mir Leid, das kann ich nicht sagen.«

Er unterbrach die Verbindung. »Der Professor ist tot.«

Eleanor blickte Matt an. »Er hat gesagt, wir hätten ihn nicht besuchen sollen.«

18

Matram blickte aus dem Fenster des Hotelzimmers. Die Sonne brannte erbarmungslos auf den zwölf Stockwerke unter ihm liegenden Parkplatz. Ein paar Männer, wegen der Hitze nur in Shorts, kamen aus dem B&Q Superstore, wo sie aufblasbare Planschbecken für ihre Kinder und Schläuche zur Bewässerung ihrer Gärten gekauft hatten.

Dieses Vorstadtleben wäre nichts für mich, dachte er. Es würde mich krank machen.

Der Fernseher hinter ihm war auf Sky News eingestellt, und der Nachrichtensprecher redete über die Hitzewelle, die nun schon drei Wochen andauerte. Die Gesundheitsministerin ließ verlauten, man solle sich nicht zu lange draußen aufhalten und Sonnenschutzcreme benutzen. Ein Automobilklub riet, den Wagen besser in der Garage stehen zu lassen. Einige Autofahrer waren bei der extremen Hitze schon durchgedreht und hatten durch aggressives Fahrverhalten Unfälle verursacht. In einem Tesco-Supermarkt in Hartlepool hatte jemand andere Kunden mit einem Messer angegriffen. »Nach der Werbeunterbrechung«, fuhr der Nachrichtenmoderator fort, »werde ich mit einer namhaften Psychologin darüber reden, wie man sich bei dieser Hitze am besten verhält.«

Hitze, dachte Matram. Was wissen die schon von Situationen, in denen es wirklich heiß hergeht?

Snaddon und Trench waren mit ihm in dem Hotelzimmer, die anderen sechs Mitglieder der Einheit waren in andere Städte geschickt worden – Clipper und Turnton nach Manchester, Harton und Godsall nach Bristol, Addison und Marley, die Kilander und Wetherall ersetzt hatten, nach Newcastle. Damit waren wichtige Positionen bezogen, die auf der Landkarte in etwa ein Viereck bildeten. Wo immer die Zielpersonen auch auftauchten, einer von Matrams Leuten konnte immer in zwei Stunden bei ihnen sein.

Sie müssen sich nur irgendwo blicken lassen, dann sind sie noch am selben Tag erledigt.

»Sie sind spurlos verschwunden«, sagte Snaddon.

»Unsinn«, erwiderte Matram. »So etwas geschieht vielleicht im Märchen, im wahren Leben verschwindet niemand. Man muss ihn nur finden.«

Er hatte dafür gesorgt, dass am letzten Abend eine landesweite Fahndung wegen Terrorismusverdachts ausgegeben worden war. Fotos von Matt Browning und Eleanor Blackman waren auf elektronischem Weg landesweit an alle Polizeidienststellen übermittelt worden. Brownings Autokennzeichen war bekannt – wenn sie an einer Radarfalle vorbeikamen oder in die Innenstadt von London wollten, wo Gebühren entrichtet werden mussten, würde das nicht unbemerkt bleiben. Falls sie ihre Kreditkarten oder Handys benutzten, würde sofort die Polizei verständigt werden. Außerdem wurden die Aufnahmen von zehntausenden von Überwachungskameras im ganzen Land ausgewertet. Wir leben im elektronischen Zeitalter, dachte Matram, während er die verschiedenen Methoden Revue passieren ließ, wie Browning und Eleanor Blackman entdeckt werden konnten. Ein Mann kann weglaufen, aber verstecken kann man sich heutzutage allenfalls noch zwei Meter unter der Erde.

»Nichts Neues von der Polizei?«, fragte er.

Trench saß an einem Laptop, der über eine sichere Verbindung mit dem Hauptquartier der Antiterrorismusabteilung von Scotland Yard vernetzt war. Berichte von örtlichen Polizeidienststellen wurden simultan sofort auch an Matrams Einheit weitergeleitet. Wenn Browning und Blackman gesehen wurden, wollten sie keine Zeit verlieren, weil eines der angeblichen Arbeitstiere bei Scotland Yard wieder mal gerade eine Teepause machte.

Trench schüttelte den Kopf. »Nichts. Ein paarmal hat's falschen Alarm gegeben. In Romford haben sie einen Typ mit etwas Plastiksprengstoff geschnappt, aber es war nur ein Bankräuber. In Cheltenham glaubte man sie gesehen zu haben, doch das hat sich als Irrtum herausgestellt. Das war alles.«

Matram schaute Snaddon an. »Wie sieht's mit Banken und Kreditkartenfirmen aus?«, fragte er. »Meistens kommt man den Leuten durch Geld auf die Spur. Auf der Flucht kann man auf vieles verzichten, nur nicht auf Geld.«

Snaddon schüttelte den Kopf. Ihr Computer war mit den Systemen von Visa und Mastercard verbunden. Wenn die beiden Gesuchten Geld an einem Bankautomaten abhoben oder irgendwo mit einer Kreditkarte bezahlten, wurde das sofort angezeigt, inklusive einer genauen Angabe des Orts. »Nichts. Nicht einmal der Hauch einer Spur.«

»Nun, ihr kennt ja das Sprichwort«, sagte Matram bedächtig. »Wenn der Vogel nicht zu einem geflogen kommt, muss man den Baum eben ein bisschen schütteln.«

Matt schenkte sich eine weitere Tasse Kaffee ein. Schon jetzt spürte er die Wirkung des Koffeins. Vor ihm stand ein Teller mit Eiern, Speck, Wurst und Bohnen, und er begann hungrig zu essen.

So viel wie möglich essen, wenn man die Gelegenheit hat, das war die wichtigste Maxime eines Soldaten. *Man weiß nie, wann man zum nächsten Mal etwas zu beißen bekommt.*

Eleanor bestrich eine Scheibe Toast mit Marmelade und schaute dann auf Matts voll beladenen Teller. »Wissen Sie, dass maßloses Essen ein weit verbreitetes Symptom von Angst ist?«

Matt schob sich die nächste Gabel in den Mund. »Kann auch ein Symptom für Hunger sein.«

Das Hotel lag am Stadtrand von Chippenham. Vor dem Siegeszug der neuen Ketten Travel Inn und Travelodge war es vermutlich hauptsächlich von Vertretern frequentiert worden. Das Reich der anonymen, unauffälligen Menschen, dachte Matt, während er sich in dem Frühstücksraum umblickte. Rentner, Touristen mit wenig Geld, Asylbewerber, die auf ihre Abschiebung warteten. *Wenn man untertauchen will, dann am besten zwischen diesen Menschen.*

»Ich habe Angst, Matt«, sagte Eleanor. »Ich weiß nicht, wie die Schlussphase aussehen wird.«

»Die Schlussphase?«

»Ich hab keine Ahnung, wie wir die Beweise zusammenbringen könnten. Was macht es schon für einen Unterschied, was und wann wir etwas entdecken? Selbst wenn wir die Probe analysieren lassen, wer wird uns glauben?«

Matt sah eine Träne über ihre Wange laufen. Er antwortete nicht sofort. Obwohl er sein Frühstück erst halb gegessen hatte, ließ er die Gabel sinken. »Ich erinnere mich an eine der ersten wirklich heiklen Situationen während meiner Anfangszeit beim Regiment. Wir waren in die Philippinen geschickt worden, um die Armee des Landes im

Dschungelkampf gegen kommunistische Guerilleros zu unterstützen. Aber die regulären Soldaten hatten keine Lust zu kämpfen, wollten nur wieder nach Hause. Wir saßen zu viert fest und sahen uns einer Übermacht von fünfzig oder sechzig schwer bewaffneten Aufständischen gegenüber. Wir haben unser Gutenachtgebet aufgesagt und zu schlafen versucht, waren uns aber ziemlich sicher, dass wir den nächsten Tag nicht mehr erleben würden. Und weißt du, was dann passierte? Der Monsunregen setzte eine Woche früher als gewöhnlich ein. Es war schon verrückt. Der Regen fiel so dicht, dass niemand weiter als ein paar Schritte sehen konnte und unsere Gegner nicht richtig zielen konnten. Weil alles völlig verschlammt war, hat es eine Woche gedauert, aber wir haben es geschafft, uns in Sicherheit zu bringen und zu überleben.«

»Will sagen?«

»Im Krieg kann man die Schlussphase nicht immer voraussehen. Man macht einfach weiter und hofft, dass irgendetwas passiert.«

Das Auto war ein elf Jahre alter Ford Escort mit Stoffsitzen und ein paar Beulen. Matt hatte es am Vortag bei einem Gebrauchtwagenhändler im Süden Londons gekauft, für dreihundert Pfund. Das war alles, was noch von dem Geld übrig war, das Abbott ihm für den Trip nach Osteuropa gegeben hatte. Da er in diesem Teil Londons aufgewachsen war, kannte er sich aus und wusste, dass es dort etliche Händler gab, die zusammengeflickte alte Autos gegen Bargeld verhökerten, ohne Fragen zu stellen und auf der Ausfüllung von Formularen zu bestehen. *Wenn die Kohle stimmt, geht alles problemlos über die Bühne.*

Er war nicht zum ersten Mal auf der Flucht. In Bosnien

hatte er sich mit zwei Kameraden fünfundsiebzig Kilometer tief auf feindlichem Territorium wiedergefunden, ohne Funkgerät, um eine Evakuierung aus der Luft anfordern zu können. Hätte man sie während des dreitägigen Fußmarsches über feindliches Gebiet gesichtet, wären sie sofort erschossen worden. Und auf den Philippinen, er hatte es Eleanor bereits erzählt, hatte er tagelang im Monsunregen durch den Dschungel marschieren müssen.

Aber das waren militärische Einsätze im Ausland. Hier bin ich in meinem eigenen Land und kämpfe gegen Landsleute.

Es geht nur darum, sich nicht blicken zu lassen und in die Anonymität abzutauchen, dachte er. Solange sie keine Kreditkarten benutzten oder Bares an einem Geldautomaten abhoben, konnten sie auf diese Weise nicht entdeckt werden. Seinen Porsche hatte er in London stehen gelassen. Er war zu auffällig, und außerdem hätte das Nummernschild sie sowieso verraten. Iwan hatte ihnen zwei gefälschte Pässe beschafft, die auf die Namen Keith Todd und Helen Nuggett lauteten. Falls die Polizei sie anhalten und nach ihren Papieren fragen sollte, hatten sie zumindest eine Chance, ungeschoren davonzukommen.

Der Escort kam stotternd zum Stehen. Die Bremsklötze schienen locker zu sein, und man musste kräftig an dem Schaltknüppel reißen, um den zweiten Gang einzulegen. Aber das ist egal, dachte Matt. Mit dem Auto können wir uns frei bewegen, und niemand wird wissen, wer wir sind.

Sie waren vor Caldwells Haus vorgefahren, das auf dem Land lag, außerhalb von Chippenham. *Wir müssen mit ihm reden, bevor die Killer von Increment da sind.*

Es war ein kleines Landhaus, vermutlich mit drei Zimmern, und einem etwa einen Morgen großen Garten, in dem größtenteils farbenfrohe und sorgfältig gepflegte Rosensträucher wuchsen. Es war kurz nach zehn Uhr morgens, und am Himmel war kein Wölkchen zu sehen. Wieder so ein heißer Tag, dachte Matt, während er aus dem Auto stieg.

Caldwell war im Garten, nur mit Shorts bekleidet, und goss seine Rosen. »Ihre Blumen können von Glück sagen, wenn sie diesen Sommer überstehen«, sagte Matt. Caldwell hatte sandfarbenes, sich lichtendes Haar und war ziemlich korpulent. Matt schätzte ihn auf etwa sechzig.

Caldwell blickte die Besucher neugierig, aber auch misstrauisch an. »Möchten Sie einen Weg beschrieben haben?«, fragte er.

Matt schaute sich um. Einen knappen Kilometer entfernt sah er einen Bauernhof, in dem Tal unter ihnen lag ein Dorf, Caldwells Haus lag völlig isoliert. »Wir brauchen Hilfe«, sagte er.

Eleanor trat einen Schritt vor. »Sie haben früher auf der Farm gearbeitet. Professor Johnson hat uns Ihren Namen genannt. Er meinte, Sie könnten uns vielleicht helfen.«

»Und wer sind Sie?«

Matt wog die Risiken ab. Wenn dieser Mann ihre Namen kannte, würde man sie möglicherweise finden. Log er ihn dagegen an, bestand die Gefahr, dass Caldwell ihnen nicht traute. »Mein Name ist Matt Browning«, sagte er schließlich. »Meine Begleiterin heißt Eleanor Blackman. Wir versuchen, Informationen über ein Präparat aufzutreiben, das auf der Farm getestet wurde, vor etwa fünf Jahren.« Er schaute Caldwell ernst an. »Ihre Hilfe könnte Menschenleben retten.«

Caldwell brach in ein raues Gelächter aus, das eher nach Verärgerung als nach Belustigung klang. »Die Farm?«

»Was für eine Aufgabe hatten Sie dort?«, fragte Eleanor behutsam.

Sie will ihm die Anspannung nehmen, möchte, dass er sich öffnet, dachte Matt.

»Ich war bloß Laborassistent, nichts Besonderes. Mein Job war es, die Pillen an die Probanden auszugeben und dann die Wirkung zu überwachen. Ja, hauptsächlich ging es darum, das Auftreten von Nebenwirkungen zu überprüfen.«

»Es gab da Pillen namens XP22«, sagte Matt. »Wie gesagt, vor etwa fünf Jahren. Sie könnten an Soldaten getestet worden sein. Waren Sie an diesen Versuchen beteiligt?«

Caldwell seufzte, und sein Gesichtsausdruck spiegelte Traurigkeit, weil jetzt Erinnerungen wachgerufen wurden, die er wahrscheinlich längst verdrängt glaubte. Er studierte eingehend Matts Miene, als hätte er plötzlich Angst. »Sie haben die Pillen doch nicht etwa genommen?«

Matt schüttelte den Kopf. »Ich nicht, aber einer meiner Freunde. Er ist gestorben.«

Caldwell bückte sich und griff mit seiner durch einen Handschuh geschützten Hand nach dem Stängel einer Rose und schnitt ihn mit einer Schere durch. »Da war er nicht der Einzige.«

»An wie vielen Männern wurde das Präparat denn getestet?«, fragte Eleanor.

»An ungefähr fünfzig.« Caldwell drehte sich zu ihr um. »Sie waren alle aktive Soldaten. Nachdem man ihnen die Pillen verabreicht hatte, standen sie eine Woche lang unter Beobachtung. Natürlich sind jetzt nur noch wenige unter uns.« Er schnitt eine weitere strahlend rote Rose ab. »Es gab Nebenwirkungen. Fünf von den Probanden gerieten außer Rand und Band, wurden zu wahren Monstern. Sie mussten überwiesen werden.«

»Überwiesen?«, fragte Eleanor irritiert. »Wohin?«

Caldwell brach erneut in ein raues Gelächter aus. »Das

war nur der Ausdruck, der dort gebraucht wurde. Euphemismen waren auf der Farm gang und gäbe. Wenn wir sagten, sie würden überwiesen, hieß das im Klartext, dass sie weggeschafft wurden.« Er schwieg kurz. »Und wir haben nie erfahren, was aus ihnen geworden ist.«

»Wurden sie erschossen?«, fragte Matt.

Caldwell zuckte die Achseln. »Das ist alles, was ich über XP22 weiß. Es war eine üble Pille, sie hätte nie ausgegeben werden dürfen. Niemand hätte sie je anrühren sollen.«

»Es könnte andere Nebenwirkungen geben, die erst später auftreten«, sagte Eleanor. »Wir müssen die Namen der anderen Männer herausfinden.«

Caldwell schüttelte den Kopf. »Darum müssen Sie sich schon selber kümmern. Ich habe ihre Namen nie erfahren. Auf der Farm gab es nur Nummern.«

»Wir brauchen ihre Namen«, sagte Eleanor, diesmal noch eindringlicher. »Wie sonst könnten wir diesen Männern helfen?«

Caldwells Miene verdüsterte sich. Er schien Angst zu haben, und seine Lippen begannen zu zittern. »Ich habe schon genug gesagt. Es ist gefährlich.«

»Die Namen«, forderte Eleanor.

»Nein«, antwortete Caldwell laut. »Wie gesagt, ich habe schon zu viel geredet.«

Er wandte sich um und ging auf das Haus zu.

»Wir haben eine Gewebeprobe von einem der Toten«, rief Eleanor ihm nach. »Wollen Sie sie für uns analysieren?«

»Machen Sie sich nicht lächerlich«, antwortete Caldwell. »Mir fehlt hier die erforderliche Ausrüstung.«

In der Ferne sah Matt einen Streifenwagen, der sich über den Hügel näherte. Eleanor folgte Caldwell und wollte ihn am Ärmel festhalten.

»Wir müssen verschwinden«, rief Matt.

Als sie sich umdrehte, erkannte sie die in Matts Blick liegende Entschlossenheit. Er war bereits auf dem Weg zum Auto. »Sofort!«, fügte er laut hinzu. Eleanor folgte ihm mit hängendem Kopf.

Matt bemerkte, dass Caldwell kehrtmachte, seinen Schritt beschleunigte und ihnen zum Auto folgte.

»Ich kann nur eines empfehlen«, sagte er. »Überprüfen Sie die Sache mit dem Geld.«

Matt drehte sich um. »Geld?«

Caldwell trat dicht an sie heran, noch immer die Rosenschere in der Hand haltend. »Das Wichtigste an XP22 war … die Art und Weise, wie das Präparat bezahlt wurde.«

Matt blickte zu dem Hügel hinüber. Am liebsten hätte er noch ein Dutzend Fragen gestellt, aber der Streifenwagen war nur noch einen guten halben Kilometer entfernt.

Die Frau ging allein durch die Straße, mit hoch erhobenem Kopf, und schaute in den Himmel. Sie trug ein kurzärmeliges schwarzes T-Shirt und einen schwarzen Minirock, und ihre Haut war tief gebräunt.

Matram saß hinter dem Steuer seines Lexus und zeigte auf die Passantin. »Das ist sie.«

»Die in dem schwarzen T-Shirt?«, fragte Trench.

Matram nickte. »Dann wollen wir mal sehen, wo sie hinspaziert. Wir folgen ihr nach Hause und schnappen sie uns dort.«

Es war nicht schwer gewesen, Gill zu finden. Abbott hatte Matram alles über Matts Jugendliebe erzählt, seine jetzige Verlobte, die sich vor seiner Abreise in die Ukraine von ihm getrennt hatte. Doch das spielte wahrscheinlich keine Rolle. Wenn jemand wusste, wo Browning sich aufhielt, dann sie.

Eine Vorschullehrerin, dachte Matram grinsend. Schon möglich, das sie ein paar kleine Bälger im Zaum halten kann, aber mit uns wird sie nicht fertig.

Im Last Trumpet hatte sie sich nicht mehr blicken lassen. Abbott hatte über die Firma die örtliche Polizei gebeten, sie zu suchen, aber es gab keinerlei Hinweise dafür, dass sie sich noch in Marbella aufhielt. Sie schien sich in Luft aufgelöst zu haben, doch damit war sie noch längst nicht in Sicherheit. Sie hatten überprüft, ob sie Karten benutzte, und vor zwei Tagen hatte sie tatsächlich an einem Geldautomaten der Barclays Bank in der Putney High Street zwanzig Pfund abgehoben. Außerdem hatte sie gestern ihr Handy benutzt – der Anruf war über einen Funkmast an der Upper Richmond Road übertragen worden. Das waren entscheidende Informationen. Sie musste sich irgendwo in der Gegend von Putney aufhalten.

Wir werden leichtes Spiel haben, dachte Matram. Bald wird sie wieder Geld brauchen, mit zwanzig Pfund kommt man nicht weit. Offenbar gehörte sie zu den Menschen, die sich der Illusion hingaben, weniger auszugeben, wenn sie nicht so viel Bargeld auf einmal abhoben. Wenn sie an der Bank warteten, würden sie sie schnell genug finden.

Und dann würde Gill sie zu Matt führen. Sie würden die Informationen durch Gewaltanwendung aus ihr herausquetschen, und wenn sie dann immer noch nichts sagte … Browning würde sich von ihrer Leiche angezogen fühlen wie ein Aasgeier von totem Fleisch.

Er manövrierte den Lexus vom Bordstein und fuhr langsam die Straße hinab. Gill hatte in einem Starbucks einen Kaffee getrunken und eine Zeitung gekauft. Jetzt ging sie etwa dreißig Meter vor Matrams Wagen her. Ein Stück weiter bog sie erst in die Upper Richmond Road und dann nach links in eine Seitenstraße ab, wo sie vor Haus Nr. 12 stehen blieb und sich noch einmal umblickte.

Matram brachte den Lexus vor dem Haus zum Stehen.

Gill schloss die Tür auf.

»Okay«, sagte Matram. »Schnappt sie euch. Sofort.«

Iwan, Eleanor und Matt standen in der Küche eines anderen ehemals von der IRA genutzten Hauses, doch dieser Unterschlupf lag in Tooting. Iwan hatte auf einem Ortswechsel bestanden. Seiner Meinung nach vergrößerten sich ihre Überlebenschancen, wenn sie in Bewegung blieben.

Sie hatten keine Möglichkeit gefunden, die Gewebeprobe analysieren zu lassen. »Wenn es mit dem Test nicht klappt, müssen wir uns eben etwas anderes einfallen lassen«, sagte Iwan. »Ein Stein des Puzzles fehlt uns bei dieser Geschichte noch.«

»Was meinen Sie?«, fragte Eleanor.

»Denken Sie mal nach«, sagte der Ire. »Die Killer von Increment töten nach und nach alle Männer, die die Pille genommen haben. Aber wenn wirklich das Verteidigungsministerium dahinterstecken würde, wäre die Methode eine andere. Man würde die ehemaligen Soldaten an einem Tag einkassieren, sie getrennt unterbringen und sich zu gegebener Zeit um sie kümmern.«

»Was willst du damit sagen?«, fragte Matt.

Iwan zuckte die Achseln. »Nur, dass wir bis jetzt noch nicht alle Antworten kennen.«

»Vielleicht hat es etwas mit dem Geld zu tun«, warf Eleanor ein. »Caldwell hat gesagt, es sei etwas Merkwürdiges daran gewesen, wie für XP22 bezahlt wurde.«

Iwan lächelte. »Dann müssen wir das herausfinden.«

Matt studierte den Lieferwagen aufs Genaueste, um nichts dem Zufall zu überlassen. Es war ein blauer Ford Transit mit dicken gelben Lettern auf den Seitenwänden. R. H. STEVENS, REINIGUNGSSERVICE.

»Du wartest hier«, flüsterte Matt Eleanor zu. »Es wird nur ein paar Minuten dauern.«

Er stieg aus dem Escort aus, ließ den Blick über die Straße schweifen und ging schnell auf den Lieferwagen zu. Es war früher Abend, und die Straßen Londons waren bereits vom Berufsverkehr verstopft. Er wich zwei Fahrradkurieren aus und schlenderte dann lässig die Straße hinab. Hinter dem Steuer des Lieferwagens saß ein Schwarzer in einem blauen Overall. Er war etwa Mitte dreißig und schlürfte eine Orangina. Offensichtlich war er allein. Das Radio war auf den Sender Talksport eingestellt, und Matt hörte den Moderator über die Hitzewelle reden. Laut der aktuellsten Vorhersage sollte sie sich noch bis in den September hinziehen. Zwei weitere Menschen waren an einem Hitzschlag gestorben. Der Moderator schwadronierte über die »Bullenhitze«: »Ich glaube nicht, dass wir das noch viel länger ertragen können.«

Im Moment war auf dem Bürgersteig gerade niemand zu sehen. Matt kehrte um und stieg auf der Seite des Beifahrersitzes in den Lieferwagen. »Hallo.«

Der Kopf des Fahrers wirbelte herum, und in seiner Miene spiegelten sich zugleich Verwirrung und Überraschung, als er Matts Faust auf sich zukommen sah. Der Schlag traf seine Schläfe und stieß den Kopf wieder zur anderen Seite. Die Flasche knallte gegen das Fenster und fiel zu Boden. »Scheiße«, fluchte der Mann. »Scheiße.«

Der zweite harte Schlag traf ihn am Genick, genau an der empfindlichsten Stelle. Der Kopf des Mannes kippte nach vorne und prallte auf das Lenkrad. »Tut mir Leid, Kollege«, murmelte Matt, während er überprüfte, ob der Fahrer auch tatsächlich bewusstlos war. »Du warst einfach nur zufällig zur falschen Zeit am falschen Ort.«

Jetzt blieben ihm ein paar Sekunden, während der der Fahrer noch bewusstlos sein würde. Er hievte ihn über die Rückenlehne in den hinteren Teil des Lieferwagens, wo er ihn fesselte und mit einem Stofffetzen knebelte.

Dann nahm er die Schlüssel vom Armaturenbrett. »Glauben Sie, dass sich Menschen bei der unerträglichen Hitze weniger zivilisiert verhalten?«, fragte der Talksport-Moderator. »Rufen Sie an und sagen Sie uns Ihre Meinung.« Hinten in dem Lieferwagen fand Matt Overalls, Eimer, Lappen und Reinigungsmittel. Er schnappte sich zwei Overalls, zwei Eimer und einen Wischlappen und rannte zu dem Escort zurück.

»Das war's«, sagte er, als er wieder neben Eleanor saß. »Wir können loslegen.«

Der Büroturm von Tocah Life Science wirkte wie ein Baum in der Wüste. Matt bugsierte den Escort in eine Parklücke und zog den Overall an. Eleanor folgte seinem Beispiel. Als sie ihre Hose auszog, fielen Matt ungewollt ihre wohl geformten Oberschenkel und ihre blasse, weiche Haut auf.

»Sieht gut aus«, bemerkte er grinsend.

Sie fuchtelte mit ihrem Wischlappen herum. »Ich schrubbe sie immer gut.«

Sie überquerten die Straße. Die meisten Angestellten strömten gerade aus dem Büroturm. Frauen tupften sich auf dem Weg zur Bushaltestelle oder zur Untergrundbahn die Stirn ab, als sie aus dem klimatisierten Gebäude in die stickige Abendhitze traten, die Männer lockerten ihre Krawatten, um sich für die Heimreise in den heißen, überfüllten und unpünktlichen Zügen zu rüsten.

Matt schaute Eleanor an. »Alles klar?«

»Ich habe Angst.«

»Das ist normal. Es kommt darauf an, sich der Angst zu stellen, sich ihr nicht zu unterwerfen und sie zu kontrollieren.«

»Verstehe. Auch ein kleiner Psychologe.«

Sie gingen zum Seiteneingang. In solchen Unternehmen sind Reinigungskräfte die Unterprivilegierten, dachte Matt. Niemand würdigt sie eines Blickes, niemand spricht mit ihnen. Sie gleichen Geistern und sind für die meisten Menschen völlig unsichtbar. Die perfekte Tarnung

»Ausweise«, sagte herrisch ein Sicherheitsbeamter hinter einer Glasscheibe, auf dessen Fernseher gerade *Big Brother* lief.

Matt präsentierte die beiden Dienstausweise, die sie in den Taschen der gestohlenen Overalls gefunden hatte. Der Mann schaute sie flüchtig an, mit einem zugleich gelangweilten und verächtlichen Gesichtsausdruck. Selbst auf diesem Niveau, wo alle nur den gesetzlichen Mindestlohn erhielten, gab es noch subtile Klassenunterschiede. Offenbar glaubten die Sicherheitsbeamten über den Reinigungskräften zu stehen, und dieser hier ließ sich nicht dazu herab, genauer zu überprüfen, wer sie eigentlich waren.

Wenn sie herausfinden, dass du uns einfach so hereingelassen hast, sitzt du in der Patsche, Kollege.

Wie in den meisten modernen Bürotürmen gab es Aufzüge für die Führungskräfte, Sekretärinnen und Angestellten, und der gesonderte Lift für Reinigungskräfte, Sicherheitsbeamte und Handwerker befand sich im hinteren Teil des Gebäudes und reichte bis in den zwölften Stock. »Wir gehen erst mal zu Fuß«, sagte Matt.

Sie stiegen eine Treppe hoch, und dort war in die Wand

eine kleine Tür eingelassen. Matt stieß sie auf. Dieser Aufzugsschacht, eine düstere Röhre mit Kabeln und lose herabhängenden Drahtseilen, führte bis in den dreißigsten Stock. Eleanor schluckte. »Wir warten, bis die Kabine nach unten kommt und springen dann drauf«, murmelte Matt.

Er blickte nach oben, hörte die schnurrenden Geräusche der Motoren. Es roch nach Öl, mit dem die Rollen und Hebel in dem Aufzugsschacht geschmiert wurden. »Beim Regiment habe ich mal an den Übungen einer Anti-Terror-Spezialeinheit teilgenommen. Für den Fall, dass Terroristen ein Gebäude besetzt hätten, wäre es unsere Aufgabe gewesen, einzudringen und sie zur Strecke zu bringen. Gott sei Dank ist es nie so weit gekommen, aber im Ernstfall wären wir auf alles vorbereitet gewesen.«

Eleanor griff nach seiner Hand. Ihre war schweißnass. Sie hörten Ketten und Hebel rasseln. Der Lift kam nach unten. Er hielt noch zwei- oder dreimal, und jedes Mal hörten sie das kratzende Geräusch von Stahl auf Beton durch den Schacht hallen.

»Mach das Beste aus der Angst«, flüsterte Matt.

Der Lift zischte vorbei, und aus der Kabine kam ihnen ein Luftzug entgegen. Er hielt im Erdgeschoss, etwa zwei Meter unter ihnen.

»Jetzt.« Er sprang und zog Eleanor mit sich. Als sie halbwegs sanft auch dem Dach der Kabine gelandet waren, hielt er Eleanor den Mund zu, um einen Schrei zu ersticken. »Wir dürfen keinen Mucks von uns geben. Gleich geht's nach oben.«

Gill wehrte sich nicht. Wenn man sie überrascht, sind sie wie gelähmt vor Angst, wie Kaninchen im Scheinwerferlicht eines auf sie zukommenden Autos, dachte Matram. Ihre Muskeln sind genauso paralysiert wie ihr Gehirn, sie sind bewegungs- und reaktionsunfähig.

Snaddon und Trench gingen voran. Matram blieb etwas zurück, um die Straße zu beobachten. Als Gill den Schlüssel ins Schloss steckte und gerade die Tür öffnen wollte, drehte sie sich noch einmal um und sah Snaddon auf sich zukommen. Sie ließ praktisch keine Reaktion erkennen. Das war der große Vorteil, wenn man eine Frau in seiner Einheit hatte – sie konnte sich einer Geschlechtsgenossin nähern, ohne Ängste zu wecken. Snaddon hielt Gill mit einer Hand den Mund zu, und Trench packte ihre Arme und verdrehte sie brutal hinter ihrem Rücken. Vielleicht schrie sie vor Schmerz, doch kein Laut entwich ihren Lippen. Die Energie des Schreis schien nach innen zu strömen und ihren Brustkasten vor Verwirrung und Zorn erbeben zu lassen.

Matram bückte sich und klaubte die zu Boden gefallenen Schlüssel auf. Nachdem er sich vergewissert hatte, dass sie nicht gesehen worden waren, öffnete er ruhig die Tür. Snaddon schubste Gill in die Wohnung, stieß sie zu Boden, setzte sich rittlings auf ihren Oberkörper und ohrfeigte sie.

Matram schaute sich in der Wohnung um. Das Wohnzimmer war spartanisch, aber stilvoll möbliert – ein Sofa, ein Fernseher mit Plasmabildschirm, ein paar Bücherregale. An einer Wand hing die Reproduktion eines Andy-Warhol-Porträts von Jackie Kennedy. Von der Küche gelangte man in ein weiteres Zimmer, dahinter war das Schlafzimmer, aus dem man auf einen kleinen Garten im Innenhof blickte. Unter dem Fernseher sah Matram eine PlayStation, und deshalb glaubte er, dass die Wohnung wahrscheinlich einem Mann gehörte. Gill war nur für ein paar Tage zu Gast.

Wenn er zurückkommt, wird er eine schöne Bescherung

vorfinden, dachte Matram. Solche Bilder liefert ihm seine PlayStation nicht.

Er trat zu der am Boden liegenden Gill. »Wo ist Matt?«

»Verpissen Sie sich.«

Snaddon verpasste ihr eine weitere Ohrfeige und presste sie hart auf den Boden. Es ist immer ein Vergnügen und lehrreich, eine von Schmerzen gepeinigte Frau zu sehen, dachte er. Die Leidensfähigkeit von Frauen war sehr viel stärker ausgeprägt als die von Männern – immerhin waren sie so gebaut, dass sie die Schmerzen einer Geburt ertrugen –, und auch ihre Kraft, Folter auszuhalten, war unendlich größer als die des so genannten starken Geschlechts. Wenn man lernen will, wie man gewaltsam Informationen aus jemandem herauspresst, sollte man immer mit einer Frau beginnen, dachte er. Wenn man das kann, sind Männer kein Problem.

»Also, ich frage noch einmal. Wo ist Matt?«

»Verpissen Sie sich.«

Matram schüttelte bedächtig den Kopf. »Das ist nicht die Sprache, die man von einer Vorschullehrerin erwarten sollte. Normalerweise würde ich es mit dem Hinweis bewenden lassen, dass Sie sich ihr dreckiges Maul waschen sollten, doch diesmal habe ich etwas deutlich Unangenehmeres für Sie in petto. Ich wiederhole meine Frage noch ein einziges Mal, dann wird's ungemütlich. Wo ist Matt?«

Tränen liefen über Gills Gesicht, Angst und Schmerz ließen ihren Körper erbeben. »Ich weiß es nicht«, stammelte sie. »Wir haben uns getrennt, ich habe ihn seit Wochen nicht gesehen.«

»Tischen Sie mir keine Lügen auf. Sie wissen, wo er ist.«

»Nein. Ich schwöre es, ich habe keine Ahnung.«

Snaddon verpasste ihr erneut eine harte Ohrfeige.

»Ich weiß nicht, wo er ist«, schrie sie.

»Jetzt reicht's mir«, brüllte Matram. »Mir fehlt die Zeit für solche Spielchen. Eine Chance gebe ich Ihnen noch.« Er beugte sich mit wutentbranntem Gesicht zu ihr herab. »Wo ist er?«

»Ich versichere es, ich habe keine Ahnung«, schluchzte Gill.

Matrams Kopf wirbelte herum. »Gib ihr die Spritze.«

Gills Augen wanderten nach links, und ihre verängstigte Miene hatte sich verändert. Trench zog eine Spritze aus der Tasche und hielt sie zwischen Daumen und Zeigefinger.

»Spritz ihr das Zeug in die Zunge«, befahl Matram.

Snaddons Körper presste Gill fest auf den Boden, und sie zwang ihr mit beiden Händen den Mund auf. Gill war eine durchtrainierte junge Frau, aber sie war Snaddon nicht gewachsen und wusste ohnehin nicht, wie sie sich hätte wehren können.

Für eine Injektion gibt es keine bessere Stelle als die Zunge, dachte Matram. Wenn der Coroner die Autopsie vornimmt, wird er keinen blassen Schimmer haben, was passiert ist. Injektionen in die Zunge hinterlassen keine Spur.

»Was ist das?«

»Ein Anästhetikum namens Suxamethonium, ein weit verbreitetes, peripheres Muskelrelaxan, das in so ziemlich jedem Krankenhaus dieser Welt gespritzt wird«, antwortete Matram. »Hat aber eine interessante Vorgeschichte. Die Nazis haben Suxamethonium bei Verhören eingesetzt. Es fördert die Wahrheitsliebe des Patienten. Alle Muskeln entspannen sich, man kann sich nicht mehr bewegen, ja, nicht einmal mehr atmen. Man empfindet einen präzisen Vorgeschmack des Todes. Ich werde Ihnen nur eine sehr kleine Dosis injizieren lassen, deren Wirkung schon nach ein paar Sekunden verpufft. Sie sollen nur wissen, wie es sein wird, wenn ... Dann werde ich Sie ein letztes Mal fragen, und wenn Sie wieder nicht antworten, folgt die nächste Injektion.« Er schaute Trench an. »Also los.«

Die Nadel drang seitlich in ihre Zunge ein, und der Wirkstoff schoss in ihren Brutkreislauf. Matram sah ihren Körper erschlaffen, doch der Ausdruck einer von tief innen aufsteigenden, tödlichen Angst lag immer noch in ihrem Blick. Dann kam sie wieder zu sich. Sie bewegte sich instinktiv, wurde von Panik erfasst. Ihre Augen wanderten gehetzt von einer Seite zur anderen.

»Ich habe die Wahrheit gesagt«, wiederholte Gill. Tränen liefen über ihr Gesicht, und ihre Hände zitterten.

»Wiederholen Sie es«, sagte Matram sanft.

»Er hat irgendeinen Auftrag angenommen«, antwortete Gill. »Ich habe keine Ahnung, worum es dabei ging, und es ist mir auch egal. Ein Mann von der Firma ist bei uns in Spanien aufgetaucht, er hieß Guy Abbott. Sie haben alle seine Konten gesperrt. Matt war fuchsteufelswild. Hätte er den Job nicht angenommen, wäre er am Ende gewesen.« Sie schwieg kurz, weil die Tränen ihre Stimme zu ersticken drohten. »Ich war wütend auf ihn und habe gesagt, er solle nicht annehmen. Wir kämen auch so irgendwie klar, aber wenn er zusage, sei es aus mit uns. Er ist abgereist, und damit war es mit uns vorbei. Ich bin nach London zurückgekehrt, habe aber seitdem kein Wort mehr mit ihm geredet. Ich hätte auch überhaupt keine Lust dazu.«

Matram seufzte und blickte Trench an. »Zugabe.«

Wieder zwängte Snaddon Gills Mund auf. Sie versuchte, den Kopf zu wenden, war aber wehrlos. »Schön still halten«, fuhr Trench sie an, während die Nadel schon in ihre Zunge eindrang.

Noch zwei Milliliter, dachte Matram. Keine zwei Minuten

mehr, dann ist sie tot. Die Muskeltätigkeit wird nach und nach zum Stillstand kommen, dann bleibt ihr Herz stehen. Er beugte sich so dicht zu ihr hinab, dass er ihren Angstschweiß riechen konnte. Die Kontrolle über ihre Blase hatte sie bereits verloren – an einer Seite ihres Beins hatte sich der Stoff ihrer Hose durch den Urin dunkel verfärbt.

»Wiederholen Sie es«, flüsterte Matram.

»Ich habe doch gesagt, dass ich keine Ahnung habe, wo er ist«, winselte Gill. In ihrer Stimme lagen Trauer und Resignation. »Ich weiß es wirklich nicht.«

Es ist immer dieselbe Geschichte, dachte Matram. Vielleicht hat sie wirklich keine Ahnung, wo er ist. Möglicherweise sagt sie die Wahrheit, aber es spielt keine Rolle. Ich hätte sie sowieso töten lassen.

Knirschende metallische Geräusche hallten in Matts Ohren, während der Lift langsam nach oben fuhr. Er saß schwitzend auf dem kalten Stahldach der Kabine. Nur gelegentlich fiel durch die Türritzen in Höhe der Stockwerke etwas Licht in den finsteren Aufzugsschacht. Man konnte unmöglich wissen, ob sie in Sicherheit waren oder ob außerhalb des Lifts Gefahr lauerte.

»Wie lange noch?«, flüsterte Eleanor.

Der Aufzug bewegte sich jetzt schneller, und Matt empfand ein Gefühl von Übelkeit. Er spürte Eleanors zitternde Schulter an seiner Seite, und auf ihren Armen hatte sich eine Gänsehaut gebildet. Matt legte einen Arm um ihren Körper, um sie zu beruhigen, sagte aber nichts. Während der nächsten paar Minuten mussten sie sich absolut ruhig verhalten.

Der Lift hielt an. Vermutlich in sechsten oder siebten Stock, aber sicher war er sich nicht. Er hatte vor, nach einem Notausgang Ausschau zu halten, um so den zusätzlichen Sicherheitsmaßnahmen auszuweichen, die, wie er bei seinem letzten Besuch im obersten Stock erfahren hatte, in Lacrierres Etage getroffen wurden. Unter ihnen traten Leute in den Lift, und ihre Worte waren deutlich zu verstehen. Matt hielt den Atem an, versuchte jedes Geräusch zu vermeiden. Auch in der Kabine war die Hitzewelle Thema Nummer eins. Er entspannte sich, atmete erleichtert aus. Vermutlich waren es nur andere Reinigungskräfte, die an ihre Arbeitsplätze eilten.

Wieder kam der Lift zum Stehen, wahrscheinlich im zehnten Stock. Die Leute stiegen aus, dann ging es weiter nach oben. Jetzt wurden die Geräusche des Lifts lauter, und ihr Echo hallte durch den Schacht. Matt musste sich dazu zwingen, den Lärm zu ignorieren.

Erneut hielt der Aufzug an. Es wurde völlig still, innerhalb von Sekunden waren die Echos verebbt. Eines der Drahtseile schlug gegen die Wand, doch ansonsten herrschte Grabesruhe. »Warte hier«, flüsterte er Eleanor zu.

Zehn Meter über sich sah er den Notausgang. »Den gibt's in jedem Aufzugsschacht«, sagte er leise. »Steht in den Bauvorschriften.«

Der Notausgang war etwa einen Meter fünfzig hoch und breit. Wenn Leute in dem Büroturm festsaßen, konnten sie über den Aufzugsschacht das Gebäude verlassen. An der Seitenwand waren im Abstand von dreißig Zentimetern Stahlsprossen angebracht, und Matt begann hinaufzuklettern. »Schnell, komm nach«, murmelte er Eleanor zu.

Er zog ein paar Schutzhandschuhe aus der Tasche. Weil der Notausgang dafür gedacht war, im obersten Stock gefangenen Menschen die Flucht zu ermöglichen, war er von außen verriegelt, aber die Riegel waren nicht besonders stabil. Auch das Gitter war wackelig, und er konnte es mühelos herausbrechen.

Er kletterte in den Korridor, reichte Eleanor die Hand und zog sie nach oben. Dann hörte er plötzlich das Atmen eines Mannes, der drei Meter weiter in dem Gang stand.

Der Mann, ordentlich gekleidet mit einer grauen Hose und dem blauen Leinenhemd, wirbelte zu ihnen herum. In einer Hand hielt er einen Kaffeebecher, in der anderen eine Aktenmappe. »Wer zum Teufel sind Sie?«, fragte er entgeistert.

19

Matt stand wie angewurzelt da, und das Blut gefror ihm in den Adern.

Der Mann kam langsam auf sie zu. »Wer sind Sie?«, wiederholte er.

Matt rappelte sich hoch und half dann Eleanor auf die Beine. Sein Overall war dreckig, sein Haar staubig.

»Rei-Rei-Rei...«, stotterte er mit gut gespielter Nervosität. »Rei-Rei...«

Der Mann mit dem Pappbecher in der Rechten studierte ihn eingehend.

Stotterer sind anderen unangenehm, dachte Matt. Sie wollen sich so wenig wie möglich mit ihnen abgeben. »Rei-Rei-Rei...«

»Reinigungsservice«, sagte der Mann hilfsbereit.

Matt stammelte zustimmend.

Der Mann blickte Eleanor an. »Reinigungspersonal, stimmt's?«

Eleanor verzog das Gesicht. »J-J-Ja.«

»Reinigung«, brüllte Matt triumphierend, während er dem Mann begeistert die Hände auf die Schultern legte.

Er stieß Matt weg. »Sie sind schmutzig.« Er wischte sich den Staub von der Schulter seines Hemds, als könnte er sich eine ansteckende Krankheit fangen. »Machen Sie einfach weiter Ihre Arbeit.«

Er verschwand in einem Büro auf der linken Seite des Gangs, holte sein Jackett, tauchte wieder auf und rief den Lift. Offenbar hatte er Feierabend.

Idiot, dachte Matt.

Er ging schnell den Flur hinab, Eleanor im Schlepptau. In Lacrierres Büros angekommen, blickte sich Matt sofort um, ob noch jemand da war. Der Schreibtisch, hinter dem die scharfen Sekretärinnen gethront hatten, war verwaist. Darauf lagen ein Exemplar der Illustrierten *Red* und ein Päckchen Nurofen. Er wischte die Schreibtischplatte mit seinem Staubwedel ab. »An die Arbeit«, sagte er zu Eleanor. »Echt aussehen sollte es schon.«

Eleanor zog ein Staubtuch aus der Tasche und legte los. Matt öffnete die Tür zu Lacrierres Büro. Es war leer. Er schaute sich nach Überwachungskameras um, sah aber keine. Irgendwas stimmt nicht, dachte er. Es muss Sicherheitsmaßnahmen geben. Stört es Lacrierre vielleicht, bei der Arbeit beobachtet zu werden?

Auf dem Schreibtisch sah er einen Terminkalender und ein Ladegerät für Mobiltelefone. Daneben stand der PC, ein handelsüblicher Dell-Computer, wie man ihn in jedem x-beliebigen Büro sehen konnte. Er schaute ihn sich genau an. Das Gerät war ausgeschaltet, und auch in den Monitor schien keine Kamera integriert zu sein. *Trotzdem muss er sich sicher fühlen.*

Er blickte auf die Tastatur, dann auf die Maus. Kabellos, dachte er. Alle Peripheriegeräte kommunizierten über Funksignale mit dem Computer. *Das ist es, ich hab's.* Viele Leute installierten Bluetooth oder eines der anderen Systeme für drahtlose Verbindungen, um sich den Kabelsalat zu ersparen, aber es gab auch Sicherheitsanwendungen. Die Funksignale konnten nicht nur mit dem Computer, sondern auch mit einer Alarmanlage kommunizieren.

Wenn man nur eins von diesen Geräten anrührt, wird sofort Alarm ausgelöst, und kurz darauf ist ein Dutzend von Sicherheitsbeamten hier und schießt auf alles, was sich bewegt.

Er schaute sich die Hinterseite des Computers an. Der Bluetooth-Empfänger war in die USB-Schnittstelle eingestöpselt. Nachdem er ihn vorsichtig herausgezogen hatte, legte er ihn auf den Schreibtisch. Eigentlich hätte ich das Risiko nicht eingehen sollen, aber mir blieb keine andere Wahl, dachte er. Wenn die Jungs von der Security in neunzig Sekunden noch nicht hier sind, sind wir in Sicherheit.

Er blickte nervös auf die Uhr, ging zur Tür und warf einen Blick in den Korridor. Zum Glück gab es einen Steinfußboden. Wenn sich jemand näherte, würde er es schon von weitem hören.

Nichts. Wir sind in Sicherheit.

»Hast du die CD?«, fragte er Eleanor.

Sie nickte und trat zu Matt, der den Computer bereits hochfuhr. Nach kurzem Warten erschien das Windows-Logo auf dem Monitor, und er öffnete das Startmenü und klickte ein paar Symbole an. Er hatte es noch nie selbst probiert, aber bei einem Seminar über elektronische Kriegsführung beim Regiment hatte man ihm das Vorgehen erklärt. Er musste einfach hoffen, dass es klappte. Meistens funktionierte es angeblich. Wenn man ein Windows-Betriebssystem löschte und es anschließend neu installierte, konnte man ein anderes Passwort wählen und hatte Zugang zu dem Computer.

»Okay«, flüsterte er.

Eleanor schob die Silberscheibe mit einem handelsüblichen Windows-Installationsprogramm in das CD-Rom-

Laufwerk, und Matt klickte auf »Installieren«. Er hörte, wie die Festplatte aktiv wurde und mit dem charakteristischen schnurrenden Geräusch Daten geladen wurden. Er ging nervös hin und her, den Mopp vor sich herschiebend. Dann leerte er einen Papierkorb, in Gedanken ganz auf die nächste Aufgabe konzentriert.

»Okay, erledigt«, sagte Eleanor.

Matt beugte sich über den Schreibtisch. »Bestimmen Sie ein Passwort«, forderte ihn der Computer auf. Nach kurzem Zögern gab er »Orlena« ein. Auf dem Monitor leuchtete »Passwort bestätigen« auf. Matt tippte es noch einmal ein. Dann kam die entscheidende Meldung: »Der Computer ist jetzt betriebsbereit.«

Er musste sich beherrschen, keinen Freudensprung zu machen. Stattdessen drückte er Eleanors Hand und schaute dann wieder auf den Bildschirm. »Wir haben es geschafft.«

»Wir müssen uns die Dateien ansehen und nach allem Ausschau halten, was irgendetwas mit XP22 zu tun haben könnte«, sagte Eleanor.

Matt begann zu suchen. Auf der Festplatte waren mehrere hundert Dokumente gespeichert. Er wusste, dass alles weit hergeholt war, aber eine andere Chance hatten sie nicht. Solange er nicht über wirklich stichhaltige Beweise verfügte, dass Tocah für die Experimente mit XP22 verantwortlich gewesen war, stand er mit leeren Händen da.

»Hier.« Eleanor zeigte auf den Monitor. Unter »Eigene Dateien« gab es einen Ordner namens »Alanbrooke«. »Direkt vor dem Gebäude des Verteidigungsministeriums in Whitehall steht eine Statue von Lord Alanbrooke. Ich bin bestimmt hundertmal daran vorbeigegangen.«

Matt klickte auf den Ordner. Er enthielt zwölf Dateien. »Sende sie per E-Mail«, sagte er. »Ich passe an der Tür auf.«

Eleanor hatte bereits ein neues Hotmail-Konto eingerichtet. Wenn sie die Dateien als E-Mail-Anhänge verschickte, hatten sie Kopien davon, die sie in Ruhe zu Hause studieren konnten. Falls sich Matts Vermutung über den Inhalt der Dateien bestätigte, konnten sie ihren Mann festnageln.

Matt stand weiter an der Tür und blickte sich um. Eleanors Finger bearbeiteten fieberhaft die Tastatur. Schließlich klickte sie auf »Senden«. Während sie den Vorgang noch mehrfach wiederholte, hörte Matt ein zunächst kaum wahrnehmbares Geräusch, das aber allmählich lauter wurde.

Schritte.

Er drehte sich zu Eleanor um. »Beeilung, da kommt jemand.«

»Noch drei Mails«, antwortete sie mit ängstlicher Miene.

Matt trat in den Gang und ging zum Empfang. Eine Frau mit einem Stapel Papiere unter dem Arm kam näher, eine von den scharfen Sekretärinnen, eine Natalie, Natascha oder Nadine.

Vielleicht wird sie mich wiedererkennen, dachte Matt besorgt. Die Frau musterte ihn von Kopf bis Fuß, schien aber eher am Zustand seines Overalls als an seinem Gesicht Anstoß zu nehmen.

»Wer sind Sie?«, fragte sie mit einem durchdringenden Blick.

Matt schaute sich um. Eleanor war noch immer mit dem Computer beschäftigt. Er fuchtelte mit seinem Mopp herum und blickte die Frau an. »Rei-Rei-Rei…«, stotterte er.

»Wie bitte?«, fragte sie wütend. »Sprechen Sie so, dass man es versteht.«

Matt beugte sich zu ihr vor. »Rei-Rei-Rei…«

Die Frau wich einen Schritt zurück. »Das Reinigungspersonal darf Mr Lacrierres Büro nicht betreten. Wer sind Sie?«

»Ah-Ah-Ah … Ich bin …« Er simulierte einen heftigen Hustenanfall.

»Sie müssen sofort verschwinden.«

Wieder schaute er sich um. Eleanor stand am Computer, aber sie hatte ihr Staubtuch in der Hand und tat so, als würde sie den Bildschirm abwischen. Die Frau ging zum Schreibtisch, und Matt hob den Mopp in die Luft und war blitzschnell bei ihr. Bevor sie sich umdrehen konnte, strangulierte er sie schon mit dem Stiel des Mopps. »Ich werde zuvorkommend sein«, flüsterte er ihr ins Ohr. »Durch den Sauerstoffmangel im Gehirn wird man ohnmächtig, aber es bleiben keine sichtbaren Spuren zurück. Schließlich will ich nicht Ihr Gesicht verunstalten.«

Ob die Frau sein Entgegenkommen zu würdigen wusste, sollte er nie erfahren. Sie ging in die Knie und fiel zu Boden, wobei ihr Rock hochrutschte. Ihr Kopf kippte zur Seite. Nachdem er sie von dem Staubwedel befreit hatte, überprüfte er ihren Puls. Sie atmete. Er stopfte ihr ein Tuch in den Mund und befestigte es mit Klebeband. Dann zwang er der Geknebelten die Hände auf den Rücken und umwickelte die Gelenke ebenfalls mit Klebeband. Morgen früh wird es ihr wieder gut gehen, dachte er.

Das Glück bleibt uns treu. Aber das kann sich schnell ändern.

»Wir verschwinden«, zischte er Eleanor zu. »Los.«

Eleanor stellte eine Tasse Kaffee und ein Sandwich mit Schinken neben Matt auf den Tisch. Das Brot gehörte zu den Lebensmitteln, die Iwan in der sicheren Wohnung in Hammersmith zurückgelassen hatte. Es war zwei Tage alt, schmeckte aber trotzdem gut. *Wenn man ausgehungert und verängstigt ist, schmeckt alles gut.*

»Dann wollen wir mal sehen, was wir finden«, sagte Eleanor.

»Genau, dann wollen wir mal …«

Auf einmal stand Iwan im Raum. Matt schaute von dem Laptop auf, den der Ire besorgt hatte.

»Ich behalte euch nur ein bisschen im Auge«, sagte Iwan grinsend.

Er setzte sich auf den Boden und schenkte sich eine Tasse Kaffee ein.

Eleanor hatte die Dateien bereits heruntergeladen, die sie aus Lacrierres Büro als E-Mail-Anhänge geschickt hatten. Jetzt konzentrierte sie sich darauf, sich einen Überblick über die Masse von Informationen zu verschaffen, und ihre Augen wanderten schnell von links nach rechts, während sie auf dem Bildschirm den Inhalt der Dokumente überflog.

»Ich hab's«, sagte sie schließlich bestimmt. »Hier steht alles, was wir wissen müssen.«

Matt stützte seine Hände auf ihre Schultern auf und schaute auf den Monitor.

»Während der ganzen Neunzigerjahre wurde Tocah vom Verteidigungsministerium bezahlt, um eine Tapferkeitspille namens XP22 für die NATO zu produzieren und zu testen.« Ihre Finger flogen hektisch über die Tastatur. »Einhundert Millionen aus dem Verteidigungsministerium, pro Jahr, und das über einen Zeitraum von zehn Jahren. Macht eine Milliarde Pfund.«

»Die Dreckskerle«, sagte Matt grimmig. »Die Regierung hat von Anfang an dahintergesteckt.«

»Dem britischen Geheimdienst kann man nie trauen«, bemerkte Iwan.

Eleanor zeigte auf den Bildschirm. »Das Geld ging nicht direkt auf die Konten von Tocah Life Science. Offensichtlich musste alles geheim gehalten werden. Es wurde an eine Reihe von Scheinfirmen in ganz Europa überwiesen, die natürlich auch Tocah gehörten. Dann floss das Geld wieder an das Unternehmen zurück. Alles sollte so aussehen, als handelte es sich um ganz normale Einnahmen aus dem Verkauf ihrer Medikamente.«

Matt zuckte die Achseln. »Nicht weiter verwunderlich. Wenn man so eine Tapferkeitspille im Programm hat, will man nicht, dass irgendjemand etwas davon mitbekommt. Am wenigsten natürlich die armen Schweine von Soldaten, die die Versuchskaninchen spielen mussten.«

Eleanor überflog weiter den Inhalt der Datei. »Hier, eine komplette Namensliste der Probanden.« Ihr Zeigefinger glitt über den Bildschirm. »Fünfzig Testpersonen, wie man uns gesagt hat.« Sie atmete tief durch. »Fünf von ihnen sind bereits während des Experiments gestorben. Aber hier, da stehen die Namen der anderen: Barry Legg, Simon Turnbull, Sam Mentorn, David Helton. Exakt die Namen der Männer, deren Fälle ich in Angriff genommen habe. Die Fälle jener ehemaligen Soldaten, die verrückt geworden sind, ohne dass zuvor irgendwelche Geisteskrankheiten aktenkundig geworden wären. Und neben ihren Namen findet sich immer ein großes M.«

»Steht bestimmt für *mort*«, bemerkte Iwan. »Das französische Wort für ›tot‹.«

»Ken Blackman, in Derby«, fuhr Eleanor fort. »Auch sein Name ist von der Liste gestrichen worden. Man hat sich um ihn gekümmert.«

»Diese miesen Schweine«, sagte Matt.

Iwan trank einen Schluck Kaffee. »Wenn die Nebenwirkungen sich erst ein paar Jahre später bemerkbar machen, kann man natürlich kein Interesse daran haben, dass die Probanden plötzlich überall im Land Amok laufen. Früher oder später musste jemand zwei und zwei zusammenzählen, wie Eleanor es auch getan hat. Wenn sie ihre Taten geheim halten wollen – und es bleibt ihnen keine andere Wahl –, dann müssen sie alle eliminieren, die von diesen Vorgängen wissen.« Er kniete sich hin, kniff die Augen zusammen und zeigte auf den Monitor. »An wen sind die Zahlungen denn gegangen?«

Eleanor schaute auf die Stelle. »Zwei Millionen pro Jahr, von dem Geld, das die Tapferkeitspille gebracht hat. Überweisung auf zwei Konten in Luxemburg.«

Matt schluckte den letzten Bissen seines Schinkenbrots hinunter. »An wen?«

»Keine Ahnung, hier stehen nur Zahlen, keine Namen«, antwortete Iwan. »Aber wenn ihr mich fragt, wären die von entscheidender Bedeutung.«

Matt ging zum Fenster. Er war müde, seine Muskeln schmerzten. Er sehnte sich nach dem Strand, wollte den Sand unter seinen Füßen spüren, sehnte sich nach dem Meer, nach der frischen, salzigen Seeluft. Er hatte die Stadt satt, hatte es satt, sich verstecken zu müssen.

»Aber wir haben doch jetzt genug Material in den Händen, oder nicht?«, fragte er. »Wir wissen, dass Lacrierre die Forschungsergebnisse zur Produktion von XP22 ins Land geholt und die Pille an das Verteidigungsministerium verkauft hat. Wir wissen, dass das Präparat an britischen Soldaten getestet wurde und dass einige von ihnen daraufhin verrückt geworden sind, was zweifellos auf die Experimente zurückzuführen ist. Und wir wissen, dass sie die Probanden umbringen lassen, um alle Spuren zu beseitigen. Was brauchen wir denn sonst noch? Wir haben das Geheimnis geknackt.«

Iwan stand auf, trat zu Matt und hielt ihm einen Becher mit dampfendem Kaffee unter die Nase. »Kräftig schnüffeln«, sagte er. »Es wird Zeit, dass du aufwachst und langsam mal was witterst.«

»Will sagen?«, fragte Matt gereizt. Plötzlich überkam ihn Wut.

»Will sagen, dass du anscheinend nicht weißt, was du mit diesen Informationen anfangen sollst. Jet tiefer du in diese Affäre eindringst, umso größere Scherereien bekommst du. Also, wie geht's jetzt weiter? Willst du zur Polizei rennen? Sie werden dich verhaften. Dich an die Firma wenden? Wegen der steckst du ja in diesem Schlamassel.«

»Ich habe doch schon gesagt, dass wir uns an eine Zeitung wenden sollten«, unterbrach Eleanor. »Die könnte den Skandal in seinem ganzen Ausmaß publik machen.«

Iwan lächelte und wandte sich ab. »In einem Roman von John Grisham würde es vielleicht so laufen, aber nicht im wirklichen Leben. Wenn eine Zeitung Wind von dieser Geschichte bekommen und etwas veröffentlichen würde, könnte sie den Laden gleich dichtmachen. Jeder Journalist, der auch nur einen Teil dieser Story kennen würde, müsste damit rechnen, dass er aus dem Weg geräumt wird. Diesen Leuten ist es *todernst*, Matt. Deshalb sitzen dir auch die Killer von Increment im Nacken. Diese Geschichte ist lebensgefährlich. Wer seine Nase hineinsteckt, ist geliefert.«

»Eine ausländische Zeitung«, beharrte Eleanor.

Iwan schüttelte den Kopf. »Man würde die Geschichte für eine verrückte Verschwörungstheorie und euch für komplett durchgedreht halten. Die Sache muss hieb- und stichfest bewiesen sein.« Er schaute erst Matt, dann Eleanor an. »Ihr müsst herausfinden, wem diese Konten gehören. Dass ihr über ihre Existenz Bescheid wisst, ist wertlos. Ohne diese Information werdet ihr niemanden von eurer Geschichte überzeugen können.«

Matt schaute durch das Fenster auf die heruntergekommenen Häuser mit Sozialwohnungen. Iwan legte ihm eine Hand auf die Schulter. »Wir drei gegen die ganze Welt, so sieht's aus, Matt.«

Matram schaute auf die Leiche. Vor zwei Minuten hatte Gill still und leise ihren letzten Atemzug getan. Das Anästhetikum hatte sie in einen Tiefschlaf versetzt und nach und nach ihren Herzschlag zum Stillstand gebracht.

Er verpasste der Toten mit dem Handrücken einen harten Schlag gegen die Wange. »Dumme Schlampe«, sagte er mit rauer, krächzender Stimme. »Du hättest mir sagen sollen, wo er ist.« Er drehte sich zu Trench und Snaddon um. »Ich will, dass ihr die Leiche wegschafft.«

Trench schaute ihn mit einem kühlen Blick an. »Wir können sie doch hier liegen lassen. Im Moment scheint hier niemand zu wohnen. Es könnte Tage oder sogar Wochen dauern, bis die Leiche gefunden wird.«

»Kapierst du eigentlich gar nichts, du verdammter Idiot?«, erwiderte Matram genervt. »Ich will, dass die Leiche gefunden wird. Schafft sie raus und werft sie mitten auf den nächsten Parkplatz. Irgendwohin, wo sie sofort entdeckt wird.«

Er beugte sich zu Gill hinab und schloss ihr die Augenlider. »Es ist wie mit einem Wurm. Der Angler buddelt das arme Geschöpf aus, tötet es, spießt es auf seinen Angelhaken und wirft die Leine aus. So fängt er mit dem Köder den Fisch.«

20

Eleanor trat in das Zimmer. Sie trug ein weißes T-Shirt, unter dem sich ihre weichen Brüste abzeichneten. »Ich habe Angst«, sagte sie. »Ich habe zu schlafen versucht, aber es ging nicht.«

Matt blickte zum Fenster. Mittlerweile waren sie wieder in der ersten sicheren Unterkunft, die Iwan ihnen vermittelt hatte. Sie zogen jeden zweiten Tag um, damit es für ihre Verfolger schwerer wurde. Im Moment war Iwan schon wieder damit beschäftigt, einen neuen Unterschlupf zu finden. Durch die Milchglasscheibe fiel bereits das erste Tageslicht.

»Wie gesagt, das ist ganz normal«, antwortete Matt. »Angst ist etwas Natürliches.«

Er strich ihr mit den Fingern durchs Haar. Sie roch gut, obwohl sie verschwitzt war. Ihre Haut war warm und weich. Er nahm sie in die Arme und spürte ihre Brüste an seinem Oberkörper. Bisher hatten sie noch nicht miteinander geschlafen. Noch immer hatte er Schuldgefühle wegen Gill. *Aber schließlich hat sie mich verlassen.* Irgendetwas entwickelte sich zwischen Eleanor und ihm, sie kamen sich näher. Vielleicht lag es nur daran, dass sie gemeinsam auf der Flucht und großer Gefahr ausgesetzt waren. Dass sie sich urplötzlich in einer Extremsituation wiedergefunden hatten. Matt war sich nicht ganz sicher, aber eines wusste er. Im Augenblick gab es keine Frau, mit der er lieber zusammen gewesen wäre.

Wir sind gemeinsam in diese Situation hineingeraten und werden uns gemeinsam daraus befreien.

Matt stieg aus dem Bett und ging ins Bad. Eine Dusche gab es nicht, nur einen Hahn mit einem kurzen Kunststoffschlauch daran, aus dem etwas rostgefärbtes Wasser tröpfelte. Auf dem Brett unter dem Spiegel lag ein Rasierapparat mit einer rostigen und verdreckten Klinge, den vor ein paar Jahren mal jemand benutzt haben musste. Es war unangenehm, sich damit zu rasieren, und Matt schnitt sich zweimal am Kinn. Nachdem er das Blut abgetupft hatte, schaute er in den Spiegel. Es kam ihm so vor, als wäre er gealtert. Er hatte Ringe unter den Augen, seine Haut war rau und fleckig, sein Haar wirkte ungepflegt. Solche Erfahrungen machen einen fertig, dachte er. Wenn ich diese Sache nicht schnell zu Ende bringe, bin ich am Ende.

Seine Jeans hing über der Rückenlehne eines Stuhls, neben seinem Polohemd. Als er sich gerade anzog, piepte das Handy in der Hosentasche. Er blickte neugierig auf das Telefon. Sein Nokia-Handy hatte er weggeworfen, denn es hätte seinen Aufenthaltsort verraten können. Dieses Mobiltelefon war ein billiges Modell von Motorola. Iwan besorgte ihm aus Sicherheitsgründen täglich ein anderes gestohlenes Prepaid-Handy mit neuer SIM-Karte, das auf einen falschen Namen lief. Nur Iwan kannte seine Nummer. Er drückte auf den grünen Knopf.

»Ich bin's, Matt.« Iwan schwieg kurz. »Damien hat sich gerade bei mir gemeldet. Wegen Gill.«

»Was ist passiert?«, fragte Matt schnell.

Wieder eine Pause. Dieses bedeutungsschwere Zögern, das Matt aus seiner Zeit beim Regiment kannte. So verhielten sich Offiziere, wenn sie einer Mutter, einer Ehefrau oder einer Schwester einen Todesfall melden mussten.

»Sie ist tot.«

Matt vergrub das Gesicht in seiner linken Hand. Mittlerweile hatte er seit Wochen nichts mehr von Gill gehört. Nach dem Streit in Marbella war sie aus seinem Leben verschwunden. Auf eine Art und Weise, die er nie für möglich gehalten hätte. Eben hatten sie noch heiraten wollen, und dann war sie verschwunden. Und das alles nur wegen Abbott und seinem beschissenen Job.

Matt schlug mit der Faust gegen die Wand, und etwas Putz rieselte zu Boden.«

»Wo ist es passiert?«, fragte er. »Wie?«

»Du musst jetzt Ruhe bewahren, Matt«, sagte Iwan.

»Ich muss sie sehen.«

»Nein«, sagte Iwan energisch. »Das wäre zu gefährlich. Du darfst dich nirgendwo blicken lassen, wo sie dich finden könnten.«

»Sag mir, wo sie ist«, erwiderte Matt wütend.

Aber Iwan hatte die Verbindung schon unterbrochen. Matt schleuderte das Handy durch den Raum und zog sich weiter an. Hundert verschiedene Gedanken schossen ihm gleichzeitig durch den Kopf. Trauer, Bedauern, Verwirrung und Verzweiflung verdichteten sich zu einer niederdrückenden Stimmung. Aber über diese Gefühle erhob sich ein anderes. *Rachedurst.*

Sie hatten eine Grenze überschritten. Jetzt hat sich alles geändert, dachte er. Es reicht nicht mehr, ihre Taten aufzudecken und sie vor Gericht zu bringen. Jetzt werde ich Rache nehmen, ohne Rücksicht auf Verluste. Und wenn ich dabei draufgehe.

Matram frühstückte in seinem Hotelzimmer im Travelodge, doch die Bezeichnung »Ausgewähltes kleines Frühstücksbüffet«, die unten auf der Karte gestanden hatte, kam ihm etwas hochtrabend vor für ein Plastiktablett mit zähen Croissants, billigem Orangensaft und einem Becher süßem Erdbeerjogurt. Und wenn schon, das Essen würde ihm über den Tag helfen.

»Der Augenblick des Zuschlagens ist gekommen«, verkündete er. »Nicht mehr lange, dann gehören sie uns.«

Die acht Mitglieder von Increment nickten stumm mit unbewegten Mienen. An diesem Morgen hatte Matram zuerst die sechs über das Land verteilten Mitglieder nach London zurückbeordert. Er glaubte, heute auf jeden Einzelnen angewiesen zu sein. Ein guter General, dachte er, folgt eher seinen Instinkten als der Vernunft. Und im Augenblick sagte ihm sein Instinkt, dass der Feind näher als gedacht war. *Bald wird er anbeißen.*

Er musste an einen Ausspruch von General Patton denken, der Oberbefehlshaber der in Europa stationierten amerikanischen Truppen gewesen und Matrams größtes Idol der Militärgeschichte war: *Ein unnachgiebig umgesetzter guter Plan ist besser als ein perfekter, den man erst in der nächsten Woche umsetzen kann.*

»In der letzten Nacht wurde in die Büroetage von Eduardo Lacrierre eingebrochen«, sagte Matram zu seinen Leuten. »Er ist der Chef des Pharmakonzerns Tocah. Heute Morgen wurde eine seiner Sekretärinnen, die offenbar die Eindringlinge überrascht hatte, bewusstlos aufgefunden.« Er schwieg kurz. »Ich habe Grund zu der Annahme, dass Browning und Blackman dort eingebrochen sind.« Er rieb sich die Hände. »Ich will, dass ihr sie findet, und zwar sofort.«

Die Mitglieder der Spezialeinheit blieben weiter stumm,

während Matram zum Fenster ging und hinausschaute. Beim Regiment galt die Regel, dass alle Männer, ob einfache Soldaten oder Offiziere, gleich waren. Während eines Einsatzes hatte jede Stimme das gleiche Gewicht. Bei Increment galten andere Gesetze. Hier war Matram der Boss, und seine Befehle wurden widerspruchslos befolgt.

»Die Frau, mit der wir uns gestern befasst haben«, fuhr Matram fort, »war Brownings Verlobte. Ich gehe davon aus, dass er von ihrem Tod gehört hat. Und so, wie ich ihn einschätze, wird er sie sehen wollen.«

Matt ging allein durch den öffentlichen Plumstead Common Park. Obwohl es noch früh am Morgen war, schien schon wieder die Sonne, und die leichte Brise aus westlicher Richtung konnte bereits nichts mehr gegen die Hitze ausrichten. Der nächste sengend heiße Tag.

In der Ferne sah er zwei Mütter mit ihren Kindern, die nur Badehosen trugen und sich kreischend mit Wasser bespritzten. Er sah ihnen einige Augenblicke zu. *Ich habe immer geglaubt, Gill und ich würden eines Tages ein oder zwei Kinder haben. Obwohl ich nie viel darüber nachgedacht habe, war das meine Vorstellung von der Zukunft. Wenn ich nicht in einem elenden ausländischen Krieg ums Leben gekommen wäre, hätten wir uns schließlich endgültig irgendwo niedergelassen. Doch nun ist sie tot, und diese Zukunftspläne sind endgültig Makulatur.*

Hundert Meter weiter weg sah er Damien, der mit hängenden Schultern und gesenktem Kopf allein auf einer Parkbank saß. Matt merkte, wie er unwillkürlich den Schritt verlangsamte, fast so, als hätte er Angst vor den letzten paar Metern. Damien war Gills Bruder und Matts ältester Freund. Obwohl Damien und Gill, wie das bei Geschwistern häufig vorkommt, äußerlich wenig Ähnlichkeit hatten, teilten sie doch eine ähnliche Sprechweise und einige Eigenheiten. Matt und Damien waren von Kindesbeinen an befreundet und im Haus der jeweils anderen Familie ein- und ausgegangen. In diesem Park, der nahe genug bei den Häusern ihrer Eltern lag, um sie allein dort herumtollen zu lassen, hatten sie hunderte von kindlichen Kriegsspielen ausgetragen. Es gab unzählige unterirdische Tunnel und Schleichwege, über die sie als Jungs aufgebrachten Polizisten, Parkwächtern, Busschaffnern und Eisverkäufern entkommen waren.

Obwohl Damien im kriminellen Milieu gelandet war, während Matt bei der Army diente, hatte das ihrer Freundschaft nie etwas anhaben können. Sie mussten beide für ihren Lebensunterhalt kämpfen und wussten, dass beide Welten ihre eigenen Gesetze hatten. Matt hatte keinen anderen Freund, auf den er sich so bedingungslos verlassen konnte. Als er sich mit Gill verlobt hatte, hätte nicht mehr viel gefehlt, und er wäre sein Schwager geworden. *Und jetzt dies.*

Matt setzte sich neben seinen Freund auf die Parkbank. »Was ist passiert?«

»Ihre Leiche wurde heute Morgen gefunden«, antwortete Damien in einem bedächtigen und gemessenen Tonfall, doch Matt entging nicht, dass seine Stimme zu brechen drohte. »Auf dem Parkplatz Putney Heath. Sie wurde in eine Leichenhalle gebracht, wo die Polizei sie untersucht hat. Man hat mich telefonisch benachrichtigt, und ich bin hingefahren, um sie zu identifizieren.« Er schwieg kurz, schien kaum noch ein Wort herauszubekommen. »Eine eindeutige Todesursache wurde nicht festgestellt. Ihre Wangen sahen aus, als hätte ihr jemand ein paar harte Ohrfeigen verpasst, doch die können sie unmöglich umgebracht haben. Im Augenblick kann niemand sagen, woran sie gestorben ist.«

Matt kniff die Augen zusammen und ließ den Blick über den Park schweifen. Die Mütter spielten immer noch mit ihren Kindern, und er sah ein Paar, das seinen Hund ausführte. Der Mann brüllte dem Spaniel etwas hinterher, doch der schien nicht zu reagieren und rannte weiter ein ganzes Stück vor seinem Herrchen her. Ein verschwitzter Jogger bog auf den Weg ein und kam auf sie zu. »Bist du allein, Damien?«, zischte Matt. »Bist du sicher, dass dich niemand gesehen hat, als du hergekommen bist?«

Plötzlich spürte er, wie Damiens Hände seinen Hals packten und ihn so stark würgten, dass er kaum noch Luft bekam. »Was hast du eigentlich vor, Matt?«, schrie er mit wutentbrannter Miene. »Gill ist tot, und du benimmst dich wie jemand, der auf der Flucht ist! Was zum Teufel ist hier los?«

Als Damien sah, dass sein Freund sich nicht wehrte, ließ er ihn los. Matt schwieg.

»Du hast sie wieder mal in eins deiner beschissenen Geschäfte hineingezogen, stimmt's?«

»Ich sitze in der Klemme, Damien. Wahrscheinlich war die Lage noch nie so aussichtslos.«

»Erzähl mir alles.«

Matt begann mit Abbott und dem Job in Weißrussland und folgte dann der Chronologie der Ereignisse bis zu dem Haus in Hammersmith, das ihm und Eleanor als Unterschlupf diente. Er sprach langsam und gequält, als hätte er Angst vor seinen eigenen Worten. Als er fertig war, legte er Damien einen Arm um die Schulter. »Ich werde von Increment gejagt. Willst du wissen, was ich vermute? Sie haben sich Gill geschnappt, weil sie glaubten, sie würde sie zu mir führen.«

Matt sah, dass das Paar mit dem Hund auf dem Rückweg war. Der Mann versuchte immer noch, den Hund parieren zu lassen, und die Frau warf einen resignierten Blick über die Schulter.

Er bemerkte, dass Damien das Paar ebenfalls beobachtete. »Dir ist es also auch aufgefallen?«

Damien nickte. »Für mich sieht es so aus, als würde der Hund die beiden zum ersten Mal sehen.«

»Der Hund dient nur der Tarnung«, flüsterte Matt. »Ich dachte, du bist sicher, dass dir niemand gefolgt ist.«

Damien schüttelte den Kopf. »Ich wusste ja nicht, dass ich es mit der ausgebufftesten Spezialeinheit des SAS zu tun bekommen würde«, sagte er verbittert.

Matt antwortete nicht sofort. Jetzt war alles klar. Sie hatten versucht, Gill auszuquetschen, und als sie sich geweigert hatte, ihnen irgendetwas zu erzählen, hatten sie sie umgebracht und ihre Leiche an einen Ort gebracht, wo sie mit Sicherheit gefunden wurde. Sie hatten gewusst, dass man Damien ins Leichenschauhaus bitten und dass er anschließend zu Matt Kontakt aufnehmen würde. Dann mussten sie ihm nur noch folgen.

Man kann ihre Strategie wie die Züge auf einem Schachbrett verfolgen. Eine weitere Variante aus Jack Matrams Handbuch des Tötens.

Sie waren in einem öffentlichen Park, und zumindest die beiden Mütter mit den Kindern konnten sie sehen. Das war ein gewisser Schutz. Er konnte sich nicht sicher sein, welche Befehle Matram seinen Leuten gegeben hatte, aber es war gut möglich, dass sie ein Feuergefecht in einem öffentlichen Park lieber vermeiden würden.

»Der alte Abwasserkanal«, sagte Damien.

Matt nickte.

»Zisch ab.«

Matt stand auf und warf noch einen Blick in Richtung des

Pärchens, das etwa dreißig Meter entfernt war. Der Mann war um die dreißig und hatte blondes Haar und kalte graue Augen. Die Frau hatte kurz geschnittenes dunkles Haar und war vielleicht ein bisschen älter. Der Hund tollte weiter vor ihnen her und ignorierte die Worte seines »Herrchens«.

»Ich sorge dafür, dass du einen Vorsprung von fünf Sekunden hast«, flüsterte Damien. »Dann bist du auf dich allein gestellt.«

Im Alter von acht oder neun Jahren hatten Matt, Damien und ein paar Freunde sich einen Spaß daraus gemacht, jeden Nachmittag nach der Schule vorbeifahrende Busse mit Eiern zu bewerfen. Einmal war ein Fahrer aus seinem Bus gesprungen und hinter ihnen hergerannt. Matt und Damien waren ihm durch einen alten, nicht mehr benutzten Abwasserkanal entkommen, der etwa siebenhundert Meter unter dem Park herführte und hinter einer Reparaturwerkstatt in der Nähe der Hauptverkehrsstraße endete.

Das ist ein Vierteljahrhundert her, dachte Matt. Ob es den Tunnel wohl noch gibt?

Vor seinem geistigen Auge sah er auf einem Stadtplan den Weg vom Park zu dem mindestens fünfzehn Kilometer weit entfernten Haus in Hammersmith, wo Eleanor allein auf ihn wartete. Wenn er seine Verfolger abschütteln konnte, würde er zu ihr fahren. Hängt davon ab, wie schnell ich vorankomme, dachte er. Und davon, ob das Schicksal auf meiner Seite ist.

Damien pfiff, und der Hund stellte trotz der Entfernung sofort die Ohren auf und kam auf ihn zugelaufen. Schon als Kind hatte Damien immer gut mit Hunden umgehen können. Er wusste genau, mit welchen Pfiffen er welche Rasse anlocken konnte. Plötzlich begriff Matt, was sein Freund beabsichtigte. Es war an der Zeit, sich aus dem Staub zu machen.

»Los, hau ab«, zischte Damien.

Matt lief los, zuerst über den asphaltierten Weg, dann über die ansteigende Wiese, über die man zu dem Abwasserkanal gelangte. Er sah den Hund auf seinen Freund zulaufen und hörte sein freudiges Bellen, als Damien ihn vom Boden hob und in seine Arme nahm. Und er hörte den brüllenden Mann. »Lassen Sie den Hund los, lassen Sie ihn los!«

Matt rannte keuchend über den Rasen. Hinter sich hörte er Schreie. Vielleicht würde es eine Auseinandersetzung geben. Dreh dich nicht um, dachte er. Jede Sekunde zählt, jeder Meter kann entscheidend sein.

Falls sie auf mich schießen, ist es besser, wenn mich die Kugel von hinten trifft. Wenigstens weiß ich so vorher nichts davon.

Er rannte auf die Büsche zu, die den Park von der Straße trennten. Jeder einzelne Muskel in seinem Körper schmerzte. In Spanien lief er jeden Tag, mal sechs Kilometer, mal siebeneinhalb, aber am Strand, wenn er ausgeruht war und reichlich Wasser dabeihatte. Jetzt war seine Kehle wie ausgetrocknet, und Schweiß rann von seiner Stirn.

Noch immer hörte er Schreie hinter sich, es schien ein Handgemenge zu geben. Er schaute kurz über die Schulter und sah Damien in die entgegengesetzte Richtung flüchten, vom wütenden Gebrüll des Hundehalters verfolgt.

Verstärkung, dachte Matt. Wenn mir Increment im Nacken sitzt, wird irgendwo Verstärkung warten. Außerdem könnten innerhalb von Minuten Helikopter auftauchen.

Als er zwischen den Büschen verschwand, war er den Blicken seiner Verfolger entzogen. Er warf sich zu Boden und bohrte die Hände in die Erde. Seine Erinnerung hatte ihn nicht getrogen. Ein paar mittlerweile morsche Holzplanken, mit Wurzeln und Zweigen von Brombeerbüschen davor. Er riss sich an den Dornen die Finger auf, aber er konnte die Planken herausziehen und sich durch das Loch zwängen.

Der Abwasserkanal stammte aus der viktorianischen Ära und wurde mittlerweile seit einem halben Jahrhundert nicht mehr benutzt. Für einen achtjährigen Jungen war er groß genug, für einen erwachsenen Mann etwas eng. Seine Schultern schrammten dicht an den mit Moos bewachsenen Wänden entlang. Es war stockfinster, und ein paar Wurzeln versperrten den Weg, doch als er sich hindurchgezwängt hatte, war der Tunnel frei. Vermutlich hatten ihn ein paar Jungs entdeckt und das Zeug aus dem Weg geräumt.

In diesem Teil Londons ändert sich nicht viel, dachte er. Es wird immer kleine Jungs geben, die so tun, als müssten sie vor etwas fliehen.

Am Ende des Abwasserkanals erblickte er ein schwaches Licht. Er trat die Planke vor der Öffnung zur Seite und stürmte aus dem Tunnel. Die alte Reparaturwerkstatt war verschwunden, jetzt stand er hinter einem Starbucks. Aus den Mülltonnen quollen leere Kaffeetüten, aus dem Gebäude roch es nach Espresso. Er rannte die Gasse neben dem Starbucks hinab und erreichte die Hauptstraße, noch immer in Angst vor seinen Verfolgern. Als er eine Mutter mit Kinderwagen rempelte, fiel ihr vor Schreck die Zigarette aus dem Mund. Er rannte weiter, von den Flüchen der Frau verfolgt, kam an ein paar Geschäften vorbei. *Halt durch, dies ist deine einzige Chance.*

»He, Sie«, rief ein Mann. »Wo wollen …«

Matt hörte nicht auf ihn. Ich darf sie nicht zu dem Haus in Hammersmith führen, dachte er. Warte, bis du sicher bist, sie abgeschüttelt zu haben.

Er rannte eine Seitenstraße hinab, bog dann in eine andere Gasse ein. Niemand schien ihm zu folgen. Zwei weitere Straßen, in vollem Tempo, dann stand er wieder auf der Hauptverkehrsstraße. Er nahm sich einen Augenblick Zeit, um sich umzusehen.

Nichts.

Die Bürgersteige waren verstopft mit Leuten, die einen Einkaufsbummel machten. Er blieb noch einen Moment stehen. Ihm war bewusst, dass er völlig verschwitzt war und keuchend nach Luft schnappte. Er beugte sich vor, um sich eine Pause zu gönnen und neue Kräfte zu sammeln.

Sie halten mich für einen Dieb. Ich jage ihnen Angst ein, und wer will es ihnen verdenken?

Er ging weiter, lief aber wieder, sobald er um die nächste Ecke gebogen war. Wieder blickte er sich um, aber es gab keinerlei Anzeichen dafür, dass ihm jemand im Nacken saß. Am Himmel war kein Hubschrauber zu sehen, und auch aus den am Bordstein geparkten Autos beobachtete ihn niemand.

Ein Taxi. Matt sprang hinein und rief dem Fahrer die Adresse zu. Es war kurz nach elf. Er schwitzte immer noch. Während der nächsten zwanzig Minuten schaute er regelmäßig aus dem Fenster, um sich zu vergewissern, dass ihnen niemand folgte. Dann sprang es aus dem Taxi, stieß die Tür des Hauses in Hammersmith auf und rief aus vollem Hals nach Eleanor.

Sie saß in der Küche, gemeinsam mit Damien. Matt war erleichtert, ihn zu sehen. Und noch erleichterter, dass Eleanor nichts passiert war.

»Los, wir müssen verschwinden.«

»Ich hole meine Sachen«, sagte Eleanor.

»Nichts da.« Matt griff nach dem Laptop. »Lass uns abhauen, sofort.«

Nach Matts und Eleanors überstürztem Aufbruch hatte Damien sofort einen seiner Freunde aus dem Verbrechermilieu angerufen, und es dauerte nur ein paar Minuten, bis ein schwarzer BMW aus der Fünferserie neben ihnen vorfuhr. Der Fahrer bot ihnen an, sie an einen beliebigen Ort zu bringen. Von jetzt an war ein Aufenthalt in den ehemaligen konspirativen Wohnungen der IRA zu riskant. Wenn Matrams Leute etwas herausgefunden hatten, würden sie die Wohnungen nacheinander durchsuchen. Es war sehr wahrscheinlich, dass sie die Adressen kannten. Sie würden in Hotels ausweichen müssen.

Das Holiday Inn Express in Buckhurst Hill in Essex lag dreißig Kilometer vom Flughafen Stansted entfernt. Hier schienen vornehmlich Leute abzusteigen, die aus London kamen oder in die Hauptstadt wollten. Ein paar Geschäftsleute, ein paar Stewardessen von Ryanair.

Wir sind ihnen um eine Nasenlänge voraus. Auf einen größeren Vorsprung können wir jetzt nicht mehr hoffen.

Matt nahm den Schlüssel entgegen und ging mit Eleanor die Treppe zum ersten Stock hoch. Neben den Pässen mit den falschen Namen hatte Iwan ihnen auch noch etwas Bargeld besorgt. Mit den neuen Identitäten hatte es keine Probleme gegeben. Dem Portier war nicht aufgefallen, dass Matt seinen neuen Namen, Keith Todd, mit etwas unsicherer Hand geschrieben hatte.

Solange wir bar zahlen und falsche Namen benutzen, sind wir auch weiterhin schwer zu finden.

Er schloss leise die Tür des Zimmers, das sich in nichts von tausend anderen Hotelzimmern unterschied – blassblauer Teppichboden, beigefarbene Steppdecke, magnolienfarben gestrichene Wände. Matt spürte, wie seine Anspannung nachließ. Sie waren allein, niemand beobachtete sie. *Wir sind in Sicherheit. Fürs Erste.*

»Wie könnten sie dich sonst noch finden?«, fragte Eleanor. »Sie haben sich Gill geschnappt, weil sie hofften, durch sie auf deine Spur zu kommen.« Sie schwieg kurz. »Wer käme aus ihrer Sicht sonst noch infrage?«

»Damien«, antwortete Matt. »Aber er weiß bereits, dass sie ihm auf den Fersen sind.« Er nahm ein Handtuch vom Bett und wischte sich den Schweiß von der Stirn. »Und Iwan. Die Firma weiß alles über ihn. Die Geheimdienstler und er sind alte Bekannte. Aber auch er weiß, dass er vorsichtig sein muss.«

Nachdem er das Handtuch wieder aufs Bett geworfen hatte, hielt er nach dem Schalter für die Klimaanlage Ausschau. Draußen schien es mindestens vierzig Grad zu sein, und die Luft in dem Hotel war heißer als die Abgase aus dem Auspuff eines Autos. »Was ist mit dir?«, fragte er Eleanor. »Über wen könnten Sie an dich herankommen?«

»Sie wissen von Ken, doch das hilft ihnen jetzt auch nicht mehr. Er ist tot, genau wie seine Frau.«

Matt nickte. »Wer käme noch infrage? Deine Mutter, dein Vater?«

»Unsere Mutter ist tot, und Dad macht Urlaub in Portugal. Ich weiß nicht mal, wo ich ihn erreichen könnte.«

»Hast du einen Freund?«

Matt war sich nicht ganz sicher, aber er glaubte, dass sie ein bisschen errötete. »Nein, es gibt niemanden.«

Er lächelte. Es war töricht, aber er war erleichtert. »Bist du sicher? Sie könnten sich sogar einen ehemaligen Freund vorknöpfen. Spielt keine Rolle, ob es schon ein paar Jahre her ist. Vielleicht werden sie ihn trotzdem suchen, um Informationen aus ihm herauszuprügeln.«

Eleanor schüttelte den Kopf. »Nein, da kommt niemand infrage. Ich hatte beruflich immer sehr viel zu tun. Da ist es schwer, noch Zeit für andere zu finden.«

»Erspar mir das Geschwätz aus den Frauenzeitschriften.«

Er ging zum Fenster und schob den Vorhang zur Seite. Schon jetzt bedauerte er seine flapsige Bemerkung, aber die Anspannung machte ihn gereizt, und er wurde gegen den Erstbesten aggressiv. Hinter dem Hotel war ein kleiner Garten, dahinter lag der Parkplatz. In der Ferne sah er die Maschinen, die auf dem Flughafen Stansted landen wollten und schmutzige Abgasspuren hinter sich herzogen. Plötzlich spürte er, wie Eleanor ihre warmen Arme um seinen Körper schlang. »Vielleicht bist du eifersüchtig«, sagte sie ein bisschen belustigt. »Hätte es dich gestört, wenn es einen Freund gäbe?«

Matt drehte sich um und küsste sie. Ihre Zungen trafen sich, und er strich ihr langes blondes Haar zurück. Seine Hand glitt an ihrem Körper hinab, seine Finger nestelten an den Knöpfen ihrer blauen Bluse. Er spürte, wie sie seine Jeans aufknöpfte und ihn aufs Bett zog. Sex und Gefahr, dachte er, während er sie auf die Matratze presste. Eins führt unausweichlich zum anderen.

21

Matt klappte das Handy zu und schaute Eleanor an. »Das war Iwan.«

Sie hatte sich in ein weißes Bettlaken gehüllt. Ihr Haar war zerzaust, ihre Haut noch ein bisschen verschwitzt. Für Matt hatte sie noch nie besser ausgesehen.

»Wie geht's weiter?«, fragte sie.

»Iwan hat versucht, etwas über die Nummernkonten in Erfahrung zu bringen. Er hat alle seine Beziehungen spielen lassen, aber nichts herausgefunden.«

Eleanor wirkte verärgert. »Gibt es denn keine Möglichkeit, etwas herauszubekommen?«

»Irgendeinen Weg gibt es immer«, antwortete Matt düster. »Wenn man bereit ist, genug Druck zu machen.«

»Woran denkst du?«

»Die beiden Konten, deren Nummern du in Lacrierres Dateien gefunden hast, werden vom Deschamps Trust geführt. Wie bei Nummernkonten üblich, werden keine Namen herausgerückt. Wir müssen aber wissen, wer die Kontoinhaber sind. Iwans Hackerfreunde haben versucht, in das EDV-System der Bank einzudringen, aber es ist zu gut abgeschirmt. Das würde Wochen dauern.«

»Welche Möglichkeit bleibt dann?«

»Ich war beim SAS«, antwortete Matt. »Wenn man etwas wirklich haben will, zieht man los und holt es sich. Falls sich einem jemand entgegenstellt, muss man ihn eben aus dem Weg räumen.« Er schwieg kurz und zog sich sein T-Shirt über den Kopf. »Iwan hat den Namen und die Adresse des Chefs der Londoner Filiale der Bank besorgt. Ich werde ihm einen Besuch abstatten.«

Das Haus stand in einer Reihe identischer Gebäude am Stadtrand von Epping. Die Nicholl Road lag hinter dem Fitnesscenter, ganz in der Nähe der Hauptstraße. Die Doppelhäuser stammten aus den Dreißigerjahren – ordentliche, gepflegte Häuser, in denen ordentliche, gepflegte Familien lebten, deren Ernährer im einige Kilometer weiter westlich gelegenen London arbeiteten.

Matt parkte sein Auto, einen uralten Volvo, den er bei einem Gebrauchtwagenhändler in der Nähe des Hotels gekauft hatte, hundert Meter von dem Haus entfernt. Eleanor war im Hotel geblieben, und später würde er sich mit Iwan treffen. Zedern säumten die Straße, und etwas weiter weg sah er zwei kleine Mädchen, die sich um einen Barbie-Roller stritten. Ihr müsstet schon längst im Bett sein, dachte er. Nachdem er die Handbremse angezogen hatte, nahm er sich noch einen Augenblick Zeit, um sich zu entspannen. Er atmete tief durch und schloss die Augen, um sich ganz auf die vor ihm liegende Aufgabe zu konzentrieren.

Das Wichtigste, bei jedem Job, ist immer die mentale Vorbereitung, dachte er. Letztlich entscheidet sie über Erfolg und Misserfolg.

Allmählich wurde es dunkel. Er stieg aus, schlug die Wagentür zu und ging die Straße hinab – schnell genug, um den Eindruck zu vermitteln, dass er ein Ziel hatte, langsam genug, um das Haus Nr. 17 genau in Augenschein nehmen zu können. Im Wohnzimmer im Erdgeschoss brannte Licht, im ersten Stock ebenfalls. Seinen Informationen nach lebte Alan Thurlow hier mit seiner Frau und einer zwölfjährigen Tochter. Und die Chancen standen gut, dass sie an einem Donnerstagabend um neun zu Hause waren.

Dann wollen wir mal hoffen, dass er schnell auspackt und nicht auf dumme Gedanken kommt und den Helden spielt. Auf ein Handgemenge bin ich überhaupt nicht scharf.

Vor dem Haus angekommen, bückte er sich und tat so, als müsste er sich den Schnürsenkel zubinden. In diesem Teil von Essex waren Einfamilienhäuser eine Million Pfund wert, da man mit dem Zug, der an der Liverpool Street hielt, bequem in das Bankenviertel von London kam. Die Fenster des Wohnzimmers im Erdgeschoss standen offen. Wie alle anderen Briten lechzten auch die Thurlows nach etwas frischer Luft. Der Ton des Fernsehers drang bis auf die Straße hinaus. Am Donnerstagabend lief auf ITV *The Bill.*

Ein Anlass für einen gemütlichen Fernsehabend zu Hause.

Thurlow arbeitete für die Londoner Niederlassung des Deschamps Trust. Die kleine Privatbank war hundert Jahre alt und hatte eine ausgesuchte Klientel wohlhabender Kunden. Wie bei jeder in Luxemburg ansässigen Bank war ihr größter Vorzug absolute Diskretion. Die Inhaber der Nummernkonten zahlten keine Steuern, und es gab keine Möglichkeit, ihre Identität herauszubekommen.

Es sei denn, man fällt mit der Tür ins Haus und macht Druck.

Er ging weiter die Straße hinab. Die beiden Kinder stritten immer noch in ihrem Vorgarten um den Roller. Das größere Mädchen hatte ihn, aber das kleinere weinte und schüttelte wütend die kleinen Fäuste. Um irgendetwas kämpfen wir immer, dachte Matt, während er umkehrte.

Es gab verschiedene Möglichkeiten, in das Haus einzubrechen. Dahinter lag vermutlich ein Garten, und in das Dach war, wie bei den meisten Häusern mit großen Dachböden, wahrscheinlich ein Oberlicht eingelassen.

Matt blickte zu Nr. 15 hinüber. In dem Haus brannte kein Licht, vielleicht waren die Bewohner im Urlaub. Er sah es sich aus der Nähe an. Die Mülltonnen waren leer. Ja, sie mussten im Urlaub sein. Er öffnete das Holztor und ging in den hinter dem Haus gelegenen Garten. Der Rasen war verdorrt. Niemand zu Hause, der ihn wässern könnte.

Er studierte die Rückseite des Hauses. Das Abflussrohr bot sich an, um auf das Dach zu gelangen, und es gab ein Oberlicht. Da die Häuser in dieser Straße identisch waren, musste es auch bei Nr. 17 eins geben.

Er streifte seine Schuhe ab, zog sich an dem Abflussrohr hoch und kroch möglichst leise über das Dach. An der Grenze zu Nr 17 testete er die Stabilität der Dachrinne. Sie hielt.

Das Oberlicht, ein gläsernes Quadrat mit einer Seitenlänge von einem Meter fünfzig und einem Rahmen aus Metall, war nur ein paar Meter weit entfernt. Der Rahmen war etwas angerostet. Niemand kümmert sich um ein Oberlicht auf einem Dachboden, dachte Matt. Da man es nicht täglich sieht, macht man sich keine Gedanken darum. Benutzt wurde es in der Regel nur, wenn jemand eine Satellitenschüssel auf dem Dach anbringen wollte.

Das wird ein Kinderspiel.

Er presste die Klinge seines Messers zwischen den Rahmen und den Dachschiefer. Der Kitt war alt und bröckelte schnell weg. Matt zwängte seine Finger in den vergrößerten Spalt und riss das Oberlicht auf. Das Geräusch wurde vom Lärm des Fernsehers übertönt. Er stieg durch die Öffnung und ließ sich hinab.

Das übliche Chaos, dachte er, während er sich im Licht seiner kleinen Taschenlampe umblickte. Der Dachboden war umgebaut worden und bestand aus diesem Abstellraum, einem Billardzimmer und einer Dusche, aber es schien nicht so, als würde sich häufiger jemand hierher verirren. Er erkannte ausrangiertes Spielzeug, einen Kinderwagen und Kartons mit Papieren und Büchern. Es sah ganz so aus, als lebten die Thurlows schon lange hier und als würden sie nie etwas wegwerfen. Es war staubig, und er musste ein Niesen unterdrücken.

An der Treppe angekommen, stieg er behutsam die Stufen in den ersten Stock hinab und schaute sich in dem Gang um. Von unten hörte er immer noch den Fernseher. Mittlerweile liefen Nachrichten, und der Sprecher berichtete, Tony Blair wolle einen »Hitzebeauftragten« ernennen, der die Gesundheitsberatung der unter den extremen Temperaturen leidenden Bevölkerung koordinieren solle. An der Tür vor ihm hing ein Poster von Justin Timberlake, und er hörte Musik.

Er nahm sich noch einen Augenblick Zeit, um sich zu sammeln. Die nächsten paar Minuten würden wie im Flug vergehen. Eine gewisse Brutalität war nicht zu vermeiden, er musste diese Leute leiden lassen. Vielleicht geschah es im Dienst einer guten Sache, doch sie würden nichts davon haben. Aber so war das eigentlich immer.

Es ist wie früher, dachte er. Es mag eine Weile her sein, seit ich beim SAS ausgestiegen bin, aber ich habe nicht verlernt, wie man Gewalt anwendet. Und manchmal müssen eben Unschuldige darunter leiden.

Er stieß die Tür auf. Die Musik kam aus dem Computer. Das Mädchen lag auf dem Bett und tippte eine SMS in ihr Handy ein. Sie war etwa zwölf Jahre alt und hatte kurz geschnittenes schwarzes Haar und ein etwas pausbäckiges Gesicht, das erst in ein paar Jahren das einer Frau sein würde. Ein nettes, ganz normales Kind, dachte er. *Eines Tages wird sie darüber hinwegkommen.*

Mit zwei Schritten war er bei ihr und hielt ihr den Mund zu, bevor sie einen Schrei von sich geben konnte. Als er den Druck erhöhte, spürte er ihren Speichel auf seinem Handteller. Sie schlug mit Armen und Beinen um sich, war aber zu schwach, um ihm mehr als ein paar kleine Kratzer zuzufügen.

Er zog mit der Linken das Messer und hielt es ihr vor die Kehle. »Tu genau, was ich sage, dann passiert dir nichts«, flüsterte er dem Mädchen ins Ohr.

Matram blieb vor dem Fernseher stehen und schaltete den Ton ab. Schweigen senkte sich über den Raum. »Das ist jetzt schon das zweite Mal, dass unserer Zielperson die Flucht gelungen ist«, sagte er langsam, während er den Blick über die acht Mitglieder von Increment schweifen ließ. »Ich will wissen, wie das passieren konnte.«

Niemand antwortete.

Matram trat einen Schritt vor, mit auf dem Rücken verschränkten Händen. »Ich habe gesagt, ich will wissen, wie das passieren konnte«, brüllte er.

Snaddon stand auf. »Die Zielperson war clever und konnte fliehen.«

»Der Mann, dem wir ursprünglich folgen sollten, hat uns angesprochen«, fügte Trench hinzu, der ebenfalls aufgestanden war. »Meiner Ansicht nach müssen sie gemerkt haben, wer wir sind und was wir vorhatten.«

»Er ist schon weggerannt, als wir noch abgelenkt waren«, erläuterte Snaddon. »Als wir die Verfolgung aufnehmen konnten, war er bereits über alle Berge.«

Matram verschränkte die Arme vor der Brust. »Das reicht mir nicht. Fehlschläge werden bei Increment nicht toleriert.«

»Das Ganze hat sich in einem öffentlichen Park abgespielt, Sir«, sagte Snaddon nervös. »Unter diesen Umständen war es äußerst schwierig, effektiv zu handeln.«

Matram schleuderte seinen Kaffeebecher gegen eine Wand. »Ihr habt versagt«, schrie er. »Fehlschläge sind durch die Umstände nicht zu entschuldigen. Ihr seid die beste Eliteeinheit innerhalb des Regiments, da ist so ein Versagen inakzeptabel. Wenn so etwas noch mal passiert, fliegt ihr raus und findet euch in null Komma nichts im Irak wieder, kapiert?« Seine Stimme wurde bedrohlich leise. »Verschwindet, ich will euch nicht mehr sehen.«

Matt roch den Angstschweiß des Mädchens, als er mit ihr die Treppe hinunterstieg. Seine Hand lag noch immer auf ihrem Mund, und die Klinge des Messers schwebte vor ihrer Kehle.

Sie weiß nicht, wer ich bin oder was ich ihr antun könnte, dachte er. Ich könnte ihr erzählen, dass ich ehrenhafte Motive habe, aber im Moment würde sie mir sowieso nicht glauben.

Er versetzte dem Mädchen von hinten einen Stoß, und sie taumelte vor ihm her. Ihr Absatz stieß geräuschvoll gegen einen Geländerpfosten. »Bist du das, Lucy?«, rief ihre Mutter aus dem Wohnzimmer.

Matt schubste sie durch den Flur, packte sie mit einem festen Griff und stieß die Tür auf.

»Keine Dummheiten«, sagte er laut. »Wenn Sie sich absolut ruhig verhalten und meinen Anweisungen folgen, wird niemandem etwas passieren.«

Sie traten in das Wohnzimmer.

Alan Thurlow sprang auf, und auch seine Frau erhob sich

von dem Sofa. Typisch, dachte Matt. Sie kapieren es einfach nicht. Man sagt ihnen, sie sollen sich völlig ruhig verhalten, und sie zappeln herum wie ein Wurm an einem Angelhaken.

Er stieß Lucy in die Mitte des Wohnzimmers. »Ich habe gesagt, dass Sie sich nicht rühren sollen.«

Sie setzten sich wieder, mit vom Schock erstarrten Mienen. Thurlow war fast fünfzig und schien gut in Form zu sein. Sein schwarzes Haar lichtete sich, und er trug eine Brille. Seine Frau Alice war eine schlanke Blondine in mittleren Jahren. Sie hatte stechende blaue Augen und einen hochmütigen Gesichtsausdruck. Beide schauten Matt eingehend an und blickten dann auf die Klinge vor der Kehle ihrer Tochter.

»Bitte, tun Sie ihr nichts«, sagte Alice Thurlow. »Lassen Sie unsere Tochter los. Wir tun alles, was Sie wollen.« Sie stand auf und kam auf Matt zu, als wollte sie ihn schlagen, während ihr Mann immer noch zusammengesunken auf dem Sofa hockte. Wenn es um ihre Kinder geht, dachte Matt, sind Frauen immer mutiger als ihre Männer.

»Zurück«, herrschte Matt die Frau an, die wie angewurzelt stehen blieb.

»Wer sind Sie?«, stammelte Thurlow.

»Spielt keine Rolle«, antwortete Matt. »Sie sind besser dran, wenn Sie es nicht wissen. Wenn es sich vermeiden lässt, würde ich Ihnen lieber nichts antun. Ich brauche nur ein paar Informationen. Geben Sie sie mir, dann ist in ein paar Minuten alles vorbei.«

Thurlow beugte sich etwas vor. Das war nicht die Antwort, die Matt erwartet hatte. Wahrscheinlich hielten sie ihn eher für einen Dieb oder Vergewaltiger, jedenfalls nicht für einen Mann, der nur Auskünfte wollte.

»Von was für Informationen reden Sie?«

Matt riss an Lucys Haaren, zog ihr den Kopf in den Nacken, damit ihre Eltern die weiße Haut ihres Halses besser sehen konnten. Vielleicht begriffen sie so besser, in welcher Gefahr ihre Tochter schwebte, wenn sie nicht mitspielten. »Ich frage Sie jetzt nach zwei Nummernkonten, die beim Deschamps Trust geführt werden.« Er schwieg kurz und blickte Thurlow direkt in die Augen. »Ich will die Namen der Kontoinhaber wissen. Nennen Sie sie mir, dann bin ich wieder weg.«

Thurlow schaute erst seine Frau, dann seine Tochter und schließlich Matt an. »Das ist unmöglich«, sagte er. »Unsere Bank gibt nie die Namen von Kontoinhabern preis.«

»Machen Sie einfach eine Ausnahme«, knurrte Matt.

»Von hier aus kann ich das sowieso nicht erledigen.«

»Es geht nicht«, sagte seine Frau. »Wenn es möglich wäre, würden wir es tun.«

»Klappe halten«, brüllte Matt. Er setzte Lucy die Klinge an die Kehle und übte etwas Druck aus. »Sie haben einen Computer und von hier aus Zugriff auf die Daten.« Er zog mit der Linken ein Blatt Papier aus der Brusttasche seines Hemds, entfaltete es und warf es Thurlow zu. »Hier, das sind die Nummern. Nennen Sie mir die Namen.«

Thurlow schaute Matt an. Er versucht, meine Gedanken zu lesen, will sich darüber klar werden, wie gefährlich ich bin, dachte er. Wenn klar wäre, dass ich ihn berauben oder seine Tochter vergewaltigen will, wüsste er es. Aber ein Mann, der Informationen will? Wie weit würde so ein Mann gehen?

»Wenn ich könnte, würde ich Ihnen helfen«, sagte Thurlow. »Aber es geht nicht. Also, verlassen Sie jetzt mein Haus. Ich werde darauf verzichten, die Polizei zu benachrichtigen. Von mir aus können wir die ganze Geschichte vergessen.«

Matt riss erneut an Lucys Haaren, und sie stöhnte. Gebrauch das Messer, dachte er. Vielleicht überlegen sie es sich anders, wenn Blut am Hals ihrer Tochter hinabrinnt. Das müsste ihn zum Reden bringen.

Aber sie ist unschuldig, hat mit der ganzen Geschichte nichts zu tun. Warum sollte ich sie leiden lassen? Ich würde die Informationen bekommen, aber könnte ich später damit leben, wie ich sie aus ihren Eltern herausgepresst habe?

Trotzdem, wenn ich sie ungeschoren lasse, sind Eleanor und ich wahrscheinlich erledigt, vielleicht auch Damien. Und Iwan. Er musste an den Tag in Bosnien denken, an dem er sich Matrams Befehl widersetzt und Increment den Rücken gekehrt hatte. Vielleicht hatte Matram damals Recht gehabt. *Vielleicht habe ich wirklich nicht den Mumm, solche Entscheidungen zu treffen.*

Er zog das Messer zurück und ließ Lucy auf den Teppich plumpsen. Sie hatte ein paar Schrammen davongetragen und kroch weinend und erschöpft zu ihren Eltern.

Matt nahm einen Taser aus seiner Gürteltasche, der mit Batterien betrieben wurde und mit dem man jemandem einen kurzen Elektroschock von zweihundertfünfzigtausend Volt versetzen konnte. Lucys Eltern starrten ihn mit weit aufgerissenen Augen an, vor Furcht wie gelähmt. Wenn man kein schwaches Herz hatte, war der Stromschlag harmlos. Er ließ keine äußerlichen Spuren zurück, war aber extrem schmerzhaft und ließ die Haut wie eine Glühbirne aufflammen. Er packte Lucys Arm, atmete tief durch und legte den Schalter um.

Der Stromschlag ließ ihren Körper erbeben und ihre Haut kurz bläulich aufleuchten. Sie brach vor Schmerzen zusammen, konnte ihre Blase nicht mehr kontrollieren und biss die Zähne zusammen, um sich nicht übergeben zu müssen. Nach einer Minute war alles vorbei, aber sie wirkte, als hätte ihr ganzer Körper bis in die Nervenspitzen in Flammen gestanden.

»Sehen Sie«, sagte Matt bedächtig. »Ich kann hier alle leiden lassen, wie es mir gefällt, mir ist das egal. Also, nennen Sie mir die Namen, dann passiert nichts weiter.«

Thurlow stand auf, mit einem völlig leeren Gesichtsausdruck. Er wirkte wie in Trance. »Der Computer steht in meinem Arbeitszimmer.«

Matt zeigte mit der Messerklinge auf Alice und Lucy. »Ihr beiden kommt mit.«

Sie standen nervös auf und hielten sich aneinander fest. Lucy hatte den Elektroschock ganz gut überstanden, stand aber immer noch auf wackeligen Beinen. Sie folgten Thurlow durch den Korridor zum Arbeitszimmer. Matt ging hinter ihnen, das Messer weiter in der rechten Hand.

Auf dem Schreibtisch stand ein Foto von Lucy, daneben eines von Alice, auf dem sie mindestens zehn Jahre jünger und deutlich hübscher war. Vermutlich wollte Thurlow sich daran erinnern, warum er sie seinerzeit geheiratet hatte. Dazwischen stand ein Dell-Computer, neben einem Stapel von Briefen und Rechnungen.

»Beeilen Sie sich«, zischte Matt.

Thurlow fuhr den Computer hoch, stellte die Internetverbindung her und loggte sich auf einer Webseite mit dem Logo des Deschamps Trust ein. Alice und Lucy kauerten an der hinteren Wand, Thurlow hatte noch immer eine völlig ausdruckslose Miene. »Zwei, vier, neun, neun, null, eins«, sagte Matt. »Jetzt die zweite Kontonummer: Sechs, fünf, vier, vier, zwei, acht. Wer sind die Inhaber dieser Konten?«

Thurlow drehte sich mit einem düsteren Blick zu Matt um. »Warum wollen Sie das wissen?«

»Spucken Sie einfach die Namen aus.«

Thurlow tippte auf den Bildschirm und nickte dann Matt zu, der mit dem Messer in der Hand zu ihm trat und sich mit der anderen Hand auf die Rückenlehne des Bürostuhls stützte.

Auf dem Monitor standen in schwarzer Schrift zwei Namen.

»Guter Gott«, flüsterte Matt. Er legte das Messer weg und rieb sich mit der schmerzenden Hand die Stirn. »Damit hätte ich nicht gerechnet.«

22

»Was ist denn mit dir los?«, fragte Iwan, als er Matts gerötete, blutunterlaufene Augen sah.

Matt rieb sich die schlaffe, ermüdete Gesichtshaut. »Hab einen üblen Abend im Büro hinter mir.«

Er war mit dem Volvo von Thurlows Haus aus zu einem Schnellrestaurant der Kette Little Chef an der Epping Road gefahren, nördlich der Stadtgrenze von London, um sich dort mit Iwan zu treffen. Es war kurz nach elf Uhr abends, und sie mussten beide etwas essen. Um diese Zeit waren nur wenige Gäste in dem Lokal – ein paar Arbeiter vom Flughafen Stansted, die nach der Schicht hierher kamen, und ein paar Lastwagenfahrer, die sich stärkten, bevor sie ihre nächtliche Tor auf der M1 in Angriff nahmen. Wenigstens stimmt es, dass sie vierundzwanzig Stunden am Tag Frühstück servieren, dachte Matt, während er beschloss, sich das Olympic Breakfast mit einer zusätzlichen Portion Rührei und Toast zu bestellen.

»Bist du sicher, dass das die Namen der Kontoinhaber sind?«, fragte Iwan. »Abbott und Matram?«

Matt nickte. »Ich habe sie klar und deutlich auf dem Monitor gesehen. Der Mann von der Bank war total verängstigt und hätte sich nicht getraut, mich hereinzulegen.«

»Dann haben sie die ganze Zeit dahintergesteckt, zusammen mit Lacrierre«, sagte der Ire bedächtig. »Das erklärt, warum das Verteidigungsministerium nicht alle Männer eingesammelt hat, an denen XP22 getestet wurde. Wahrscheinlich wissen sie bis heute nichts von den später auftretenden Wirkungen des Präparats. Es war von Anfang an sozusagen eine privatwirtschaftliche Aktion. Lacrierre benutzt Abbott und Matram, um seine Taten zu vertuschen.«

Matt ballte die Faust. »Dann haben wir es also nicht mit der Regierung, sondern nur mit drei Männern zu tun.«

Iwan blickte sich misstrauisch in dem Lokal um. »Weißt du, was du jetzt tun musst?«

Matt schob sich ein Stück Toast mit Schinken in den Mund. Er nickte. »Ich werde sie mir vorknöpfen.«

Iwan lächelte und tippte sich an die Stirn. »Gut möglich, dass ich mich wiederhole, Matt, aber eines Tages wird dir ein Licht aufgehen, und du wirst klarer sehen.«

»Wovon redest du?«

Der Ire wartete, bis die Kellnerin eine neue Tasse Kaffee vor ihm auf den Tisch gestellt hatte. Dann trank er einen Schluck. »Es war von Anfang an etwas merkwürdig, dass Orlena bei der Operation dabei war. Erinnere dich an die Fabrik. Wir sind auf sehr viel größeren Widerstand gestoßen als erwartet. Und dann, als wir den letzten Raum in dem Verwaltungsgebäude gestürmt haben, lag da dieser Junge verwundet am Boden, der sie erkannt hat.«

»Ja, ich erinnere mich, er hat ihren Namen gerufen.«

»Stimmt genau«, sagte Iwan grimmig. »Aber er hat noch etwas gesagt.«

»Irgendetwas auf Russisch oder Ukrainisch. Wahrscheinlich hat er um Gnade gebettelt.«

Iwan schüttelte den Kopf. »Ich habe mich kundig gemacht.

Orlena hat reagiert und *likuwannia* gesagt.« Er schwieg kurz und blickte zur Decke auf. »*Likuwannia*«, wiederholte er. »Der Mann hat *pischow, pischow* geantwortet, und dann hat Orlena ihn erschossen.«

»Mach's nicht so spannend.«

»*Likuwannia* ist Ukrainisch und bedeutet ›Heilmittel‹ oder ›Antidot‹.«

Matt schob seinen Teller zur Seite. »Du glaubst, Orlena hat nach einem Gegenmittel für XP22 gesucht?«

Iwan zuckte die Achseln. »Ich weiß es nicht. Sie hat den Mann danach gefragt, und er hat *pischow, pischow* geantwortet, was ›Es ist nicht hier‹ bedeutet. Dann hat sie ihn erschossen. Für mich heißt das, dass sie nach etwas gesucht hat.« Er schwieg kurz. »Und wenn sie tatsächlich nach dem Gegenmittel gesucht hat, solltest du es auch tun.«

Matt nickte. »Falls es wirklich so ein Antidot gäbe, könnten wir die Männer retten, die XP22 genommen haben und noch auf der Liste stehen …«

Iwan grinste.

»Wir müssen es finden«, fuhr Matt fort. »Ja, wenn es dieses Antidot gibt, müssen wir es finden.«

Matt schaute Eleanor an. In ihrem Blick erkannte er die psychische Belastung. Ihre Gesichtshaut wirkte angespannt, wie gedehnt, und ihre hohen Wangenknochen schienen von Tag zu Tag stärker hervorzutreten.

Mittlerweile fiel Morgenlicht in das Hotelzimmer. Matt war durch die aufgehende Sonne geweckt worden, und das erinnerte ihn an seine Zeit als aktiver Soldat.

Wenn man ständig daran denkt, dass jeder Tag der letzte sein kann, sieht man den Sonnenaufgang mit anderen Augen.

Er hatte schlecht geschlafen. Nachdem er sich von Iwan

verabschiedet hatte, war er in das Hotel zurückgekehrt und zu Eleanor ins Bett gekrochen.

Jetzt aß sie eines von den Croissants, mit denen Iwan gerade zu ihnen gekommen war. Sie trug nur ein langes weißes T-Shirt und hatte ihr Haar hoch gesteckt. Iwan trank eine Tasse Kaffee. »Ich weiß nicht, was können wir tun?«, fragte sie mit brechender Stimme.

»Wir werden sie stellen, noch heute Abend«, sagte Matt. »Es ist an der Zeit, eine Entscheidung herbeizuführen. Beim Regiment habe ich die Lektion gelernt, dass man den Feind stellen muss. Ich habe schon einmal versucht, mir Lacrierre vorzuknöpfen, aber ich war allein und konnte nichts machen.«

»Und du hattest nicht alles durchdacht«, bemerkte Iwan. »Am verletzlichsten ist Lacrierre, wenn er sich in seinem Zug aufhält. Dein Besuch in seinem Haus war ein Fehlschlag, aber sein Büro ist auch ungeeignet. An diesen beiden Orten wird er von etlichen Leibwächtern beschützt. Ein Zug ist sehr viel schwerer zu verteidigen. Da können wir den Dreckskerl festnageln.«

»Er fährt jeden Freitagabend um zwanzig vor neun nach Paris«, sagte Matt. »Ich werde mit Damien reden und Waffen und Munition besorgen. Du fährst nach Hause und schaust nach deiner Familie, Iwan. Anschließend wirst du uns ein paar Bomben basteln.«

»Und was tun wir, wenn wir ihn in dem Zug gestellt haben?«, fragte Eleanor.

»Wir werden uns das Gegengift holen«, antwortete Iwan.

»Und dann legen wir ihn um«, kündigte Matt mit brutaler Eindeutigkeit an.

Eleanor zuckte zusammen. »Was ist mit mir?«

»Du bleibst hier«, antwortete Matt. »Dann bist du in Sicherheit. Solche Aktionen sind nur etwas für erfahrene Kämpfer.«

Eleanor wollte etwas sagen, doch Iwan kam ihr zuvor. »Matt hat Recht«, sagte er. »Normalerweise bin ich ein großer Freund der Gleichberechtigung, aber in diesem Fall würde eine Frau nur im Weg stehen.«

»Nein, ich komme mit«

»Es ist zu gefährlich«, sagte Matt gereizt.

Eleanor wurde wütend. »Wer von euch beiden wissenschaftlichen Genies wird denn beurteilen können, ob Lacrierre euch das richtige Gegenmittel gegeben hat?«

Ein leises Lächeln huschte über Iwans Gesicht, und er blickte Matt an. »Tut mir Leid, aber ich muss ihr Recht geben.«

»Zum Teufel, wir sollten das allein erledigen«, murmelte Matt.

»Du hat ein Problem, Matt«, sagte Eleanor. »Einen Heldenkomplex.«

»Unsinn«, antwortete er. »Mein Problem ist nur, diesen Tag irgendwie lebend zu überstehen.«

In Sherbourne, einem hübschen, ruhigen Städtchen in Dorset mit nur einigen tausend Einwohnern, war gerade Markttag, und es roch nach Blumen und frisch gebackenem Brot. Matram blieb vor einem Stand stehen, kaufte sich ein Eis und ging dann weiter die Hauptstraße hinab.

Wie sagen unsere Freunde von El Kaida noch immer? Wenn der Berg nicht zu Mohammed kommt, muss Mohammed zum Berg kommen.

Das Haus lag am Ende der Hauptstraße. Die Kinder in der Happy-Times-Vorschule bekamen um zwölf frei, und bei der örtlichen Polizei hatte man Matram gesagt, Iwan Rowes Sohn George sei jeden Freitagmorgen dort und werde laut Auskunft der Schule immer von seinem Vater abgeholt. Darauf könne er sich verlassen.

Matram blickte auf die Uhr – zwei Minuten vor zwölf. *Noch ein paar Minuten, dann gehört dieser Ire uns.*

Harton und Godsall warteten auf der anderen Straßenseite in einem weißen Lieferwagen. Matram gab ihnen ein Zeichen, und der Motor wurde angelassen.

Er blickte sich auf der Straße um. Es waren nur ein paar Leute unterwegs, die meisten blieben wegen der Hitze zu Hause. In den Geschäften war nicht viel los. Ein drei Jahre alter Audi A4-Kombi näherte sich und parkte am Bordstein. Ein Mann stieg aus. Vor seinem geistigen Auge sah Matram ein Foto, das er sich eingeprägt hatte. Ein schneller Vergleich sagte ihm, dass es keinen Zweifel gab. Das war er. Iwan Rowe.

Er tastete nach der halbautomatischen Smith-&-Wesson-Pistole in seiner Innentasche und ging los. Auf der anderen Straßenseite war ein Passant, der aber nicht herüberblickte. Matram war dicht bei Iwan, ihre Blicke trafen sich. Er zog die Pistole und presste dem Iren den Lauf in die Rippen, sodass er leicht nach oben zeigte. Wenn er abdrückte, würde die Kugel das Herz durchschlagen und ins Gehirn eindringen. Das überlebte niemand.

»Da drüben steht ein weißer Lieferwagen, mein irischer Freund«, knurrte er. »Wenn du nicht in drei Sekunden hinten in der Karre sitzt, bist du nur noch ein hässlicher Flecken auf dem Asphalt.«

Iwan ging auf den Lieferwagen zu, stumm und mit hängendem Kopf.

Die Waffenkammer war so gut bestückt, dass der Besitzer all dieser Gewehre und Pistolen lebenslänglich bekommen hätte, wenn die Polizei sein Depot entdeckt hätte. Bei den Gewehren handelte es sich vor allem um russische Kalaschnikows AK-47, nicht um das neuere Modell AN-49, das

Matt in Weißrussland ausprobiert hatte. Daneben sah er sechs amerikanische Winchester-X2-Jagdgewehre mit großer Reichweite, die sich auch hervorragend für Scharfschützen eigneten. Außerdem gab es zwei Dutzend kleine, halbautomatische Glock-Pistolen Modell PI 20569, dazu zehn vom Modell PI 35301.

Neben jeder Waffe standen Kartons mit Munition, neben dem Regal fünfzehn Lattenkisten mit Semtex-Plastiksprengstoff, komplett mit Zündern. Außerdem gab es noch jede Menge kugelsichere Westen.

Damit könnte man einem mittelgroßen Land den Krieg erklären.

»Warum nennst du das Depot North Bank?«, fragte Matt.

Damien grinste. »Du verbringst zu viel Zeit im Ausland, Kumpel. Allmählich vergisst du, dass du aus London kommst.«

Matt nickte. »Die Anhänger der Heimmannschaft stehen in der Nordkurve, stimmt's? Das Stadion von Arsenal, Highbury?«

»Genau, und dies ist unser Arsenal.«

Sie standen im Keller eines aufgegebenen Ladens unter der Hochbahn am Rand von Chatham. Hier, im Süden Londons, versteckte Damien Waffen, die später an die örtlichen Gangs verteilt wurden – umsonst, wenn man zu seinen Leuten gehörte, für teures Geld, wenn es nicht so war. In der Regel wurden sie mit Lastwagen hergebracht, die aus Belgien oder den Niederlanden kamen. In beiden Ländern blühte der schwarze Markt für Waffen, die aus Osteuropa stammten und über Deutschland geliefert wurden. Ansonsten kamen sie aus dem Nahen Osten und wurden über den Balkan eingeschmuggelt. Wenn man im Laderaum eines Zweiundzwanzig-Tonnen-Sattelschleppers immer nur zwei Gewehre versteckte, würde sie niemand finden. Dann musste der Fahrer nur noch an einer Tankstelle an der M20 anhalten und die Waffen auf dem Parkplatz übergeben. Die LKW-Fahrer bekamen zweihundert Pfund, die sie gut gebrauchen konnten. Damien bezahlte gewöhnlich in Euro, damit sie sich im Ausland amüsieren konnten, ohne dass ihre Frauen beim Lohn die außerplanmäßigen Ausgaben bemerkten.

Matt zeigte auf die Waffen. »Ich brauche einiges. Zwei Kalaschnikows, außerdem vier Pistolen. Eine kugelsichere Weste könnte auch nicht schaden. Und so viel Semtex, wie du erübrigen kannst.«

Damien nickte. »Du machst also ernst.«

»Falls jemand andere Vorschläge haben sollte, höre ich sie mir gerne an«, sagte Matt lächelnd. »Aber im Moment kann ich mir eigentlich keinen anderen Weg vorstellen.«

Damien nahm eine Kalaschnikow aus dem Regal und reichte sie Matt – eines der klassischen sowjetischen Modelle von 1947 mit einem schlanken hölzernen Kolben und einem gebogenen Magazin mit dreißig Kugeln. Obwohl es schon ein halbes Jahrhundert auf dem Buckel hatte, war kaum je ein besseres Gewehr gebaut worden, und Matt war mit ihm vertraut.

In diesem Leben gibt es nicht viel, worauf man sich verlassen kann, aber diese Waffe lässt einen nicht im Stich.

Nachdem er ein paar Kartons Munition eingepackt hatte, wählte er vier Glocks mit jeweils dreißig Patronen aus. Dann begann er, den Plastiksprengstoff zu verstauen, zwanzig jeweils ein Pfund schwere, in fettdichtes Papier eingewickelte Blöcke, die nicht gefährlicher als ein paar Klumpen Schweineschmalz wirkten. Iwan hatte ihm einen Kunststoffrucksack besorgt. Er hatte viel zu schleppen, würde es aber schaffen.

Wir stürmen den Zug, jagen sie in die Luft und sind schneller wieder weg als Ratten auf Inlinern.

Der Rucksack musste an die hundert Kilo schwer sein, aber von seinem Wagen trennten ihn nur zwei Treppen und ein paar hundert Meter. Verglichen mit den dreitägigen Gewaltmärschen durch die Brecon Beacons, die er früher bei strömendem Winterregen während der Manöver beim Regiment zurücklegen musste, war das hier ein Kinderspiel.

Als sie oben auf der Stahltreppe standen, packte Damien Matts Schulter. »Brauchst du Hilfe?«, fragte er. »Ich möchte meine Schwester genauso rächen wie du.«

Matt antwortete nicht sofort. An Damiens Gesichtsausdruck konnte er seine Entschlossenheit und seinen Rachedurst ablesen. »Ich muss einen Zug aufhalten«, sagte er. »Dafür brauche ich ein paar Männer. Für heute Abend.«

Damien nickte. »Ich kenne einen geeigneten Spezialisten, der dir helfen wird.«

Die Luft in dem Lieferwagen war heiß und stickig. Matram hatte befohlen, alle Fenster zu schließen. Falls Iwan schreien würde – was nicht auszuschließen war –, sollte draußen nichts davon zu hören sein. Obwohl sie über Land durch Dorset fuhren, wollten sie jedes Risiko vermeiden.

Der Lieferwagen hatte keine Klimaanlage. Draußen war die Temperatur auf fünfunddreißig Grad angestiegen, und unter dem Blechdach war es so heiß, dass man kaum noch Luft bekam. Harton saß hinter dem Steuer, Godsall und Matram bewachten Iwan.

Noch ist er zahm, aber Vorsicht, dachte Matram. Früher, in Nordirland, war er bei der Provisional IRA. Also hat er wahrscheinlich keine Angst vor Folter.

»Hier«, sagte er.

Der Lieferwagen blieb stehen. Durch das Fenster sah er, dass sie am Ende einer Landstraße standen. Ungefähr zweihundert Meter weiter weg erblickte er einen Bauernhof, aber davor standen ein paar Bäume, die die Sicht erschwerten. Gesehen werden konnten sie eigentlich nur von ein paar Schafen, die auf der nächsten Weide grasten.

»Wirf ihn auf die Straße«, befahl Matram.

Godsall öffnete die hintere Tür des Lieferwagens und stieß Iwan unsanft auf die staubige Landstraße. Der getrocknete Schlamm war härter als Beton. Iwan prallte schmerzhaft mit der Schulter auf und rollte sich sofort ab, um die Wucht des Sturzes abzufedern. Dann lag er still da, die Hände ordentlich an die Brust gedrückt.

Matram sprang aus dem Wagen und baute sich neben dem Iren auf. Clever, dachte er. Ihm ist klar, das wir ihn schlagen werden und dass er nichts dagegen tun kann. Er bereitet sich darauf vor, alles so gut wie möglich zu überstehen.

»Hör gut zu, mein irischer Freund«, sagte Matram bedächtig. »Wenn wir nur wollen, könnten wir gut miteinander auskommen.«

Iwan lag absolut reglos da, eine Wange in den Straßenstaub gepresst.

»Mir ist zu Ohren gekommen, dass du Bombenbastler bist.« Matram kniete neben Iwan nieder. »Feuerwerker habe ich schon immer gemocht. Schwere Explosionen, Lichterzauber und kaum Überlebende. Solche Leute braucht jeder Soldat.« Er schwieg kurz. »Also, wenn wir Freunde würden, könnten wir uns einigen. Würde dir eine Menge Unannehmlichkeiten ersparen.«

»Sie wollen, dass ich Ihnen eine Bombe baue?«, fragte Iwan. »Da könnte ich wahrscheinlich behilflich sein.«

Matram schüttelte bedächtig den Kopf. »Nein, darum geht es nicht. Ich möchte wissen, wo dein Freund Matt ist.«

»Matt Browning? Kennen Sie ihn?«

»Unsere Wege haben sich mal gekreuzt.«

»Dann wissen Sie ja, dass er ein äußerst harter Bursche ist«, erwiderte Iwan. »Wenn Sie keine extrem gute Krankenversicherung haben, sollten Sie ihm lieber aus dem Weg gehen.«

Matrams Stiefel traf Iwan in die Rippen, direkt über dem Herzen. Sein Körper erbebte vor Schmerz, und er schnappte hustend nach Luft.

»Ich scherze nicht«, sagte Matram. »Wie gesagt, wenn du mir sagst, wo Browning ist, kann dir das eine Menge Leiden ersparen.«

»Ich habe keine Ahnung, wo er ist«, stieß Iwan mühsam hervor.

Matram beugte sich dicht zu seinem Ohr hinab. »Unsere Einheit heißt Increment«, sagte er leise »Ich bin sicher, dass du uns noch aus der guten alten Zeit in Irland kennst. Wir hatten im Leben nie so viel Spaß wie damals, als wir aus dem Shuttle-Bus der British Airways heraus ein paar dreckige Iren als Zielscheiben für Schießübungen benutzt haben. Und noch mehr Spaß, wenn wir sie uns erst noch richtig vorgeknöpft haben, bevor sie kaltgemacht wurden.« Er sprach langsam, ließ sich jedes Wort auf der Zunge zergehen. »Ihr wart schon eine ziemlich furchtlose Bande, aber vor uns hattet ihr Schiss. Und auch jetzt hast du allen Grund dazu.«

Iwan schaute auf und bedachte Matram mit einem harten Blick. Er studierte sein glatt rasiertes Gesicht, die breite, flache Nase und die eng beieinander stehenden Augen, die ihn aufmerksam betrachteten. »Ich werde Sie zu ihm bringen.« Er streckte die Hand aus. »Helfen Sie mir auf die Beine.«

Das Two Foxes, in einer Seitenstraße hinter der Camberwell Church Street im Süden Londons gelegen, wirkte wie eine xbeliebige Kneipe. Für jeden, der zufällig auf ein Bier hereinkam, schien es nur eines von tausend Pubs zu sein, die man an jeder Ecke der Stadt fand – alte Lampen aus der viktorianischen Ära, viel nachgedunkeltes Holz, Bierfilze auf allen Tischen und die ewig gleichen alten Knacker, die ihr Stout schlürften und selbst gedrehte Zigaretten rauchten. Doch für die Eingeweihten war das Two Foxes eher eine Art Büro, wo die Walters-Familie ihre Geschäfte abwickelte.

Wenn wir irgendwo in Sicherheit sind, dann hier, dachte Matt. Die Bullen haben nicht genug Mumm, um sich hier blicken zu lassen.

Eleanor war im Hotel geblieben. Damien glaubte nicht, dass die Leute, die er Matt vorstellen wollte, gern mit einer Frau zusammenarbeiten würden. Es waren Gangster der alten Schule, in deren Welt es, was den »Beruf« betraf, für Frauen keinen Platz gab.

Jack Pointer, an dessen Unterlippe eine selbst gedrehte Zigarette klebte, studierte eingehend Matts Gesicht. »SAS?«, fragte er angewidert.

Irgendwie kam er Matt bekannt vor. Er hatte ein rundliches Gesicht, einen kahlen Schädel und die ungesunde, rötliche Gesichtsfarbe eines Mannes, der zu lange hinter Gittern gesessen hat. »Früher mal«, antwortete Matt. »Vor zwei Jahren bin ich ausgestiegen.«

»Spielt keine Rolle«, sagte Pointer. »Für mich sind Sie ein Arschloch.«

»Immer mit der Ruhe, Jack«, unterbrach Damien. »Bei diesem Job arbeiten wir zusammen.«

Pointer trank einen Schluck Stout. »Das werden wir dann sehen.«

Plötzlich begriff Matt, wem er ähnelte: Harry Pointer, einem brutalen Schuldeneintreiber, der für ein paar russische Mafiosi aus Malaga arbeitete und gelegentlich im Last Trumpet vorbeischaute. Matt hatte einem seiner Bosse mal Geld geschuldet und es bald bereut.

»Ich denke, ich kenne Ihren Sohn Harry«, sagte er. »Ein übler Bursche mit reichlich krimineller Energie.«

»Das ist er«, sagte Pointer lächelnd. »Ein wundervoller Junge.« Er schaute Matt an, und seine Gesichtszüge hatten sich entspannt. »Damien sagt, Sie brauchen Hilfe?«

»Ich brauche jemanden, der einen Zug zum Stehen bringen kann.«

Pointer grinste. »Dann bin ich Ihr Mann.«

»Schon mal was vom Balham-Coup gehört?«, fragte Damien.

Matt schüttelte den Kopf. »Kann ich nicht behaupten.« Bei diesen Gangs ist es genauso wie beim Militär, dachte er. Wie jedes Regiment hat auch jede Verbrecherbande ihre Geschichte und kultiviert ihre glorreichen Erfolge.

»Jack und seine Jungs haben 1972 einen Zug überfallen und ausgeraubt, der mit zwei Millionen Pfund in frisch gedruckten Scheinen nach London fuhr. Zwei Millionen, damals war das noch was.«

»Und was ist schief gelaufen?«, fragte Matt. Pointer schien mindestens sechzig zu sein und sah reichlich angeschlagen aus.

»1977 haben sie mich geschnappt«, antwortete Pointer. »Hab dreißig Jahre gekriegt. Letztes Jahr bin ich rausgekommen.« Er grinste. »Muss immer noch eine elektronische Fußfessel tragen, aber heute habe ich sie lieber zu Hause gelassen.«

»Und Sie glauben, dass Sie noch in der Lage sind, einen Zug anzuhalten?«

Pointer zog ein Tabakpäckchen und Zigarettenpapier aus

der Tasche und begann sich den nächsten Glimmstängel zu drehen. »Connex South Eastern oder British Rail, für mich spielt das keine Rolle«, antwortete er. »Wenn man sich in diesem Land auf eines verlassen kann, dann darauf, dass nie in die Eisenbahnen investiert und dort technisch aufgerüstet wird. Wie in den Siebzigern kann man auch heute noch einen Zug zum Stehen bringen, indem man die Signale manipuliert.« Er befeuchtete sein Rizla-Zigarettenpapier mit der Zunge. »Die Frage ist nur, warum sollte ich ihn anhalten wollen?«

Matt wollte antworten, doch Damien kam ihm zuvor. »Weil du dabei auch ein paar Jungs einer Spezialeinheit vom SAS aus dem Verkehr ziehen kannst.« Er schaute zu Matt hinüber. »Im Knast von Brixton hat's 1984 eine Häftlingsrevolte gegeben, und Jack hat für einige Tage mit ein paar Kumpels einen Flügel des Gebäudes übernommen und sich dort mit ihnen verbarrikadiert. Die Regierung hat den SAS eingesetzt, und dessen Jungs haben die Häftlinge nacheinander so brutal zusammengeschlagen, dass sie schließlich aufgegeben haben. Einer von Jacks Kumpels hat eine Gehirnverletzung davongetragen. Hängt immer noch an einer Infusionskanüle.«

Pointers Grinsen entblößte zwei fehlende Schneidezähne. »Nun, wenn ich ein paar Typen vom SAS erledigen könnte … Dafür lohnt es sich schon, den Hintern hochzukriegen.«

Der Volvo stand bei sengender Hitze auf der M25 im Stau. Matt hatte geglaubt, auf diesem Weg am schnellsten von Camberwell nach Essex zu gelangen, aber die Autobahn war von Anfang an verstopft gewesen. Wenn es in dem alten Volvo jemals eine Klimaanlage gegeben haben sollte, war sie seit langem defekt. Matt blickte auf die im Schneckentempo dahinkriechenden Autos. Schweißperlen rannen ihm den Rücken hinab.

Mein Gott, der Sprit wird knapp, dachte er, als ihm auffiel, dass die Nadel der Benzinuhr sich dem roten Bereich näherte. *Das hat gerade noch gefehlt, dass mir die Bullen zu Hilfe kommen. Ausgerechnet jetzt, wo ich die ganzen Waffen im Kofferraum habe.*

Er schaute auf die Uhr. Es war bereits zehn nach vier. Lacrierres Zug nach Paris ging um zwanzig vor neun und würde eine Stunde später den Eurotunnel erreichen. Bei diesem Schneckentempo würde ihm keine Zeit mehr bleiben, um Eleanor abzuholen und dann noch den ganzen Weg zu dem Bahnhof im Süden Londons zurückzulegen. Er hatte nur noch vier Stunden für die Organisation des Überfalls auf den Zug.

Die Verkehrsplanung in diesem Land ist eine Katastrophe. Es ist unmöglich, heutzutage noch irgendwo hinzukommen.

Auf dem Beifahrersitz lag sein Handy, das letzte in einer langen Reihe unterschiedlicher Modelle, die Iwan ihm besorgt hatte. Eigentlich dürfte nichts passieren, wenn ich es benutze, dachte er.

Wieder schaute er auf die Uhr – zwanzig nach vier. Seit dem letzten Mal hatte er ungefähr sechzig oder siebzig Meter zurückgelegt. Bei diesem Tempo konnte er von Glück reden, wenn er nächsten Mittwoch da war.

Und dann ist es zu spät, um Rache zu nehmen.

Er legte den ersten Gang ein, fuhr etwa acht Meter und musste schon wieder auf die Bremse treten. Der Lastwagen vor ihm stieß dichte schwarze Abgaswolken aus, und auf der Standspur standen ein paar liegen gebliebene Autos, aus dessen Motorhauben Rauch aufstieg. Besser, wenn ich alle Vorsicht in den Wind schlage, dachte er. Schon jetzt gehe ich ein so großes Risiko ein, dass es kaum eine Rolle spielt, wenn ich noch wagemutiger werde. Entweder sind die Götter auf meiner Seite, oder sie sind es nicht.

Er griff nach dem Handy, wählte die Nummer des Hotels und ließ sich mit Zimmer Nr. 12 verbinden. Eleanor meldete sich nach dem zweiten Klingeln. »Alles in Ordnung?«, fragte sie ängstlich.

»Bis jetzt schon«, antwortete Matt. »Wie sieht's bei dir aus?«

»Ich warte.«

»Hör zu, ich werd's nicht schaffen, dich abzuholen. Ich stehe im Stau. Wir treffen uns um Viertel vor sechs an der Eisenbahnbrücke auf dem Hügel in Battersea. Falls ich um sechs noch nicht dort bin, solltest du mit dem Schlimmsten rechnen.«

Der Lieferwagen fuhr über die M3, passierte die Abfahrt nach Basingstoke und setzte seinen Weg nach London fort. Matram saß hinter dem Steuer, Iwan auf dem Beifahrersitz. Harton und Godsall, die auf der Rückbank Platz genommen hatten, waren dicht genug bei ihm, um jeden Fluchtversuch zu verhindern.

»Also, der Name des Hotels«, sagte Matram.

»Das Holiday Inn Express in Buckhurst Hill«, antwortete der Ire. »In Essex, in der Nähe des Flughafens Stansted.«

Matram wandte sich ihm zu und grinste. »Ich habe die Provisional IRA ja immer schon nur für eine Bande von Gangstern gehalten. Wenn wir euch richtig in die Mangel nehmen, verratet ihr eure Kameraden. Das hat in Nordirland funktioniert, und hier funktioniert es genauso.«

Iwan zuckte die Achseln, sagte aber nichts. Er hatte schon damit begonnen, Sprengladungen für die Attacke auf den Zug vorzubereiten. Glücklicherweise hatten ihn Matrams Männer nur nach Pistolen oder Messern durchsucht. In seiner Hosentasche steckte ein kleiner Streifen Sprengstoff, der in Aluminiumfolie eingewickelt war und einem Päckchen

Wrigley's-Kaugummi ähnelte. Nun musste er nur noch den richtigen Moment abpassen, ihn auf den Boden werfen, mit dem Absatz darauf treten und so die Explosion auslösen.

»Und jetzt die Namen, unter denen sie sich in dem Hotel eingetragen haben«, fuhr Matram fort.

Iwan bedachte ihn mit einem kalten Blick. »Keith Todd und Helen Nuggett.«

»Woher soll ich wissen, dass du nicht lügst?«

»Rufen Sie an. In einem Hotel kennt man seine Gäste.«

Matram lehnte sich zurück und reichte Harton über die Schulter sein Handy. »Ruf an und frag, ob sie da sind.«

Harton rief die Auskunft an und bat darum, mit dem Holiday Inn in Buckhurst Hill verbunden zu werden. Er wandte sich um und hielt das Handy dicht an sein Ohr, wobei er es mit der Hand gegen das Motorgeräusch abzuschirmen versuchte.

Für einen Augenblick kehrte er Iwan den Rücken zu, und zugleich behinderte er Godsall, wenn dieser versuchen würde, einen Fluchtversuch zu vereiteln.

Iwan zögerte. Er lief Gefahr, während der nächsten paar Sekunden ein Bein zu verlieren, doch dieses Risiko würde er eingehen müssen. Der Sprengstoffstreifen rutschte aus seinem Hosenbein vor ihm auf den Boden. Er hatte einen entleerten Feuerwerkskörper mit Kaliumnitrat und Zucker gefüllt – eine simple, aber effektive Mixtur. Als der Kracher hochging, stiegen sofort riesige, dichte Rauchwolken auf.

Iwan packte das Lenkrad und riss es nach rechts. »Dann wollen wir mal sehen, wie gut du fahren kannst, du Arschloch«, brüllte er Matram ins Ohr.

Der Lieferwagen scherte schlingernd auf die Überholspur aus. Alle begannen gleichzeitig zu schreien. Ein Auto schrammte hinten an dem Lieferwagen vorbei und schleuderte ihn wieder nach links. Der Rauch behinderte die Sicht, und der Lieferwagen schlingerte unkontrolliert hin und her.

Matram riss das Lenkrad in die eine Richtung, Iwan in die andere. Zugleich tastete der Ire nach der Handbremse, und als er sie gefunden hatte, riss er sie mit einem heftigen Ruck nach oben. Der Lieferwagen kam mit quietschenden Reifen zum Stehen und schleuderte Matram und Iwan nach vorne. Als hinten ein anderes Auto auf den Lieferwagen auffuhr, machte dieser wieder einen Satz nach vorne.

Iwan riss die Tür auf, sprang heraus, landete hart auf dem Asphalt und wollte einem heranbrausenden Auto auszuweichen, dessen Fahrer aber geistesgegenwärtig voll auf die Bremse trat und den Wagen hupend nur anderthalb Meter vor dem Iren zum Stehen brachte. Das Auto hatte sich aber etwas seitlich gedreht und wurde sofort von einem anderen erfasst. Es wurde herumgeschleudert und hätte sich fast überschlagen. Etwas weiter weg stieg ein Lastwagenfahrer in die Eisen und bremste sein Gefährt mit einem schrillen Kreischen ab. Iwan nutzte die Verwirrung und die Sichtbehinderung durch den dichten Rauch aus, um sich auf den Mittelstreifen der M3 zu retten und davonzurennen.

Matram riss die Tür auf, sprang auf die Straße und sah Iwan über den Mittelstreifen fliehen. Er war bereits hundert Meter entfernt. Dann hörte er kreischende Bremsen und sah, wie der Ire die dreispurige Autobahn überquerte. Ob er es geschafft hatte, mit heiler Haut auf die andere Seite zu gelangen, konnte Matram nicht sagen, weil ihm etliche Lastwagen die Sicht versperrten. Er hatte ihn aus den Augen verloren.

Pointer kniete neben den Gleisen und überprüfte den Schotter wie ein Bauer, der mit den Fingern seinen Ackerboden testet. »Hier«, sagte er. »Das ist genau die richtige Stelle.«

Matt drehte sich um. Neben Damien standen noch drei andere Männer.

»Wo kommen die denn her?«, fragte Matt.

»Das sind Keith, Perry und Archie«, antwortete Pointer. Er wies mit einer Kopfbewegung auf einen etwa fünfundzwanzigjährigen Mann mit kurz geschnittenem Haar, einem ausgeprägten Bierbauch und etlichen Tätowierungen auf einem Unterarm. »Keith ist nicht so ein netter ruhiger Junge wie mein Harry und kann ziemlich mies sein. Hatte schon als Kleinkind einen üblen Charakter, und dabei ist es geblieben.« Er schaute zu einem etwa vierzigjährigen Muskelmann hinüber, dessen Augen wie zwei weiße Perlen aus seinem dunkelhäutigen Gesicht hervorstachen. »Das ist Perry. Hat mit mir in Brixton im Knast gesessen. Seinem besten Freund ist vom SAS übel mitgespielt worden. Und das da ist Archie.« Matt blickte auf den kleinen Mann mit den roten Haaren und den Sommersprossen, der vermutlich auf die fünfzig zuging. »Archie ist extra aus Glasgow heruntergekommen, um sich Ihre alten Kameraden vorzuknöpfen. Er hat die ganzen Neunziger über im Hochsicherheitsgefängnis Shotts gesessen. Sieht so aus, als hätten Ihre Kumpels sich da ebenfalls daneben benommen. Er hat eine persönliche Rechnung zu begleichen.«

Matt nickte. Die drei trugen die grellgelben Arbeitsanzüge der Streckenarbeiter. Ihre Gesichter missfielen ihm ohne jede Ausnahme, aber beim Regiment lernte man schon sehr früh, dass in einer ausweglosen Lage der Feind eines Feindes ein Freund war. Und diese Erkenntnis hatte sich noch nie als so zutreffend erwiesen wie heute.

»Wenn Sie bereit sind, können wir loslegen, Gentlemen«, sagte Matt.

Er kniete neben Pointer nieder, der eingehend die Gleise studierte. Für diese Stelle hatten sie sich entschieden, weil sie wegen der hohen Bahndämme zu beiden Seiten der Schienen neugierigen Blicken entzogen war. Wegen der sengenden Hitze fühlte sich der Schotter genauso warm an wie die stählernen Signalmasten. Das leicht vibrierende Gleis verriet Matt, dass sich ein Zug näherte, aber es würde noch mindestens zwei Minuten dauern, bis er hier vorbeikam.

Der Anschlusskasten befand sich am Fuß eines Signalmasts und war nur durch ein einfaches Vorhängeschloss gesichert. Pointer zwängte einen Schraubenzieher in den Kasten und riss mit einem kräftigen Ruck daran. Der Deckel brach auf, und sie sahen ein Gewirr von Kabeln mit verschiedenfarbigen Isolierungen. Das Signal hatte ein grünes, ein gelbes und ein rotes Licht. Matt wollte Lacrierres Zug zum Abbremsen zwingen, als hätte sich weiter vorne ein Unfall ereignet. Dafür musste einmal das rote, zweimal das gelbe und schließlich einmal das grüne Licht aufblinken. »Ist wie beim Morsealphabet«, sagte Pointer. »Wenn man einmal Bescheid weiß, sind die Zeichen für die Lokführer ziemlich einfach zu verstehen.«

Mittlerweile vibrierte das Gleis stärker. Pointer schloss den Anschlusskasten und versteckte sich hinter ein paar vertrockneten Büschen am Rande der Eisenbahnstrecke. Der Zug fuhr mit etwa fünfundvierzig Stundenkilometern vorbei, und Matt konnte die verschwitzten Pendler in den Abteilen erkennen. Wie die anderen Männer war auch er hinter den Büschen in Deckung gegangen.

»Test erfolgreich«, sagte Pointer. »Ich stelle jetzt fürs Erste alles auf Normalbetrieb um und ändere die Einstellung wieder, wenn der Zug des Franzosen anrollt.«

Das Handy in seiner Tasche piepte. Matt drückte auf den grünen Knopf und presste das Telefon ans Ohr. »Ja?«

»Es wird gefährlich, Matt.«

Er erkannte den sanften irischen Akzent wieder, aber nicht den Tonfall. Normalerweise war Iwan gelassen und durch nichts aus der Ruhe zu bringen, doch jetzt klang seine Stimme angespannt, nervös und ängstlich.

»Was ist passiert?«

»Sie haben mich entführt, und ich habe ihnen euer Hotel und die falschen Namen genannt.«

Matt blieb die Luft weg. Es kam ihm so vor, als hätte ihm jemand einen Tiefschlag versetzt.

»Warum zum Teufel …?«

»Mir blieb keine andere Wahl«, sagte Iwan wütend. »Ich musste Zeit gewinnen. Ich wusste, dass du nicht mehr dort sein würdest. Und Eleanor ist doch jetzt bei dir, oder?«

»Du spielst mit meinem und Eleanors Leben«, erwiderte Matt laut.

»Sie ist doch jetzt bei dir, oder?«, wiederholte Iwan.

»Sie müsste auf dem Weg nach Battersea sein.« Matt blickte sich um. Damien und Pointer besprachen die Details des Hinterhalts. »Ich werde versuchen, sie zu finden.«

»Tu das, sie könnten ihr schon auf den Fersen sein«, sagte Iwan nervös. »Fall sie Eleanor finden …« Er brachte den Satz nicht zu Ende.

Matt drückte auf den roten Knopf, rief im Holiday Inn Express an und bat darum, mit Keith Todds Zimmer verbunden zu werden. Nachdem das Telefon zwölfmal geklingelt hatte, wurde Matt mit einem automatischen Anrufbeantworter verbunden. »Wenn Sie diesem Gast unseres Hotel eine Nachricht hinterlassen wollen, drücken Sie zweimal auf die Taste mit dem Stern …«, sagte eine mechanisch klingende Stimme.

Matt unterbrach die Verbindung und steckte das Handy in

die Tasche. Irgendwo da draußen war Eleanor, allein und in Gefahr. Ihm war klar, dass er erst wieder ruhiger werden würde, wenn er sie in seinen Armen hielt.

Er schaute zu dem wolkenlosen Himmel auf.

Wegen mir ist sie in diesen Schlamassel hineingeraten. Jetzt ist es an mir, sie vor Schlimmerem zu bewahren.

Matram schnüffelte an dem Laken. Es war zerknittert und roch nach Schweiß. Eben so, wie ein Laken riecht, wenn ein Mann und eine Frau ein Bett geteilt haben.

Hunde machen es schon richtig, dachte er. Wenn man erst einmal den Geruch des Opfers kennt, kann es einem nicht mehr entkommen.

»Wann haben sie das Hotel verlassen?«, fuhr er den Geschäftsführer des Hotels an.

David Plant war Ende zwanzig, ein schlanker und aufgeräumter junger Mann. Sein übereifriges Verhalten legte den Verdacht nahe, dass er zu viele Kurse der Kette Holiday Inn besucht hatte, bei denen Angestellten der richtige Umgang mit Gästen beigebracht wurde. »Auf die Minute genau kann ich Ihnen das leider nicht sagen«, antwortete er. »In den Holiday-Inn-Hotels gibt es einen automatisierten Check-in-Service, den wir letztes Jahr unter dem Motto ›Ihre Wahl, Ihr Stil‹ im Interesse unserer Gäste eingeführt haben. Er kommt sehr gut an, erspart uns aber natürlich auch Personalkosten, sodass …«

Matram trat dicht an Plant heran. »Ihr Kundenservice ist mir scheißegal«, blaffte er den Geschäftsführer des Hotels an. »Wenn ich nach Küchenschaben suchen würde, wäre ich hier wohl am richtigen Platz. Zufällig muss ich einen Mann und eine Frau finden, die unter Terrorismusverdacht stehen. Also, haben Sie sie gesehen?«

Plant schaute sich nervös um. Neben Matram standen Harton und Godsall.

»Der Mann hat heute Morgen das Hotel verlassen, die Frau vor etwas mehr als einer Stunde«, sagte er errötend. »Das Zimmer war bereits bezahlt.«

»Haben sie mit jemandem geredet?«

»Nein.«

»Sich mit jemandem getroffen?«

»Nicht dass ich wüsste.«

»Irgendjemanden mit in das Hotel gebracht oder es mit irgendjemandem verlassen?«

Plant schüttelte den Kopf. »Wenn es so gewesen sein sollte, habe ich jedenfalls nichts davon mitbekommen.«

»Wie sieht's mit Telefonaten aus?«

»Ja, sie sind angerufen worden.« Offenbar war er froh, einmal nicht passen zu müssen. »Mindestens zweimal.«

»Können wir die Telefonlisten mit den Nummern der Anrufer einsehen?«, frage Matram.

»Ja, unser neues Computersystem registriert automatisch eingehende und ausgehende Telefonate«, antwortete Plant. »Das ist bei unserer Hotelkette Bestandteil eines Programms, durch das …«

»Rücken Sie die verdammten Nummern raus«, brüllte Matram.

Er folgte dem Geschäftsführer die Treppe hinab in die Hotelhalle, wo Plant den Portier höflich aufforderte, eine Pause zu machen. Dann loggte er sich in das Computersystem ein, tippte etwas auf der Tastatur und schaute Matram an.

»In dem Zimmer wurde zweimal von dem gleichen Teilnehmer angerufen«, sagte er. »Seine Nummer lautet 0745-6291186.«

Matram zog sein Handy aus der Tasche, wählte eine der

acht eingespeicherten Nummern – eine für jedes Mitglied seiner Einheit – und gab die elfstellige Zahl durch, die Plant ihm gerade genannt hatte. »Ich will wissen, wo sich der Benutzer dieses Handys aufhält, und zwar schnell.«

Matram ging in der Hotelhalle auf und ab, wischte sich ein paarmal den Schweiß von der Stirn und stürzte ein Glas Mineralwasser herunter

Eine Handynummer, dachte er. Der Idiot. Er hat nicht daran gedacht, dass wir eingehende Anrufe zurückverfolgen können, und wenn er immer noch das gleiche Telefon mit sich herumschleppt, das er für diese beiden Anrufe benutzt hat, dann könnte er genauso gut eine Flagge mit aufgemalter Zielscheibe spazieren führen. Dein erster schwerer Fehler, Browning. Wir können dich wie eine Fliege zertreten.

Das Handy piepte. »Ja, hast du's rausgefunden?« Er schwieg kurz. »Wo ist er?« Matram nickte, und ein Lächeln huschte über sein Gesicht. »Wir haben ihn, er ist in Battersea«, sagte er zu Harton und Godsall. »Er benutzt immer noch dasselbe Handy.«

»Battersea?«, fragte Harton irritiert. »Was hat er da verloren?«

»Das werden wir herausfinden, wenn wir ihn geschnappt haben.« Matram ließ sein Handy in der Hosentasche verschwinden. »Aber ihr kennt meine Meinung. Ich glaube, dass der Dreckskerl es auf den Zug abgesehen hat.«

23

Matt ging nervös auf und ab. Langsam wurde es Abend, die Schatten wurden länger. Vom Battersea Rise führte eine Straße mit elegant wirkenden Geschäften und Restaurants bergab nach Clapham. Pointer und sein Team bereiteten an den Eisenbahnschienen alles für den Angriff auf den Zug vor. Er hatte Eleanor telefonisch wissen lassen, dass sie sich hier treffen sollten, konnte aber nicht wissen, ob sie das Hotel bereits verlassen hatte, bevor Matram dort eingetroffen war. Wenn er und seine Leute Eleanor geschnappt hatten, wussten sie mittlerweile, wo er sich aufhielt. Es war ausgeschlossen, dass Eleanor Stillschweigen bewahren konnte, wenn sie den Folterknechten von Increment in die Hände fiel.

Hinter ihm lag ein Park, der sich den Hügel hinab nach Wandsworth erstreckte, neben ihm die Eisenbahnbrücke, unter der gerade langsam ein Nahverkehrszug in Richtung Süden hindurchfuhr. Ein fahrender Zug kann zweierlei sein, dachte er. Eine Waffe oder ein Sarg.

Ungefähr zwanzig Meter weiter stand ein etwa einen Meter achtzig großer Mann, der die Jacke seines Anzug über die Schulter geworfen und sein Hemd aufgeknöpft hatte. Er schien ziellos und unschlüssig am Straßenrand herumzuspazieren, überquerte die Eisenbahnbrücke, schlenderte an der Emanuel-Schule vorbei und blieb schließlich vor dem Pub an der Ecke stehen. Dann kam er wieder zurück. Ein leichtes Lächeln umspielte seine Lippen, aber er wirkte auch etwas beunruhigt. Fast so, als bereitete er sich auf etwas vor.

Matt schaute auf die Uhr – vier Minuten vor sechs. Eigentlich hätte Eleanor schon vor zehn Minuten hier sein sollen. Wir treffen uns um Viertel vor sechs an der Eisenbahnbrücke auf dem Hügel in Battersea, hatte er zu ihr gesagt. Falls ich um sechs noch nicht dort bin, solltest du mit dem Schlimmsten rechnen. Ich werde tot sein, und du bist auf dich allein gestellt.

Ich habe nicht daran gedacht, dass sie *es womöglich nicht schaffen könnte.*

Er blickte den Hügel hinab. Sie musste aus dem Norden Londons kommen. Welchen Weg würde sie nehmen? Mit dem Zug nach Clapham Junction, dann zu Fuß? Oder mit einem Taxi, falls sie spät dran war? Er achtete auf die Frauen, die den Hügel hinaufkamen, studierte ihre Gesichter, suchte nach den langen blonden Haaren, den tiefroten Lippen und den strahlend blauen Augen. Er ignorierte die finsteren Blicke der Frauen, die sich auf unangenehme Weise angestarrt fühlten. Sie halten mich für irgendeinen Idioten, der an einem heißen Sommerabend Frauen anglotzt, dachte er. Es ist mir egal, wenn nur …

Wo bist du? Wenn es schon sein muss, wäre es mir lieber, wenn sie mich schnappen würden.

Erneut fiel ihm der Mann auf. Er hatte die Straße wieder überquert und war noch etwa zehn Meter entfernt. Noch immer schien er müßig umherzuschlendern, als hätte er alle Zeit der Welt. Aber vielleicht auch wie ein Killer, der auf den richtigen Moment wartet. Er schaute zu Matt hinüber, ihre

Blicke trafen sich. Eventuell hatte man ihm sein Foto gezeigt und ihn beauftragt, ihn zu finden und zu erledigen.

Seine verschwitzten Finger tasteten nach der Pistole, berührten den Abzug. Er entsicherte die Waffe und überprüfte, wie er Unschuldige schonen könnte, falls es zu einem Schusswechsel kommen sollte.

Wenn sie wollen, können sie mich erledigen, aber nicht von hinten.

»Jack«, rief eine Frauenstimme.

Matt wirbelte herum. Etwa dreißig Meter entfernt sah er eine dunkelhaarige, gebräunte und athletische Frau, die Jeans und eine weit geschnittene blaue Bluse trug. Auf Matt wirkte sie durchaus so, als hätte sie eines der weiblichen Mitglieder von Increment sein können. Er ging langsam auf einen Laden zu, wo er vielleicht zwischen dem Schaufenster und der Ladentür in Deckung gehen konnte.

»Mary.« Der Mann mit dem Jackett über der Schulter begrüßte die Frau mit einer Umarmung und ging dann Händchen haltend mit ihr auf den Park zu.

Nur ein Pärchen, das sich zu einem Rendezvous verabredet hatte. Sie hatte sich verspätet, und er hatte befürchtet, versetzt worden zu sein. Deshalb hatte er so beunruhigt gewirkt.

Mein Gott, dachte Matt. Wenn du nicht aufpasst, wirst du bald noch Gespenster sehen.

In dem Zug, der über eine Klimaanlage verfügte, war es angenehm kühl. In jeder Tocah-Niederlassung auf der ganzen Welt wurde auf eine Raumtemperatur von dreiundzwanzig Grad Wert gelegt. Lacrierre hatte einst gelesen, diese Temperatur garantiere die optimale Arbeitsleistung, und seither bestand er auf dieser Regelung.

Als Matram vom Bahnsteig in den Zug und dann in das große Abteil trat, war noch niemand außer ihm dort. Lacrierre fuhr jedes Wochenende in seine Heimatstadt Paris, aber der Zug ging erst um zwanzig vor neun. Soweit Matram es beurteilen konnte, bestand kein Sicherheitsrisiko. Er hatte weder Bomben, noch Stolperdrähte, noch irgendwelche elektronischen Geräte gefunden, und die Scheiben waren aus kugelsicherem Glas. Man konnte nie behaupten, dass ein Zug hundertprozentig sicher war, aber hier schien ihm das Höchstmaß an Sicherheit erreicht.

Abbott trat in das Abteil. »Weshalb glauben Sie denn, dass er es auf den Zug abgesehen hat?«, fragte er Matram. Er machte es sich in einem Ledersessel in der Nähe des Schreibtischs mit dem Computer bequem. Von seiner Nase blätterte etwas Haut ab – offensichtlich hatte er sich zu lange in der Sonne aufgehalten. Sein weißer Leinenanzug war zerknittert. In der linken Hand hielt er eine noch nicht angezündete Zigarette.

»Denken Sie mal nach«, knurrte Matram. »Matt Browning ist irgendwo in der Gegend von Battersea, und dieser Zug fährt auf dem Weg zum Eurotunnel dort vorbei. Warum zum Teufel sollte er sich sonst da herumtreiben?«

»Ein Mann gegen einen Hochgeschwindigkeitszug?«, fragte Abbott. »Ich weiß, dass die Jungs vom SAS sich für besonders verwegen halten, aber das ist einfach absurd.«

»Ein entschlossener Mann kann fast alles bewerkstelligen«, antwortete Matram gereizt. »Auch einen Zug anhalten und ihn in die Luft jagen. Gesetzt den Fall, er hat den nötigen Willen und ein bisschen Glück.«

Abbott schüttelte den Kopf. »Meiner Ansicht nach ist er auf der Flucht. Tief in seinem Inneren ist Browning ein Feigling. Deshalb hat er auch keinen anständigen Job und serviert an der Costa del Sol Sangria und Pommes frites. Wenn er damals gewollt hätte, könnte er heute der Boss von Increment sein.«

»Unsinn«, erwiderte Matram. »Dieses feige Arschloch konnte von Glück reden, dass sie ihn beim Regiment überhaupt genommen haben.«

»Immer mit der Ruhe, Matram.« Abbott lächelte. »Ja, Sie haben bestimmt Recht. Browning ist bloß ein Kellner. Man muss nur ›Manuel!‹ rufen, dann grinst er einen schon dümmlich an und rennt los.« Er schob sich die unangezündete Zigarette zwischen die Lippen. »Meiner Meinung nach hat er das Weite gesucht. Wahrscheinlich bumst er gerade die süße Blondine und denkt anschließend darüber nach, ob er nicht ein kleines Restaurant in Argentinien eröffnen soll.«

Matram schüttelte den Kopf. »Er hat es auf den Zug abgesehen«, sagte er bedächtig. »Wenn man einmal eine Ausbildung beim SAS genossen hat, kann man das nicht mehr abschütteln.«

Abbott zündete seine Zigarette an. »Er übernimmt die Initiative? Hört sich für mich verdammt unwahrscheinlich an.«

»Wenn man in die Ecke getrieben wird, das wird einem beim SAS schon in der Grundausbildung eingebläut, muss man ausbrechen und den Feind attackieren. Das mag verrückt klingen – gelegentlich ist es auch der blanke Wahnsinn –, aber eine bessere Alternative hat man in der Regel nicht.«

»Dann sagen Sie Lacrierre doch einfach, er soll das nächste Flugzeug nach Paris nehmen«, schlug Abbott vor. »Oder das Wochenende zur Abwechslung mal in England verbringen. Ist das etwa so schlimm?«

Matram ging zum Fenster und starrte auf die Schienen. Der Zug stand noch immer auf einem Rangiergleis der Waterloo Station und würde erst in einer Stunde am Bahnsteig für die Abfahrt bereitgestellt werden. »Kommt nicht in Frage«, sagte er leise. »Das würde so aussehen, als wären wir nervös.« Er drehte sich zu Abbott um. »Und vergessen Sie nicht, dass ich meine Erfahrungen mit Browning habe. Er ist ein Schwächling. Ich komme schon mit ihm klar.«

»Allein?«

Matram schüttelte den Kopf. »Wäre auch kein Problem. Aber in dem Zug werden außer mir vier andere Mitglieder von Increment mitfahren. Er hat keine Chance.«

»Und was ist, wenn er versuchen sollte, den Zug in die Luft zu jagen?«, fragte Abbott.

Wieder schüttelte Matram den Kopf. »Auf so einer viel befahrenen Strecke würden dabei zweifellos Zivilisten ums Leben kommen. Dafür ist Browning nicht skrupellos genug. Das war schon immer sein Problem. Er wird mich reinzulegen versuchen, aber ich bin darauf vorbereitet.«

Matt war so erleichtert, dass ihm fast etwas schwindelig wurde. Sie kam den Hügel hinauf, leicht verschwitzt und mit einer Tasche über der Schulter. Matt rannte auf sie zu und küsste sie.

Wie nahe einem jemand steht, merkt man erst, wenn man befürchten muss, ihn nie mehr wiederzusehen.

»Komm mit.« Er packte Eleanor am Arm und zog sie die Straße hinab. »Wir haben keine Zeit zu verlieren.«

»Wohin?« Ihre Worte wurden vom Wind davongetragen.

»Den Hügel runter, zu den Eisenbahnschienen.«

Sie liefen schweigend am Straßenrand entlang. Mittlerweile war es Viertel nach sechs, und der abendliche Berufsverkehr ließ nach. Auf der anderen Straßenseite, etwa hundert Meter entfernt, saßen ein paar Männer mit Bierbäuchen vor dem Mill Pond Pub. Sie hatten alle ein Pint in der Hand und ihre Hemden bis zum Bauchnabel aufgeknöpft. Durch ein Loch in dem Zaun am Straßenrand konnte man über den Abhang die Gleise erreichen. Matt zwängte sich hindurch und half dann Eleanor. Der Boden des steilen, mit verdorrten Büschen bewachsenen Abhangs war trocken, und Matt musste die Absätze tief in die trockene Erde bohren, um nicht zu stürzen. Gerade fuhr ein Zug vorbei, der eine nach Diesel stinkende Dunstwolke hinter sich herzog. Er musste aufpassen, nicht das Gleichgewicht zu verlieren, konzentrierte sich aber ganz auf den etwa fünfzig Meter weit entfernten Busch, wo Damien die Waffen verstecken sollte. *Wenn das klargegangen ist, haben wir eine Chance.*

Matt zeigte auf den Busch. »Da drüben«, sagte er zu Eleanor.

Sie kletterten ein paar Meter den Bahndamm hoch und ließen sich auf der anderen Seite hinabrollen bis zu dem Gestrüpp neben dem Busch. Die anderen waren bereits da. Damien lag neben Pointer, Keith, Perry und Archie in Deckung. Sie reichten gerade eine von Pointers selbst gedrehten Zigaretten weiter. Archie hatte ein Sixpack Carlsberg besorgt.

»Was haben die denn hier verloren?«, flüsterte Eleanor.

»Sie werden uns helfen«, antwortete Matt. »Wir halten den Zug an, und dann knöpfen wir uns Lacrierre zu.«

Sie setzte sich, vertrieb mit den Händen eine Staubwolke und stellte sich den anderen vor. Damien begrüßte sie, die anderen nickten oder grunzten nur. Ihre Mienen verrieten, dass sie nicht begreifen konnten, was eine Frau hier verloren hatte.

»Du wartest hier«, sagte Matt zu Eleanor. »Wenn's losgeht, ziehst du dich weiter zurück und bringst dich in Sicherheit.«

»Ich komme mit«, erwiderte Eleanor halsstarrig. »Außer mir wird niemand das Gegenmittel identifizieren können.«

»Nein, ausgeschlossen«, fuhr Matt sie an. »Du wartest hier. Wenn wir den Zug gestoppt haben, hole ich dich.«

Eleanor wandte das Gesicht ab und schwieg.

»Es ist zu gefährlich«, sagte Matt in einem versöhnlichen Tonfall. Er blickte auf die Gleise. »Hier geht's gegen Increment. Könnte eine harte und blutige Auseinandersetzung werden.«

»Und was tun wir, bis es so weit ist?«

»Das, was Soldaten immer tun. Wir sitzen nervös herum und warten darauf, dass es endlich losgeht.«

Matram ließ den Blick über die Gleise schweifen. In der Luft hing der Geruch von Diesel, der sich in der abendlichen Hitze zu einem giftigen, schwefelartigen Gestank verschärfte.

Der Geruch des Todes, dachte er. Wie Napalm.

Er entfaltete eine Karte des südlichen London auf dem Boden, auf der mit roter Tinte ein drei Quadratkilometer großer Bereich eingezeichnet war. Er umfasste Battersea, Abschnitte der Hauptstraße von Clapham und erstreckte sich über den öffentlichen Park von Wandsworth. »Hier.« Er zeigte mit dem Finger auf die Karte. »Hier müssen sie irgendwo sein.«

Das Mobiltelefon, das sie als Matts identifiziert hatten, war ein Prepaid-Handy von T-Mobile und nach Auskunft des Telekomunternehmens ein Modell von Motorola, das vor sechs Wochen in Leicester gestohlen worden war. Die SIM-Karte mochte seitdem ein paarmal in andere Geräte gesteckt worden sein, doch das spielte keine Rolle. Die Gespräche wurden über einen Funkmast direkt neben dem Park von Wandsworth übertragen. Die Karte zeigte den Bereich, in dem Gespräche über diesen Mast abgewickelt wurden – außerhalb dieser Zone würde das Telefon automatisch einen anderen suchen.

Innerhalb des drei Quadratkilometer großen Kreises konnte Browning sich an einem beliebigen Ort aufhalten, aber es war sicher, *dass* er sich in dieser Zone aufhielt.

Wenn ich den Zug stoppen wollte, welche Stelle würde ich aussuchen?, fragte sich Matram. Ich würde nach Deckung und einem hohen Bahndamm Ausschau halten, damit ich von oben angreifen könnte. Außerdem dürfte es keine Gebäude mit Blick auf die Gleise geben, damit alles unbemerkt über die Bühne geht.

»Wir suchen nach einem Ort, wo ein Mann für ein paar Stunden in Deckung gehen könnte, bevor er zuschlägt«, sagte er.

»Könnte er irgendwo in der Zone einen sicheren Unterschlupf haben?«, fragte Harton.

»Möglicherweise. Sicher ist gar nichts, aber ich halte es für unwahrscheinlich. Sein wichtigster Helfer scheint Rowe zu sein, und der war früher bei der IRA, die konspirative Wohnungen in Hammersmith, Kilburn und den Docklands hatte, meines Wissens aber nicht in Battersea. Natürlich könnte er einen Freund haben, der ihn für ein paar Stunden versteckt. Aber ich glaube eher, dass er sich einen unauffälligen Ort gesucht hat, wo er niemandem auffällt. Meiner Meinung nach sitzt er irgendwo in einem Pub, schlürft ein Bier und liest den *Evening Standard*.«

»Aber wir werden trotzdem an den Eisenbahnschienen nach ihm suchen?«, fragte Godsall.

Matram nickte. »Wo er auch stecken mag, lange wird es nicht dauern, bis wir ihn gefunden haben. Ich will, dass ihr euch jeden Zentimeter dieser Eisenbahnstrecke anseht und euch vergewissert, dass er sich nicht dort versteckt und irgendwo Minen oder Bomben gelegt hat.«

Er beschirmte seine Augen wegen der Abendsonne mit einer Hand und schaute auf die in südlicher Richtung verlaufenden Gleise, die aus der Waterloo Station hinausführten. »Irgendwelche Patzer, und ihr fliegt nicht nur bei Increment, sondern gleich aus dem SAS raus.« Matram schwieg kurz. »Und dann werde ich euch finden und mit bloßen Händen fertig machen.«

Matt brach einen Riegel von der Tafel Yorkie-Schokolade ab und reichte sie an Eleanor weiter. Es war halb neun. Die Sonne würde gleich untergehen, und ihre letzten glutroten Strahlen hoben sich von dem schmutzig grauen Londoner Himmel ab. Die Hitze ließ nur langsam nach, doch wenigstens blies mittlerweile ein angenehmer leichter Ostwind.

Archie und seine Kumpels hatten alle eine Dose Carlsberg geöffnet und tranken. Gangster, dachte Matt. Sie brauchen ein Bier, bevor es losgeht, das ist sozusagen ihre Variante von XP22. Auch bei der Army hatte er Männer gekannt, die sich mit Whisky in Schwung bringen mussten, aber die meisten Soldaten zogen es vor, nüchtern in die Schlacht zu ziehen.

»Alles klar?«, fragte er Pointer.

Pointer hob eine Augenbraue. »Ich bin immer bereit, das Blut von ein paar Jungs vom SAS fließen zu lassen.«

Archie lachte und spuckte dabei etwas Schaum von seinem Bier aus.

Matt packte die Wut. Er tat, was er seiner Meinung nach tun musste, und wenn das bedeutete, unter Umständen ehemalige Kameraden zu töten, würde ihn das mit Bedauern erfüllen. Das Schicksal hält manchmal seltsame Wendungen für uns bereit, dachte er. Als ich bei Increment ausgestiegen bin, hätte ich nie gedacht, eines Tages gegen sie kämpfen zu müssen. Und bestimmt nicht mit ein paar Londoner Kriminellen. »Weiß jeder, was er zu tun hat?«, fragte er.

Aber sie hatten bereits jedes Detail des Plans besprochen und sich dabei Pointers Erfahrungen zunutze gemacht. Er brachte nicht zum ersten Mal einen Zug zum Stehen und hatte ihnen erzählt, wie seinerzeit Ronnie Biggs und seine Kumpane ihren legendären Überfall durchgeführt hatten. Einer von ihnen war auf einen Signalmast geklettert und hatte das grüne Licht mit einem alten Lederhandschuh abgedeckt. Dann hatten sie mithilfe eines Kabels und einiger Batterien das rote Licht zum Leuchten gebracht. Der Zug hielt an, und als der Lokführer ausstieg und nach einem Streckentelefon suchte, begannen sie ihren Angriff.

Ihr Plan war ähnlich. Pointer hatte das Signal so manipuliert, dass der Zug in der Nähe stehen bleiben würde. Das blinkende rote und gelbe Licht bedeutete, dass der Lokführer wegen weiter vorne drohender Gefahr abbremsen musste. Im Gegensatz zu den alten Zeiten würde er aber nicht aussteigen, um nach einem Streckenfernsprecher zu suchen, sondern ein Funkgerät oder ein Handy benutzen. Während der Zug seine Fahrt verlangsamte, würden Keith und Perry einen Ast auf die Schienen legen und ihn so zum Stehen bringen. Dann würden Matt, Pointer, Damien und Perry weiter hinten das Feuer eröffnen und eventuell mitfahrende Soldaten töten. Der Kugelhagel würde die Fenster zerstören, und dann konnten sie mit ein paar weiteren Schüssen die Türen öffnen und den Zug stürmen.

Wie bei einer militärischen Operation wird es auch hier vom Überraschungsmoment und dem Einsatz von Gewalt abhängen, ob unsere Aktion erfolgreich verläuft. Mit ein bisschen Glück könnte es funktionieren.

Matt streckte sich aus. Der Boden unter seinem Körper war hart. Während er die Schokolade kaute, begann die innere Anspannung etwas nachzulassen. So ist es immer, dachte er. Wenn der entscheidende Augenblick näher rückt, wird man ruhiger. Das Gehirn hört auf, einen mit den schrecklichen Dingen zu konfrontieren, die passieren könnten, und konzentriert sich stattdessen auf die vordringlichsten Aufgaben. Vermutlich eine Art Selbstschutz. Der Beweis dafür, dass das menschliche Gehirn sich auf den bevorstehenden Kampf eingerichtet hat.

Er schaute Eleanor an. »Eigentlich solltest du nicht hier sein.«

Sie schluckte ein Stückchen Schokolade hinunter. »Ich wüsste nicht, wo ich sonst hingehen sollte. Außerdem sind diese Leute für den Tod meines Bruders verantwortlich.«

»Und sie haben Gill getötet.« Matt schüttelte den Kopf. Aus irgendeinem Grund hatte er Eleanor bisher nie wirklich etwas über seine Beziehung zu Gill erzählt. »Gill und ich sind gemeinsam aufgewachsen. Manchmal hat unser beider Leben eine andere Richtung genommen. Wir haben völlig unterschiedliche Wege eingeschlagen und hatten andere Freunde. Eigentlich hatten wir nie viel gemeinsam. Ich war Soldat, sie interessierte sich für Kinder und war Vorschullehrerin.« Er schwieg und ließ den Blick über die Schienen und das dahinter liegende Ödland mit den verwaisten Lagerhäusern und den verrosteten Gleisen schweifen. »Beim Regiment haben wir so etwas immer nur Rache genannt. So einfach ist das.«

Er lachte und drückte sanft Eleanors Arm.

»Auf dieser Welt gibt es nicht nur eine Frau für jeden Mann«, sagte sie leise. »So läuft das nur im Märchen.«

Matram hielt sein Ohr in die Richtung, aus der der Wind kam. Er glaubte, aus der Ferne etwas gehört zu haben. Ein Murmeln, den Klang von Stimmen, der von der Brise zu ihm herübergetragen wurde. Er blieb stehen und lauschte angestrengt. Da war es wieder. Vielleicht doch nur ein Tier. Oder spielende Kinder. *Oder doch Stimmen.*

Liefert mir diesen Mann, dachte er. Damit ich ihn mit bloßen Händen töten kann.

Er ließ den Blick über das Ödland schweifen. Jetzt war er ungefähr drei Kilometer von der Waterloo Station entfernt. Er lief an der Eisenbahnstrecke entlang und überprüfte die Gleise, das Schotterbett und die Schwellen auf Auffälligkeiten, die ihm verraten konnten, ob ihnen eine Falle gestellt wurde. Auf alles, was ihm während der bevorstehenden Auseinandersetzung einen Vorteil verschaffen konnte.

Mir wird man nie vorwerfen können, ich hätte den Feind unterschätzt.

Die Stimmen. Matram spitzte die Ohren und schaute auf den Bahndamm. Ein paar Büsche, verdorrtes Gras, eine Mauer, die das Bahngelände von der Straße trennte. Eine Bewegung. Er ging los, die Hand am Griff des Smith-&-Wesson-Revolvers, der in einem Holster unter seiner Achsel steckte. Er war zehn Meter von einem Gewirr halb verdorrter Brombeersträucher entfernt, hinter denen sich gut ein oder zwei Männer verbergen konnten.

Er zog den Revolver und ging vorsichtig weiter. Wenn sich jemand hinter dem Gestrüpp versteckte, musste er damit rechnen, das er bewaffnet war. Er würde die Kugel nicht kommen sehen. *Ich wäre schon tot, bevor ich begriffen hätte, was passiert ist.*

Er kniete sich hin, zielte und feuerte drei Kugeln in die Brombeersträucher. Dann noch drei. Ein Geräusch, ein Winseln. Er riss das Gestrüpp auseinander und sah einen auf der Seite liegenden Hund, aus dessen Bauch Blut strömte, das der harte Boden nicht aufsaugen konnte.

Matram lud den Revolver nach, setzte dem Hund den Lauf an den Kopf und gab ihm den Gnadenschuss.

Ein anderes Geräusch. Er zog sein piependes Handy aus der Gürteltasche und meldete sich.

»Ist die Strecke sauber?«, fragte Abbott.

Matram nickte. »Ich denke schon«, antwortete er vorsichtig. »Meine Männer haben die Gleise untersucht, Helikopter die gesamte Strecke überflogen.« Er blickte auf den Kadaver des Hundes hinab. »Bis jetzt haben wir nichts gefunden.«

»›Ich denke schon‹ ist nicht gerade die Antwort, die ich hören wollte«, bemerkte Abbott. »Unser Freund von der anderen Seite des Ärmelkanals wird gleich in den Zug steigen. Wir möchten doch nicht, dass ihm etwas zustößt, oder?«

»Ich habe doch gesagt, dass alles in Ordnung ist«, erwiderte Matram. »Die Strecke wird die ganze Zeit überwacht. Ich glaube nicht, dass Browning sich irgendwie auf den fahrenden Zug schwingen könnte. Er ist nicht Superman.« Er schwieg kurz und blickte wieder auf die Gleise. »Und falls er es doch schaffen sollte, legen wir ihn eben um. Ende der Geschichte.«

»Dann sehen Sie zu, dass Sie wieder zum Zug zurückkommen«, sagte Abbott gereizt. »Wir haben jetzt schon Verspätung.«

24

Der Zug hätte eigentlich um Viertel vor neun bei ihnen vorbeikommen sollen, fünf Minuten nach der Abfahrt ab Waterloo Station, aber bisher war er noch nicht zu sehen. Matt fragte sich schon, ob die Fahrt vielleicht abgeblasen worden war. *In dem Fall sähen wir ganz schön alt aus.*

Dann spürte er plötzlich, wie das Gleis neben ihm zu vibrieren begann. Noch immer war von dem Zug selbst nichts zu sehen, aber die Lichtsignale des Semaphors änderten sich.

Es hat geklappt, dachte er. Pointer hat es geschafft, das Signal zu manipulieren.

Eine Kette von Anschlusskästen, die knapp zwei Meter von den Schienen entfernt standen, erstreckte sich bis zum Stellwerk. Während der Anlaufphase der Operation würden sie sich hinter diesen Kästen verstecken. Matts Hände umklammerten die Kalaschnikow. Neben ihm stand Damien, Pointer kam gerade zu ihnen zurückgerannt. Keith und Perry hielten sich bereit, um den Ast auf die Schienen zu legen – nur für den Fall, dass das Signal nicht ausreichen sollte, den Zug zum Stehen zu bringen.

Wenn es je einen Augenblick zum Beten gegeben hat, dann diesen.

Jetzt war der Zug nur noch hundert Meter entfernt. Matt

schaute sich zu Eleanor um, die sich hinter einem zwanzig Meter weit entfernten Busch versteckte. Er hoffte, dass sie entkommen würde, falls er an diesem Abend sterben musste. Iwan hatte ihn telefonisch wissen lassen, er müsse seine Frau und seine Kinder außer Landes in Sicherheit bringen. *Diesmal werde ich ohne den Iren auskommen müssen.*

Als die Lokomotive, an die nur zwei Wagons angehängt waren, sich mit ohrenbetäubendem Lärm an Matt vorbeibewegte, schlug ihm eine Rußwolke entgegen und schwärzte ihm das Gesicht. Die giftigen Dieseldünste ließen ihn würgen, und er schloss kurz Augen und Mund, um sich dagegen zu schützen.

Noch zehn Meter, dann würde der hintere Wagon vor ihm stehen bleiben. *Dann können wir zuschlagen.*

»Jetzt!«, brüllte er.

Neben ihm erhoben sich Damien, Archie und Pointer, die Gewehre schussbereit an die Schultern gepresst. Sie nahmen ruhig Maß und bereiteten sich darauf vor, den angehaltenen Zug mit einem Kugelhagel zu überziehen.

»Was zum Teufel war das?«, schrie Abbott, als der Zug verlangsamte, etwas schwankte und dann stehen blieb.

Matram schaute aus dem Fenster. Er hielt sich mit Abbott in dem Abteil hinter dem mit Lacrierres Büro auf. Der Tocah-Boss hatte zu arbeiten und wollte nicht gestört werden. Vier Mitglieder von Increment waren mit im Zug: Godsall, Harton, Snaddon und Trench. Sie hatten eine umfassende Kollektion von Gewehren, Pistolen, Messern und Sprengstoff zur Verfügung.

Matram war ein bisschen beunruhigt. Da auf seine Anordnung hin die gesamte Strecke von Polizeihelikoptern überflogen worden war, musste eigentlich alles in Ordnung sein. Als er erneut aus dem Fenster schaute, erblickte er nichts als mit Gestrüpp bewachsenes Ödland, das zu der höher gelegenen Straße hin anstieg. Doch dann sah er die Männer in den reflektierenden gelben Uniformen der Bahnarbeiter. Ein einziges Wort hallte durch seinen Kopf. *Hinterhalt.*

Einen Augenblick herrschte Schweigen, dann beschloss Matram, der Sache auf den Grund zu gehen.

Er schaute Snaddon an. »Überprüf die Wagontür.«

Snaddon setzte sich in Bewegung. Es gab einen unübersehbaren roten Hebel, mit dem im Notfall die Türen geöffnet werden konnten. Sie riss daran, drückte ihn nach unten. Die Tür zischte, eine Lampe begann zu blinken. Dann glitt die Tür langsam auf, und Snaddon blickte hinaus.

Matt schaute ihr direkt in die Augen. »Kurierdienst«, sagte er. »Ich habe hier ein spezielles Geschenk für einen Mr Jack Matram.«

Er drückte ab. Mehrere Kugeln schlugen in Snaddons Brust und Lunge ein und zerfetzten lebenswichtige Arterien. Blut strömte über ihre Bluse, und sie fiel mit einem Schmerzensschrei tot zu Boden.

»Na los, setzt euch in Bewegung«, hörte er Matram aus dem Abteil schreien.

Neben Matt tauchte Pointer auf. »Hübscher Coup, so ein Monstrum anzuhalten. Der Trick mit dem Signal hat beim guten alten Ronnie funktioniert und jetzt auch beim guten alten Jack.«

Matt grinste ihn an. Snaddons Blut lief über seine Schuhe. Noch immer stand die Tür weit offen. Wenn man von dem dumpfen Brummen der Lokomotive absah, hatte sich Schweigen über die Szenerie gelegt. Wie viele Männer sind noch in dem Zug?, fragte er sich. Vier, vielleicht fünf. Matrams Spezialeinheit verfügte insgesamt über acht Soldaten, doch es war unwahrscheinlich, dass ihr Boss sie alle gleichzeitig an einem Ort zusammengezogen hatte. *Jeder Kommandeur ist froh, wenn sich das vermeiden lässt.*

Matt zog sich wieder hinter den Anschlusskasten zurück und wartete, ob sich jemand aus dem Zug herauswagte. Es wäre lebensgefährlich gewesen, den Zug durch die offene Tür zu stürmen. Damien, Pointer und Archie hatten ebenfalls hinter den Kästen Deckung gesucht und ihre Waffen auf den Zug gerichtet. Keith und Perry befanden sich auf der anderen Seite der Schienen. Damit war der zweite Wagon umstellt.

»Feuer!«, rief Matt.

Ein mörderischer Kugelhagel zerriss urplötzlich die abendliche Stille, und das Knattern glich dem hundertfach verstärkten Zirpen von Grillen. Die hohen Bahndämme zu beiden Seiten der Schienen warfen das Echo der Schüsse hin und her und ließen es zu einem ohrenbetäubenden Lärm anschwellen.

Mist, dachte Matt. Kugelsicheres Glas. »Vorwärts«, schrie er aus vollem Hals. Wenn gegen das Panzerglas nichts auszurichten war, mussten sie sich etwas anderes einfallen lassen.

Er gab Damien ein Zeichen, und sie rannten zu dem Wagon hinüber und pressten sich an die Seitenwand. Hier konnte allenfalls auf sie geschossen werden, wenn jemand unvorsichtig genug war, sich in der Tür blicken zu lassen, doch in diesem Fall würde er vorher von Pointer und den anderen niedergemäht werden. Sie schlichen vorsichtig zur Tür, die Snaddon nicht wieder geschlossen hatte, rissen ihre Waffen nach rechts herum und feuerten. Die Antwort war ein wahrer Kugelhagel aus dem Inneren des Zugs. Dieser Weg war versperrt.

»Rückzug«, rief Matt, während er und Damien wieder hinter den Anschlusskästen in Deckung gingen.

Im vorderen Teil des zweiten Wagons öffnete sich blitzschnell ein Fenster, und eine Handgranate flog in hohem Bogen durch die Luft. Matt feuerte auf das Fenster, doch es war bereits wieder geschlossen. Die Granate landete in dem Ödland hinter ihnen und explodierte, bevor Matt die anderen warnen konnte. Ein riesiger Feuerball stieg in den dämmrigen Himmel auf. In der Luft hing der penetrante Geruch von Schießpulver, und als der Rauch sich wieder zu lichten begann, sah Matt Perry verstümmelt am Boden liegen. Die Explosion hatte ihm einen Arm und ein Bein abgerissen. Keith kam auf sie zugetaumelt, mit einer schweren Gesichtsverletzung. Pointer stürmte zu seinem Sohn, packte ihn unter den Armen und zerrte ihn über die Schienen.

»Bring ihn zu Eleanor«, rief Matt. »Sie versteckt sich auf dem Bahndamm und kann sich um ihn kümmern.«

»Er ist mein Sohn«, grunzte Pointer. »Das übernehme ich selber.«

»Sie ist Ärztin«, schrie Matt. »Wir müssen kämpfen.«

Eine weitere Handgranate landete in einem der Büsche neben den Schienen. »Geht in Deckung«, brüllte er.

Er warf sich zu Boden und zog Damien mit sich. Die Handgranate explodierte mit einem ohrenbetäubenden Krachen. Schotter spritzte in die Luft und regnet wieder herab. Auf der anderen Seite der Schienen hatte es Archie erwischt, und er lag mit einer stark blutenden Bauchwunde am Boden.

Zwei Männer weniger, und dabei ist es noch gar nicht richtig losgegangen.

»Da drüben«, brüllte Matt. Er zeigte auf das Fenster, durch das die beiden Granaten geworfen worden waren. Pointer hatte Keith zu Eleanor gebracht, die sich um ihn kümmerte. Jetzt feuerte er eine Salve in Richtung des Fensters, um zu verhindern, dass weitere Granaten herausgeschleudert wurden.

Matt und Damien krochen über die Gleise auf die andere Seite des Zugs. Sie mussten einen anderen Weg finden, in den Wagon zu gelangen, bevor sie alle in Stücke gerissen wurden.

Wieder senkte sich Stille über die Szenerie. Wer sich zuerst bewegt, setzt sich großer Gefahr aus, dachte Matt. Das Ganze entwickelt sich zu einem Nervenkrieg.

Dann rannte Damien plötzlich wieder zu der offenen Tür, und Matt folgte ihm auf dem Fuße. Er bewunderte den Mut seines Freundes. Völlig unvermutet steckte Trench den Kopf durch die Tür, aufmerksam von einer Seite zur anderen blickend. Matt riss seine Waffe hoch, nahm ihn ins Visier und feuerte. Trench fiel zu Boden, von Kugeln durchsiebt.

Zwei weniger, dachte Matt. Aber ich weiß nicht, wie viele noch in dem Zug sind.

Matt und Damien warfen sich zu Boden und feuerten. Vielleicht konnten sie das Fenster aus geringerer Distanz in Stücke schießen. Es war sinnlos, die Kugeln prallten weiter von dem Panzerglas ab. »Das bringt's nicht«, rief Damien. »Von hier aus kommen wir nie in den Zug.«

Matt blickte unter dem Wagon her und sah drei Paar Füße. »Sie sind ausgestiegen und wollen uns erledigen«, raunte er Damien zu.

Er feuerte eine Salve ab. Die Kugeln schlugen jenseits der Schienen in den Boden ein, aber die anderen hatten schnell reagiert. Er sah ihre Beine, sie rannten den Bahndamm hinauf.

Sie wollen in Deckung gehen, oben auf dem Bahndamm, dachte er. Von da aus können sie uns über das Dach des Zugs hinweg ins Visier nehmen. Und uns nacheinander ausschalten.

Er blickte zu Eleanor hinüber. Sie ist ihren Kugeln schutzlos ausgeliefert, dachte er. Wenn sie sie sehen, ist sie erledigt.

Er schaute Damien an. »Sieht ganz schön beschissen aus«, murmelte er.

»Ich bleibe hier und kämpfe«, sagte Damien grimmig.

»Sei kein Idiot. Willst du dich in Stücke schießen lassen?«

Damien zuckte die Achseln. »Das Risiko werde ich eingehen.«

Matt schüttelte den Kopf. »Nein«, sagte er ernst. »Auch beim Regiment wissen wir, wann wir uns zurückziehen und uns neu formieren müssen, um die nächste Attacke zu planen.«

Plötzlich hörte er einen Helikopter. Matram musste Verstärkung gerufen haben. Dann merkte er, wie der Zug sich schwerfällig wieder in Bewegung setzte. Die etliche Tonnen wiegenden Wagons erbebten, die Räder begannen sich mühsam zu drehen. Dieselgestank hing in der Luft.

»Scheiße«, brüllte Matt. »Sie hauen ab.«

Die Lokomotive musste den auf den Schienen liegenden Ast zermalmt haben. Eleanor kam die Böschung hinuntergelaufen. »Sie versuchen zu entkommen«, schrie sie, völlig außer Atem.

»Bleib, wo du bist«, brüllte Matt zornentbrannt.

Aber sie ließ sich nicht umstimmen. Eine Kugel schlug in den Boden ein, und Matt stürmte auf sie zu und riss sie hinter den Wagon.

Der Zug gewann an Tempo. Die Räder wirbelten Staub auf, dichte Abgaswolken behinderten Matts Sicht. Er rannte los, in Richtung der offenen Tür, dicht gefolgt von Eleanor.

Allein wird sie es nicht überleben, nicht eine Minute. Die Typen auf dem Bahndamm werden sie mit den anderen erledigen. Ich muss sie mitnehmen.

Während er sich mit der Rechten am Griff der wackelnden Tür festklammerte, packte er mit der anderen Hand Eleanors

Arm. Als der Zug weiter beschleunigte, glitt sein Fuß von dem Trittbrett ab, und er hatte das Gefühl, als würde ihm der Arm ausgerissen.

Mit letzter Kraft zog er sich und Eleanor in den Wagon und schlug die Tür zu. Eine Leiche lag mit dem Gesicht nach unten auf dem beigefarbenen Teppichboden, inmitten einer Lache von Blut.

Sonst war niemand zu sehen.

Matt zog seine Glock. Wie viele sind noch übrig?, fragte er sich.

Er half Eleanor auf die Beine. »Alles in Ordnung?«, flüsterte er.

Sie nickte und strich über ihr mit Blut verschmiertes T-Shirt. »Dann wollen wir mal versuchen, mit Lacrierre ins Geschäft zu kommen.«

Der Helikopter startete wieder. »Da ist der Zug«, sagte Matram.

»Ich sehe nichts«, antwortete Abbott. »Sind Sie sicher, dass er da drin ist?«

»Wir müssen tiefer fliegen«, erwiderte Matram. »Ich will mir das aus der Nähe ansehen.«

Die automatische Tür des vorderen Wagons glitt geräuschlos auf. Matt vergewisserte sich, dass seine Pistole entsichert war und ging weiter, den Finger am Abzug. Gut möglich, dass den schönen neuen Teppich gleich noch mehr Blutflecken zieren, dachte er.

Lacrierre saß in einem Ledersessel an seinem Schreibtisch, auf dem ein offener Laptop stand. Aus den Lautsprecherboxen tönte laut eine Arie aus der Oper *Manon*, sodass das Fahrgeräusch des Zuges praktisch nicht zu hören war. Der

Tocah-Boss schaute aus dem Fenster, und seine Finger trommelten auf der Schreibtischplatte den Takt der Musik mit.

Matt schaltete die Hi-Fi-Anlage aus.

Lacrierre schaute auf, ihre Blicke trafen sich. Seine Miene wirkte ruhig, aber er schien angestrengt nachzudenken. Versuchte er zu ergründen, wie es Matt gelungen war, in den Zug einzudringen? Er musste doch mit Sicherheit den Lärm des Feuergefechts gehört haben. Hatte er völlig darauf vertraut, dass Matram alle Gegner ausschalten würde? Oder war dies vielleicht eine Falle?

»Engländer haben einfach keinen Sinn für Musik«, sagte Lacrierre mit einem höhnischen Unterton.

Matt trat dicht an Lacrierre heran und presste ihm den Pistolenlauf gegen die Stirn. Eine alte Weisheit aus dem Regiment schoss ihm durch den Kopf. *Wenn man mit einem Mann verhandelt, lässt man ihn am besten den kalten Lauf einer Waffe auf seiner Haut spüren.*

»Lassen Sie mich raten«, sagte Lacrierre. »Wollen Sie mir ein Angebot machen, dem ich nicht widerstehen kann?«

»Sie können ja ablehnen, wenn Ihnen danach ist«, antwortete Matt lächelnd. Er übte etwas Druck auf den Pistolenlauf aus. »Aber die sechs Kugeln in dem Ding hier sollten reichen, um sich eine abschlägige Antwort sehr sorgsam durch den Kopf gehen zu lassen.«

»Ich bin Geschäftsmann, mit Verhandlungen kenne ich mich aus. Sagen Sie, was Sie wollen.«

Eleanor trat einen Schritt vor. »Wir wissen von XP22. Wir haben herausgefunden, dass Sie das Know-how aus der ehemaligen Sowjetunion importiert, das Präparat produziert, es getestet und damit Geld verdient haben. Für das alles haben wir Beweise. Außerdem wissen wir, dass alle Soldaten, die bei den Tests Probanden waren, nacheinander ausgeschaltet werden, damit nichts über die Folgewirkungen der Pillen bekannt wird.«

Lacrierre spreizte die Hände. »Tatsächlich, Sie wissen alles. Ich sehe nicht, womit ich Ihnen sonst noch helfen könnte.«

»Mit dem Antidot«, sagte Eleanor. »Wir wollen wissen, wo das Gegenmittel ist.«

»Ein Gegenmittel?« Lacrierre lehnte sich zurück und begann zu lachen. »Davon ist mir nichts bekannt.«

»Tatsächlich?«, fragte Matt. »Orlena hat in der Fabrik in Weißrussland danach gesucht.«

»Vielleicht«, erwiderte Lacrierre vorsichtig. »Aber ihr Auftrag – genau wie Ihrer – bestand einzig und allein darin, die Fabrik zu zerstören. So einfach ist das.« Er schaute Matt in die Augen. »Sie sind Soldat, und Soldaten kämpfen. In größere Zusammenhänge werden einfache Soldaten nicht eingeweiht, das passt nicht zu der ihnen zugedachten Rolle. Also, wir sollten uns einigen, sofort. Wenn Sie Geld wollen, nennen Sie mir eine Summe. Dann können wir die Sache noch heute regeln.«

»Wie bereits gesagt, wir wollen das Gegenmittel«, fuhr Matt ihn an.

»Und ich habe Ihnen gerade versichert, dass es kein Antidot gibt.«

»Orlena hat in der Fabrik das Wort *likuwannia* benutzt.«

»Bedauerlicherweise ist mein Ukrainisch nicht besonders …«

»Es bedeutet ›Heilmittel‹«, unterbrach Matt. »Oder ›Antidot‹.«

»Und Sie brauchen so ein Gegenmittel, ansonsten ist XP22 für Sie ohne Wert«, sagte Eleanor. »Ohne Antidot können Sie nichts mit dem Präparat anfangen. Getestet haben Sie es bereits, doch kürzlich mussten Sie erfahren, dass die

Versuchskaninchen zu wahren Monstern mutieren. Keine Armee der Welt wird die Pillen je wieder ausgeben.« Sie schwieg kurz. »Aber wenn Sie ein Gegenmittel hätten, um die Folgeerscheinungen auszuschalten, könnten Sie es auf breiter Front verkaufen. Tocah Life Science würde ein Vermögen machen.«

Lacrierre fuhr sich mit seinen langen, knochigen Fingern durchs Haar. Er musterte Eleanor von Kopf bis Fuß und schaute ihr dann direkt in die Augen. »Wer sind Sie?«

»Mein Name ist Eleanor Blackman, und ich bin die Schwester von Ken Blackman.« Sie geriet ins Stocken, brachte die Worte nur mit Mühe heraus. »Mein Bruder gehörte zu den Soldaten, an denen XP22 getestet wurde, aber vor ein paar Wochen ist er durchgedreht und hat mehrere Menschen getötet. Er selbst ist auch tot.«

»Normalerweise beurteile ich eine Frau einzig und allein nach ihrer äußeren Erscheinung«, sagte Lacrierre kühl. »In Ihrem Fall mache ich eine Ausnahme. Sie sehen zwar blöde aus, sind aber vermutlich intelligent.«

Lacrierre stand auf, ging zum Fenster und schaute hinaus. Er kratzte sich am Kinn und drehte sich dann wieder zu Matt und Eleanor um. »Ja, vielleicht gibt es ein Gegenmittel.«

Matram ließ sein Fernglas sinken. »Tatsächlich, Browning hat es geschafft, in den Zug zu gelangen.«

Abbott schaute ihn an. Wegen des lauten Geräuschs des Rotors konnte er Matram nur mit Mühe verstehen. Der Helikopter schwankte, während der Pilot sich alle Mühe gab, ihn dicht über dem Zug zu halten.

Abbott wurde bleich. »Sind Sie sicher?«, brüllte er.

Matram reichte ihm das Fernglas. »Vergewissern Sie sich selbst.«

»Mist«, bemerkte Abbott.

Matram schaute den Piloten an. »Geben Sie über Funk durch, dass der Zug durch ein entsprechendes Signal zum Abbremsen gezwungen werden muss. Dann manövrieren Sie Ihren Vogel so dicht über das Dach, dass wir darauf springen können.« Er blickte zu Abbott hinüber. »Hoffentlich wissen Sie, wie man so was macht, denn wir werden gleich aussteigen.«

Abbott wurde noch ein bisschen bleicher und hielt sich fest, als der Helikopter sich schräg legte und in die Tiefe stieß.

Matram lachte. »Endlich haben wir ihn da, wo wir ihn haben wollten. Er ist gefangen wie ein Goldfisch in einem Glas.«

»Wo ist das Gegenmittel?« Matt presste Lacrierre weiter die Pistole gegen die Stirn, deren Lauf einen kleinen runden Abdruck auf seiner Haut hinterließ. Der Tocah-Boss wurde tiefer in den Sessel gedrückt.

»Es gibt noch keines«, erwiderte Lacrierre. »Auf den Festplatten der Computer, die Sie und Orlena aus Weißrussland mitgebracht haben, fanden sich ein paar wertvolle Informationen. Aber bis jetzt besteht nur die *Möglichkeit*, die Folgeerscheinungen von XP22 bei den Probanden durch ein anderes Präparat zu neutralisieren. Die Entwicklung befindet sich noch im Versuchsstadium.« Er schaute Eleanor an. »Wir haben keine hübschen kleinen blauen Pillen, die ich Ihnen zur Verfügung stellen könnte.«

Der Zug bremste. Matt zog die Pistole weg und verpasste Lacrierre einen harten Schlag ins Gesicht. Seine Knöchel taten weh, aber Lacrierres Wange schmerzte bestimmt übler. Er wurde alt, seine Knochen wurden porös. Ein jüngerer Mann hätte einen sehr viel kraftvolleren Schlag wegstecken können. »Sehe ich etwa so aus, als wäre ich wegen einer netten kleinen Plauderei hier«, fuhr er Lacrierre an. »Geben Sie uns, was wir wollen. Dann kann ich mir überlegen, ob ich Sie leben lasse oder nicht.«

Lacrierre rieb sich die geschwollene Wange. Die Pistole schwebte noch immer ein paar Zentimeter vor seinem Gesicht, und er zog den Kopf zurück. »Ich habe es doch bereits gesagt, es gibt noch kein Präparat, das einsetzbar wäre.«

»Auf der Liste stehen fünfzig ehemalige Probanden«, sagte Eleanor. »Fünf von ihnen sind verschwunden, zwischen zehn und fünfzehn haben sich getötet oder sind ermordet worden. Damit bleiben mindestens dreißig Männer übrig. Wenn wir ein Gegenmittel hätten, könnten wir ihr Leben retten.«

»Soldaten«, bemerkte Lacrierre achselzuckend. »Sie verpflichten sich, für ihre Regierungen ihr Leben zu opfern, und sollten sich nicht darüber beschweren, zu welchen Mitteln diese Regierungen greifen, um sie loszuwerden.« Er blickte Matt an. »Es sei denn, sie sind *lâches*.« Er schwieg kurz und rollte die Augen. »Entschuldigen Sie, das war Französisch. Man müsste das Wort mit ›Feiglinge‹ übersetzen.«

Wieder landete Matts Faust in Lacrierres Gesicht, an der gleichen Stelle wie beim ersten Mal. Lacrierre zuckte zusammen, und die Schwellung färbte sich rot. Wenn man einem Mann richtig wehtun will, schlägt man immer wieder an derselben Stelle zu, dachte Matt. Der Schmerz vervielfacht sich, bis er unerträglich wird. Ein einfaches Rezept, brutal und wirkungsvoll.

»Halten Sie mich nicht zum Narren«, drohte er.

»Geben Sie uns die Informationen«, sagte Eleanor. »Sofort.«

Die Hydraulik zischte, dann öffnete sich die automatische Tür, durch die sie in das Abteil getreten waren. Matt blickte sich nervös um. Er hielt weiter mit der Linken Lacrierres Hals fest, mit der anderen Hand bohrte er ihm die Pistole in die weiche Haut direkt unter dem Ohr.

Matram trat selbstbewusst in das Abteil, gefolgt von Abbott und zwei anderen Männern. Letztere hatten den harten, distanzierten Blick von Berufssoldaten. Einen von ihnen erkannte Matt. Harton war an jenem Tag in Bosnien dabei gewesen, als er Increment den Rücken gekehrt hatte.

Harton und sein Kamerad hatten genug Munition dabei, um eine mittelgroße Stadt auszulöschen.

Ein einziger Gedanke hallte durch Matts Gehirn. *Du bist erledigt.*

»Lass ihn los, Browning«, sagte Matram. »Lass ihn sofort los, sonst blase ich dir das Gehirn aus dem Schädel.«

Ihre Blicke trafen sich kurz. Es war vier Jahre her, seit sie sich zuletzt gesehen hatten und Matt sich Matrams Befehl widersetzt hatte. Matrams Gesichtsausdruck war kalt und unpersönlich, doch hinter der Maske der Gleichgültigkeit glaubte Matt blinden, nackten Hass zu erahnen.

Was auch immer hier passieren mag, wenn es nach ihm geht, werde ich dieses Abteil nicht lebend verlassen.

Er trat einen Schritt zurück, noch immer Lacrierres Hals umklammernd. Eleanor, die etwas vor ihm stand, folgte seinem Beispiel und wich nervös in Richtung der hinteren Wand des Abteils zurück, wo zwei von Lacrierres Schwertern aus der napoleonischen Zeit hingen.

Wenn ich dran glauben muss, dachte Matt, werde ich sie mitnehmen. Dann fahren wir eben alle zur Hölle.

»Wirklich, alter Knabe, allmählich wird das alles ein bisschen ermüdend«, sagte Abbott. »Sie müssen lernen, sich etwas kooperativer zu zeigen.« Er fischte ein Dunhill-Päckchen aus der Tasche und schob sich eine Zigarette zwischen die

Lippen. »Also, tun Sie, was er sagt, dann können wir die Geschichte schnell hinter uns bringen.«

Matt blickte erst Abbott, dann Matram, schließlich Harton und Godsall an. Matram war mit einem Smith-&-Wesson-Revolver bewaffnet, seine beiden Männer hielten MP-5-Maschinenpistolen in den Händen. Aus Erfahrung glaubte Matt zu wissen, dass sie bestimmt noch irgendwo eine Pistole und mindestens ein Messer versteckt hatten. Abbott hielt keine Waffe in der Hand, doch das hatte nichts zu bedeuten. Wahrscheinlich steckte sie irgendwo unter seinem zerknitterten Jackett.

Matt presste Lacrierre den Lauf der Glock fester gegen den Kopf. »Wenn jemand mich oder meine Begleiterin anrührt, spritzt Lacrierres Gehirn auf den Teppich.«

Matram hob den rechten Arm und zielte genau auf Matt. Er war nur anderthalb Meter entfernt, und Matt glaubte, durch den Lauf in das Innenleben der Waffe hineinsehen zu können.

»Wer sagt denn, dass mich das interessiert, Browning? Wenn du Lust hast, schieß. Dein Gehirn wird mit seinem auf den Teppich spritzen.«

»Nicht übel, Matram«, sagte Matt. »Aber ich glaube es nicht. Sie brauchen Lacrierre. Dieser Job hatte weder mit der Firma noch mit Increment etwas zu tun. Alles war von Anfang an eine Verschwörung zwischen Ihnen, Abbott und Lacrierre.« Er schwieg kurz. »Und der ist der Boss, war es von Anfang an. Wie gesagt, Sie brauchen ihn. Er ist der Zahlmeister.«

Matt sah, wie Matrams Miene sich verfinsterte. Seine Wut drohte ihn mit der Macht einer Naturgewalt zu überwältigen. Er kam näher, die Waffe weiterhin auf Matts Stirn richtend. Dem lief ein Rinnsal Schweiß den Rücken hinab. So funktioniert das nicht, dachte er. Der Dreckskerl wird mich umlegen.

Ich habe nichts dagegen zu sterben, wenn es sein muss. Aber ich habe sehr wohl etwas dagegen, mich von ihm töten zu lassen.

Er hörte das Fahrgeräusch des Zugs und Lacrierres angestrengte Atemzüge, aber ansonsten hatte sich eine angespannte Stille über das Abteil gesenkt. Dann ertönte das Klicken eines Feuerzeugs. Abbott, der knapp zwei Meter weiter links stand, hatte seine Zigarette angezündet und blies eine dicke Wolke Rauch in die schon jetzt abgestandene Luft.

Dann machte er plötzlich mit unerwarteter Beweglichkeit einen Satz und stieß Eleanor zur Seite. Hinter ihm traten Harton und Godsall einen Schritt vor, die Maschinenpistolen an die Schultern gepresst, die Finger am Abzug. Abbott versetzte Eleanor einen harten Schlag in den Magen. Sie schrie auf und beugte sich schmerzgekrümmt vornüber, und als sie sich wieder aufrichtete, traf Abbotts zweiter Schlag ihren Hals.

Der Geheimdienstler lächelte Matt an. »Ihre Schwäche sind die Weiber. Es ist wie bei Lancelot, dem guten alten Ritter der Tafelrunde. Immer sehr verwegen mit dem Speer, aber beim Anblick des ersten Rocksaums setzt der Verstand aus.« Mit seiner rechten Hand drückte er Eleanor die Kehle zu, mit der Linken nahm er die brennende Zigarette aus dem Mund und schnippte die Asche auf ihr T-Shirt. »Geben Sie's auf, alter Knabe. Ein paar gute Züge haben Sie nicht davor bewahrt, dass die Partie verloren ist. Jetzt werden Sie exekutiert. Ich erspare Ihnen das Gerede, dass wir vielleicht eine Ausnahme machen könnten. Wir werden Sie nicht verschonen, und Sie wissen es.« Er blickte auf Eleanor hinab. »Andererseits besteht keine Notwendigkeit, ihre süße kleine Freundin genauso zu behandeln. Also, seien Sie ein guter Junge, und nehmen Sie die Waffe runter. Wir werden Sie schnell und schmerzlos erledigen, dann können wir alle unserer Wege gehen.«

Eleanor stieß mit ihrer Rechten Abbotts Hand weg. »Hör nicht auf ihn, Matt«, sagte sie mit schwacher Stimme. »Hör nicht auf ihn.«

Es nimmt kein Ende mit den Lügen, die wir uns gegenseitig auftischen, dachte Matt. Man kann es sagen, aber man meint es nicht so. Das eigene Leben ist immer wichtiger.

Er zog langsam die Pistole weg und ließ Lacrierres Hals los. Der Tocah-Boss schnappte würgend nach Luft. Harton und Godsall standen mit leicht gespreizten Beinen da, die Waffen weiterhin auf Matt gerichtet. Ihre Mienen ließen keinerlei Regung erkennen. »In diesem Fall arbeitet ihr nicht für das Regiment«, sagte Matt.

Keiner der beiden bewegte sich, ihre Blicke wirkten weiterhin völlig teilnahmslos.

Matt schaute ihnen direkt in die Augen. Ich habe nur einen Trumpf und muss ihn richtig ausspielen.

»Wir sind uns nur einmal begegnet, Harton«, fuhr er fort. »Ich kenne dich kaum, aber wir gehören alle zum SAS, und da gibt es einen bestimmten Verhaltenskodex, den wir nie vergessen dürfen. Wir kämpfen nicht mit Glacéhandschuhen und scheren uns nicht um Gesetze. Je weniger fair eine Schlacht ist, desto besser gefällt sie uns. Wir wollen sie nur zu unseren Gunsten entscheiden, das ist unser Job. Aber es gibt einige Grenzen, die wir nicht überschreiten dürfen. Wir sind keine Kriminellen, und wir arbeiten nicht auf eigene Faust. Zumindest so lange nicht, wie wir noch beim Regiment sind. Vergewaltigungen und Plünderungen verstoßen gegen unseren Ehrenkodex. Wir kämpfen für unsere Einheit und für niemanden sonst.« Er schwieg kurz. Seine Worte schienen keine Wirkung zu hinterlassen und nicht einmal Interesse zu wecken. »Ihr arbeitet hier nicht für das Regiment und wollt zwei unschuldige Menschen umbringen, um diese Gangster zu schützen, die nur darauf aus sind, ein Vermögen zu machen.«

Godsall ließ weiterhin keine Regung erkennen, aber bei Harton glaubte Matt eine kleine Veränderung zu bemerken. Wenn man genau hinschaute, konnte man den Eindruck gewinnen, dass sein Finger nicht mehr ganz so fest den Abzug seiner Maschinenpistole umklammerte.

Abbott warf den Zigarettenstummel auf den Teppich und trat ihn mit dem Absatz aus. »Eine hübsche Ansprache, alter Knabe. Es wäre schön, wenn wir diesen Appell an die Kameradschaft jetzt beenden und zur Exekution schreiten könnten. Ich wiederhole mein Angebot ein letztes Mal. Lassen Sie die Waffe fallen, dann können Sie noch rechtzeitig zum Abendmahl ans Himmelstor klopfen. Ihnen wird nichts mehr helfen, aber wir werden Eleanor laufen lassen.«

Plötzlich meldete sich Harton zu Wort. »Du bist ein Feigling, Browning. Damals in Bosnien hast du gekniffen, weil du Schiss hattest, dich für einen harmlosen Streifschuss zu opfern. Auch jetzt versuchst du wieder, deine Haut zu retten.«

»Ihr werdet ausgenutzt, damit eure Einheit für diese drei Männer die Drecksarbeit erledigt.« Matt schwieg kurz und legte sich den nächsten Satz zurecht. »Geh zu dem Laptop da drüben. Ich nenne dir die Zahlen für zwei Nummernkonten bei einer in Luxemburg ansässigen Privatbank namens Deschamps Trust. Du wirst sehen, dass Tocah Life Science zehn Millionen Pfund auf zwei Nummernkonten eingezahlt hat. Und wer sind die Kontoinhaber?« Matt schwieg kurz und blickte zwischen Harton und Godsall hin und her. »Guy Abbott und Jack Matram.«

Harton ließ seine Waffe etwas sinken. Er schaute erst zu Matram, dann zu dem Computer hinüber. Schließlich ging er langsam auf den Schreibtisch zu.

»Rühr dich nicht vom Fleck«, blaffte Matram ihn an. »Das ist ein Befehl!«

Matt schaute Harton an und wies dann mit einer Kopfbewegung auf Matram. »Du kannst ihm oder deinem Gewissen gehorchen. Ich sage die Wahrheit. Wenn du mich umlegst, ist dein Leben ruiniert. Du wirst bis ans Ende deiner Tage im Knast sitzen.«

»Hören Sie nicht auf den Verrückten«, sagte Abbott. »Er ist nur sauer auf das Regiment.«

»Wir haben ihn bei Increment rausgeschmissen, schon vergessen?«, fragte Matram. »Browning war nicht aus dem richtigen Holz geschnitzt. Er ist ein Feigling.«

Matt wandte den Blick nicht von Harton ab. »Du kannst ihnen glauben oder mir. Noch besser wär's, wenn du dir mit eigenen Augen die Kontostände ansehen würdest.«

Harton ging weiter auf den Schreibtisch zu.

»Wage es nicht, dich meinem Befehl zu widersetzen«, brüllte Matram.

25

Ein Schuss fiel, und in dem abgeschlossenen Abteil wirkte er übernatürlich laut. Matt war einen Moment lang desorientiert.

Harton lag sterbend am Boden. Aus einer Stirnwunde sickerte etwas Blut auf den Teppichboden. Er rang noch ein paarmal mühsam nach Luft, doch seine Augen waren bereits geschlossen.

Einen Augenblick herrschte Stille, und Matt hatte den Eindruck, alles in Zeitlupe zu sehen. Die Zeit schien kurz stillzustehen. *Jetzt kann ich handeln.*

Er packte mit der Linken wieder Lacrierres Hals, suchte einen festen Stand, streckte den rechten Arm mit der Pistole aus, sah durch das kleine Visier den Knöchel von Matrams Hand und drückte ab.

Die Kugel traf Matrams Smith & Wesson, der immer noch auf Harton gerichtet war, und zertrümmerte den Lauf. Matram zuckte zusammen, als die Kugel seinen Handrücken streifte, aber seine Miene blieb stahlhart.

Jetzt trat Godsall vor, seine MP abwechselnd auf Matram und Abbott richtend. »Keine Bewegung«, brüllte er. Dann blickte er kurz zu Matt und Eleanor hinüber. »Ich werde mir diese Konten ansehen.«

Matram stand völlig reglos da und starrte auf die Waffe, die Godsall auf ihn richtete.

Innerlich musste Matt grinsen, doch er ließ sich nichts anmerken. *Wenn man nur eine Chance hat, darf man sie nicht gefährden.*

Godsall beugte sich über den Laptop auf Lacrierres Schreibtisch.

»Die Internetadresse heißt www.deschampstrust.com«, sagte Matt. »Dann auf ›Konten‹ klicken.«

Godsalls Finger glitten über die Tastatur. Er wartete, bis sich die Webseite auf dem Monitor aufgebaut hatte.

»Also, hier ist die Nummer«, sagte Matt. Er diktierte die zwölfstellige Zahl und beobachtete Godsalls Reaktion, die Waffe wieder an Lacrierres Schläfe pressend. *Wenn Godsall seine Meinung ändert, haben wir noch eine Chance, mit heiler Haut davonzukommen.*

»Der Zugang ist blockiert«, sagte Godsall. »Man braucht ein Passwort.«

Matt diktierte ihm die nächste zwölfstellige Zahl. »Jetzt müsste es funktionieren.«

Godsall tippte die Zahlen ein und drückte auf die Return-Taste. Der Zug beschleunigte. Er hatte die neue Hochgeschwindigkeitstrasse erreicht. Innerhalb von fünf Minuten würde er mit zweihundert Stundenkilometern in Richtung Eurotunnel rasen. Aus dem ersten Wagon gelangte man durch zwei dicke Stahltüren in die Lokomotive. Matt glaubte nicht, dass der Lokführer eine Ahnung hatte, was sich ein paar Meter hinter seinem Rücken abspielte.

Es ist, als befänden wir uns auf einem anderen Planeten, wo wir diese Sache allein unter uns ausmachen müssen.

Er blickte zu Godsall hinüber. »Hat's geklappt?«

Godsall nickte.

Matt atmete erleichtert auf. Noch immer rann Schweiß seinen Rücken hinunter. »Und, was steht da?«

Matram und Abbott schauten Godsall an, selbst Lacrierre versuchte trotz der Waffe den Kopf zu wenden.

»Hier sind zwei Konten aufgeführt.«

»Die Namen«, sagte Matt gereizt. »Welche Namen stehen da?«

Godsall hob wieder die Maschinenpistole. Er brauchte die halbautomatische Waffe nur ein paarmal herumreißen und das enge Abteil mit einem Kugelhagel überziehen, dann würde außer ihm niemand überleben. »Jack Matram und Guy Abbott.«

Matt spürte, wie ihn ein Gefühl der Erleichterung überkam. Jetzt konnte es doch wohl keinen Zweifel mehr geben. Godsall musste begriffen haben, dass Matram seine Einheit ausgenutzt hatte, um sich auf Kosten seiner Männer persönlich zu bereichern.

Damit hatte er gegen die wichtigste Verhaltensregel des Regiments verstoßen. *Wenn bei einem Einsatz etwas schief geht, nehmen es alle gemeinsam auf ihre Kappe. Man teilt die Risiken, aber auch die Belohnung.*

»Wie viel?«, fragte Matt.

Godsall starrte konsterniert auf den Monitor. Offenbar musste sein Gehirn die Zahlen erst verdauen. »Zehn Millionen«, sagte er. »Auf beiden Konten fünf.«

Matt lächelte. Er umklammerte Lacrierres Hals fester, bohrte ihm immer noch den Lauf der Pistole in die Schläfe. Godsalls Miene wirkte geschockt, aber auch wütend. Während der letzten paar Wochen hatte Matram ihn und seine Kameraden beauftragt, systematisch Männer im ganzen Land zu ermorden. An sich machte ihm das nichts aus, denn dafür wurde er bezahlt. Aber nun musste er einsehen, dass er nicht im Auftrag der Regierung, sondern einzig und allein im Interesse Matrams gehandelt hatte. *Jetzt machte es ihm zu schaffen, dass dieses Blut an seinen Händen klebt.*

»Wie gesagt, dies alles hatte nichts mit dem Regiment, sondern nur mit Matrams Privatinteresse zu tun«, fuhr Matt fort. »Es gibt nicht viele Verhaltensregeln beim Regiment, aber eine hat er damit gebrochen.«

Jetzt schaute er zu Matram hinüber, doch der wirkte weiterhin völlig ruhig. Trotz seiner blutenden Hand verriet seine Miene keinerlei Angst oder Emotionen. *Der Mann mag viele Fehler haben, aber er hat Nerven wie Drahtseile.*

»Möchten Sie etwas dazu sagen, Sir?«, fragte Godsall.

Matrams Gesichtsausdruck wirkte so ruhig und unbewegt wie die Wasseroberfläche eines Sees an einem windstillen Sommertag. »Es gibt noch ein drittes Konto«, sagte er. »Sieh dir das mal an.«

»Ein drittes Konto?«, fragte Godsall.

»Stimmt was nicht mit deinen Ohren?«, fuhr ihn Matram an. »Sieh bei dem Konto unter meinem Namen nach, da wird dir eine Überweisung auffallen.«

Matt schaute Godsall an. »Das ist ein Trick, Idiot.«

»Schau dir das Konto an«, sagte Matram, den Blick auf Matt gerichtet. »Die Überweisung ist vor exakt zwei Wochen rausgegangen.«

»Keine Bewegung«, warnte Godsall, der wieder auf den Monitor blickte und dann mit konzentrierter Miene etwas auf der Tastatur eingab. »Eine Überweisung von vier Millionen«, sagte er schließlich. »Auf ein anderes Konto, das unter dem Namen Raul Causeland geführt wird.«

Der Anflug eines höhnischen Lächelns huschte über Matrams Gesicht. Er schien sich über einen Witz zu amüsieren, den nur Eingeweihte verstehen konnten.

»Wie viele Mitglieder hat unsere Spezialeinheit?«, fragte er.

»Acht, Sir«, antwortete Godsall.

»Stimmt genau, und vier Millionen geteilt durch acht macht eine halbe Million Pfund für jeden. Also, wer ist Raul Causeland?«

»Den gibt's gar nicht.« Godsall schaute Matt an. »Wenn wir bei Increment ein paar Bierchen trinken gehen, sagen wir immer, dass Raul die Gläser leert. Wer er ist? Niemand. Oder besser, jeder Einzelne von uns.«

»Na siehst du, ein dicker Batzen von der Kohle geht an meine Leute«, sagte Matram. »Auf jeden wartet eine halbe Million, auf einem Nummernkonto einer Privatbank mit Sitz in Luxemburg. Das reicht für eine hübsche kleine Rente. Allemal besser, als sich den Arsch aufzureißen, um in der Security-Branche Arbeit zu finden, oder als sich die Eier abschießen zu lassen, um die Bosse von amerikanischen Ölfirmen im Irak zu beschützen.« Er blickte mit einem breiten Grinsen zu Matt hinüber. »Und sehr viel besser, als den Gangstern an der Costa del Sol warmes Bier und kalte Pommes zu servieren.«

Godsalls Miene, eben noch äußerst angespannt, hellte sich auf, und schließlich huschte sogar der Anflug eines Lächelns über sein Gesicht. Er hob wieder seine Maschinenpistole, den Finger am Abzug. »Ich verstehe.«

Matram nickte und bedachte Matt mit einem harten Blick. »Also, Browning, was für einen Grabstein wünschst du dir? Einen aus Granit, aus Sandstein, aus Marmor? Oder reicht dir eine schlichte Steinplatte mit einem Bibelspruch darauf? Mit gefällt es immer, wenn ein Mann vom SAS einen anständigen Grabstein bekommt. Besonders, wenn man ganz sicher sein will, dass der Dreckskerl nicht wieder aus der Gruft herauskriecht und einem Scherereien macht.«

Matt glaubte in seinem rechten Unterarm zu spüren, dass auch Lacrierres Anspannung nachließ. Auf Abbotts Gesicht breitete sich ein verschlagenes Grinsen aus. In seinem Mundwinkel klebte eine Zigarette, deren Rauch unter der Decke des Abteils hing.

Der Wagon erzitterte, als draußen ein in die entgegengesetzte Richtung fahrender Zug vorbeibrauste. Bei dem Tempo konnte keiner der Fahrgäste in dem anderen Zug sehen, was sich in diesem Abteil abspielte.

Also bindet Matram die Mitglieder seiner Spezialeinheit in seine Machenschaften ein, dachte Matt. Darauf hätte ich selbst kommen können. Seit Julius Cäsars Zeiten hat das noch jeder Kommandeur getan. Man könnte das ganze Gold und die Diamanten für sich behalten, gibt aber seinen Männern gerade so viel von der Beute, dass sie nicht illoyal werden.

»Komm schon, Browning«, höhnte Matram. »Du hast dir doch bestimmt schon Gedanken darüber gemacht, was für einen Grabstein du haben möchtest. Jeder Soldat des Regiments hat eine Antwort auf diese Frage parat.«

»Ein weißes Holzkreuz würde mir reichen«, antwortete Matt leise.

Matram nickte. »Der unbekannte Soldat. *Ich* werde dich mit Sicherheit verdammt schnell vergessen.«

Eleanor stand zitternd in der Ecke, von panischer Angst geschüttelt. Wenigstens für sie wäre es vielleicht besser, wenn alles schnell vorbei wäre.

»Kannst du ihn mit einer Kugel erledigen?« Obwohl Matram sich nicht umwandte, war allen klar, dass seine Frage sich an Godsall richtete.

Matt sah, wie Godsall seine Optionen erwog. Der Mann war ein ausgebildeter Killer, der seinen Job verstand. Sein nur scheinbar unbeteiligter Blick verriet, dass er genau studierte, aus welchem Winkel die Kugel am wirkungsvollsten in sein Gehirn einschlagen und die Nervenstränge zerstören würde, die Befehle in seine Fingerspitzen weiterleiteten.

Wenn es schon sein muss, dachte Matt mit bitterem Humor, kann man sich genauso gut auch von einem erstklassigen Fachmann erschießen lassen.

»Eine Kugel reicht, Sir«, antwortete Godsall.

»Er wird nicht mehr schnell genug reagieren können, um Lacrierre zu töten?«

Godsall schüttelte bedächtig den Kopf, schien seine Antwort aber noch einmal sorgfältig abzuwägen. »Garantieren kann ich dafür nicht, Sir, aber ich würde sagen, dass die Chancen gut stehen. Aus dieser Distanz wird die Kugel mit großer Wucht einschlagen. Dann bleiben ihm allenfalls noch Sekundenbruchteile. Höchstens ein oder zwei Zehntelsekunden. Mit Sicherheit keine volle Sekunde.«

»Verdammt, wie stehen die Chancen?«, fragte Matram gereizt.

»Siebzig zu dreißig für uns, Sir«, antwortete Godsall schnell.

Matrams Blick richtete sich auf Lacrierre. »Ist das Risiko für Sie vertretbar, Sir?«

Matt presste Lacrierre den Lauf der Pistole fester gegen die Schläfe. Er fragte sich, ob er nicht besser abdrücken sollte. Jetzt, wo er noch die Möglichkeit hatte. Godsall hatte mit Sicherheit Recht. Wenn die Kugel in sein Gehirn einschlug, würde er wahrscheinlich jegliche Kontrolle über seine Finger verlieren, und selbst wenn er noch für ein paar elende Augenblicke leben sollte, würde er nicht mehr in der Lage sein, jemanden zu erschießen. Aber wenn er jetzt feuerte, würden er und Eleanor sofort durch einen Kugelhagel zu Boden gestreckt werden. Falls er Lacrierre tötete, waren sein und Eleanors Tod so sicher, als hätten sie sich selbst die Waffe an die Schläfe gesetzt. Solange es noch den Hauch einer Chance gab, würde er nicht abdrücken.

»Was ist mit Eleanor?«, fragte Matt. »Sie hat mit dieser Geschichte nichts zu tun.«

Abbott zog an seiner Zigarette und blies den Rauch hoch in die Luft. »Tut mir Leid, alter Knabe, aber die Zeit für Verhandlungen ist vorbei. Sie hätten mein Angebot annehmen sollen, als es noch stand. Jetzt kostet Ihr Zögern Ihre kleine Freundin das Leben.«

»Leg den Dreckskerl um, Godsall«, knurrte Matram. »Sofort.«

Matt sah, wie Godsall die Maschinenpistole hob. Seine Miene verriet die stille Zufriedenheit eines Manns, der sich seine Meinung gebildet hat und sie nur noch in die Tat umsetzen muss. Matt kam es so vor, als hätte das Wort »Exekution« nie besser gepasst.

Schon viele Male hatte er an diesen Augenblick denken müssen. Kurz nach seinem Eintritt in die Army war ein Mann aus seiner Einheit bei einem Manöver gestorben. Von den zehn Männern aus seinem Jahrgang beim SAS hatten vier das Jahrzehnt des aktiven Dienstes im Regiment nicht überlebt – zwei waren im Kampf gefallen, zwei bei Übungen gestorben. Wenn die Männer um einen herum in dem Tempo starben, lag man manche Nacht wach. Man dachte über sein eigenes Schicksal nach und wie man ihm entgegentreten würde, wenn es einen ereilte.

Er stand völlig reglos da, versuchte, jeden einzelnen Nerv zu kontrollieren. Seine Finger zitterten nicht, keine einzige Schweißperle stand auf seiner Stirn.

Ich werde beherzigen, was ich mir immer geschworen habe, dachte er. Wenn die für mich bestimmte Kugel abgefeuert wird, werde ich es mit Würde hinnehmen.

Ein Schuss fiel, und das Echo hallte laut durch das Abteil. Matt glaubte in Zeitlupe zu sehen, wie die tödliche Kugel aus gehärtetem Stahl aus dem Lauf austrat und auf ihn zukam. Man hatte ihm erzählt, dass die Zeit sich langsamer abzuspulen schien, wenn der letzte Augenblick gekommen war. Er hatte mit schwer verwundeten Soldaten gesprochen, die durchgekommen waren, aber alle versichert hatten, dass der Sekundenzeiger vor dem vermeintlichen Ende stehen zu bleiben schien. Einer von ihnen hatte bemerkt, vermutlich sei das Gottes Taktik, um einem Zeit zum Bedauern aller Sünden zu geben.

Er hörte einen schrillen Schrei, dann ein Wimmern.

Godsall lag am Boden, und aus einer Wunde an seiner Schläfe sickerte ein Rinnsal dunkelroten Bluts.

26

Orlena trat vor. Sie trug schwarze Slingpumps mit flachen Absätzen und stieg vorsichtig über Godsalls blutenden Körper hinweg. Ihre Haar wurde von einer Haarnadel aus Elfenbein zusammengehalten, und ihr Gesicht war mit einer dünnen Schicht Schweiß und Staub bedeckt.

Sie beugte sich über Godsall und tippte mit der heißen Mündung ihrer Marakow-Pistole gegen die offene Wunde an seiner Schläfe. Godsall heulte vor Schmerz auf, aber Orlena drückte nach kurzem Nachdenken ab. Diesmal war er sofort tot.

Wenn man aus dem Totenreich zurückkommt, tut man es besser mit der Waffe in der Hand, dachte Matt. Er schaute sie an, und ihre Blicke trafen sich. Ihre Miene verriet nicht einmal den Anflug eines Lächelns. Sie stand langsam auf, die Marakow schussbereit. Entschlossen, aber vorsichtig. Wie eine Schlange im Gras.

Noch waren vier Kugeln in der Marakow, einem Meisterstück der russischen Waffenbaukunst. *Wem von uns hat sie die nächste Kugel zugedacht? Für wen arbeitet sie?*

»Auf welcher Seite stehst du?«, fragte er.

»Auf derselben wie immer«, bemerkte Lacrierre aggressiv. »Auf ihrer eigenen.«

»Stimmt genau«, antwortete Orlena ruhig.

»Wie sind Sie in den Zug gekommen?«, fragte Eleanor.

Matt schaute zu ihr hinüber. »Nimm die MP an dich, bevor Matram es tut«, zischte er.

Eleanor hob nervös die MP-5 auf. Ihr Gesicht war völlig verschwitzt, ihr Haar feucht und strähnig.

»Ich bin schon seit der Abfahrt mit an Bord«, sagte Orlena gelassen. »Ich habe einen Schlüssel für den Zug, schon immer. Das ist einer der Vorteile, wenn man als spezielle Sicherheitsberaterin für den Boss des Unternehmens arbeitet. Eigentlich hatte ich vor, Sie und Matt die Dreckarbeit tun zu lassen.« Sie rollte die Augen und seufzte tief. »Aber da es so aussah, als hättet ihr nur Mist gebaut, habe ich mich zum Eingreifen entschlossen.«

»Was wollen Sie?«, fragte Lacrierre.

»Dasselbe wie die beiden«, antwortete Orlena. »Das Antidot. Das war während meiner Zeit bei Tocah schon immer mein Ziel. Ich brauche das Gegenmittel.«

Ihre Pistole, dachte Matt. Sie zielt auf Lacrierre, nicht auf mich.

»Dein Bruder, Roman«, sagte er. »Du hast mir erzählt, dass er in Afghanistan gekämpft hat.« Er schwieg kurz. »Er hat XP22 genommen. Und ohne das Gegenmittel kann er jederzeit durchdrehen.«

Orlena nickte. Sie trat einen weiteren Schritt auf Lacrierre zu, die Marakow weiterhin auf seinen Kopf richtend. »Mittlerweile hatten Sie ja Zeit, die Daten auszuwerten, die wir aus der Fabrik in Weißrussland mitgebracht haben. Also, wo ist es?«

»Ich glaubte, Sie wären tot«, sagte Lacrierre. »Beim nächsten Mal werde ich dafür sorgen, dass es wirklich so ist.«

Ein Lächeln verzog Orlenas Lippen, und für einen kurzen

Augenblick wirkte sie fast glücklich. Immer wieder erstaunlich, dachte Matt, wie Menschen sich selbst in den angespanntesten Situationen noch an ihrer Cleverness erfreuen können.

»Du hattest eine Kevlar-Weste an, stimmt's?«, fragte er. »Vor unserem Besuch bei Petor wusstest du, dass wahrscheinlich du mich oder ich dich erschießen würde. Also hast du zur Sicherheit eine Kevlar-Weste angelegt. So konntest du dich auch beruhigt in die Flammen fallen lassen.« Er schaute ihr in die Augen. »Kompliment.«

»Danke«, sagte Orlena. »Hat vielleicht ein bisschen lange gedauert, aber jetzt hast du es doch noch kapiert.« Sie zielte direkt auf Lacrierres Stirn. »Wo ist es?«, wiederholte sie.

Lacrierre zuckte die Achseln auf jene unnachahmliche Art, die nur Franzosen beherrschten. Damit wollte er ausdrücken, dass er sich geschlagen gab und dass es ihm nicht mehr besonders wichtig war, welchen Ausgang die Geschichte für ihn nahm. »Auf dem Laptop finden Sie eine Datei mit dem treffenden Namen XP44. Die Festplatten, die Sie aus Weißrussland mitgebracht haben, enthielten genug Material für unsere Wissenschaftler, um daraus einen Leitfaden für die Produktion eines Gegenmittels zu gewinnen. Das Präparat ist noch nicht ausgereift, aber es sollte wirken. Wenn ein Soldat, dem XP22 verabreicht wurde, eine gewisse Dosis dieses Antidots nimmt, sind fürs Erste keine Nebenwirkungen mehr zu befürchten.«

Orlena ging zum Schreibtisch hinüber, wobei sie über Hartons blutige Leiche hinwegstieg. »Wo ist es?«

»Öffnen Sie zuerst die Datei«, sagte Lacrierre wütend.

Matt spürte einen heftigen Ruck und hätte fast das Gleichgewicht verloren. Die Räder des Zugs kreischten auf den Gleisen, als hart die Bremsen betätigt wurden, und der Wagon schwankte von einer Seite zur anderen. Matt spürte, wie seine Schulter gegen die Wand geschleudert wurde, aber er ließ Lacrierres Hals nicht los.

Ihre Chance, dachte er. Das ist ihre Chance.

Aus dem Augenwinkel sah er, wie Abbott erneut auf Eleanor losging. »Bleiben Sie, wo Sie sind«, stieß Eleanor mühsam hervor. »Oder ich schieße.«

Alle Blicke richteten sich auf sie. Abbott hob die Augenbrauen. »Machen Sie keine Scherze, altes Mädchen.«

»Ich schieße«, warnte Eleanor.

Aber die Maschinenpistole zitterte in ihrer Hand. Sie zeigt Nerven, dachte Matt. Es ist schwerer, als man glaubt, einen Mann zu erschießen. Zielen und abdrücken ist nicht schwer, das Problem ist der Wille. Man hat ihn, oder man hat ihn nicht. Ihr fehlt er.

Ein Schuss löste sich, aber die Kugel richtete keinen Schaden an und schlug in eine Wand des Abteils ein. Sie hatte ihr Ziel um mindestens einen Meter verfehlt. Abbott entwand Eleanor die Waffe und stieß sie zurück. Sie weinte, und ihre Hand zitterte immer noch.

Es war zu spät. Durch Eleanors Versagen hatten sie die Kontrolle über die Situation verloren. Abbott richtete die MP direkt auf Orlena.

Sie wirbelte herum, die Marakow schussbereit in den Händen, aber Abbott hatte schon gefeuert. Die Kugel schlug in ihre Brust ein, direkt über dem Herz, und sie wurde zurückgeschleudert. Aber in dieser Rückwärtsbewegung drückte sie noch instinktiv ab. Dann brach sie bewusstlos zusammen.

Abbott hielt sich den Bauch. Blut färbte sein Hemd und das weiße Leinenjackett dunkelrot. Er fiel auf die Knie und kippte auf den Boden, noch immer mit der Zigarette im Mund. Als er aufschlug, verbrannte er sich das Gesicht an der

Glut. Er fluchte, rollte sich auf die Seite und stieß den Zigarettenstummel weg. Dabei nahm er die Hände von seinem Bauch, und ein Schwall von Blut ergoss sich über den Teppich. Aus seiner Kehle stieg ein gespenstisches Heulen auf.

Die Kugel war direkt unterhalb der Brust eingeschlagen und hatte Magenwände und Arterien zerfetzt, was zu massiven Blutungen führte. Matt kannte diese Bauchschüsse aus dem Krieg. Man konnte so eine Verwundung überleben, aber nur, wenn man schnell zu einem geschickten Chirurgen gebracht wurde. Zumindest musste man die Wunde verbinden, um den Blutverlust unter Kontrolle zu bekommen. War beides nicht möglich, verblutete man. Es war ein schmerzhafter, langsamer Abstieg ins Reich des Vergessens, begleitet von Desorientierung, Kopfschmerzen und entsetzlicher Schwäche.

In solchen Situationen muss man sich auf seine Kameraden verlassen können. Abbott hat niemanden.

Matt sah, wie Matram zur Vorderseite des Wagons eilte. Die zur Lokomotive führende Tür öffnete sich mit einem Zischen, und ein Schwall frischer Luft drang in das Abteil.

Er stieß Lacrierre zu Boden und verpasste ihm dabei einen harten Schlag gegen die Schläfe. Eleanor hatte die Maschinenpistole wieder aufgehoben. »Halt ihn in Schach«, rief er. »Ich übernehme Matram.«

Seine Gedanken arbeiteten fieberhaft. Wahrscheinlich würden bald Polizeihubschrauber auftauchen. *Wenn ich Matram jetzt nicht zu fassen kriege, werde ich keine zweite Chance mehr bekommen.*

Die Tür stand immer noch offen. Er versuchte Matram ins Visier zu nehmen, doch der hatte die Kabine des Lokführers schon fast erreicht. Der Zug beschleunigte weiter, und er sah den Bahnhof Ashford International vorbeifliegen. Noch ein paar Minuten, dann waren sie im Eurotunnel.

Matt warf sich nach vorne, aber einen Sekundenbruchteil zu spät. Die Tür schloss sich wieder. Dahinter war Matram, allein mit dem Lokführer.

Die Tür war von innen verschlossen. Er riss hart an dem roten Hebel für Notfälle, aber er reagierte nicht. Matram musste die Funktion deaktiviert haben. Matt fluchte. *Jetzt bleibt nur eine Möglichkeit. Ich muss die verdammte Tür sprengen.*

Aus der noch immer über seinen Rücken hängenden Tasche nahm er eine der kleinen Semtex-Kugeln, die Damien ihm gegeben hatte. Er knetete den Plastiksprengstoff in die Ritze neben der Tür, brachte den Zünder an und trat zurück. Den Umgang mit Sprengstoff lernte man beim SAS schon in der Grundausbildung. Vor einem Jahr, als sie ein Schiff überfallen hatten, hatte er Iwan bei den Vorbereitungen beobachtet, doch selbst der hatte sich bei der Menge des Sprengstoffs verschätzt und das Schiff versenkt, was sie beinahe das Leben gekostet hatte. Es spielte kaum eine Rolle, ob man Experte war oder nicht; es war fast ein Ding der Unmöglichkeit, die zur Sprengung der Tür erforderliche Menge von Semtex präzise zu kalkulieren.

Und ich bin nicht einmal ein Experte.

Er blickte sich um und überprüfte, ob Eleanor Lacrierre noch mit der Waffe in Schach hielt. Mir bleibt keine Zeit, um die Risiken abzuwägen, dachte er.

Er aktivierte den Zünder, brüllte Eleanor zu, sie solle sich zu Boden werfen, und tat es selbst auch. Noch fünf Sekunden bis zur Detonation. Er zählte mit.

Die Wucht der Explosion erschütterte den ganzen Zug, und plötzlich war es stockfinster. Alle Sicherungen mussten herausgeflogen sein, und da die Wände an beiden Seiten pechschwarz waren, musste der Zug soeben in den Eurotunnel eingefahren sein.

Als die Maschine von der Detonation erfasst wurde, geriet der Zug bedenklich ins Schlingern, und für einen Augenblick glaubte Matt, er würde entgleisen. In der Luft hing der penetrante, Übelkeit erregende Geruch verbrannten Gummis, aber die Lokomotive hielt durch.

Er rappelte sich hoch, die Pistole weiterhin in der Rechten haltend. Die Tür, nur noch ein Stück deformierten Stahls mit durchtrennten Kabeln, hing lose in den Halterungen. Er tastete sich weiter vor. Am liebsten hätte er einfach in die Finsternis gefeuert, in der Hoffnung, durch Zufall Matram zu treffen, doch es machte keinen Sinn, Munition zu vergeuden. Er hatte die Kabine kaum betreten, da wäre er fast schon über den bewusstlosen Lokführer gestolpert.

Dann hörte er Matram lachen.

Aber er konnte ihn nicht sehen.

Er hob die Pistole und feuerte zweimal kurz nacheinander. Er hörte Glas splittern und verfluchte sich selbst. Die Kugeln hatten Matram verfehlt und das Seitenfenster zerstört. Im Gegensatz zu den Wagons waren die Scheiben hier nicht aus Panzerglas.

»Mann gegen Mann, Browning«, sagte Matram. »Jetzt gibt es nur noch uns beide.«

Ein harter Windstoß fegte durch die Lokomotive, und Matt musste sich festhalten, um nicht das Gleichgewicht zu verlieren. Der Wind heulte so laut, dass er alle anderen Geräusche erstickte. »Ich bin bereit«, brüllte er.

Wie aus dem Nichts traf ein Faustschlag die Hand, in der er die Pistole hielt. Es kam ihm so vor, als wären seine Finger von einem eisernen Golfschläger getroffen worden. Er musste verzweifelt darum kämpfen, dass ihm die Waffe nicht entglitt, doch da spürte er schon den nächsten Schlag, diesmal am Handgelenk. Er drückte unwillkürlich ab, und als der Schuss sich löste, konnte er die Pistole nicht länger festhalten. Sie fiel zu Boden.

Jetzt haben wir nur noch die Waffen, mit denen wir auf die Welt gekommen sind, dachte Matt. Unsere Fäuste. Und unsere grauen Zellen.

»Du bist ein elender Feigling, Browning«, höhnte Matram, dessen durch Prellungen und Verbrennungen entstelltes Gesicht plötzlich undeutlich aus der Finsternis auftauchte. »Deshalb konnten wir bei Increment nichts mit dir anfangen. Du hast Schiss, dir einen harmlosen Streifschuss verpassen zu lassen, bist aber auch zu blöd, selber im richtigen Moment abzudrücken.«

»Ein Feigling bin ich vielleicht, aber wenigstens kein Mörder.«

»Mord?«, fragte Matram. »Meine Einheit mordet nicht, unsere Spezialität sind gezielte Tötungen. Und weißt du was, Browning? Du bist das nächste Opfer.«

»Versuch's doch, Matram. Wir werden sehen, wer diese Lokomotive lebend verlässt. Und wer in einem mit Blumen geschmückten Sarg herausgetragen wird.«

»Du wirst in letzter Minute kneifen, Browning. Du warst schon damals nicht aus dem richtigen Holz geschnitzt, und es hat sich nichts daran geändert. Es wird sich auch nie ändern.«

Der Faustschlag traf Matts Backenknochen, genau auf den empfindlichsten Nerv. Ein stechender Schmerz schoss bis in sein Gehirn. Er versuchte die Wucht des Schlags so gut wir möglich abzufangen. Sein Rücken krachte auf einen Hebel des Instrumentenbretts, und für einen Augenblick war seine Wirbelsäule völlig paralysiert. Er versuchte verzweifelt, Matrams nächsten Schritt vorauszusehen.

Der wollte ihm das Knie in den Unterleib rammen, aber

Matt wich seitlich aus, und Matram traf nur das weiche Fleisch seines Oberschenkels. Matt versetzte ihm einen harten Schlag gegen die Luftröhre, trat einen Schritt zurück und holte erneut aus. Der nächste Hieb traf Matram voll ins Gesicht.

»Vielleicht überlegst du dir noch mal, ob ich nicht doch aus dem richtigen Holz geschnitzt bin«, knurrte Matt, während seine Faust schon wieder in das Gesicht seines Gegners krachte.

Matram wurde seitlich herumgerissen und ruderte mit den Armen, um nicht das Gleichgewicht zu verlieren. Matt setzte nach, um ihm den Rest zu geben, doch Matrams Bein schoss vor. Sein Stiefel bohrte sich in Matts Unterleib. Er fiel rückwärts und schlug unsanft mit der Schulter auf. Eine ganze Serie von Schlägen prasselte auf ihn herab, wobei Matram mit der Rechten sein Gesicht und mit der Linken seinen Bauch bearbeitete.

»Ich glaube nicht, dass du einen gültigen Fahrausweis hast«, sagte er. »Wir werden dich zum Verlassen des Zugs zwingen müssen.«

Er packte Matts Hals, würgte ihn und zerrte ihn zu dem zersplitterten Fenster hinüber. Matt versuchte, sich zu befreien, indem er Matrams Griff mit einem Faustschlag zu lockern versuchte, aber ohne Sauerstoff war es unmöglich, die nötige Kraft aufzubringen. Matram stieß seinen Kopf durch das klaffende Loch, und die feuchte Tunnelwand flog so dicht an ihm vorbei, dass seine Haare sie berührten. Mittlerweile fuhr der Zug bestimmt mit einer Geschwindigkeit von hundertfünfzig Stundenkilometern.

»Ende der Reise, Mr Browning«, sagte Matram lachend.

Matts rechte Hand tastete über den Boden und bekam eine der herumliegenden Glasscherben zu fassen. Sie schnitt ihm in den Handteller, aber er umklammerte sie fest und stieß sie Matram mit voller Wucht in die Seite.

Er hatte einen Volltreffer gelandet. Der Schmerz ließ Matram so laut aufheulen, dass Matt sich ziemlich sicher war, eine Hauptschlagader zerfetzt zu haben. Das Blut strömte aus Matrams Körper, als hätte man einen Hahn aufgedreht, und die warme, klebrige Flüssigkeit rann Matts Rücken hinab.

Er trat nach hinten aus, schüttelte Matrams Körper ab, zog die Glasscherbe aus seinem Fleisch, riss ihn herum und stieß ihn hart gegen das Fenster. Dann holte er mit der Scherbe aus und bohrte sie Matram ins linke Auge. Ein Mitleid erregendes Heulen entrang sich seinen Lippen, als das scharfkantige Glas tief in seinen Schädel eindrang.

Zum ersten Mal in meinem Leben habe ich ein gutes Gefühl dabei, einen Mann zu töten.

Matt atmete tief durch, sog seine Lungen mit Sauerstoff voll. Noch immer hing teerhaltiger Rauch in der Luft, der ihn würgen ließ. Er schloss die Augen und nahm sich einen Augenblick Zeit, um wieder etwas Kraft zu sammeln. Er hatte miterlebt, wie Menschen durch Schüsse, Verbrennungen, Messerstiche oder Strangulation ums Leben gekommen waren, doch bei keinem von ihnen hatte es so lange gedauert. Matram litt Höllenqualen, gab aber nicht auf. *Der Mann hat die Stärke eines Gottes. Oder eines Teufels.*

»Das hier ist für Gill, du Dreckskerl«, schrie Matt.

Er stieß ihm die Glasscherbe in die Wange, und sie bohrte sich bis zu den Zähnen durch sein Fleisch. Dann packte er Matrams Schultern und stieß ihn gegen die untere Kante das Fensterrahmens.

Er riss Matrams Körper nach oben, beförderte ihn aber nicht sofort aus dem Zug. *Er soll sehen, welches Schicksal ihm blüht.*

Matt mobilisierte die letzten Kraftreserven und stieß Matram mit dem Kopf zuerst durch das Fenster. Sein Schädel schlug gegen die Tunnelwand und löste sich vom Oberkörper, der hart gegen die mit Scherben gespickte Seitenkante des Fensters prallte. Die Glassplitter rissen die Brust und den Bauch auf.

Matt sank zurück, und Matrams kopfloser, blutender Torso fiel auf ihn.

27

Matt blickte auf. Der Lokführer war immer noch bewusstlos, und er hatte keine Ahnung, wie er etwas daran ändern konnte. Der Autopilot des Zugs hatte sich eingeschaltet. Auch gut, dachte er. Jetzt wollen wir nur noch aus dem Tunnel und dem Zug herauskommen. *Unsere Arbeit ist getan.*

Er rappelte sich auf und rannte in den ersten Wagon zurück.

Ein Schrei zerriss die Luft. Der Schrei einer Frau.

»Vorsicht, Matt!«, rief Eleanor.

Er duckte sich instinktiv. Vor ihm stand Lacrierre, der nach etwas an der Wand griff.

Das Licht einer der Lampen in dem Tunnel reflektierte sich auf einem Stück Stahl. Mein Gott, dachte Matt. Er greift nach einem seiner Schwerter. Auch wenn sie zweihundert Jahre alt sind, können sie immer noch Schaden anrichten, und Lacrierre war früher Soldat. In seiner Hand wird so ein Schwert heute noch genauso tödlich sein wie damals bei Napoleons Kavalleristen.

Lacrierre riss das erste Schwert von der Wand, und die Scheide krachte auf den Boden. Er holte aus, die Klinge pfiff durch die Luft. Matt rollte sich auf die Seite und fühlte einen stechenden Schmerz in seiner verwundeten Schulter. Aus dem Augenwinkel sah er, wie Lacrierre zwei Schritte auf ihn zutrat. Er mobilisierte alle Kräfte und trat mit beiden Beinen immer wieder nach Lacrierre, der geschickt zur Seite tänzelte.

Auch wenn er mittlerweile ein paar Jahre älter ist, er hat nichts verlernt.

Die Klinge zischte durch die Luft, doch als Matt erneut ausweichen wollte, bohrte sie sich ihm durch den Stoff seiner Jeans in den Oberschenkel. Das kühle Metall schien mit der Präzision des Skalpells eines Chirurgen in sein Fleisch einzudringen. Der Schnitt war knapp zwanzig Zentimeter lang und anderthalb Zentimeter tief, und die Haut drehte sich nach außen, als die Wunde sich öffnete und zu atmen begann.

Ein scharfer, stechender Schmerz fuhr durch Matts Körper. Er richtete sich auf den Ellbogen auf. »Das wird Sie das Leben kosten, Sie Dreckskerl«, schrie er.

Aber Lacrierre hatte die Klinge bereits hochgerissen und drückte sie ihm direkt über dem Adamsapfel an den Hals. Die Stelle hätte ein Chirurg nicht besser aussuchen können, dachte Matt. Er kann die Luftröhre mit einem Stich zerfetzen. Ich wäre innerhalb von ein paar Augenblicken tot.

»Soweit ich sehe, setze ich Ihnen die Waffe an den Hals«, sagte Lacrierre. »Tut mir Leid, aber Sie werden wohl dran glauben müssen.«

Er bohrte die glänzende und rasiermesserscharfe Klinge etwas nachdrücklicher in Matts Haut. Offensichtlich pflegte er sein Schwert, und es hing nicht ausschließlich zu dekorativen Zwecken an der Wand.

»Dann erledigen Sie mich doch«, sagte Matt. »Matram ist tot, alles andere interessiert mich nicht.«

Er sah, dass Lacrierres Hand und Finger zitterten, und

seine Augen wirkten düster und verschleiert. Der Mann ist total nervös, dachte er. Wenn sein Tremor noch ein bisschen schlimmer wird, dann wird er mir die Kehle durchschneiden.

»Sagen Sie der Frau, dass sie ihre Waffe fallen lassen soll«, sagte Lacrierre. »Ansonsten werde ich Sie auf der Stelle töten.«

Eleanor kam mit Godsalls Maschinenpistole näher.

»Vorsicht, Eleanor«, sagte Matt, der ihre Bewegungen genau verfolgte.

Lacrierre stand reglos da. Die Hand am Griff des Schwerts zitterte nicht mehr, und ein Ausdruck fiebriger Befriedigung glitt über sein Gesicht.

»Ich werde schon mit ihm fertig, Matt«, versicherte Eleanor.

In diesem Augenblick schoss die Lokomotive aus der Tunnelröhre. Matt hörte, wie sich die Bremsen einschalteten, und der Zug verlangsamte sein Tempo. Eleanor trat mit der MP in der Hand auf Lacrierre zu und wollte sie entsichern, doch Matt sah, dass sie einen Fehler gemacht hatte. Wie sehr sie auch auf den Abzug drücken mochte, so würde sich kein einziger Schuss lösen. War es Lacrierre auch aufgefallen?

Der Zug kam zum Stehen.

»Nehmen Sie die verdammte Klinge von meinem Hals«, sagte Matt. »Wir sind in Frankreich. Wenn Sie sich hier stellen, sind Sie im Gefängnis wenigstens unter Landsleuten. Mit Ihrem Geld können Sie sich eine Privatzelle kaufen, und in ein paar Jahren kommen Sie wahrscheinlich wieder raus.«

Lacrierre lachte. »Ich gehe nirgendwo hin. Zumindest nicht, solange ich Sie nicht getötet habe.«

»Ich werde mit ihm fertig«, wiederholte Eleanor.

Matt schaute nervös zu ihr hinüber. Sie war sich ihrer Sache sicher, doch ihre Worte entsprachen nicht der Wahrheit. Die Klinge bohrte sich noch immer in seine Haut, die Wunde an seiner Schulter schmerzte, und sein Bein blutete. Noch bin ich nicht am Ende, dachte er. Aber viel mehr kann ich nicht mehr einstecken.

»Lassen Sie das Schwert fallen.« Eleanor schaute Lacrierre direkt in die Augen. »Lassen Sie es fallen, oder ich töte Sie.«

Lacrierres Lippen verzogen sich zu einem Lächeln. »Habe ich mich nicht deutlich genug ausgedrückt?«, fragte er bedächtig. »Ich habe vor, diesen Mann umzubringen.« Als er sich zu Eleanor umdrehte, begann das Schwert in seiner Hand wieder bedenklich zu zittern. »Los, lassen Sie die MP fallen, sonst werde ich Sie auch töten müssen.«

»Das ist doch Selbstmord«, sagte Matt. »Eine Kugel in den Kopf, das war's dann.« Versuch, es ihm auszureden, dachte er. Er muss von Angst gepackt werden, sie muss an ihm nagen. *Das ist die aussichtsreichste Chance.*

Aber Lacrierres Blick wurde durch einen Schimmer von Wahnsinn getrübt. »Ich bin tapferer, als man vermutet«, verkündete er. »Ihre Drohungen sind mir völlig egal.«

Eleanor schaute ihn an, und plötzlich verriet ihre Miene professionelle Neugier. »Sie haben XP22 genommen, stimmt's?«

Lacrierre bedachte sie mit einem funkelnden Blick. »Welcher Mann würde es nicht nehmen?«

»Eine Pille macht einen nicht mutig«, sagte Matt. »Man ist es, oder man ist es nicht.«

Lacrierre spielte mit der Klinge an Matts Hals herum, wie ein Metzger, der nach dem besten Filetstück sucht. »Bereiten Sie sich auf das Ende vor«, sagte er leise und sanft, fast wie ein Anästhesist, bevor er einen Patienten betäubt. »Schließen Sie die Augen, sprechen Sie Ihr Abschiedsgebet, und übergeben Sie sich dem Schmerz, der Sie an einen besseren, friedlicheren Ort führen wird.«

Von irgendwoher hörte Matt einen Schuss, dessen Echo laut durch den Wagon hallte, und kurz darauf stieg ihm der unverwechselbare Geruch von Schießpulver in die Nase. Lacrierre lag blutend vor ihm am Boden. Eine Kugel hatte seine Hand durchschlagen.

Matt trat ihm das Schwert aus der Hand, packte den Griff und holte aus. Er war von Wut gepackt und gerade im Begriff, dem vor ihm liegenden Mann den Hals abzuhacken.

»Nein, Matt, nein!«, schrie Iwan. »Wir werden uns um ihn kümmern.«

Matt blickte auf. Iwan kam in das Abteil gelaufen, mit einer Glock in der Hand und David Luttrell, dem Chef des Geheimdienstes, an seiner Seite.

»Du?«, fragte Matt ungläubig. »Was um Himmels willen hast du hier zu suchen?«

»Ich wollte deine Haut retten, Kollege«, antwortete Iwan, der behutsam über Hartons und Godsalls Leichen hinwegstieg. »Ich habe dir erzählt, ich würde nach Dorset fahren und meine Familie in Sicherheit bringen, aber tatsächlich habe ich mich mit unserem Freund hier getroffen.« Er grinste. »Hab mir gedacht, dass du etwas Hilfe gebrauchen könntest.«

Luttrell folgte Iwan, sorgsam darum bemüht, seine braunen Halbschuhe nicht mit Blut zu besudeln. Er trug blaue Baumwollhosen und ein weißes Hemd. In der rechten Hand hielt er eine Springfield-Taschenpistole. Er ließ seinen Blick über die Leichen schweifen. »Hier sieht's ja aus wie auf dem Schlachthof.«

Matt schaute Luttrell an. »Sie und Iwan sind also alte Freunde, vermutlich seit der Zeit, als Sie die Filiale der Firma in Belfast geleitet haben. Iwan war einer Ihrer Agenten.«

Luttrell lächelte. »Freunde wäre vielleicht ein bisschen

übertrieben. Aber wir haben gelegentlich zusammen Bridge gespielt.« Er wies mit einer Kopfbewegung auf den Iren. »Er ist gut, wenn auch etwas leichtsinnig. Manchmal überreizt er sein Blatt ein bisschen.«

»Als ich erfuhr, dass Matram hinter dir her war, kam mir der Gedanke, du könntest vielleicht Hilfe gebrauchen«, sagte Iwan. »Matram und seine Jungs sind härter, als sie aussehen.« Er schaute Matt in die Augen, und seine Miene wurde ernst. »Wir wussten die ganze Zeit, dass einige Leute aus der Firma und dem Regiment ihr eigenes Spiel spielten. Wir wussten nur nicht, um wen es sich handelte und was sie vorhatten.«

»Wir?«, sagte Matt. »Was zum Teufel …?« Er konnte seine Überraschung kaum bändigen. Er hatte schon viele Spielarten des Verrats kennen gelernt, aber dass Iwan …

Der Ire schüttelte den Kopf. »Hast du dich wirklich nicht über die falschen Pässe, die sicheren Unterschlüpfe, den Sprengstoff und all die anderen Dinge gewundert, alter Freund? Was glaubst du, warum ich zugesagt habe, mit dir zusammen diese Fabrik in Weißrussland in die Luft zu jagen? Ich bin nicht nur ein Schutzengel.« Er lächelte traurig. »Wenn man beim Bridge einen Kontrakt ersteigert, wird der Partner zum Dummy. Also, sieh das Ganze einfach als eine Bridge-Partie.« Er trat dichter an Matt heran. »Erinnerst du dich, was ich zu dir gesagt habe? Eines Tages wird dir ein Licht aufgehen, und dann wirst du begreifen, was wirklich los ist.«

»Und du hättest mich sterben lassen?«

»Natürlich nicht«, antwortete Iwan schnell. »Ich habe mich mit Sir David getroffen und ihn ins Bild gesetzt. Aus Sicherheitsgründen kann man diese Züge durch ein externes Funksignal, das direkt an den Bordcomputer geht, der die Maschine kontrolliert, aus der Ferne zum Abbremsen veranlassen. Diese Funktion war für den Fall gedacht, dass einem

Lokführer etwas zustoßen könnte. Wir haben sie aktiviert, um den Zug direkt nach dem Verlassen des Eurotunnels zum Stehen zu bringen.«

Noch immer hielt Matt das Schwert in der Hand. Lacrierre lag ausgeschaltet zu seinen Füßen.

Er schaute den Geheimdienstchef an. »Dann war das Ganze von Anfang an so geplant?«

Luttrell strich sich mit den Fingern durch sein silbergraues Haar. Er wendete den Blick ab, als müsste er das Großraumabteil genau in Augenschein nehmen. »Wie Iwan schon sagte, ich hatte den Verdacht, dass mit Abbott etwas faul war. Ein luxuriöses Haus in St John's Wood, ein gut sortierter Weinkeller mit alten Portweinen. Das war mehr, als die meisten von uns sich leisten können. Aber ich wusste einfach nicht, was er sich zuschulden kommen ließ. Dann habe ich mir gedacht, dass Sie beide vielleicht etwas herausfinden könnten, wenn Sie erneut zusammenarbeiten würden.«

»Danke«, sagte Matt sarkastisch.

»Oh, machen Sie sich keine Gedanken«, erwiderte Luttrell. »Wir werden dafür sorgen, dass Sie bezahlt werden. Die Firma legt immer Wert darauf, dass alle Rechnungen beglichen werden, und zwar vollständig.« Er wandte sich um. »Also gut, dann wollen wir mal aufräumen«, sagte er forsch.

Am anderen Ende des Abteils beugte sich Eleanor über Orlena. »Sie lebt noch«, sagte sie. »Ich weiß nicht, warum, aber so ist es.«

»Kevlar«, sagte Iwan, während er ihr Jackett aufriss. »Sie trägt eine kugelsichere Kevlar-Weste unter der Bluse. Die Dinger sind so widerstandsfähig wie Stahl. Wahrscheinlich ist sie durch die Wucht der Kugeln ohnmächtig geworden, aber sie ist unverletzt. Vielleicht hat sie ein paar Prellungen davongetragen, aber das war's dann auch.«

»Auch Lacrierre wird es überleben«, sagte Luttrell, der gerade den Puls des Franzosen fühlte. Er blickte erst Iwan, dann Matt an. »Eigentlich wäre es mir lieber, wenn er nicht in Frankreich, sondern in Großbritannien in Gewahrsam genommen würde.«

Matt war mit sechs Schritten bei Luttrell und hielt ihm die Spitze des Schwerts vor die Brust. »Er bleibt hier.«

Iwan wollte nach Matts Arm greifen.

»Bleib, wo du bist«, sagte Matt gereizt.

Die in seiner Stimme liegende Aggressivität ließ Iwan wie angewurzelt stehen bleiben.

»Machen Sie keine Dummheiten«, sagte Luttrell.

Die Spitze des Schwerts bohrte ein kleines Loch in Luttrells Hemd. Ein Knopf fiel zu Boden, und das Geräusch war in der Stille überdeutlich zu hören. »Sehen Sie mir in die Augen, und sagen Sie, für wie dumm Sie mich halten.«

Luttrell seufzte. »Ich glaube nicht …«

»Für wie dumm?«, brüllte Matt.

»Ich …« Luttrell verstummte, als Matt die Klinge in die spärlichen grauen Haare auf seiner Brust bohrte.

»Lacrierre hat mit dem Verteidigungsministerium zusammengearbeitet«, sagte er wütend. »XP22 war ein von der Regierung mitfinanziertes Projekt, aber es ist übel aus dem Ruder gelaufen. So viel ist klar. Und als die Kacke am Dampfen war, hat Lacrierre Matram und Abbott Millionen bezahlt, damit sie die Sauerei für ihn beseitigten.« Matt schwieg kurz, und als er weitersprach, klang seine Stimme wieder ruhiger. »Aber Sie haben nicht vor, ihn vor Gericht zu bringen. Er weiß zu viel. Sie wollen ihn aus diesem Zug schaffen, ihm einen kleinen Klaps auf den Handrücken geben und ihn dann nach Hause schicken. Aber eines sage ich Ihnen – er ist für den Tod meiner Verlobten und den eines Freundes verantwortlich. Und den Preis dafür muss er mit seinem Blut bezahlen.«

»Machen Sie sich nicht lächerlich«, sagte Luttrell.

»Lächerlich?«, fragte Matt. »Warum sind Sie denn hier?«

»Wie Ihr Freund Iwan schon sagte, wir wollten Ihre Haut retten«, erwiderte Luttrell gereizt. »Dankbarkeit ist nicht Ihre Stärke.«

Matt schüttelte bedächtig den Kopf. »Der Firma ist es völlig egal, ob ich lebe oder tot bin.« Er wies mit einer Kopfbewegung auf Lacrierre. »Sie sind hier, um ihn rauszuhauen.«

»Schon mal was von Disziplin gehört, Mann?«, fragte Luttrell. »Sie sind Soldat.«

Matt grinste. »Seit zwei Jahren nicht mehr. Ich wünschte, ihr würdet das endlich begreifen.« Dann hob er das Schwert. »Rühren Sie sich nicht vom Fleck.«

Urplötzlich zeigte Luttrells Springfield-Pistole auf Matt. »Wenn es sein muss, werde ich Sie erschießen.«

Matt schaute ihm direkt in die Augen. »Dafür fehlt Ihnen der Mumm, Sir«, sagte er bedächtig. »Einige Männer können durch Befehle andere ins Grab schicken, andere können abdrücken. Es gibt nicht viele, die beides können.« Er grinste. »Und Sie gehören nicht zu ihnen.«

»Iwan!«, brüllte Luttrell. »Bringen Sie diesen verdammten Idioten wieder zu Verstand!«

Der Ire schaute den Geheimdienstchef an. »Wenn das möglich wäre, hätte ich es mittlerweile geschafft.«

Matt ließ das Schwert sinken. Plötzlich mussten sie beide lachen.

Epilog

Die untergehende Sonne warf ein sanftes, blass orangefarbenes Licht über das Mittelmeer. Matt wischte sich den Schweiß von der Stirn und setzte sich an die Bar. Auch seine Kleidungsstücke waren durchgeschwitzt nach dem sieben Kilometer langen Dauerlauf am Strand, den er gerade hinter sich gebracht hatte, aber er fühlte sich gut. Die Wunden an der Schulter und am Oberschenkel waren fast völlig verheilt, und im letzten Monat hatte er seine täglichen Dauerläufe wieder aufnehmen können.

»Ich brauche ein Bier«, sagte er zu Janey.

Der Zeitungsausschnitt war schon etwas verblichen, stach Matt aber erneut ins Auge, als er seine Bierflasche öffnete. Der Artikel hing an einer Pinnwand aus Kork, neben zwei Verkaufsangeboten für gebrauchte Geländewagen und dem Zettel einer jungen Polin, die eine Stelle als Aupairmädchen suchte. Die Schlagzeile – in Fettdruck und Schriftgröße 48 – verkündete: EUROSTAR-KUNDEN MÜSSEN NACH MYSTERIÖSEM ZUGUNGLÜCK MIT MEHRSTÜNDIGEN VERSPÄTUNGEN RECHNEN.

Gestern Nacht wurde in Nordfrankreich, fünfzehn Kilometer außerhalb von Lille, von Streckenarbeitern ein stehen gebliebener Eurostar mit einer defekten Lokomotive gefunden. Den ganzen Tag über mussten Züge in den Bahnhöfen warten, weil Arbeiter die Strecke zu räumen versuchten. Nach Angaben der Eisenbahngesellschaft wurden die Wagons menschenleer aufgefunden. Eurostar hat sich schon im Voraus bei seinen Kunden für die Verspätungen entschuldigt, die auch im Verlauf der nächsten achtundvierzig Stunden unvermeidlich sind, weil die Gleise auf technische Mängel überprüft werden müssen. Sprecher des Unternehmens machten die gegenwärtige Hitzewelle für den Unfall verantwortlich.

Da ging es aus anderen Gründen heiß her, dachte Matt grinsend, während er mit seinem Bier zum anderen Ende der Bar ging.

Neben der Tür war ein Weihnachtsbaum aufgestellt worden, unter den einige Stammgäste bereits Geschenke gelegt hatten, und hinter der Theke hingen an einer Kordel ein paar Weihnachtskarten. Für den Heiligen Abend war das Last Trumpet ausgebucht, und auch für die Silvesterparty war die Hälfte der Karten schon verkauft. Die Aussichten waren viel versprechend: Janey hatte eine Band gebucht, die Abba-Coverversionen spielte, und sich zudem noch ein paar neue Cocktailrezepte einfallen lassen. Matt trank einen weiteren Schluck Bier, und der Alkohol begann seine Nerven zu beruhigen. Diese Tageszeit genoss er am meisten. Tagsüber musste er sich um die Bar kümmern, doch jetzt konnte er abschalten, die frische Luft genießen und sich entspannen. Und das alles mit der Aussicht auf eine aufregende Frau, die nachts sein Bett teilte.

Es könnte mir schlechter gehen.

Vom Meer her kam Wind auf, aber der Himmel war noch

immer klar und der Sonnenuntergang traumhaft. Penelope und Suzie saßen ein paar Tische weiter bei ihrer obligatorischen Flasche chilenischen Weißweins und analysierten die jüngsten Katastrophen ihres Privatlebens. Da beide gleichzeitig redeten, konnte Matt nicht ganz folgen, aber nach den paar klar vernehmbaren Gesprächsfetzen schien Suzies neuer Freund sich in eine Sportlehrerin aus einem Fitnesscenter in Puerto Banus verguckt zu haben, und auch Penelopes Exmann hatte eine neue Freundin und wollte keine Alimente mehr für ihren gemeinsamen Sohn Liam zahlen.

Lächelnd schaute Matt wieder zur Bar hinüber, wo Bob und Keith ein zwei Tage altes Exemplar der *Daily Mail* durchblätterten. Beide überboten sich mit lautstarken Protesten gegen Steuererhöhungen, von denen sie ohnehin nicht betroffen waren, da sie seit etlichen Jahren nicht mehr in Großbritannien lebten. Im Fernsehen – an der Wand hing ein brandneues Gerät mit Plasmabildschirm – erregte sich ein Reporter von Sky Sports über das für den zweiten Weihnachtstag angesetzte Spiel zwischen Manchester United und Arsenal, das er als »Match der Saison« ankündigte, aber nach Matts Erfahrungen rief er ein solches jede Woche aufs Neue aus.

Im Last Trumpet ändert sich so gut wie nie etwas.

Sein Blick wanderte zum Horizont, wo die Sonne gerade im Meer versank. Aber eigentlich geht die Sonne nie unter, dachte Matt. *Das ist nur eine durch die Drehung der Erdkugel hervorgerufene Illusion.*

Der CD-Player spielte schon jetzt Weihnachtssongs – »Let it Snow«, »Rocking Around the Christmas Tree«, »White Christmas« und »The Little Drummer Boy«. Diese Textdichter könnten sich ruhig mal was Neues einfallen lassen, dachte Matt. Er hatte bereits versucht, Janey die CD auszureden, aber sie liebte Weihnachten und ließ sich nicht beirren. Ich bin alt genug, um mich nicht mehr auf aussichtslose Kämpfe einzulassen, dachte er. Wenn sie unbedingt diese Musik hören will, mir soll's recht sein.

Er öffnete ein Kuvert mit einer weiteren Weihnachtskarte und lächelte, als er las, dass Eleanor sich mit einem der Ärzte aus ihrem Krankenhaus verlobt hatte. Es war schön zu hören, dass bei ihr alles gut lief.

»Ist dieser Barhocker besetzt?«

Er schaute von der Karte auf, lächelte Orlena an und öffnete dann die zweite Flasche San Miguel. Sie war gerade von einem Einkaufsbummel in Malaga zurückgekehrt und hatte Tüten von Zara, Versace und Chanel dabei. »Wie war der Dauerlauf?«, fragte sie. »Und wie geht's deinen Wunden?«

»Ein bisschen schmerzen mein Bein und die Schulter schon noch, doch das wird sich geben«, antwortete Matt. »Ich bin nicht so hart im Nehmen wie du.« Das gehörte zu den Dingen, die er an Orlena schätzte. Sie war eine echte Kämpferin. Und verstand ihn.

Orlena lachte. Ihre Kevlar-Weste hatte sie in dem Zug geschützt. Sie hatte ein paar unangenehme Prellungen davongetragen und eine üble Schwellung unter der linken Brust, die erst nach einem Monat zurückgegangen war, aber ansonsten war ihr nichts passiert. Jetzt witzelte Matt immer darüber, dass ihr Kugeln nichts anhaben konnten.

»Weißt du, damals in Kiew, in Petors Haus ... Ich hätte nie auf dich geschossen.«

Matt blickte sie spöttisch an.

»Aber wenn du noch einmal auf mich schießen solltest«, sagte sie lächelnd, »werde ich stinksauer.«

»Da ist noch etwas, was ich dich immer schon fragen wollte«, sagte Matt. »Warum hast du an diesem Tag in Kiew Petor erschossen?«

»Er hat das Präparat entwickelt, das meinem Bruder geschadet hat. Und nicht nur ihm. Viele gute Menschen sind durch seine Schuld gestorben, etliche Familien wurden zerstört. Er hatte den Tod verdient.«

Matt nickte. Im Augenblick war eine Erklärung so gut wie die andere. Sie hatte Petor aus dem gleichen Grund getötet, aus dem er geglaubt hatte, Lacrierre verdiene den Tod. »Hast du in letzter Zeit von deinem Bruder gehört?«

»Roman scheint es gut zu gehen«, antwortete Orlena. »Hat Eleanor dafür gesorgt, dass die anderen britischen Soldaten das Gegenmittel bekommen haben?«

»Ja, alle, die noch leben. Es hat keine Berichte über Folgeerscheinungen mehr gegeben. Auch ihnen scheint es gut zu gehen.« Er lächelte. »So ist wenigstens noch etwas Gutes bei dem verdammten Job herausgekommen. Bleibst du über Weihnachten?«

Orlena war vor drei Monaten nach Spanien gekommen. Das neue Management von Tocah hatte ihren Vertrag nicht verlängert, aber man hatte ihr eine generöse Abfindung bewilligt – wie bei großen Konzernen üblich, wenn sie einen peinlichen Vorfall vertuschen wollten. Zuerst hatte sie nur ein paar Wochen bleiben wollen, doch dann waren Monate daraus geworden.

Matt erkannte einen bestimmten Blick. Ihre Augenlider senkten sich etwas, ihre Lippen bewegten sich verführerisch.

»Ich wollte dich noch etwas fragen«, sagte sie.

»Nur zu, ich habe im Moment nichts anderes zu tun, als mir diese komischen Weihnachtslieder anzuhören.«

»In der Ukraine bietet sich eine geschäftliche Möglichkeit. Ich wollte fragen, ob du eventuell Interesse hättest.«

Matt rieb sich lächelnd die Schulter. »Ich habe mir vorgenommen, es bei einer Schießerei pro Jahr zu belassen. Außerdem will ich häufiger beim Pizzaservice bestellen. Das sind meine Vorsätze fürs neue Jahr.«

Orlena streckte die Hand aus, und Matt sah einen eleganten, halbmondförmigen Ring an ihrer linken Hand, eine funkelnde Kombination von Diamanten, Smaragden, Gold und Platin. Ist bestimmt etliche tausend Dollar wert, dachte er. »Das Geschäft könnte finanziell sehr lukrativ sein«, sagte sie leise. »Und wir beide könnten wieder zusammenarbeiten.«

Matt grinste. Er hätte nicht sagen können, ob er dieses Angebot nicht doch ein bisschen verlockend fand. Er wusste nicht, wie sich die Dinge mit Orlena entwickeln würden, aber er war glücklich, hier friedlich am Meer leben zu dürfen und alles in Ruhe auf sich zukommen zu lassen. »Eigentlich will ich nur noch ein Restaurant führen und mir keinen größeren Ärger mehr einhandeln, als mich über eine Lieferung miesen Olivenöls ärgern zu müssen.«

Danksagung

Mein Dank gilt meiner Agentin Barbara Levy, meinem Lektor Mark Booth sowie Hannah Black, Charlotte Bush und allen anderen Mitarbeitern des Century Verlages.